**"히익, 변태다!!"**

그녀는 소름이 돋는다는 표정으로 얼른 내 뒤에 숨었다.
그리고 내 허리에 매달려서는 어깨 위로 고개만 빼꼼 내민다.

"늘 듣다보니 저 역시 여신님을
흠모하는 마음이 생길 수밖에 없더군요."

"설마 제가 당신을
유혹하지 못할 것
같나요"

# 신화 속 무법자 2

지은이 박제후

삽화 ICE

길찾기

# 1. 헤스티아의 축복

산지에서 아레스의 전사들은 일거에 쓸어버린 나는 델포이로 향했다. 아폴론 신을 섬기는 이 번화한 도회지는 퓌톤의 동굴에서 멀지 않았다. 회귀 전에 불타는 이름 없는 자가 깨어나자마자 불바다로 만들어버렸을 정도로 가깝다.

"펠레우스."

"왜?"

재가 꽃가루처럼 흩날리는 산길을 느긋하게 걸어가던 나는 뭐냐는 듯 비밀의 서를 쳐다보았다. 그런데 분위기를 보니 생각보다 중요한 얘기인 듯했다.

"네놈의 성취가 대단한 경지에 이르렀음을 알게 됐다. 하지만 자중해야할 듯하다."

"왜?"

"방금 그 힘…, 이 인간들의 세계에서 간단히 출현해도 되는 힘이 아니다. 신들의 주목을 끌기 충분해."

"역시 그런가."

"일부는 이미 주목하고 있다. 아마 조사를 하러 수하들을 보낼지도 몰라."

그나마 다행인 게 여기가 퓌톤의 영역인지라, 그녀가 한 짓으로 얼버무려질 확률이 높다는 것.

"이번은 어찌 넘어가도 한 번 더 그런다면 신들의 주의를 확실히 끌 거다. 조심하는 게 좋아."

〈신성발현〉이란 단계의 힘은 정말 막대한 위력을 갖고 있었다. 신들의 관심을 감당할 수 있을 때나 사용해야 옳을 듯했다.

"알겠다."

"꼭 그렇게 거창하게 터뜨리지 않아도 세밀하게 운용할 방법이 있을 거다."

맞는 얘기다. 머릿속에 벌써 몇 가지 구상이 떠오르고 있었다. 나는 비밀의 서의 제안을 받아들이기로 하고 델포이로 향했다. 주점에 들어가 소문을 수집했는데, 금방 놀라운 이야기를 듣게 됐다.

"그게 정말입니까?"

"원, 젊은이. 속고만 살았나? 요즘 소문이 파다해."

내게 풍문을 알려준 늙은 주당은 빈 잔을 흔들며 너스레를 떨었다. 나는 그의 잔을 더 채워준 뒤 귀를 기울였다.

"좀 더 자세히 말씀해 주십시오."

"자세히고, 나발이고, 말한 대로야. 현재 아트레우스 대왕의 동생인 티에스테스가 미케네의 섭정이 됐다. 그리고 아가멤논 왕자는 모반의 죄를 범해 옥에 갇혔어."

"허……."

한동안 자리를 비운 사이에 미케네 왕가에 어마어마한 일이 있었다. 식인거인 테마토스와의 격전 이후 아트레우스 대왕은 부상으로 몸져누웠다고 한다. 대왕이 원래 대단한 영웅이었다지만 많이 노쇠한 탓에 큰 싸움을 견디지 못했던 것. 이 기회를 놓치지 않고 티에스테스가 섭정의 위에 올라 권력을 차지했다고 한다.

-야심만만한 인물인 건 알았지만, 생각보다 빨리 움직였는데….

원래 알던 역사랑 다르다. 왕의 동생인 티에스테스가 나서는 건 앞으로 한참 뒤일 텐데.

-네놈 때문이 아니겠느냐? 펠레우스.

-어째서?

-네가 활약한 덕에 아가멤논 왕자가 대왕의 눈에 띄었다. 제우스의 보검을 지켜내고, 식인거인과의 싸움을 도우러까지 왔지.

듣고 보니 그렇다. 원래 역사에선 아가멤논은 아직 별다른 활약을 못 하던 시점이었으니까. 갑자기 아가멤논 왕자가 국왕의 총애를 얻자 티에스테스가 서두른 게 아닐까.

-확실히…. 아가멤논 왕자가 누명을 쓰고 투옥된 것만 봐도 티에스테스가 그를 견제함을 알겠어.

아가멤논 녀석, 자기 삼촌에게 당해버렸군. 하지만 그럴 만도 한 게 왕비 역시 적이 됐을 테니까. 원래 역사를 봐서 아는데 아트레우스의 아내인 아에로페는 남편의 냉대 때문에 결국 시동생인 티에스테스와 바람이 난다. 이미 내연 관계를 유지 중이었던 상황이겠지. 후에 장안을 떠들썩하게 하는 스캔들로 터지는데 아직은 왕궁 내에서 쉬쉬하고 있을 때다. 티에스테스는 왕국의 2인자인 데다가 왕비가 물심양면 돕고 있을 테니 권력을 차지하는 건 어렵지 않았을 터.

"노인장, 재밌게 들었습니다."

나는 바로 미케네로 돌아가기로 했다. 소문을 듣자니 아가멤논 왕자는 술의 신 디오니소스에게 바치는 가을 제전쯤에 처형될 예정이라고. 앞으로 한 달 정도 밖에 안 남은 상황이었다.

–그나저나 골치 아프네. 미케네까지 가려면.

올 때는 페가수스를 타고 와서 금방이었지만, 돌아가려니 만만치 않았다. 중간에 코린토스 만을 지나야 하기 때문이었다. 서두르는 게 좋았다. 그런데 도시를 걷던 중 비밀의 서가 경고해 왔다.

–미행이 붙었다.

–정말?

미행이라니, 확인도 해볼 겸 시장 구경을 하는 척 도시를 돌아다녔다.

–솜씨가 대단하네.

비밀의 서가 알려주는데도 미행을 확인하는 게 쉽지 않았다. 상당한 실력자임이 틀림없었으나, 안타깝지만 상대가 나빴다. 비밀의 서 덕에 나는 뒤통수에도 눈이 붙어있는 거나 마찬가지니까.

–어떻게 할 거냐?

–냅둬. 나름대로 도움이 되겠다. 때가 되면 지가 알아서 나타날 거 같은데.

–그러냐. 알겠다.

미행자의 정체를 비밀의 서로 통해 간단히 파악할 수 있었다. 비밀의 서는 내 근처에서 멀지 않은 곳까진 이동이 가능해, 미행자가 근접했을 때 직접 보고 온 까닭이다. 상대가 누군지 안 나는 그냥 뒤에 달고 미케네까지 가기로 했다. 왜 붙었는지 능히 짐작이 됐기 때문이다.

"가자고."

미케네에서 한 바탕 크게 휘저어 줘야지. 내 입장에선 티에스테스가 권력을 잡아선 곤란하거든. 아가멤논이 왕이 돼야 그의 곁에서 한 자리 해먹으며 앞으로의 일에도 도움이 될 테니까.

배를 타고 코린토스 만을 지나고 미케네 근처까지 오는데 거의 보름이나 걸렸다. 엄청 늦어진 건데 코린토스 만에서 거대한 바다괴물이 난동을 부리는 바람에 출항을 못한 까닭이다. 덕분에 아가멤논의 처형은 보름 밖에 안 남은 상황이 됐다.

"아슬아슬하네…."

다소 초조해진 나는 뒤쪽을 보며 소리쳤다.

"이제 그만 나오지? 보름이나 함께 했으니 인사라도 할 때가 됐잖아?"

나는 제자리에 딱 서서 손가락을 아래로 까딱거렸다. 상대는 대답이 없었다. 아, 귀찮구먼. 사실 처음부터 귀찮은 성격이란 생각 들더라.

"아직도 예전 일을 신경 쓰고 있는 건가?"

지난 만남을 언급하자 갑자기 수풀 한쪽이 살짝 움직였다. 우리의 미숙한 영웅께선 미행 솜씨는 훌륭한데 감정은 아직 다스리질 못하는군.

"원래 옳지 못한 일을 할 때는 가시 같은 비난을 감수해야 한다. 스스로 잘했다고 생각하는 게 아닌 이상 내게 너무 뾰족하게 나오지 말아줬으면 좋겠는데."

결국 상대가 참지 못하고 나타났다.

"누가 지난 일로 아직도 꽁해 있는 줄 아나!"

콧김을 내뿜으며 등장한 이는 아르테미스의 여전사, 아탈란테였다. 어두운 지하에서 만났을 때도 혼자 빛나는 달빛처럼 아름다웠던 그녀는 태양 아래 서자 그야말로 눈이 부셨다. 흡사, 최고의 솜씨로 만들어진 신전의 여신상이 움직이며 말을 거는 착각을 불러 일으켰다.

"좋네, 이번에는 복면을 안 쓰고 정정당당히 만날 수 있어서."

"큭!"

아픈 곳만 찌르는 내 태도에 아탈란테의 하얀 어깨가 파르르 떨린다. 하지만 자기도 할 말이 없다는 건 아는지 분홍색 입술만 질끈 깨물고 있었다. 대신 다른 질문을 해왔다.

"언제부터 눈치챈 거지?"

자존심이 상했다는 말투였다. 꽤나 솜씨에 자신이 있었던 모양인데 아깝구먼. 내 옆에 비밀의 서가 있어서.

–야, 네 덕 좀 봤다. 쟤 부들부들 떠는 것 좀 봐라.

–고마우면 앞으로 이 형님에게 잘 하도록.

속으로 비밀의 서의 공을 치하하면서 나는 조금 건방을 떨었다.

"발소리가 너무 커서 모른 척하기도 참 어렵더군."

"뭐라? 그대는 정말 참을 수 없이 교만하군!"

결국 아탈란테가 폭발했다. 미녀가 인상을 쓰는 것도 나름 매력적이었다. 하지만 나는 그녀에게 이성으로 관심이 없는 탓에 시큰둥할 뿐이다. 대신 귓구멍을 새끼손가락으로 후비며 대꾸했다.

"자기 허물은 그렇게 잘 참으면서 남의 허물은 날을 세우고 비난하는군. 스스로에게 그리 관대하다면 이쪽에게도 그래줬으면 좋겠는데."

도둑년이 어디서 큰 소리냐는 소리였다. 이 정도가 되자 이제 아탈란테는 거의 울 듯한 표정이 됐다. 선량하고 착한 소녀가 탈선 한 번 했다가 죽도록 까이고 있는 셈이니 나름 불쌍하다 하겠다. 사실 그것도 고통 받는 칼리돈의 백성들을 구하고 싶어서 그런 건데.

"아탈란테여. 나는 너와 계속 말다툼이나 하자고 불러낸 게 아니다. 좀 더 건설적인 얘기를 해보지."

"흐윽… 왜 미행했는지 묻지 않는 건가?"

"뭐, 뻔하지. 요즘 혼란스러우니까 내게 묻고 싶은 게 많은 거 아냐?"

정확히 꼭 집어 지적하자 아탈란테는 눈동자가 커졌다. 칼리돈의 멧돼지 사건 이후 섬기는 신에 대해 번민하고 있을 터. 게다가 내가 자기가 모르는 신들의 얘기를 아는 것 같으니 찾아온 거겠지.

"산자락 근처에서 계속 기다렸던 모양이네. 대폭발이 일어났었으니 날 찾는 건 쉬웠겠군."

"설마 그 폭발… 그대가 일으킨 건가?"

"상상에 맡기지."

"……그대에겐 너무나 비밀이 많군."

"원래 신비한 남자가 인기잖아. 보라고, 이렇게 미녀가 스스로 찾아올 정도니."

"그 비밀만큼이나 지나치게 밥맛이 없기도 하고."

이거 참, 이 친구도 혀를 굴리는 솜씨가 제법일세. 면전에서 밥맛이라고 하니 머쓱해져서 머리를 긁을 수밖에 없었다.

"크흠!"

헛기침을 한 나는 일단 그 용건은 조건부로 들어주겠다고 했다. 이 세상에 공짜가 어디 있겠는가.

"궁금한 건 대답해 줄 수 있어. 하지만 진실이나 지식에는 대가가 필요하다. 아탈란테, 날 도와준다면 네가 가진 궁금증에 속 시원히 답변해 주지."

"원하는 게 뭐야?"

"네게도 나쁘지 않은 일일 거야. 속죄도 될 테니까."

나는 아가멤논을 구출하는 걸 도와달라고 했다. 사실 처음부터 이럴 작정으로 그녀를 뒤에 달고 여기까지 온 거다.

"아가멤논 왕자는 이대로라면 보름 뒤에 처형될 것이다. 그가 훌륭한 사내인지는 모르겠지만, 적어도 자기 삼촌보다 정당한 왕권의 계승자이지. 게다가 억울한 누명을 썼다. 구출할 이유는 차고 넘쳐."

"흐음….."

아탈란테는 다소 고민하는 기색이었다. 뭔가 왕권다툼에 끼는 것 같아서 내키지 않는 듯했다. 제우스의 검 사건 때문에 좋은 기억은 조금도 없을 터.

"아탈란테, 아가멤논 왕자에게 빚이 있지 않나? 너는 왕가의 보물을 지키려는 무고한 왕자를 때려눕혔지. 그러니 이번 기회에 도움을 주는 것도 의미 있는 일일 거다."

잠시 고민하던 아탈란테는 고개를 끄덕였다. 아가멤논에게 빚을 갚을 수 있는 데다가, 아직 의탁하고 있는 아르테미스에게 방해되지 않는다고 판단한 거겠지. 내가 알기로도 아르테미스는 미케네 왕가에 별로 관여하고 있지는 않으니까.

"좋다. 이걸로 내 과오를 청산하겠다."

"쉽지 않은 일일 거야. 목숨을 걸어야 할지도 몰라."

"명예를 되찾기 위해서라면 목숨을 아까워할 수야 없지. 펠레우스여, 이 일을 완수하면 정말 내 의문들을 답해 줄 건가?"

"그래, 약속할게."

협상이 성공했다. 아탈란테의 미행을 눈치챘을 때부터 어떻게 그녀를 끌어들일지 고민했는데 예상대로 돼 다행이네. 비록 전에 제우스의 보검이란 사기템에 어이없이 털리긴 했지만 아탈란테는 위대한 영웅의 재목으로, 그 무술 수준만 따지면 나보다도 아득히 높다. 아가멤논을 빼내는데 분명 큰 도움이 될 것이다.

"일단 결정했으니 말하겠는데, 오늘부터 우리는 부부가 돼야 한다."

"하아?"

아탈란테의 고운 얼굴이 엉망으로 찡그려졌다.

아탈란테와 나는 조용히 미케네로 흘러들어왔다. 도시 밖 농가에서 허름한 옷을 산 뒤, 농사일 하는 부부로 가장했다. 누가 봐도 작물을 내다 팔러 온 정도로 보였다. 일전에 부부가 돼야 한다는 건 이 때문이었다.

"부인, 얼굴에 묻은 검댕이가 잘 어울리는군."

"시끄럽다! 쓸데없는 소리는 사양하고 싶군. 대체 왜 그 정도로 진지하게 부부 역할을 하려는 것인가!"

"매사 열심히 하는 성격이라서 말이지. 한동안 부부로 지내야 하는데 너무 까칠하게 굴진 말라고."

내 말에 아탈란테가 오물을 바라보는 듯한 표정으로 말했다.

"부부라고? 지금 생각해 보니 남편과 아내의 인연은 신들이 맺어준다는 말은 틀린 것 같구나."

"어째서?"

"올림포스의 신들이라면 그런 끔찍한 짓을 저지르지 않을 테니까!"

여기 결혼 혐오론자가 있었군…. 하긴, 아르테미스에게 순결을 맹세한 영웅이긴 하니까. 하지만 지구에서 읽은 그리스로마 신화에 따르면 그녀는 결국 사랑에 빠지고 파멸하게 된다. 이쪽 세계의 아탈란테도 그럴지는 모르겠으나 사람 일이란 참 모르겠단 생각이 들었다.

"흩어져서 정보를 모아보자고."

"알겠다. 저녁에 다시 만나지."

우리는 하루 종일 미케네를 돌아다니며 아가멤논에 관한 얘기를 수집했다. 마침 도시 전체가 왕자의 처형 때문에 들썩이고 있었으므로 어렵지 않은 일이었다. 하지만 상당히 암울한 정보만 가득했다. 저녁에 다시 만난 우리는 서로 표정이 좋지 않을 수밖에 없었다.

"펠레우스, 감옥을 습격해 빼내긴 거의 불가능하다. 엄청난 인원이 지키고 있어."

"그렇겠지. 게다가 왕자의 정치적인 입장을 생각해 보면 좋은 방법도 아니고."

"책략이 있는가?"

정치란 곧 민의다. 나는 아가멤논을 구출함과 동시에 여론의 지지를 얻어야 한다고 판단했다. 현재 티에스테스의 교묘한 공작으로 민중들 상당수가 아가멤논이 죽일 놈이라고 믿고 있었다.

"생각해 봐. 구출할 틈을 만들고 시민들의 생각을 돌릴 수 있을 때를."

내 말에 곰곰이 생각하던 아탈란테는 되물어 왔다.

"처형 당일? 구출이 불가능한 감옥에서 나오고, 민중들이 모여 있으니까?"

"그래."

"하지만 동시에 가장 위험한 때이기도 하다."

"적의 의표를 찌르려면 어쩔 수 없어. 처음부터 목숨을 걸 각오였잖아."

아탈란테는 고개를 끄덕였다.

"좋아. 당일 날 구해낸다고 치고, 어떻게 민의를 돌릴 거지? 티에스테스의 선동은 생각보다 견고했다. 단번에 그걸 반전할 수 있나?"

"있다. 그런 방법이."

"정말인가?"

설마 진짜로 가능할 줄은 몰랐다는 듯 눈동자가 커진다. 나는 그걸 보며 입꼬리가 절로 올라갔다. 어쩐지 처형의 때가 기대됐기 때문이다.

"당일 날 미케네 전체를 뒤흔들 추문을 터뜨리겠다. 사람들은 원래 금단의 사랑에 열광하는 법이지."

왕의 동생인 티에스테스와 그의 형수인 아에로페의 불륜. 원래 역사라면 알려지려면 한참 남았지만 일이 이렇게 된 이상 내가 폭로할 작정이었다.

"아가멤논 왕자는 자신의 배덕을 감추려는 삼촌의 음모에 말려든 불쌍한 희생자가 되는 거다."

아마 대중들은 기뻐할 거다. 왕족에게 침을 뱉을 일이 생겼다는 점에.

내 이런 작전에 아탈란테는 의문을 제기했다.

"의도는 알겠다. 하지만 일이 생각처럼 그렇게 술술 잘 풀리기만 하지는 않을 텐데?"

"옳은 지적이다."

폭로 하나 한다고 상황이 원하는 대로 반전될 거라 여기면 참 순진한 생각이다. 뭣보다 시민들이 내 말을 믿을 만한 이유가 없다. 처음에야 혼란이 일어나겠지. 하지만 노련한 섭정 티에스테스는 상황을 어떻게든 수습할 터. 낯선 외국인이 하는 말 따위는 잠시 흥미를 끄는 정도로 끝날 거다. 뭣보다 여긴 그들의 홈그라운드니까.

"대책이 있는지? 예를 들면, 권위 있는 자의 도움이라도 받을 건가?"

"비슷해. 나는 본인이 폭로하게 할 작정이다."

이 계획에 아탈란테는 고운 미간을 찡그린다.

"본인이 폭로하게 한다고? 티에스테스가 미쳤다고 자기 불륜을 대중에게 밝힐까?"

"티에스테스가 아니다. 바로 왕비인 아에로페가 자기 죄를 고백하게 될 거다."

내가 먼저 무대의 막을 올린 뒤, 아트레우스 대왕의 아내이자 아가멤논 왕자의 어머니인 아에로페가 자백한다면 돌이킬 수 없는 사태가 될 터.

"그렇게 된다면야 충분하겠지만, 왕비가 자기 정부(情夫)를 배신하고 자기 자신도 나락으로 몸을 던지는 짓을 한단 말인가?"

"아탈란테. 너는 아직 부족한 게, 너무 상식선에서만 생각한다는 점이야. 산골처녀처럼 순진하다고 해야 하나?"

"뭐?"

"이 세상이란 말이야. 생각보다 훨씬 기막힌 일이 많이 일어나는 곳이라고."

상식선에서 그럴 리가 없다는 가정을 하는 건 좋지 않다. 이유만 충분하다면 무슨 일이든 일어나는 법이니까.

"우리가 그렇게 만들면 돼. 왕비가 불륜을 고백하도록."

이틀 뒤.

야심한 시각에 아탈란테와 왕궁으로 잠입했다. 석재로 만들어진 밤의 궁전은 겨울처럼 차가운 느낌이었다. 군데군데 불을 밝히기 위한 화로가 놓여있는데, 그 주위에는 야간 경비를 서는 병사들이 삼삼오오 모여 잡담 중이었다.

"질서정연하고 엄격한 미케네의 병사들이라곤 믿기지 않는군."

함께 정원의 나무에 몸을 숨기고 있는 아탈란테가 고개를 절레절레 저었다. 본디 미케네의 병사들은 아트레우스 대왕 덕에 어떤 곳보다 기강이 살아있기로 유명했다. 한데 대왕이 쓰러지자마자 저 꼴이라니. 나는 작게 혀를 찼다.

"그간 반감이 컸단 소리겠지."

마치 전역한 예비군이 일부러 더 삐딱하게 구는 거랑 비슷해 보였다. 하지만 모두가 그런 건 아니었다. 나는 근처에 높게 솟은 원형 탑을 가리키며 아탈란테에게 주의를 줬다.

"저기 병사들은 신경 써야겠어."

병사들이 원형탑 주위를 빙글빙글 돌며 왕궁 일대를 내려다보고 있었다. 왕궁 곳곳에는 화로가 있는 탓에 수상한 움직임 같은 건 생각보다 쉽게 보일지도 모른다. 하지만 아탈란테는 코웃음을 쳤다.

"저런 자들의 시선을 피해가는 건 일도 아니다."

"그럼 진로를 잡아줘. 따라갈 테니까."

이럴 때는 이 사냥꾼 아가씨가 상당히 도움이 됐다. 내겐 차라리 때려 부수는 쪽이 훨씬 편하기 때문에 잠입이 생각보다 쉬운 일이 아니었으니까. 그래서 어찌하나 싶었는데 아탈란테만 졸졸 따라가니 전혀 걸리지 않고 왕비의 처소에 도착했다.

"정말 대단한데?"

"간신히 쓸만한 구석을 찾았다는 듯한 그 표정, 그만두면 좋겠군."

"워낙 정직한 성격이라서 말이야. 하하."

"…알면 알수록 좋아진다는 말이 있는데, 그대는 절대적으로 그 반대로군."

뭐 우리가 친해질 일은 없을 테니 괜찮겠지.

"곧장 왕비에게 가자."

"시녀들은 어떻게 할까?"

"기절시켜."

내 부탁에 아탈란테는 의외로 손을 매섭게 놀려 걸리는 시녀들을 모조리 일격에 때려눕혔다.

"저기…."

"잠시 잠든 것 뿐이다."

"…영원히 잠든 것 같은데."

뭐, 기술적 역량은 그녀가 훨씬 높으니 알아서 잘 했겠지. 나는 야밤에 복도에 널브러진 시녀가 가여워 근처에 있던 천쪼가리를 가져다 덮어주었다. 음… 이러니까 드라마에서 의사가 영면하셨습니다, 라고 하면서 덮어주는 하얀 천 같은 걸.

"어찌 그리 굼뜬 건가? 안 죽었으니 빨리 따라오도록."

아탈란테의 재촉에 서둘러 그녀를 따라 왕궁 심처로 들어갔다. 그리고 우리는 마침내 일대의 모두를 잠재우고 왕비의 방 안으로 진입했다.

"누구세요! 이곳은 왕비 전하의…."

퍽!

놀라 벌떡 일어나던 시녀가 아탈란테의 손날치기에 맞아 풀썩 쓰러졌다. …상당히 아프게 때리는 거 아니냐, 너.

"야밤에 찾아오신 분들. 누구시죠?"

침실 안쪽에서 옷가지를 챙겨 입는 소리와 함께 우아한 목소리가 흘러나왔다. 왕비인 아에로페가 소란에 몸을 일으킨 모양이다.

"여기서 부턴 내가 나서지."

아탈란테에겐 누가 오는지 경계를 부탁하고 앞으로 나섰다. 아무래도 협상은 내 몫이니까.

"전하, 야심한 밤에 도둑처럼 찾아온 무례를 용서하십시오."

상대는 왕족. 오늘 밤 결코 고운 소리를 하러 온 건 아니지만 예의는 차릴 필요가 있었다.

"무례를 알긴 아는군요. 당신은 누구신가요?"

"저는 먼 이국에서 온 왕자 펠레우스라고 합니다. 미케네 왕실에 의탁하고 있습니다."

"펠레우스?"

침대의 가림막 너머 보이는 왕비의 실루엣이 고개를 갸웃거린다. 희미한 조명 때문에 그저 검게 보였지만 우아하고 고운 여성이란 걸 짐작할 수 있었다. 목소리도 나긋나긋하고 기품이 넘쳐 과연 그녀가 여러 차례 불륜을 저지른 사람인가 싶기도 했다.

"아, 생각났어요. 작년에 그런 손님이 있었죠. 하지만 대왕을 구하고 생사가 불명이었다고 들었답니다. 그런데 어찌 오늘, 미케네 왕비의 침소에 찾아온 건지 궁금하군요."

"어리둥절해 하심을 충분히 이해합니다. 전하. 하지만 일단 제 이야기를 들어주십시오."

"듣지 않으면 제 시녀처럼 되는 건가요?"

"천부당, 만부당 하십니다."

왕비는 침대 한편에 차분하게 자세를 바로 하고 앉았다. 그리고 작게 고개를 끄덕인다.

"좋아요. 아직 새벽이 오려면 멀었으니 이야기를 들어보죠. 하지만 밤이 늦었다고 잠꼬대 같은 소리를 하면 용서하지 않겠어요."

"여부가 있겠습니까."

썩어도 왕비라 그건가. 위험에 처한 상황에서도 자못 기세가 살아있었다. 하지만 오늘 밤 완전히 박살내 주지. 아가멤논을 구하려면 어떻게든 왕비를 굴복시켜야만 한다.

"제가 이리 불쑥 찾아온 건 아가멤논 전하를 구해달라 부탁하기 위해서입니다."

"이국의 왕자여, 그대가 아가멤논의 친구였다는 사실은 들었어요. 친구를 위해 나선 용기는 가상하나 그 부탁은 들어드리기 어렵답니다."

"어째서입니까?"

"그는 대왕의 자리를 노리고 모반을 일으키려 했습니다. 비록 이 나라의 왕자이나 그 죄가 결코 가볍지 않습니다."

참으로 매정하구나. 아가멤논은 분명 친자식일 텐데. 하지만 금서에서 나는 그녀의 이야기를 읽어 사정을 아는지라 어느 정도 이해는 한다. 그래도 친자식을 이렇게 미워해선 안 될 일.

"과연 모반 때문에 그러십니까?"

"…그게 무슨 소리신가요?"

"원치 않는 아이였기 때문이 아닙니까? 전하."

"이런 무례한!"

아에로페 왕비는 벌떡 일어났다. 그리고 잠시 몸을 부들부들 떨더니 간신히 다시 앉는다.

"무엇을 안다고 그런 참담한 소리를 하는 건가요?"

알지. 아주 잘 안다. 금서에는 신들의 비밀도 적혀 있었다. 그에 비해 겨우 미케네 왕비의 비밀 따위는 아무것도 아니다. 읽을 때 시시한 가십 거리 정도의 느낌이었다.

"지금부터 저의 입이 참으로 큰 무례를 범할 듯하니 미리 사과드리겠습니다. 전하."

"으윽…."

뭔가 불길한 예감을 느낀 듯 아에로페가 옷자락을 움켜잡는 게 보였다. 그리고 다음에 이어진 내 말에 결국 참지 못하고 침대에 무너지듯 주저 앉는다.

"플레이스테네스 님이라고 아십니까?"

"어떻게 당신이 그걸!"

플레이스테네스. 이름이 좀 어려운 이 양반은 아트레우스 대왕의 동생이다. 그러니까 형제 관계가 이렇게 되는 거다.

**첫째 아트레우스. 〈-현 미케네 국왕.**

**둘째 플레이스테네스.**

**셋째 티에스테스. 〈-현 미케네 섭정.**

이 중에 둘째인 플레이스테네스가 과거사의 열쇠를 쥐고 있는 인물이다.

"모르실 리가 없지요. 플레이스테네스 님은 왕비 전하의 약혼자였으니까요."

"아……. 그건 세월 속에 묻힌 얘기랍니다."

"하지만 오늘 밤 이렇게 아는 자가 나타났지요. 전하께선 플레이스테네스 님과 사랑하는 사이였습니다. 하지만 아트레우스 대왕이 그걸 질투했고 당신을 억지로 빼앗았습니다."

슬픈 과거가 생각난 듯 왕비가 고개를 떨구는 게 보였다. 이건 더러운 이야기였다. 영웅으로 추앙받는 아트레우스 대왕은 동생의 여자를 갖고 싶어 간계를 썼다. 이런저런 핑계를 대고 왕궁으로 그녀를 초대해서는 억지로 범한 것이다. 그렇게 탄생한 이가 아가멤논 왕자다.

이후 플레이스테네스와 아에로페는 헤어져야만 했다. 권력과 힘을 가진 아트레우스가 원했기에 서로의 안전을 위해서 어쩔 수 없는 선택이었다. 나는 이런 과거를 옛날이야기처럼 담담히 꺼냈다. 왕비는 말없이 들었다.

"그렇게 다 끝난 것 같았지만 전하와 플레이스테네스 님은 서로를 포기할 수 없었죠. 다시 비밀스러운 만남이 이어지고 둘 사이에 아기가 생겨납니다. 그게 바로 아가멤논 왕자와 각별한 사이인 메넬라오스 왕자입니다."

밀회로 메넬라오스라는 자식이 태어났고, 이는 아에로페에겐 다시없는 선물이었다. 진정 사랑하는 남자의 자식이었으니까. 다행히 아트레우스 대왕은 자기 자식이 아닌 걸 알아채지 못했으나 둘의 밀회는 오래 가지 못했다. 플레이스테네스가 야심한 밤에 궁궐로 들어온 순간 만난 건 칼을 든 자들이었고, 그는 그 자리에서 참살됐다.

"흐윽……."

지난날이 떠오르는 듯 왕비는 두 손에 얼굴을 묻고 살며시 흐느꼈다.

"전하의 진정한 사랑은 플레이스테네스 님 하나뿐이겠지요. 지금 만나고 계신 티에스테스는 남편에 대한 복수심 때문이 주된 이유가 아닙니까? 허전함도 다소 채울 수 있고요."

형수인 아에로페와 시동생인 티에스테스의 만남은 다분히 정치적인 의도가 컸다. 둘 다 아트레우스 대왕을 타도하는 게 최고의 목표였으니까.

"그래서 어쩌라는 건가요? 이국의 왕자. 그 사실로 절 협박이라도 하실 건가요?"

말투에 살짝 물기가 묻어나긴 했지만 날이 서있었다. 왕비도 보통 여자는 아니었다.

"어찌 감히 협박을 하겠습니까? 다만 우려이지요."

"우려요?"

"전하의 사랑하는 아들 메넬라오스 님께서 이 사실을 알았을 때 어떻게 반응할지 말입니다."

"아!"

불륜의 결과인 메넬라오스는 촉망 받는 왕자로 자라났다. 아버지인 아트레우스 대왕을 존경하고, 형님인 아가멤논과의 사이도 아주 좋다. 그런 그가 진실을 알 게 된다면 어떻게 될까.

"메넬라오스 왕자님께선 딛고 있던 지면이 통째로 무너지는 기분을 느낄 겁니다. 어쩌면 아버지라 생각했던 아트레우스 대왕에게 복수하려고 할 수도 있죠. 하면 과연 왕자의 삶이 평온할 거라 생각하십니까?"

나는 때로는 과거에 묻어둬야만 할 얘기도 있다고 설득했다.

"전하께서 협조만 해주신다면 이 이야기는 결코 제 입에서 새어나가지 않을 겁니다."

"정말 훌륭하시군요. 야밤에 도둑처럼 찾아와 이제는 강도처럼 협박을 하시다니."

"뭐라 하시든 변명하지 않겠습니다. 다만 제가 원하는 걸 들어주셨으면 합니다."

그리 말한 나는 미리 세워놨던 계획을 설명했다. 아가멤논 왕자가 처형되는 날 개봉할 흥미진진한 연극의 시나리오다. 그걸

들은 왕비는 몸이 뻣뻣하게 굳는 듯했다. 아마 얼굴이 지금쯤 창백해졌겠지.

"당신 미쳤군요…? 정말 그런 짓을 할 생각인가요?"

"하하하, 저도 근심이 커서 밤에 술잔을 들이키곤 합니다만, 이 계획은 맨 정신에 세운 것입니다. 이제 전하의 결심만이 남았습니다. 전하의 진정한 사랑과 아끼는 아들을 욕되게 하시렵니까? 아니면, 신들도 손가락질 할 불륜과 패륜을 멈추시겠습니까?"

이 여자는 시동생과 간통하고 친아들인 아가멤논의 죽음을 방조하고 있다. 과거가 기구하다고 해서 동정할 생각은 들지 않았다.

"아무리 절 흔든다고 해도 응할 생각은 없어요. 이미 제 눈물은 오래 전에 말랐답니다. 그리고 제 아들은 당신의 말 따위는 믿지 않을 거고요."

쉽게 결정하지 못할 건 알고 있었다. 그렇다면 그녀를 흔들 마지막 진실을 꺼내놓아야겠군.

"전하. 전하의 뜻이 그리 확고하다면 더는 설득하지 않겠습니다."

"이제야 말귀를 알아듣는 건가요? 이미 충분히 무례했답니다. 그만 물러나세요."

"알겠습니다. 하지만 가기 전에 한 말씀만 올리겠습니다."

"좋아요."

왕비는 위엄을 추스르고 어떻게든 버티려 하고 있었다. 하지만 나는 그걸 허락하지 않았다.

"그날 플레이스테네스 님을 죽인 건 사실 아트레우스 대왕이 아니었습니다."

"뭐라고요?"

"정확히는 아트레우스 대왕의 사주를 받은 당신의 정부 티에
스테스였습니다."

즉, 첫째 형의 부탁을 받은 셋째가 둘째 형을 죽여 버린 거다.
역시 미케네의 왕가. 신들도 놀랄 막장 가문답단 생각이 들었다.

"그 무슨…."

왕비는 믿을 수 없다는 말투였다. 충격이 큰지 목소리가 멍하
다. 나는 그런 그녀를 보며 혀를 찼다.

"참으로 딱하십니다. 전하. 어찌 그런 사실을 까맣게 모른 채
원수와 한 이불을 덮고 그의 침대를 향내 나는 몸으로 덥혀 왔단
말입니까?"

"거짓말입니다. 믿을 수가…."

애처로운 목소리로 현실을 부정해 봐도 변하는 건 없다. 나는
그녀의 가슴에 비수를 박아버렸다.

"플레이스테네스 님이 이 사실을 저승에서 안다면 피눈물을
흘리겠지요. 정말 대단하십니다. 왕비 전하."

"믿을 수 없어요!"

왕비는 벌떡 일어나서 빽 소리를 질렀다.

"전하께서 믿든 말든 그건 중요한 게 아닙니다."

"뭐라고요?"

"중요한 건 그날 진짜 그런 일이 있었다는 사실이지요. 원한다
면 티에스테스 님에게 물어보십시오. 그가 어떻게 반응할지 저도
참으로 궁금합니다."

"수준 낮은 음모군요. 그런 식으로 저와 그분을 갈라놓으려고 해도 소용없답니다."

장막 너머로 왕비가 파르르 떨리는 목소리를 애써 억누르고 있었다. 하지만 아무리 애를 써도 동요하는 걸 감출 수 없어 보였다.

"사실 관계는 직접 알아보시면 될 것 같습니다. 제가 전하를 위해 해드릴 수 있는 말은 여기까지니까요."

나머지는 알아서 하겠지. 왕비는 수하를 시켜 직접 조사할 수도 있고, 아님 섬기는 신에게 지혜를 구해 봐도 된다. 자기 세력도 충분한 데다가 신전에 바칠 공양물도 넘쳐날 터.

"더 이상 듣기 싫군요. 이만 물러나세요. 계속 이런 요설을 늘어놓는다면 저도 가만있지 않겠어요."

"야밤에 벌인 이 무례, 깊은 사죄드리겠습니다. 하지만 한 가지만 알아주십시오. 이것은 모든 과오를 바로잡고 복수도 할 수 있는 기회입니다."

"……."

"그리고 용서하십시오."

"용서라고요?"

"비록 당신의 남편은 용서할 수 없어도 아가멤논 왕자는 용서하십시오."

아가멤논도 어떻게 보면 불쌍한 자다. 어머니의 사랑을 받지 못한 채 쓸쓸히 성장했고, 위쪽으로는 아트레우스 대왕의 전처가 낳은 자식이 셋이나 있었으니까. 어릴 때가 얼마나 잿빛이었을지 짐작하기 어렵지 않다.

"무고한 아이였을 뿐입니다."

내 말에 아에로페 왕비는 털썩 주저앉더니 오랫동안 말이 없었다.

"정말 왕비가 이쪽 손을 잡아 주리라고 생각하나?"

아탈란테의 물음에 포도주를 들이키고 있던 나는 어깨를 으쓱했다.

"모르지. 내가 살던 곳에 이런 속담이 있다. 열 길 물속은 알아도 한 길 사람 속은 모른다고."

"하면 대체! 어찌 그대는 이렇게 여유로운 것인가? 정오까지 퍼질러 자더니 일어나자마자 술인가! 요즘 늦게까지 마시고 다니지 않는가?"

늦게 일어난 걸로 너무 힐난하는 걸. 초조한 듯 방에서 왔다갔다 서성거리는 아탈란테를 보며, 나는 손을 잡아 끌어당겼다.

"일단 좀 앉아. 정신 사납게. 찬물 좀 마시고."

"처형일이 코앞이다."

아닌 게 아니라 왕비의 답변을 기다리다 보니 벌써 술의 신 디오니소스에게 바치는 가을 제전이 며칠 앞이었다. 나름대로 열심히 준비를 하다보니 시간이 훌쩍 가버렸다.

"정 안 되면 정면 돌파로 구출해내자고."

"그대는 정말 대책이 없군. 지키는 자들이 수도 없을 터. 어떻게 구출하자는 건가?"

"왜 없어? 이 도시에는 결전 병기가 하나 있잖아."

"음?"

무슨 소리냐며 고개를 갸웃거리던 아탈란테는 내가 손가락을 땅을 가리키자 알아채고는 기분 나쁜 표정이 됐다. 안 좋은 기억이 떠오른 탓이겠지.

"그걸 꺼내려오는 것인가?"

"정답. 좋은 방법이라고 생각하지 않아?"

"확실히. 하지만 그 정도 요란을 떨면 신들이 주목할 거다. 신들이 끼어들면 일은 항상 예측불가가 되지. 어떻게 결론이 날지 아무도 모른다."

"아르테미스를 따르는 주제에 꽤 불경한 말을 하네."

"그대의 목소리는 참새 떼가 지저귀는 것처럼 듣기 싫군. 정말."

내가 쓰려는 방법은 바로 미케네 왕가의 비보인 제우스의 보검이다. 정작 쓰라는 왕가의 인물들은 다루질 못하지만 나는 다르다. 그걸로 사방에 마구 전격을 쏘아낸다면 아가멤논을 데리고 도망가는 건 충분히 가능할 터. 미케네가 난장판이 되기야 하겠지만 플랜B란 게, 대개 깔끔하지 못한 방법이니 차선책인 것 아니겠는가.

-제우스의 검이라면 확실히 나쁘지 않군. 네놈이 쓰는 불타는 이름 없는 자의 신성발현보다 훨씬 낫다.

비밀의 서도 괜찮다고 했다. 〈신성발현〉이나 〈제우스의 보검〉이나 막나가는 힘인 건 마찬가지라, 둘 다 신들의 주목을 끌 거다.

하지만 신성발현은 불타는 이름 없는 자의 힘이라 벌써 그런 걸 내가 쓴다는 게 알려지면 곤란하다. 반면 제우스의 보검은 사기 아이템이긴 해도 최고신이 허락한 힘.

−제우스 검은 무지막지하지. 훗날 아가멤논이 그걸 들고 지상 최강의 용사 중의 하나가 됐으니까.

순 템빨로 어지간한 영웅들을 다 씹어 먹은 게 아가멤논이다. 강하긴 해도 좀 실력 면에서 미덥지 못한 게 그인데, 가진 무기가 워낙 사기니 다들 어쩔 수 없었다. 그래서 내가 회귀하기 전에 강자이긴 하지만 별로 인정받지 못한 게 아가멤논이었다.

"참새 떼 같다니 모욕적이군. 하지만 가능성이 있다는 건 인정하나?"

"으음… 확실히. 한데 데리고 어디로 도망칠 건데?"

"스파르타로 간다. 어차피 왕비가 도와줘도 스파르타로 가려고 했어."

현재 아트레우스 대왕은 쓰러졌고 권력은 그의 동생인 섭정 티에스테스가 강하게 쥐고 있다. 하루 이틀 준비한 게 아니다. 이미 나라의 곳곳에 마수를 뻗어둔 상태. 사형장을 습격하고 추문하나 폭로한다고 그의 정권이 뒤집어지는 건 아니다. 다만, 나는 아가멤논에게 사악한 삼촌에게 쫓겨 간 왕자라는 선한 역할을 부여하려는 것 뿐이다. 왜냐면 후일 돌아와 미케네의 진정한 왕으로 만들기 위해서.

"스파르타?"

아탈란테는 왜 스파르타냐는 듯 머리 위에 물음표를 띄웠다. 사실 이 결정은 내가 역사를 알기 때문에 가능한 부분이다. 시간

표가 기존과 달라지긴 했지만, 회귀 전에도 티에스테스가 왕권을 가로챘다.

이에 넷째 왕자인 아가멤논과 다섯째 왕자인 메넬라오스가 스파르타로 도주하게 된다. 그 뒤 스파르타의 왕은 둘을 환대해서 재기하도록 큰 도움을 주니, 스파르타야 말로 두 왕자가 장대비를 피할 지붕 같은 곳이다.

"그래, 스파르타. 스파르타의 왕은 미케네의 왕자들을 환대할 거야."

"어째서?"

"후일 미케네에 영향력을 행사하고 싶을 테니까."

대강 얼버무리기 위해 한 말이었는데 뱉고 보니 그럴싸했다. 아마 스파르타의 왕도 무조건 선의로 길 잃은 두 왕자를 받아준 건 아니겠지.

"그런가."

아탈란테가 납득한 듯 고개를 주억이자 나는 결론을 내렸다.

"어차피 왕자를 구출하는 건 변함없어. 왕비가 도와주면 좀 더 적에게 타격을 줄 수 있겠지만 아니라도 상관없다."

"…나름 생각이 다 있었구나."

"날 대체 뭐로 여기는 거야? 그리고 조력자가 추가로 더 있다. 우리 둘만 행동하는 게 아니라고."

내 말에 아탈란테는 놀란 듯 눈이 커졌다.

"정말인가? 언제 구한 거지?"

"내가 왜 늦잠의 연속일까?"

사실은 요 며칠 계속 새벽에 나갔다 오느라 그랬다. 조력자를 구하기 위해 밤의 도시를 쥐새끼처럼 왔다갔다 했다. 이런 점을 언급하자 아탈란테가 살며시 입이 벌어졌다.

"그대… 단순히 술 마시고 돌아다니느라 늦잠 잔 게 아니로군?"

비록 다른 방을 쓰고 있지만 아탈란테라면 내가 밤마다 몰래 나다닌 걸 진작 알았을 거다. 하지만 새벽에 고주망태가 되어 돌아오길 반복하니 그냥 술이나 먹고 한심하게 돌아다닌 줄 알겠지. 사실 그것도 다 필요해서 마신 거였다.

"맞아. 연극 무대에 오를 배우들을 추가로 섭외하고 다닌 거지. 그래서 좀 늦게 일어났는데 어디 사는 누구는 사정도 모르고 비난부터 하더군. 그 누구는 한 거라곤 제 자리에서 왔다갔다 하며 근심 걱정한 것 말고는 없던 것 같던데."

"으윽!"

아탈란테의 얼굴이 홍시처럼 붉어졌다. 그리고 살며시 어깨를 떨었다. 자기가 생각해도 부끄러웠던 모양이다.

"미, 미안하다…. 난 그것도 모르고."

"뭐라고? 잘 안 들리는데?"

손을 귀에 대고 묻자 아탈란테가 붉어진 얼굴로 재차 사과했다.

"남몰래 동분서주하는 것도 모르고 비난했다. 미안하다. 그대에 비해서 나는 정말 쓸모 없구나…."

요즘 실패만 반복한 탓인지 이 소녀는 우울해 보였다.

"어떻게 하면 그대처럼 수완이 좋아질 수 있지? 예전에는 무력만 강해지면 모든 문제가 자연히 해결될 거라 여겼다. 하지만 경험이 쌓일수록 점점 생각이 바뀌는 중이다."

"세상이란 원래 그렇지. 때론 1만 자루의 검이 해내지 못할 일도 단 한 사람의 혀가 해결하기도 하니까."

"그대는 정말 대단하구나."

어쩐지 아탈란테가 날 보는 시선이 달라져 있었다. 착한 놈이란 평가는 아니라도 유능한 놈이란 평가는 하는 모양이다.

"고평가 해주는 건 고맙지만 이 일은 나 혼자 못해. 그러니까 당일 날 힘 좀 써달라고. 깜짝 출현도 섭외해 놨으니."

"한데 제우스의 보검은 확보가 가능한 건가? 내가 듣기로 그날 이후 보관하는 장소가 바뀌었다고 한다. 아무도 어디에 있는지 모른다고 들었다."

"걱정 마. 우리 깜짝 출현자가 그 부분은 해결해 줄 거야."

"대체 누구를 섭외한 것인가?"

거물이지. 어마어마한 거물.

아가멤논 왕자가 처형되는 당일이 되었다. 오늘은 디오니소스에게 바치는 가을 제전의 시작이기도 했다. 심기일전해서 한 번 난동을 부려볼까. 그리 굳게 결심하는데 갑자기 비밀의 서가 날 불렀다.

-펠레우스! 신의 반응이 떴다.

-뭐?

오랜만이 아닌가. 놀라 서둘러 펼쳐진 책을 살폈다.

〈술의 신 디오니소스가 오늘은 흥미진진한 하루가 될 거라고 기대합니다. 벌써부터 당신을 주시하기 시작했습니다.〉

비밀의 서의 흑지에 하얀 글씨가 떠올랐다. 아무래도 디오니소스는 소문이 빠르다 보니 내가 도시에 잠입한 걸 어느새 알아챈 모양이다. 반면 다른 신들은 나에 대해서 잊고 있었다. 일 년 전쯤에 놀라운 활약을 하긴 했지만 그 뒤로 실종됐다. 신들에겐 결국 그 정도의 인간일 뿐이니 신경도 안 쓰겠지.

〈디오니소스는 당신을 칼리돈의 멧돼지 살해자로 기억하고 있습니다. 언제고 직접 술을 내리고 싶어 합니다.〉

놀랍게도 술의 신 디오니소스는 나에 대해 정확히 기억하고 있기 까지 했다. 아마 일 년 전에 흥미롭게 여겼던 인간이 다시 나타났으니 무언가 하려나 싶어 관찰을 시작한 모양이었다. 게다가 오늘은 자신에게 바치는 제전의 첫째 날 겸, 아가멤논 왕자의 처형일. 뭐라도 거하게 터질 거라 두근두근한 모양이다.

〈디오니소스가 친한 사이인 전령의 신 헤르메스를 부릅니다.〉

아, 안 돼! 이건 좋지 않은데. 망할 주당 신이 올림포스의 촉새를 소환해 버렸다. 오늘 한 판 할 준비를 위해 장비를 점검하던 나는 하마터면 소리를 지를 뻔했다.

"왜 그런가? 그대."

옆에서 화살을 세고 있던 아탈란테가 갑자기 허둥대는 날 보고 이상하다는 듯 쳐다본다. 비밀의 서가 안 보이니 당연히 괴이하겠지. 하지만 신들의 동향을 실시간 중계로 보고 있는 나는 땀을 삐질삐질 흘릴 수밖에 없었다. 올림포스의 촉새가 소문 한 번 잘못 내면 오늘 일은 완전히 망칠 수 있기 때문이었다.

-펠레우스, 큰일이다. 헤르메스가 아르테미스에게도 사실을 알리면 곤란해진다.

-누가 아니래!

아르테미스는 나를 무척 싫어한다. 오늘 일을 모르니 가만있는 거지, 만약 내가 아가멤논을 구출하려는 걸 눈치챘다면 어떻게든 방해하려고 할 거다. 그 망할 여신은 그냥 외딴 곳에서 곰이나 쫓으면 딱 좋은데 말이야. 초조함에 입술을 깨물자 새로운 글자가 떠올랐다.

〈전령의 신 헤르메스가 처녀신 헤스티아에게 연락합니다. 더 부르지 않고 셋이서 함께 보기로 합니다.〉

오, 다행이다.

"후우⋯."

안도의 한숨이 절로 나왔다. 올림포스의 촉새가 헤스티아 님만 부르는 걸로 그쳤다. 그건 그렇고, 저 셋이 친분이 있나 보구나.

"아까부터 무엇인가? 혼자 사색이 됐다 이제는 안도하고."

아탈란테는 점점 날 이상한 사람 보는 듯하고 있었지만 어떻게 대답해주기도 애매했다. 대신 헤스티아 님에게 마음이 빼앗겼다. 아, 헤스티아 님⋯. 유일하게 팬클럽에라도 들어가고 싶은 분.

자애롭기가 이루 말할 수 없어 인간을 진정으로 사랑하는 신인 데다가, 올림포스 최고 미녀로 그 미모가 이름 높았다. 제우스 신이 헤스티아 여신님에게 여러 차례 구혼했다가 차인 걸로 유명하다. 그리고 이건 금서에서 읽은 지식인데, 풍성한 의복 속에 감춰진 몸매가 가히 사기급이라고. 아니, 그런데 왜 금서에 그런 얘기가 써져있었던 거지?

〈처녀신 헤스티아가 당신이 무사한 걸 보고 다행이라고 여깁니다.〉

세상에! 헤스티아 님께서 날 기억하고 계셨어! 헤스티아 님께서 날 봐주셨다고! 감격에 절로 두 주먹이 불끈 쥐어졌다. 이쯤 되자 아탈란테가 포기한 눈빛이 되더니 방 밖으로 나가버렸다.

"준비가 되면 나오도록. 기다리고 있을 테니."

"…헤스티아 님."

"뭐?"

"아니야. 나가 있어."

서둘러 아탈란테를 내보내고는 나는 비밀의 서의 글씨에 주목했다. 새로운 메시지가 계속 떠오르고 있었기 때문이다.

〈헤스티아 여신이 오랜만에 본 당신을 위해 축복을 내리기 시작합니다!〉

뭐야? 축복? 놀라서 비밀의 서에게 묻자 녀석도 좀 당황한 듯했다.

─이런 일도 가능한가?

─신이니 안 될 건 없지. 헤스티아가 예상 외로 네게 큰 호감을 갖고 있는 모양이군.

─뭐? 헤스티아? 헤스티아 님이라고 불러라. 감히 건방지게 '님' 자를 빼?

비밀의 서에게 엄하게 주의를 준 뒤 뭐가 변하는지 느껴보았다.

"음?"

한데 눈에 띄는 변화는 없었다. 어쩐지 기분이 좋아지는 정도의 느낌은 있었지만.

-이게 무슨 효과지?

-일단 티내지 마라. 헤스티아 입장에선 네가 축복을 받은 걸 모른다고 생각할 테니.

다행히 어리둥절함은 오래가지 않았다. 비밀의 서에 효과가 나타난 것이다.

〈처녀신 헤스티아의 따뜻한 가호가 함께합니다. 오늘 하루 당신의 행운이 증가합니다.〉

행운 증가라니. 이거 어려운 때에 좋은 축복을 받았다. 행운이란 힘은 생각 이상으로 강력하다. 오늘 같이 위험천만한 일을 해야 하는 날에 더 없이 좋겠지.

-헤스티아 님, 감사합니다.

마음 같아선 기도를 올리고 싶었지만, 내가 신들의 동향을 안다는 걸 티낼 수 없어 안타까웠다.

-정말 어이가 없다.

비밀의 서는 매우 불편하다는 목소리였다.

-헤스티아도 사람 보는 눈이 없군. 이런 악당에게 뭐하러 귀한 신력을 낭비하는 건가?

-어느 누구랑 다르게 눈이 제대로 붙어 있으시니까.

-뭐야?

생각해 보니 비밀의 서 녀석, 눈알도 없는데 어떻게 앞을 보는 거야.

〈안주를 요리하고 있던 술의 신 디오니소스가 헤스티아에게 불만을 나타냅니다. 공평하지 못한 처사이며 편애라고 합니다.〉

뭐야, 디오니소스 놈. 안주나 마저 만들지 왜 딴죽을 걸어? 디오니소스를 향해 욕이 나오려던 순간 헤스티아가 반응했다.

〈처녀신 헤스티아가 까불면 술병을 모조리 부수겠다고 합니다.〉

〈술의 신 디오니소스가 찔끔해서는 연신 고개를 조아립니다.〉

어라, 디오니소스가 꼼짝을 못하네. 하긴, 헤스티아는 올림포스에서 배분이 높은 신이었지. 제우스, 헤라, 하데스, 포세이돈과 같은 크로노스의 자식이니 디오니소스가 꼬리를 마나 보다.

헤스티아는 원래 올림포스의 12주신 가운데 하나였는데, 디오니소스에게 이 자리를 양보한 걸로 알고 있다. 이유는 금서에도 나오지 않았기에 잘 모르지만, 지금 헤스티아의 태도를 보니 떠넘겼던 게 아닐까 싶다.

〈헤스티아가 디오니소스에게 요즘 기어오르는 게 마음에 들지 않는다고 말합니다.〉

〈디오니소스의 이마에서 술을 빚어도 될 정도로 식은땀이 줄줄 흐릅니다. 모든 게 오해라고 변명합니다.〉

〈헤스티아가 자꾸 까불면 예전처럼 굴리겠다고 경고합니다.〉

메시지를 보니 나까지 불안해졌다. 헤스티아 여신님이 화나면 의외로 성깔 있는 분인지 모르겠단 생각이 들어서였다.

-걱정이로군.

-어째서?

-오늘 작전이 헤스티아 님의 심기를 거스를 수 있기 때문에.

-아, 생각해 보니 그렇군. 축복을 거둬가고 저주까지 얻어맞는 거 아니냐?

-끄응….

근심이 된다. 괜찮은 작전이라 여겼는데 헤스티아에게 불경죄가 될 수 있었으니까. 하지만 이미 계획을 다 세워놓고 여기저기서 협조도 얻은 상태. 이제 와서 무를 수도 없다. 그저 여신의 관대함이 내 생각 이상이길 빌 수밖에.

-펠레우스, 슬슬 출발할 때다.

나는 고개를 끄덕이고 자리에서 일어났다. 신들의 반응을 보는 것도 재미있지만 오늘은 서둘러야 하니까.

술의 신 디오니소스에게 바치는 가을 제전이 시작된 탓에 거리는 온통 축제 분위기였다.

"일국의 왕자가 처형되는 날이라곤 믿기지가 않는군."

아탈란테는 신전의 건물 위에서 주변을 내려다보며 고개를 절레절레 저었다.

"아가멤논은 딱히 인기 있는 왕자가 아니었었잖아. 게다가 시민들에게 처형은 볼거리이기도 하니까."

현대인의 감각으론 이상한 일이지만 여기선 실제로 그랬다. 사형이 집행되는 날이면 구경하러 오는 사람들로 인산인해를 이뤘다.

"그런가. 그나저나 더 이상한 일이 있다."

"뭐가?"

"미리 듣긴 했지만, 대체 어떻게 우리가 여기까지 올 수 있었던 거지?"

"말했잖아. 왕국의 거물을 섭외했다고. 그분의 도움을 좀 받았지."

"그래도 이상하지 않은가?"

"더 말할 수 없어. 그냥 그런가 보다 해."

현재 아탈란테와 내가 있는 곳은 바로 처녀신이자 화로의 여신인 헤스티아의 신전이다. 그것도 보통 장소가 아니라 성스러운 불을 관리하는 헤스티아의 무녀가 머무는 여사제관으로, 그야말로 외부인의 출입이 철저히 통제된 금지였다.

본래라면 절대 들어올 수 없겠지만, 내가 섭외한 왕국의 거물이 이곳 헤스티아의 무녀와 비밀스러운 연인 관계이기 때문에 가능했다. 물론 이건 절대 발설해서는 안 될 얘기였다. 헤스티아의 무녀에게 절대적인 두 가지가 있었으니, 하나는 성스러운 불을 꺼뜨려선 안 되고, 다른 하나는 순결을 지켜야 한단 점이었다. 당연히 연인이 있단 소문이 퍼지면 끝장으로, 바로 남자랑 같이 사형이다.

이러니 헤스티아의 무녀들은 늘 엄격한 생활 태도를 요구받았다. 항상 무거운 책임감을 갖고 살았는데 대신 모두의 존경을 받는 위치이기도 했다. 헤스티아의 무녀에게 온갖 특혜가 주어짐은 물론 왕조차 함부로 할 수 없었다.

"펠레우스, 작전은 좋지만 이건 신벌이 내리고도 남는다."

"억울한 사람을 구하기 위해서니 헤스티아 님도 이해해 주실 거야."

내가 세운 작전은 그런 헤스티아의 무녀들에게 주어지는 특혜를 이용하는 것이다. 헤스티아의 무녀는 연극이 열릴 때도 항상 표를 구하지 않고도 특석에서 관람이 가능한데 사형 역시 마찬가지다. 그녀들은 형이 집행될 때 제일 앞에서 볼 권리를 가진다.

이 세계에서 사형이 일종의 구경거리임을 생각해 볼 때 이상한 일은 아니다. 게다가 사형수들이 그걸 간절히 원하기도 한다. 자애로운 헤스티아 여신의 무녀가 입회한 채 형이 집행된다면 자기 죄가 조금은 용서받는다고 여기기 때문이다.

나는 이걸 노리고 아탈란테를 헤스티아의 무녀로 변장시키는 중이었다. 그녀는 중요한 순간에 튀어나가 아가멤논을 확보할 예정이었다.

〈헤스티아 여신이 뚱한 얼굴로 당신을 쳐다봅니다.〉

"크흠!"

하마터면 사레가 들릴 뻔했다. 나는 서둘러 정정하듯 덧붙였다.

"물론 목적은 좋지만 여신님께 누를 끼치는 만큼 일이 끝나면 모든 정성으로 공양을 올려야지. 그리고 앞으로 정기적으로 신전을 방문해 여신님께 기도하겠다. 암, 헤스티아 님이 시키는 게 있으면 뭐든지 할 거야!"

마치 들으라는 듯 말했다. 아탈란테는 이놈이 미쳤나, 왜 이러지란 표정이었으나 내 이런 다짐은 분명히 효과가 있었다.

〈헤스티아 여신이 맘에 드는 듯 방긋 웃습니다. 당신에게 부탁

할 걸 천천히 생각해 봅니다.〉

"어휴…."

안도의 한숨이 절로 나왔다. 다행히 이걸로 헤스티아 님이 이번 작전을 허락한 거나 마찬가지다. 나중에 그녀를 위해 뭔가 해야 할 것 같지만 신벌을 안 받은 것만 해도 어딘가. 역시 자애의 상징이셔.

"그대는 원래부터 이상한 자이지만 오늘따라 특히 더하군."

아탈란테는 내 이마에 손을 짚어 보며 고개를 갸웃거린다.

"열병은 없는 것 같은데…."

아무래도 혼자 일희일비하다 보니 적잖이 미친놈으로 보이나 보다.

"크흠!"

헛기침을 한 나는 어서 채비하라고 아탈란테를 재촉했다.

"거의 다 끝났다."

아탈란테는 무녀복을 입고 헤스티아의 무녀로 변장한 상태였다. 새하얀 무녀복이 그녀와 무척 잘 어울려, 마치 눈의 정령처럼 깨끗한 아름다움을 자랑하고 있었다. 이 소녀는 예쁘기는 정말로 예뻤다. 여신조차 부럽지 않을 미모란 생각을 하고 있던 그때 우리와 내통하고 있는 무녀가 나타났다.

"무녀들이 출발할 거예요. 따라오세요."

무녀의 목소리에 긴장감이 어려있었다. 헤스티아의 무녀 중 최고참인 그녀지만 모든 걸 맘대로 할 수는 없다. 사실 오늘 구출은 다른 무녀들의 동의가 있었기에 가능했다. 다들 무고한 아가멤논이 사형당하는 것에 내심 반대하고 있었기 때문이다.

"폐를 끼치게 되었습니다. 다시 한 번 감사드립니다."

내가 사례하자 그녀는 고개를 저었다.

"죄 없는 왕자님께서 처형당하게 둘 수는 없지요. 가시지요."

헤스티아의 무녀는 총 다섯. 그중 하나가 빠지고 아탈란테가 맨 뒤에 끼었다. 나는 무녀를 호위하는 신전의 무사로 변장해서 따라갔다. 그렇게 헤스티아의 무녀들이 거리를 행진하자 사람들이 좌우로 갈라진다.

"성스러운 무녀님들이셔."

"모두 지나가시게 비키라고!"

무녀들은 시민들에게 대단한 존경을 받는다. 모두 거리를 걷는 무녀들에게 예를 표하게 길을 비켰다.

"무녀님들, 이쪽으로 오십시오."

사형장의 병사들이 무녀들을 보더니 알아서 안내를 하고 나섰다. 정말 왕후장상도 부럽지 않을 정도네. 뭣보다 대단한 건 저런 태도가 자발적인 존경심에서 나온다는 거다.

"아탈란테, 내가 신호하면 튀어나가서 아가멤논을 바로 확보해. 알겠지?"

나는 아탈란테의 뒤에 시립한 채 작게 속삭였다. 아탈란테는 알았다는 듯 살며시 고개를 끄덕인다.

"와아아아아!"

"왕자다! 왕자가 왔어!"

그때 여기저기서 고성과 함성이 터져 나왔다. 드디어 사형장에 아가멤논 왕자가 포승줄에 묶여 나타난 것이다. 뒤로는 왕실의 병사들이 줄줄이 따르더니 섭정 티에스테스와 왕비 아에로페 왕비까지 모습을 드러냈다.

-저놈이 티에스테스인가.

-간교한 인상인 게 네놈을 꼭 닮았다, 펠레우스.

-그럼 내가 아니라 널 닮은 거겠지.

드디어 티에스테스의 얼굴을 보게 됐다. 비밀의 서의 평가와는 다르게 매우 준수하고 훌륭한 얼굴을 하고 있었다. 그가 말하면 어떤 얘기라도 믿음을 줄 것만 같다고 할까. 순간 나도 저 사람이 그 악당일 리가 없어, 란 생각이 들었으니 이놈의 제우스의 혈통들은 외모 하나는 끝내준다 하겠다.

"시민들이여!"

섭정 티에스테스는 도착하자마자 앞으로 나서더니 우렁차게 외쳤다. 그의 목소리에는 힘과 위엄이 넘쳐 단번에 도떼기시장 같던 광장을 조용하게 만들었다.

"오늘 나는 매우 불미스러운 일로 이 자리에 섰다. 그것은 바로 누구보다도 왕국을 위해 헌신해야할 위치에 있는 인물이 권력에 눈이 멀어 죄악에 빠진 사건이다."

"우우우우우!"

호응하듯 야유가 터져 나왔다. 대중은 진실에 별다른 관심이 없었다. 그저 비난할 거리가 생긴 걸로 만족하는 듯했다. 그리고 섭정은 그런 반응에 흡족해 하는 모습이었다.

-입 꼬리 살짝 올라간 것 좀 보게, 저 새끼.

-역시 네놈이랑 똑같지 않으냐, 펠레우스. 저 표정은 네놈 전매특허다.

속으로 비밀의 서와 얘기하는 사이 우렁찬 연설은 계속됐다.

"이 사건은 우리를 슬프게 만들었다. 하지만 생각해 보면 이것은 모두에게 소중한 기회이기도 하다. 이런 난신적자를 쳐내 왕국의 기반을 더욱 다지기 위한! 사실 우리 모두는 예상했었다. 폐하께서 쓰러지자 이런 해로운 독초가 왕국의 그늘진 틈새에서 자라날 것을!"

"옳소! 우우우우우-!"

대중은 점점 흥분하고 있었다. 아가멤논은 묶여서 고개를 숙이고 있었다. 아무도 그의 편을 들어주지 않는군. 무척이나 고독해 보였다.

"하여 나는 가슴 속에서 우러나오는 깊은 슬픔에도 불구하고, 왕국의 섭정이란 직위에 충실하고자 오늘 형(刑)을 망설임 없이 집행하려고 한다. 왕자의 죄상은 이미 입증되었기에 여기에 어떤 반론의 여지도 없음을 모두에게 밝히는 바이다."

티에스테스는 승리를 확신한 사람처럼 보였다. 하지만 자주 그렇지만 중요한 것들은 이상하게도 완성의 그 순간 엎어지는 법이다. 마치 세상의 법칙이 그래서, 승리를 앞둔 사람이 눈물을 흘리길 바라는 것처럼.

"이 몸은 단호하게 오늘의 형을 집행하기로 결정하는 바이다! 그리고 우리는 오늘, 다시 한 번 왕국의 질서가 지켜지는 걸 두 눈으로 바라볼 것이다! 미케네여 영원하길!"

"와아아아아! 미케네-!"

대중은 열광했다. 나는 슬쩍 섭정의 근처에 있는 아에로페 왕비를 살펴보았다. 무표정한 게 감정을 완전히 감추고 있었다. 친아들이 죽는 순간인데도 전혀 동요하지 않는 건가? 지난 밤 그녀에게 제안을 했지만, 이후 어떤 결심을 했는지 모르겠다. 왕비의 도움은 일단 고려하지 않기로 했다. 그리고 그때, 티에스테스가 뜻하지 않는 실수를 해줬다.

"누군가 이 결정에 이의가 있다면 지금 즉시 나서주길 바란다. 나는 겸손함을 미덕으로 삼는 왕국의 섭정으로서, 잠시 내 뜻을 접고 앞으로 나선 현명한 이의 의견에 귀를 기울이겠노라."

아마 누군가 나설 일이 절대 없을 거라고 생각한 거겠지. 사실 그 예상이 맞다. 이런 분위기에서 누가 감히 섭정의 의견에 반대하고 나서겠는가. 아트레우스 대왕이 쓰러진 지금은 그가 왕국 최고의 권력자다. 게다가 광장의 분위기를 휘어잡고 있지 않은가. 미친놈이 아니고서는 어림없는 일이다. 하지만 얄궂게도 오늘 이 광장에는 미친놈이 하나 있어 크게 소리쳤다.

"섭정이시여! 여기 당신의 의견에 반대하는 사람이 하나 있습니다!"

바로 나였다.

헤스티아의 무녀를 호위하는 역할을 집어던진 나는 모두의 시선을 받으며 앞으로 나섰다. 사람들이 놀라서 웅성웅성 거리기 시작했다. 설마 반대자가 나올 줄은 아무도 예상하지 못했겠지. 곧 분위기 파악 못한다고 비난이 쏟아졌다.

"끌어내! 끌어내라!"

"감히 섭정께 무례하다!"

사방에서 분노한 외침이 가득했다. 그럼에도 나는 앞으로 걸어 나갔고 섭정 티에스테스는 한 손을 들었다.

뚝.

광장을 가득 채우던 소음이 최고 권력자의 손짓 한 번에 사라졌다. 마치 신과 같은 위엄을 뽐낸 티에스테스는 나를 내려다보며 물었다.

"그대는 누구인가?"

티에스테스의 질문과 함께 모두의 시선이 내게 꽂혔다. 아니, 시선이 쏟아진다는 표현이 적당하겠다. 살면서 이렇게 많은 이의 주목을 받긴 처음이었다. 하지만 의외로 나쁘지 않은 기분이랄까. 압박을 받았지만 동시에 내가 생각 이상으로 잘 해낼 거란 직감이 들었다.

"저는 미케네 왕가에 의탁하고 있는, 코리아의 왕자 펠레우스라고 합니다."

"코리아?"

들어본 적 없는 국가일 테니 티에스테스는 순간 어리둥절한 표정을 짓는다. 그때 부관으로 보이는 자가 그의 귓가에 뭐라 속삭였다. 그러자 티에스테스가 작게 고개를 끄덕이더니 대답했다.

"과거 식인거인으로 부터 국왕 전하와 아가멤논 왕자를 구했던 자로군. 그 뒤 행방이 묘연했다고 들었는데 어찌 지금 나타난 건가?"

"그날 밤처럼, 다시 한 번 아가멤논 왕자를 구하고자 나섰습니다."

"하하하핫! 왕자는 모반을 꾀한 중죄인이다. 어찌 그대는 바르지 못한 자를 구하는데 힘을 쓰고 세간의 손가락질을 받으려고 하는가?"

그 말과 함께 대중의 야유가 쏟아졌다. 시민들은 나까지 죄인

취급하듯 소란을 떨어댔다. 티에스테스는 그런 지지를 만끽하듯 양 팔을 벌린 채 말했다.

"아가멤논의 죄상이 명확하니, 그의 처지는 실로 대들보가 무너진 집과 같다. 어리석게 양손으로 받치려 하면 깔려 죽고 말 테니 현명하게 처신하라."

까불면 같이 죽을 수 있다는 경고였다.

"과분하신 배려로 현명한 말씀 내려주시니, 이 펠레우스 감사한 마음 금치 못하겠습니다. 하오나, 아가멤논 왕자는 큰 뜻을 품은 자이자 최고신 제우스의 혈통이니 잠시나마 그를 위해 변명하도록 허락해 주시지요."

"흥! 왕자라고 하더니 언변이 구름 흘러가듯 매끄럽구나. 어딘가의 유세객인가?"

"거슬리면 손을 저어 흩어버리면 되는 게 구름입니다. 섭정께서 두려울 게 뭐가 있겠습니까?"

섭정의 자존심을 자극한 나는 지켜보는 대중의 흥미도 끌어야 한다고 판단했다. 대중이 내 이야기를 들어보고자 한다면 섭정이라도 막기 어려울 테니까.

"시민들이여! 한 사람의 목숨을 거두기 전에 여러분의 고귀한 자비심을 발휘하여 그를 위한 변호를 들어주시길 부탁드립니다! 이 얘기는 충분히 재미있을 터라, 절대 후회하지 않을 것입니다!"

이곳 사람들은 재밌는 이야기를 좋아한다. 신화니 전설이니 하는 게 널리 퍼진 것도 그 때문이다. TV도 없고, 인터넷도 없고, 글은 읽을 줄 모르는 자가 태반이니 시인들이 들려주는 이야기에 귀가 쫑긋 해지곤 했다. 재밌는 이야기란 소리에 대중은 쉽게 자기 귀를 내줬다. 여세를 몰아 나는 시민들의 동정심을 자극했다.

"그리고 저는 이렇게 생각합니다. 죄는 미워해도 사람은 미워하지 말라고."

광장의 군중이 술렁였다.

"죄는 미워해도 사람은 미워하지 말라니…."

"뭔가 울림이 있는 말이로군."

"하긴 죽을 때 죽더라도, 변명 좀 들어주지 못할 이유는 없지."

지구에 있을 때 자주 듣던 말이지만, 이곳 사람들에겐 그럴 듯하게 들린 모양이었다. 이 상황을 지켜보고 있던 신도 반응했다.

〈헤르메스가 무릎을 치며 감탄합니다. '명언이다! 저놈 글깨나 읽은 놈이로구나!'〉

아닌데요….

그냥 단순히 표절인데요….

하지만 이쪽 세계에선 내가 최초로 한 말이니 후일 이날을 기억하는 자가 있다면 펠레우스의 명언으로 남겠지. 후후후. 날로 먹으니까 너무 좋은 걸.

"좋다. 어디 그대는 친우를 위해 변호에 나서봐라."

대중의 뜻이 기울자 의외로 티에스테스는 쉽게 허락해줬다. 하지만 역시 뒤끝이 강한 양반이었다.

"대신 만약 그대가 올바르게 말하지 못하고 변설만 늘어놓는다면, 친애하는 친구의 옆자리에 같이 무릎 꿇을 자신이 있어야 할 것이다!"

광장이 시끌벅적해졌다. 변호에 실패하면 왕자랑 같이 죽으란 말이었기에 난리가 날 수밖에. 내가 만든 분위기는 순식간에 반전되고 다시 대중의 우매함과 잔인함이 고개를 들었다.

"그리 하라!"

"자신이 없으면 나서지 마라!"

역시 쉽게는 안 되는군.

〈헤스티아 여신이 티에스테스의 처사에 눈살을 찌푸립니다.〉

하지만 티에스테스 놈, 지금 여신님한테 찍혔다는 사실을 알려나 모르겠다. 그리고 오늘 난 죽을 생각도 없다. 진짜 변호를 하기 위해서가 아니라 폭로를 위해 이 자리에 섰으니까. 아탈란테는 그 틈에 움직일 거다.

"좋습니다! 이 펠레우스, 시민과 섭정의 뜻을 받아들이겠습니다. 오늘 제가 이 자리에서 왕자를 변호하는데 실패하면 그와 저승까지 동행하겠습니다! 시민들이여, 제 용기에 찬사를 보내고자 하신다면 격려를 부탁드립니다!"

화끈하게 지 목숨 걸겠다는 놈이 출현하니 볼거리를 원하는 시민들이 열광하며 우레와 같은 박수를 쳐댔다.

"와아아아아!"

이거 참, 뭐랄까… 말로 대결할 뿐 로마시대 검투사나 다를 바 없단 생각이 드네. 오늘 준비한 폭로는 회심의 성명절기고 말이지.

"섭정께서 허락하신다면 단상에 올라 말하고 싶군요. 괜찮겠습니까?"

내 요구에 티에스테스는 살짝 미간을 찡그리며 맘에 안 든다는 표정으로 턱짓을 한다. 어디 맘대로 해보라는 태도였다. 그는 설마 내가 이렇게 정면충돌해 올 줄은 몰랐는지 기분이 상한 모습이었다. 뭔가 꼬투리를 잡을 수 있게 된다면 주저하지 않겠지.

"시민들이여!"

드디어 무대 위에 서게 된 나는 심호흡을 했다. 사실 여기서 중요한 건 아가멤논을 제대로 변호하는 게 아니라 티에스테스의 이미지에 치명타를 날리는 거다. 그러기 위해선 이야기를 자연스럽게 티에스테스의 추문으로 끌고 가야 한다. 일에는 순서가 있는 법이라 다짜고짜 쟤네 둘이 바람 폈어요, 순 나쁜 연놈들이에요, 라고 할 수도 없잖은가. 그래서 얘기를 좀 지어내기로 했다.

"여러분들께서는 어떤 때에 죄가 용서된다고 생각하십니까? 사랑하는 사람을 위해 어쩔 수 없이 빵을 훔칠 때? 아니면 부모님의 원수를 검으로 찌를 때? 그 기준에 대해서는 저마다 다른 이야기를 할 것입니다."

사람들은 웅성거리면서 일단 얘기를 들어주고 있었다. 하지만 빨리, 효과적으로 끝내는 게 좋았다. 나는 대중의 사랑을 받는 이가 아니다. 하니 청자들의 인내심은 아침 이슬처럼 빨리 말라버릴 것이다.

"하지만 저는 감히 자신하며 말하건대 부모를 향한 효에 대해선 누구도 이견이 없으리라 생각합니다. 만약 가난한 집안의 아들이 아픈 노모 때문에 약재를 조금이라도 훔치려 한다면, 여러분은 그에게 돌팔매를 하겠습니까? 아니지요. 동정심 많은 시민 여러분이라면 일단 훈계할지언정 그가 돌아갈 때 손에 약재라도 약간 쥐어줄 겁니다."

대부분 고개를 끄덕이고 있었다.

"옳소!"

소리를 내 호응하는 자들도 있었다. 실제로 저들이 그런 사람들인지는 모르겠다. 아무래도 자신이 그런 미담의 주인공이라고 믿고는 싶겠지.

"부모를 공경하고 사랑하는 건 너무나 당연한 일입니다. 물론 그렇다 하여 지은 죄를 용서받을 수 있는 건 아니지만 우리가 동정심을 품기는 충분합니다."

이렇게 일단 밑밥을 깐 나는 포승줄에 묶여 있는 아가멤논 왕자를 가리켰다.

"자, 이제 저기 있는 가련한 왕자를 보십시오. 어릴 때부터 어머니의 사랑을 받지 못하고 큰 가엾은 자지만, 그런 어미를 위해서 이 자리에 무릎 꿇고 있는 그를!"

삽시간에 주변이 시끄러워졌다. 사람들이 좋아할 만한 주제였다. 죄를 지었지만 그 이면에 있는 남모를 사정 같은 거 말이다.

"어서 밝혀라!"

함성이 터졌다. 섭정 티에스테스는 이게 무슨 상황인가 황당해 했고, 왕비는 눈을 지그시 감는다. 하지만 제일 가관인 건 아가멤논이었다. 가만히 있던 그는 황당하다는 얼굴로 날 쳐다본다. 말할 수 없게 입에 재갈이 물려 있어 뭐라 하진 못하지만 어이없어하는 모습이다. 효는 무슨 효인가 싶겠지. 뭐, 황당한 건 알겠는데 그냥 굿이나 보고 떡이나 드쇼. 어차피 반역자란 멍에를 벗어내기 쉽지 않아 보이는데 그냥 미화나 하자 그거야.

"그가 왜 모반의 음모를 꾸몄겠습니까? 바로 자신의 사랑하는 어머니 아에로페를 구하기 위해서입니다."

삽시간에 대중이 크게 술렁이기 시작했다. 티에스테스는 상황을 막아보고 싶은 듯했지만 이미 발언을 허락한 데다가 지금 끊어버리면 시민들의 격한 항의를 받을 걸 알기에 어쩔지 못하고 있었다.

"현재 아트레우스 대왕께서 쓰러지고 왕국은 위기에 빠졌습니다. 강력한 지도자를 잃은 셈이죠. 이제 권력은 여기 있는 섭정에게 넘어갔습니다. 하지만 그에게 더러운 비밀이 있다면 어떨까요?"

갑자기 모든 시민의 눈동자가 티에스테스에게 쏟아졌다. 그러자 그가 발끈하며 외쳤다.

"거짓말이다! 이 천벌받은 놈이! 감히 날 모함해!"

"거짓이라면 제 얘기를 끝까지 듣지 못할 이유가 없겠군요! 하지만 저는 섭정께서 아에로페 왕비님과 불륜 관계란 걸 알고 있습니다."

"뭐?"

순간 티에스테스의 눈이 휘둥그레졌다. 설마 내가 그걸 언급할 줄은 꿈에도 몰랐겠지. 하지만 제일 놀란 건 시민들이었다. 그야말로 난리가 났다.

"그게 무슨 소리냐! 왕비 전하께서 어찌!"

"저 이국의 왕자가 거짓말을 하고 있다!"

"무례한 놈이다! 끌어내!"

신들도 큰 반응을 보였다.

〈디오니소스가 술도 마시는 걸 잊고 이야기를 경청합니다. '어서 다음을!'〉

〈헤르메스가 결국 터질 줄 알았다는 듯 혀를 찹니다.〉

나는 주변의 난리통에도 굴하지 않고 계속 말을 이어갔다.

"다만 저는 왕비 전하께서 진심으로 저 간악한 섭정을 사랑해서 함께한 것이라 여기지 않습니다. 어쩔 수 없었겠지요. 남편인 아트레우스 대왕께서 쓰러진 상황에서 왕자들을 지켜야 할 테니까요! 권력에 눈이 먼 섭정이 정당한 후계자들을 노릴 건 뻔합니다!"

결국 섭정 티에스테스가 폭발했다. 이미 체면이고 뭐고 광분해서 길길이 날뛰는 중이었다.

"저 미친놈을 당장 끌어내! 옥에 가둬버려! 아니, 지금 이 자리에서 돼지처럼 모가지를 따버려라!"

그의 명령에 왕실의 병사들이 날 붙잡으러 우르르 몰려들었다.

"그를 내버려 두시오!"

"얘기를 들어야겠소이다!"

시민들은 날 지지했지만 병사들은 섭정의 명령에 충실했다. 이대로라면 싸움이 날 상황이었지만 내겐 비장의 카드가 남아 있었다. 섭정 티에스테스조차 어쩌지 못하는.

"멈추세요."

맑고 고운 목소리가 혼란한 틈바구니를 비집고 모두의 귓가로 파고들었다. 그리 크지 않았지만 격하게 소리치는 자들조차 모두 들을 수 있었다. 곧 누군가 경외감을 담아 중얼거렸다.

"헤스티아의 무녀님이시다…."

"오오……!"

지금까지 앉아서 사태를 구경 중이던 헤스티아의 무녀들이 나선 것이다. 이 무녀들은 폭군 아트레우스 대왕조차 함부로 하지 못하는 존귀한 위치다. 무녀들이 일렬로 서서 내 앞을 막아서자 달려들던 병사들이 일제히 멈춰 선다.

"무녀님들 비켜서시지요."

"분명히 말했습니다. 멈추시라고."

대번에 내 근처에서 실랑이가 벌어졌다. 병사들은 헤스티아의 무녀들이 막아서자 당황한 기색이 역력했다. 그렇다고 이대로 멈추자니 뒤에서 섭정이 길길이 날뛰며 욕설을 퍼붓고 있었다. 실로 진퇴양난. 그러다가 한 병사가 실수를 저질러 버렸다. 차마 순결한 헤스티아의 무녀의 몸에 손을 댈 수 없으니 옷자락을 잡아당긴 것.

"꺄앗!"

균형을 잃은 무녀 하나가 가냘픈 목소리를 내며 쓰러지자 지켜보던 시민들은 분노가 폭발했다.

"이런 미친놈이! 무녀님께 무슨 짓이냐!"

"천벌 받을 놈들아!"

그제야 병사는 급한 맘에 큰 실수를 한 걸 깨닫고 얼굴이 사색이 됐다. 대중의 분노가 이 폭거로 인해 걷잡을 수 없이 끓어오르고 있었다. 내겐 이보다 더 좋을 수 없었다.

"시민들이여! 왕비께서 그런 결심으로 시동생의 품에 안겼다지만 그걸 지켜보는 아들의 심경은 어떻겠습니까? 아가멤논 왕자는 지금까지 왕국에 충순했습니다. 그런 그가 모반이라니요? 왜 그렇게까지 해야겠습니까?"

사방에서 비난과 고성이 터졌다. 사람들은 내 말을 듣고 완전히 돌변하여 섭정에게 욕설을 퍼붓기 시작했다. 안 그래도 무녀에게 실수한 것 때문에 섭정이 밉게 보이던 사람들이다. 그런데 내 말은 그야말로 기름을 부어버리는 격.

"저런 천하의 호로 자식을 보겠나!"

"형님의 여자를 가로채! 저딴 놈이 섭정이냐!"

"수염을 모조리 뽑아버릴 새끼 같으니라고!"

대중이란 이다지도 무섭고 금세 바뀌어버린다. 티에스테스란 배는 순풍에 출항했지만 이제 갑자기 풍랑을 만나 정신을 못 차리는 처지가 됐다. 어떻게든 하라고 고래고래 소리를 질러댔지만 아직 병사들은 헤스티아의 무녀들을 밀어낼 엄두를 못 내고 있었다.

"그에겐 어쩔 수 없는 사정이 있었던 겁니다. 아버지의 왕국과 어머니의 존엄을 구해야 했으니까요! 이게 효가 아니고 무엇이겠습니까? 시민들이여! 오늘 이 자리에서 묻습니다! 부모를 생각하는 왕자의 마음이 목숨을 바쳐야 할 정도의 죄악이었습니까?"

내 물음에 결국 사방이 난리가 났다. 그야말로 전쟁터가 따로 없는 상황이 됐다. 뭐랄까, 나는 내가 만들어낸 이 소란에 깊은 감동을 느꼈다. 가슴 속 깊은 곳에서 부터 짜릿짜릿하달까. 취미에 딱 맞는다는 생각마저 들었다. 그리고 그때, 이 이야기에 결정타를 날려줄 인물이 등장했다.

바로 아에로페 왕비였다. 가만히 있던 그녀가 벌떡 일어나 앞으로 나서자 모두가 입을 다물었다. 광장에는 티에스테스의 목소리만 울려 퍼졌다.

"왕비 전하! 이 끔찍한 모함에 대해서 서둘러 해명해 주십시오!"

하지만 왕비는 그를 쳐다보지도 않은 채 서 시민들 앞으로 나아갔다. 나는 과연 그녀가 어떤 선택을 할지 궁금했다.

섭정의 편을 들어서 나를 사기꾼으로 몰까?

각색된 내 이야기에 호응해 말을 맞춰줄까?

더하고 뺀 것 없는 완벽한 진실을 고백할까?

선택지는 여러 가지였다.

나는 왕비의 입술이 열리길 기다렸다.

과연 왕비는 어떤 선택을 할까? 초조함에 입술을 살짝 한 번 씹었을 무렵 그녀가 빠르고 단호한 결정을 했다는 걸 알 수 있었다.

"시민 여러분, 저는 시동생이자 미케네의 섭정인 티에스테스와 부적절한 관계를 맺어왔음을 인정하는 바입니다. 신들이 저희 죄를 용서하지 않으실 겁니다."

폭탄선언이었다. 사방에서 비명과 고성만이 난무했다. 그런 와중에도 왕비는 침착하게 자기 할 말을 해 나갔다.

"다만 한 가지, 이 모든 것 제 의지가 아니라 섭정의 강압에 의해 이뤄진 것이라는 점을 밝힙니다."

다시 한 번 폭탄이 터졌다. 그 여파는 처음보다 강력했다. 이제는 난리통이란 말로도 부족해서 시민들은 소요를 일으킬 지경이었다.

"진실을! 진실을!"

"섭정은 죽어라! 이게 나라냐!"

나는 왕비의 판단이 매우 재밌단 생각이 들었다. 그녀의 결정은 철저히 티에스테스를 파멸시키는 쪽이었다. 다른 선택지, 즉, 자신의 양심이나 명예를 지키는 건 완전히 갖다버렸다. 무슨 대가를 치르더라도 원수의 눈에서 피눈물이 흐르는 걸 봐야겠다는 건가. 역시 여자가 한을 품으면 무섭구나.

부우우우우—!

갑자기 뿔 나팔이 길게 울려 퍼졌다. 그리고 군대의 함성이 들려왔다. 일사불란한 발소리와 함께 검은 갑주의 병사들이 행진해 온다. 미케네 왕실의 친위대로 결국 섭정이 군대를 부르고 만 것이다. 지금 근처에 있던 치안을 유지하는 병사들과는 차원이 다른 정예병들이었다.

—미쳤군.

속으로 혀를 찰 수밖에 없었는데 섭정이 상황을 무력으로 진압하기로 작정한 까닭이다. 이 혼란을 정리하기 위해 시민들을 상대로 유혈 사태도 불사하겠다는 태도에 모두가 경악을 금치 못했다.

"어찌 군대를!"

"섭정이 미쳤다!"

완전 무장한 흑갑의 병사들이 인의 장벽을 만들며 시민들을 몰아냈다. 정예병들이라 그런지 명이 떨어지자 인정사정 없었다. 병사들이 방패로 내리찍고 발로 걷어차자 사방에서 피가 터졌다.

"이놈들! 애미, 애비도 없냐!"

"시민을 공격하다니!"

그야말로 아비규환. 이제 대화의 시간은 끝이 났다. 나는 서둘러 헤스티아의 무녀들을 대피시켰다.

"무녀님들! 물러나십시오!"

섭정 티에스테스는 완전히 뚜껑이 열려서 마구 소리를 지르고 있었다.

"다 끌어내! 방해하는 놈들은 베어버리라고!"

이런 상황이 됐으니 무녀라고 봐줄 리가 없지. 존중도 이성이 남아 있을 때나 하는 거다. 나는 우리를 도와준 무녀들이 혹시라도 다칠까 싶어 서둘러 신전으로 돌아가라고 했다. 그리고 그녀들 가운데 숨어 있던 아탈란테를 불렀다.

"왕자를 확보해!"

"알겠다."

때를 기다리고 있던 아탈란테가 무녀복을 벗고 튀어나갔다. 아가멤논을 지키고 있던 병사들은 무녀들을 상대로는 별다른 경계를 하고 있지 않던 상황이라 순식간에 제압당했다.

"으윽!"

"아악!"

짧은 비명과 함께 아가멤논 주위의 병사들이 널브러진다. 일전에 아가멤논 왕자와 그를 따르는 전사들을 모두 바닥에 내려 꽂아버린 게 그녀다. 저 정도 병사들이야 정말 손쉬운 상대라 아탈란테는 성공적으로 아가멤논을 확보했다. 그녀가 포승과 재갈을 풀어내자 왕자는 놀란 기색이 역력하다.

"그대는!"

얼굴은 비록 몰라도 저 솜씨는 기억에 있는 것이겠지. 직접 개망신을 당했으니 잊기도 어려울 거다.

"앙금이 있는 건 이해하지만 오늘만 접어두세요. 전하."

아탈란테가 검을 한 자루 건네며 말하자 아가멤논은 고개를 끄덕인다.

"당신이 풀어준 밧줄처럼 앙금도 풀어버릴 것이오."

역시 아가멤논은 호탕한 면이 있구나. 나 역시 근처의 병사들을 날려버리고 아가멤논에게 합류했다.

"반드시 아가멤논 님을 구해드리겠습니다!"

내 말에 그는 퍽이나 감동 받은 듯했다.

"어려움이 와야 진짜 친구를 만날 수 있다고 하는데 이 아가멤논, 오늘의 시련이 헛된 일이 아님을 알았습니다. 감사합니다."

아무래도 미래의 국왕에게 점수를 후하게 딴 것 같다. 고생한 보람이 있군. 한데 그때 아탈란테가 끼어들었다. 그녀는 달려드는 병사들을 족족 넘어뜨리고 있었다.

"감동의 해후를 방해해서 미안하지만 싸움을 여인네에게 혼자 맡겨두고 너무한 것 아닌가!"

맞는 말이었기에 나 역시 가세했다. 이미 미케네 왕실 친위대까지 이쪽으로 뛰어든 상황이었다. 검은 갑주를 걸친 정예들의 압박감이 대단했다. 하지만 나는 이미 과거의 내가 아니다.

"하압!"

기합성과 함께 정예병의 황동 방패를 발로 걷어찼다. 그러자 단단히 버티고 있던 병사 십여 명이 와르르 무너지듯 쓰러진다. 가히 발차기 한 방에 폭탄이 터지는 듯한 위력이었다.

"헉."

내가 차고도 놀랄 지경이었다. 사람 발차기가 대체 어떤 지경이기에 저런 철갑 병사 십여 명이 우르르 쓰러지는 건가 싶다. 심지어 제대로 신성을 쓴 것도 아닌데. 놀란 건 나만이 아니었는지 아탈란테의 예쁜 눈이 휘둥그레졌다.

"그대는 괴물인가?"

안 본 사이에 무슨 짓을 하고 온 거냐 묻고 싶은 표정이 역력하다. 풀고 싶은 썰이야 많았지만 지금 한가하게 그런 얘기하고 있을 틈이 없었다.

"역시 펠레우스 님이군요!"

필요 이상으로 내 무력을 과대평가해 온 아가멤논은 당연하다는 듯 감탄한다. 이 양반은 내가 자력으로 아탈란테를 격퇴하고 식인거인까지 퇴치한 줄 알 테니까.

"이 멍청한 놈들! 네놈들이 그러고도 친위대냐! 칼을 써도 좋으니 쓸어버리라고!"

뒤에선 섭정 티에스테스가 핏대를 올리고 있었다. 상황은 점입가경으로 광분한 시민들이 물건을 집어 던지며 폭동을 일으켰다. 친위대가 일방적으로 진압하는 모양새였지만 열 받은 시민들의 반격도 무시할 수 없었다.

"섭정을 몰아내자!"

"저 망할 턱수염이 우리의 대왕도 가둔 게 분명하다!"

여기저기서 섭정에 반대하는 목소리가 터져 나왔으나 안타깝게도 군대의 힘은 강력했다. 그리고 오래간 다진 섭정의 권력도 이 정도론 흔들릴 리가 없고. 오늘은 물러나는 게 최선이라 생각

됐다.

"펠레우스! 보검이라도 꺼내야 하는 것 아닌가?"

아탈란테의 목소리에 초조함이 묻어났다. 그녀와 내 무력이 워낙 강해 완전히 친위대에게 둘러싸인 상황에서도 건재하게 버티고 있었다. 하지만 중무장한 상대가 많아 도저히 뚫고 나가기 어려워 보인다. 그렇다고 대량학살을 할 수도 없고….

"흐음."

입술을 살짝 깨물며 허리춤에 있는 제우스의 보검을 만지작거렸다. 이 보검은 내가 섭외한 왕국의 거물이 어제 몰래 건네준 것이다. 오늘 일을 위해 준비해 뒀지만 막상 사용하는 데는 망설일 수밖에 없었다.

눈앞의 병사들은 나와 같은 인간이며 그저 명령에 충실할 뿐이다. 그들도 어쩔 수가 없는 거다. 군대의 특성상 맘에 안 드는 일이라도 까라면 까는 수밖에. 다들 가정이 있고, 누군가의 아들이자 누군가의 남편일 터. 제우스의 보검을 쓰면 저들 수십, 수백이 육편이 돼 터져나갈 테니 망설임이 컸다.

"아직 안 돼. 최대한 피를 뿌리지 말고 마무리해야 해!"

여기서 대량 학살을 하면 앞으로 정치적으로 아가멤논이 큰 부담을 지게 된다. 게다가 제우스의 보검이 가진 힘은 오늘 일에 관심이 없는 다른 신들의 주목을 끌 수도 있다.

"그럼 뭔가 방책이 있어야 할 텐데! 섭외했다는 왕국의 거물은 언제 오는 건가!"

아탈란테가 어깨를 헐떡이고 있었다. 그녀는 내 부탁으로 최대한 살생을 자제하고 있던 터라 더 힘들어 보였다.

"슬슬 올 때가 됐는데! 하압!"

한 번 주먹을 내지르자 내게 달려들던 병사가 찌그러진 방패와 함께 공중으로 치솟았다.

카앙!

타격감은 정말 죽인다고 생각하던 그때 드디어 비장의 카드가 도착했다.

히이이잉!

허공에서 말이 우는 소리가 나자 모두가 놀라서 공중을 쳐다보았다. 그곳에는 날개 달린 하얀 준마 두 마리가 지상으로 내려오고 있었다. 바로 미케네 왕가의 보물인 페가수스였다. 그리고 말 위에는 내가 기다렸던 왕가의 거물이 타고 있었다.

"왔군!"

내가 반색하자 덩달아 하늘을 보던 아가멤논은 놀라서 외쳤다. 왜냐면 자기 동생이 페가수스를 끌고 나타났기 때문이다.

"메넬라오스!"

나와 내통해 제우스의 보검을 건네주고, 헤스티아의 무녀의 도움도 끌어낸 이는 바로 미케네의 다섯 번째 왕자인 메넬라오스. 그가 왜 거물이냐 하면, 후일 스파르타의 왕이 되는 인물이기 때문이다. 지구에서 읽은 〈그리스로마 신화〉에 의하면 메넬라오스는 그 유명한 미녀 헬레네의 남편이기도 하다.

"제때 도착한 모양이구려."

오늘의 구출 작전을 위해 사실 왕비보다 더 중요했던 게 바로 이 메넬라오스다. 형인 아가멤논을 각별히 생각하는 그인지라 흔쾌히 응해줘 일은 수월히 성사됐다. 제우스의 보검을 빼내주고,

헤스티아의 무녀를 섭외했으며, 이제는 페가수스까지 탈취해왔다. 왕가의 인물이 아니면 할 수 없는 일이다.

"메넬라오스 님, 돌이킬 수 없으니 함께 도망쳐야 하는데 괜찮겠습니까?"

내 물음에 막 페가수스 두 마리를 착륙하게 한 그가 대답했다.

"더러운 섭정 밑에서 숨을 죽이고 지내느니 형님과 함께 자유를 택하겠습니다!"

"좋습니다!"

나는 그의 확답을 듣자마자 양 손에 신성을 모아서 힘껏 땅을 내리쳤다.

콰아앙! 우르르르!

충격파가 일어나 광장을 포장한 석재가 모조리 뒤집어지며 땅이 지진이 난 것처럼 흔들렸다. 그 틈에 우리는 페가수스 위에 올라탔다. 아탈란테와 내가 한 마리, 아가멤논과 메넬라오스가 한 마리를 차지했다.

"시민들이여! 이 몸은 다시 돌아오겠다! 정의와 함께!"

아가멤논은 떠오르는 페가수스 위에서 소리쳤다. 그러자 시민들이 소리를 지르며 호응해왔다.

"꼭 돌아오십시오!"

"기다리겠습니다!"

실로 바람직한 구도가 연출됐다고 할 수 있다. 왕권을 차지하려는 사악한 삼촌에게 쫓겨 간 정의로운 왕자. 하지만 후일 다시 돌아와 삼촌을 처단하고 왕위에 오른다. 그야말로 그린 듯한 이야기다.

"후우…"

페가수스가 바람을 가르기 시작하자 안도의 한숨이 나왔다. 무사히 아가멤논을 구출하는데 성공한 것이다. 저 밑에서 티에스테스가 분을 못 참고 머리를 쥐어뜯고 있었다. 비웃음이라도 터뜨려줄까 했지만 곧 그가 외친 말을 듣고 간담이 서늘해지고 말았다.

"오리온! 오리온! 어서 활을 쏘시오!"

뭐? 오리온?

아니 그 양반이 여기서 왜 나와?

오리온이라면 해신 포세이돈의 아들로 대단한 솜씨를 자랑하는 사냥꾼이다. 즉, 활을 무지하게 잘 쏜다는 거다. 서둘러 아래를 보던 나는 곧 이쪽을 향해 활시위를 당기고 있는 사냥꾼 복장의 비범한 자를 발견할 수 있었다. 정말로 오리온인 것 같았다. 티에스테스 역시 자기만의 비장의 카드가 있었던 셈이다. 어떻게든 자기 선에서 일을 처리하려고 하다가 우리가 페가수스를 타고 떠나니 결국 도움을 요청한 듯했다.

"피해!"

나는 다급히 외쳤지만 그 순간 이미 화살이 활시위를 떠났다.

퉁!

직감적으로 저걸 막을 수 없다는 생각이 들었다. 화살은 분명히 페가수스의 배를 노리고 있었다. 페가수스의 배에 오리온의 화살이 꽂히면 추락을 피할 길이 없다. 그렇다면 화살보다 더 빠른 번개를 써야할까? 신들의 주목을 각오하고 강력한 번개를 일으켜야 할까 고민하던 그때, 말도 안 되는 일이 일어났다.

퍽!

둔탁한 소리와 함께 커다란 새 하나가 끼어들어 그 화살을 맞아버린 것이다. 사방에 베개가 터진 것처럼 깃털이 흩날렸고 날아온 화살은 페가수스의 배가 아니라 엉덩이에 꽂혔다.

히이이잉!

페가수스가 고통에 울부짖으며 더욱 빨리 날갯짓을 했다. 화살이 새를 관통하느라 미묘하게 방향이 틀어져 엉덩이에 맞아버린 것이다. 치명상은 피했기에 페가수스가 나는 데는 전혀 문제가 없었고 결국 오리온은 두 번째 화살을 겨누다 팔을 내리고는 고개를 절레절레 젓는 게 보였다.

그렇게 한 번의 위기를 넘기자 잠깐 사이에 그가 점으로 보일 정도로 멀어졌는데, 나는 멀리서도 오리온과 서로 눈이 마주친 것을 느꼈다. 분명 저자와는 앙숙이 될 거 같구나. 심지어 오리온은 아르테미스의 친우이니 고운 사이는 못 되겠다 싶었다. 그래도 어쨌든 큰 위기에서 벗어났다.

"후우…."

안도의 한숨을 내쉬며 이마의 땀을 식히던 나는 방금 전의 뜬금없던 새가 뭔지 생각했다. 그리고 금방 답을 알 수 있었다.

"아! 행운!"

헤스티아 여신님이 내게 웃어줬던 것이다.

# 2. 저 왕자가 좋아요

"훨훨 잘 날아가는군요. 저 정도면 섭정이 붙잡을 수 없겠네요."

술의 신 디오니소스가 창공을 나는 페가수스 두 마리를 쳐다보며 근처의 두 신에게 말했다. 그러자 전령의 신 헤르메스가 고개를 끄덕였다.

"오리온이 제법 화살을 잘 쏘긴 했는데 페가수스는 신수니 쉽게 잡을 수 없었겠지."

페가수스는 신수라 보통의 창검이 들어가지도 않는다. 한데 원거리에서 엉덩이에 화살을 꽂아 넣었으니 헤르메스는 오리온의 솜씨가 가히 일절이라 칭찬했다. 그러자 옆에서 묵묵히 듣던 헤스티아 여신이 맘에 안 든다는 목소리로 중얼거렸다.

"오리온이 왜 미케네에 있을까요? 여러분은 활솜씨가 아니라 그 부분을 생각해 보시는 게 좋지 않을까요?"

처녀신 헤스티아의 지적에 둘은 생각에 잠겼다. 오리온의 등장이 의미하는 바는 명확했다. 미케네 왕가에 어느새 사냥과 달의 여신 아르테미스의 마수가 뻗쳐 있었다는 사실이다. 헤스티아는 계속해서 자기 의견을 피력했다.

"섭정 티에스테스가 갑자기 두각을 나타낸 게 특이하긴 했어요. 아가멤논과 메넬라오스가 아니라도 그 위에 왕자가 셋이나 있는데 말이죠. 제가 보기엔 티에스테스를 후원하는 이가 아르테미스인 것 같아요."

디오니소스가 술잔을 내려놓고 고개를 끄덕였다. 이 젊고 자유로운 술의 신은 어째서인지 헤스티아 여신 앞에선 무척 공손해지는 모습이었다.

"아무래도 그런 것 같습니다. 어째 인간들의 처지가 후원받는 신들의 상황을 그대로 따라가네요."

그의 말은 얼마 전 제우스의 진노를 산 전쟁의 신 아레스를 언급하고 있었다. 아레스는 헤파이스토스의 랜턴을 가지고도 퓌톤의 동굴을 공략하는데 실패했다. 평소에 그를 고깝게 보던 최고신 제우스가 개망신이라고 길길이 날뛴 건 말할 필요도 없다. 덕분에 연달아 망신살이 뻗쳤던 아르테미스의 일은 묻히고 있었다.

"그렇군요. 아레스가 후원하는 건 아트레우스 대왕이었으니까."

아레스가 후원하는 아트레우스 대왕.

아르테미스가 후원하는 섭정 티에스테스.

둘의 처지는 현재 극명하게 갈렸다. 아트레우스 대왕은 몸져누운 뒤 의식 불명 상태. 반면 티에스테스는 광장에서 사단을 일으키긴 했지만 여전히 권력을 공고히 잡고 있다. 가만히 듣고 있던 헤르메스는 맘에 안 든다는 얼굴로 끼어들었다.

"애초에 아레스 님이 퓌톤의 동굴을 공략하게 된 계기가 아르테미스의 부탁 때문이라고 합니다."

"아? 그래요?"

헤스티아는 놀랐다는 듯 눈이 커졌다. 소문에 밝은 헤르메스의 이야기니 그럴 듯하게 들렸다.

"정말 그 아이는 어릴 때부터 간사하네요."

자애로운 헤스티아의 입장에선 매사 계산적인 아르테미스가 마음에 들지 않았다. 하지만 그녀는 가정과 화로를 주관하며 신들의 권력 일선에서 물러난지 오래. 필요한 일만 하며 모든 걸 관망하고 있었다. 하지만 그녀는 크로노스의 딸이며, 심후한 힘을 가진 대신(大神). 진짜로 헤스티아가 뭘 원하는지 아는 이는 없었다. 늘 조용히 웃고 있었지만 항상 권태를 감추지 못하던 그녀는 근자에 좀 달라진 것 같았다. 눈치가 빠른 헤르메스는 금방 알아챘다.

"헤스티아 님, 요즘 약간 변하신 것 같습니다?"

"아? 그런가요?"

기분 좋은 듯 생긋 웃는 미소는 확실히 예전에는 볼 수 없던 모습이다.

"지켜볼 만한 이가 나타나서 그렇지요."

헤스티아의 시선은 저 멀리 스파르타 땅으로 날아가고 있는 펠레우스 일행을 쳐다보고 있었다. 디오니소스는 그런 그녀에게 조심스럽게 물었다.

"상당히 맘에 드신 듯합니다. 헤스티아 님. 한데 저런 영웅은 언제고 출현해 왔지 않습니까? 그가 유망한 건 사실이지만 지상에는 더 대단한 영웅도 많습니다. 하물며 영웅의 정점인 헤라클레스에 비하면 저자는 애송이에 불과합니다. 어떤 점이 마음에 드신 건가요?"

위대한 영웅은 얼마든지 있었다. 헤라클레스, 이아손, 오디세우스, 헥토르, 테세우스, 오리온 등등. 누구도 펠레우스보다 격이 떨어지지 않는다. 아니, 모두 비교할 수 없이 큰 업적을 쌓은 위대한 이들이다. 디오니소스는 편애라고 생각했을 정도로 헤스티아가 펠레우스를 주시하는 게 잘 이해가 안 됐다.

"글쎄요. 누가 알겠어요…. 제가 찾던 영웅이 그일지."

헤스티아는 그 말을 끝으로 입을 다물어 버렸다. 디오니소스는 정말 궁금했다. 이 여신의 머릿속에 무엇이 들어있는 지를. 겉으로는 봄날의 막 피어난 꽃잎처럼 가녀리고 사랑스러운 여신이지만, 실제로는 고대의 신화 그 자체.

위대한 크로노스의 혈통이자 올림포스의 대신이니, 그녀의 내면에는 어마어마한 혼돈이 자리잡고 있을 터. 그래서 디오니소스에겐 늘 대하기 어려운 상대였다. 때때로 밤하늘의 검은 별들이 헤스티아를 경배할 때, 디오니소스는 소름이 돋는 공포를 느끼곤 했다. 그래도 그가 헤스티아를 향한 존경심을 잃지 않는 건 그녀에게서 뭔가 설명하기 힘든 올곧음이 느껴진다는 점이었다. 아직 디오니소스는 그게 뭔지 설명하기 어려웠지만, 헤스티아는 여타 올림포스의 신들과 다른 것 같았다.

"그렇습니까."

"후후, 일단은 지켜볼 뿐이지요. 이것 또한 재미이니."

디오니소스는 그녀가 종말의 때에 무얼 준비하고 있는지 눈을 똑바로 뜨고 지켜볼 요량이었다.

한참을 페가수스를 타고 날아온 우리는 스파르타 근처의 한적한 숲에 내렸다. 페가수스들은 모두 미케네로 돌아갔다. 아깝지만 왕가의 신물인지라 잠시 쓸 수는 있어도 완전히 탈취할 수는 없다고 한다. 페가수스들은 항상 자신들이 머무르는 마구간으로 돌아간다고.

"펠레우스 님. 또 한 번 제 목숨을 구해주셨군요. 태어나서 이렇게 훌륭한 친구를 가져본 적이 없었습니다."

죽다 살아난 아가멤논은 연신 감사했다. 동생인 메넬라오스와 도움을 준 아탈란테에게도 고개를 숙였다. 그리고 나서 묻는다.

"대체 그간 어찌 지내셨던 겁니까? 식인거인은 어떻게 된 거고요."

"식인거인은 그때 유인해서 격퇴했습니다. 자세한 이야기는 스파르타에 들어간 후 술잔을 기울이며 합시다."

"티탄의 후예인 식인거인을 격퇴하다니 정말 펠레우스 님의 무력이 하늘에 닿았군요. 이 아가멤논, 감탄하고 또 감탄할 뿐입니다."

변함없이 날 고평가하고 있는 아가멤논이었다. 이전에야 오해라고 할 수 있겠지만 지금은 달라졌다. 퓌톤의 산에서 신성융합에 성공한 후 내 능력은 스스로 놀랄 수준이 됐으니까.

-정말 맘에 안 드는군. 네놈은 허접할 때가 좀 귀여웠다.

비밀의 서는 나날이 강해지고 있는 내가 맘에 안 드는 모양이었다.

"펠레우스 님. 저도 형님을 구해주신 점, 다시 한 번 깊은 사은의 인사를 올리겠습니다."

옆에 있던 메넬라오스가 내손을 꽉 쥐더니 고개를 끄덕이며 감사해왔다. 아가멤논이 아끼는 동생인 그는 탐스러운 적발을 가진 놀랄 만큼 아름다운 남자였다. 〈그리스로마 신화〉에선 스파르타의 왕으로서 트로이 전쟁에서 대활약하는 영웅이다. 일종의 평행세계인 여기서도 크게 다르지 않을 터. 나는 그를 스파르타의 왕으로 만들 작정이었다. 괜히 이 두 형제에게 스파르타로 피신하자고 한 게 아니다.

"메넬라오스 님의 도움이 없었으면 결코 이룰 수 없었던 일입니다. 과찬이십니다."

나는 그리 말하고는 빌렸던 제우스의 보검을 돌려줬다. 그러자 검을 받은 메넬라오스는 고개를 절레절레 젓는다.

"이 메넬라오스, 아직 부족한 게 많은 자입니다만 보는 눈이 없지는 않습니다. 광장에서 활약하실 때 보니 그 무력이 가히 일세영웅이라 할 만했습니다. 깊은 존경을 표하고 싶습니다."

고개를 숙여 경의를 표한 그는 놀랍게도 왕가의 비보인 검을 도로 내밀었다.

"어찌 이걸!"

"왕가의 마구간에만 머물러야 하는 페가수스와 다르게 이 검은 어디든 갈 수 있습니다. 저는 펠레우스 님이야말로 이 보검의 정당한 소유자라 생각합니다."

"아닙니다. 이것은 미케네의 물건입니다."

날로 먹는 걸 좋아하는 나지만 이건 솔직히 좀 부담스럽다. 그냥 보검이 아니라 제우스의 보검이다. 지상에 있는 무기 중 최고 등급의 물건 중 하나라고 할 수 있다. 당연히 거절했는데 옆에 있던 아가멤논도 적극 권하고 나섰다.

"비록 왕가의 물건이라고 하나 이 검을 다룰 수 있는 건 오로지 펠레우스 님 뿐입니다. 물건의 주인이 누군지 고민할 필요도 없습니다."

아니, 너 나중에 이거 없으면 좀 허접한 영웅이 될 텐데⋯. 아가멤논 하면 템빨의 상징과도 같은 존재니 말이다.

-펠레우스, 네놈의 가식을 발휘할 때다. 겸양을 보여서 검을 돌려줘라. 미담으로 남을 거다.

비밀의 서는 은근히 갖지 말라고 했지만 나는 혼잣말 하듯 대답했다.

-흠, 뭐 왕이 될 자니까 상관없나?

-뭐야?

-저렇게까지 부탁하는데 거절하는 것도 예절이 아니겠지?

-아니, 이놈이! 얼굴에 탐욕이 가득차서는!

나는 사실 이렇게 물건으로 인간관계의 기반을 다지려는 시도, 싫지 않단 말이지. 다 서로 주고받으면서 돈독하게 함께 나가는 거 아니겠나. 우리는 이것을 흔히 기름칠이라고 부른다.

"흠흠, 참으로 민망한 말이나 그리 말씀해 주신다면 이 펠레우스. 보검에 어울리는 자가 되도록 노력해 보겠습니다."

바로 머릿속에서 야유가 터졌다.

-우웨우엑! 쓰레기다! 여기 쓰레기가 있다!

쓰레기라니, 오는 성의는 무시하지 않는 게 예의란 거다. 나는 아가멤논의 맘이 변하기 전에 재빨리 제우스의 보검을 받아 챙겼다.

호호호, 이런 천하명검을 얻게 되다니 나도 템빨 좀 누려보겠구나. 그래도 최고신의 주의를 끌 수 있으니 자주 쓰진 말아야지. 아직은 종말의 때가 시작된 게 아니라 여러 가지로 몸을 사려야 한다. 진짜 파멸의 계절이 온다면 그때는 모든 힘을 개방해 천둥벌거숭이처럼 날뛸 수 있으리라.

"그 존의, 참으로 올림포스 산처럼 높고 훌륭하십니다."

우리가 그렇게 한창 좋은 분위기를 만들고 있는데 갑자기 괴상한 소리가 들렸다.

"민—테. 미인—테."

뭐? 민테? 뭔가 가래가 끓는 듯한 목소리로 민테란 자를 열렬히 부르는 목소리였다.

–민테가 뭐지?

일단 비밀의 서에게 물어봤다.

–멍청한 놈. 민트의 님프를 민테라고 부른다.

–아, 그렇군.

하면 어떤 놈이 갑자기 민트의 님프를 저렇게 부르면서 오는 거야.

한데 발걸음 소리가 예사롭지가 않다. 땅이 울리는 게 상대가 거인이란 걸 알 수 있었다. 우리는 다들 한 무력하는 자들이기에 도망가진 않고 호기심 어린 표정으로 누가 오는지 지켜봤다. 그리고 우리의 이런 기대는 세상에서 제일 기괴한 걸 만나는 걸로 보답 받았다.

"저건 대체…."

지금껏 온갖 괴이한 걸 본 나도 입이 쩍 벌어졌다. 그도 그럴 게, 웬 거인이 안대로 눈을 가린 채 엉금엉금 손으로 땅을 짚으며 기어오는 것이다. 그것만 해도 충분히 이상한 광경인데 문제는 거인의 어깨 위에 한 남자가 탑승해서 호쾌한 얼굴로 채찍질을 하고 있었다.

"하하핫! 좀 더 서둘러라!"

우리는 이 광경에 말문을 잃어버렸다. 그러다 가장 먼저 반응한 건 아탈란테였다.

"히익! 변태다!"

그녀는 소름이 돋는다는 표정으로 얼른 내 뒤에 숨었다. 그리고 내 허리에 매달려서는 어깨 위로 고개만 빼꼼 내민다. 다가오던 상대는 아탈란테의 목소리를 들었는지 채찍질을 멈추고 대답한다.

"변태라니? 거 너무한 거 아니오?"

그는 거인에게 잠시 쉬라고 한 뒤 땅으로 뛰어내려 우리에게 다가왔다. 남자는 콧수염을 멋지게 기르고 훌륭한 차림의 미남자였다. 겉보기에는 극히 정상으로 보인다.

"내 행동이 이상하오?"

대뜸 묻는 그 말에 다들 날 쳐다본다. 뭐야? 이 정신 나간 사람을 나보고 상대하라고? 눈으로 묻자 매우 비겁하게도 아가멤논과 메넬라오스가 한 발자국 살짝 물러난다. 아니, 이런 시불장 새끼들! 생명의 은인이라 할 때는 언제고.

"흠, 좀 평범한 사회적 시선으론 감당하기 어려운 부분이 있는 게 사실입니다만…. 대체 무엇을 하는 건지 알 수 있겠습니까?"

일단 그래도 호기심이 먼저인지라 물어보자 남자는 야비하고도 쾌활하게 웃었다. 참으로 묘한 미소를 가지고 있구나. 비열한 듯 보이는데 인간적인 매력이 넘쳐 싫지는 않단 생각이 들었다.

"사실 저 거인은 내게 속고 있소이다."

그는 가까이 와서 작게 속삭였다.

"그렇습니까?"

"거인은 악행을 반복하던 자인데 얼마 전 민테라는 님프에게 반해버렸소. 나는 그걸 이용하고자 한 거지."

이 자는 거인을 속여서 정성을 쏟게 만들었다고 한다. 사랑하는 민테를 부르며 눈을 가린 채 고행을 하면, 신들이 소원을 들어준다는 것. 악하지만 순진한 거인은 완전히 속아버렸다고 한다.

"아니, 그런 극악한…."

나도 그런 짓은 안 한다.

"극악하다니 말이 심하시오. 산속 옹달샘처럼 깨끗한 마음을 가진 내게. 이것은 우리 둘 모두에게 좋은 일이오. 거인은 소원을 이루고자 하는 동안 행복하고, 나는 스파르타까지 탈 것을 얻었으니."

그건 사기잖아? 세상에 이런 악랄한 자가 있다니.

"참고로 하나 더 알려주자면, 저 거인은 스파르타에서 지명수배 중이오. 하하하, 마지막에 놈을 넘기고 현상금을 타면 노잣돈까지 얻으니 이 얼마나 훌륭하오?"

소름이 돋을 정도로 나쁜 놈이었다. 나는 도저히 이 사기꾼의 이름을 묻지 않을 수 없었다. 나중에 이 인간의 이름이 들리면 돌아가더라도 피할 작정이었기 때문이다.

"스파르타까지 가시는군요. 귀하의 성명은 어찌 되십니까?"

내 물음에 그는 콧수염을 다듬으며 상쾌한 목소리로 대답해 왔다.

"오디세우스라고 하오이다."

세상에, 오디세우스라고? 그 유명한 오디세우스가 왜?

"오디세우스 님이시군요."

겉으로 그러냐고 평정을 가장한 나는 역사를 기억하기 위해 필사적으로 머리를 굴렸다. 그리고 지구에서 읽은 〈그리스로마 신화〉의 내용도 떠올렸다. 불타는 이름 없는 자가 깨어나고 종말이 일어나기 전까지, 이쪽 세계의 역사는 신화랑 크게 차이 없이 흘러가니까.

–아, 알았다.

–뭔가 생각난 거냐?

–그래, 이 녀석 헬레네에게 구혼하러 스파르타로 가는 거다.

–구혼이라고?

현재 스파르타의 왕은 틴다레오스인데, 이 양반 딸이 그 유명한 헬레네다. 헬레네라면 트로이 전쟁이 일어나게 한 원흉이 된 절세미녀. 미녀도 그냥 미녀가 아니라 가히 여신도 부럽지 않은

미모를 가졌는데 사실 여기에는 나름대로 이유가 있다.

바로 헬레네가 제우스의 딸로 신의 혈통이기 때문이다. 즉, 스파르타 왕 틴다레오스의 딸이면서 제우스의 딸이란 이상한 결론에 도달하는데 여기에는 사연이 있다.

-틴다레오스 그 양반, 따지고 보면 꽤 불쌍하지.

나는 속으로 혀를 찼다. 그도 그럴 게, 틴다레오스의 아내는 레다라고 하는데, 우리의 절륜하신 제우스께서 그녀와 통정해 헬레네가 나온 거다. 틴다레오스 입장에선 정말 억울하고 분할 텐데, 최고신의 딸이니 박대할 수도 없고 그냥 자기 딸로 삼아 지금까지 키워온 것.

-제우스, 그거 완전 쓰레기 아니냐? 마치 펠레우스 너랑 비슷한데.

-시끄러. 나는 그렇게 하반신이 방정맞은 자가 아니야. 적어도 여자관계에 있어선 진지하다.

-그렇겠지. 네놈에게 여자란 머릿속에만 존재하는 거니 진지할 수밖에.

-……조만간 네놈을 불태워 버리겠다. 죽여 버리겠다고.

아무튼, 딱 지금이 스파르타의 왕 틴다레오스가 대외적으로 친딸로 알려져 있는 의붓딸 헬레네의 구혼자를 모집하고 있을 때다. 이에 여러 왕국에서 이름난 영웅들이 대거 몰려 들었고, 그중에는 오디세우스까지 있었던 것이다. 나는 그가 왜 거인을 타고 스파르타까지 가는지 이렇듯 짐작이 됐지만 일단 한 번 물어보았다.

"오디세우스 님께서는 어찌 스파르타로 향하십니까?"

"허허, 모르시오? 스파르타 왕이 사위를 구하고 있다고 하오이다. 헬레네는 천하제일의 미녀라고 하니 이 오디세우스도 가서 한 몫 해보려고 하오. 으음?"

말을 하던 오디세우스는 내 뒤를 유심히 본다. 뭘 보나 싶었더니 그는 혼자 고개를 끄덕였다.

"가히 여신과 같은 미모의 소녀로군. 내 평생 저런 아름다움은 처음이오이다. 귀공께서 헬레네의 소문을 모르는 게 다 이유가 있었구려."

누구 얘기를 하나 했더니 아탈란테였다. 생각해 보니 이 녀석도 절세가인이긴 하지. 본인이 의탁하고 있는 달의 여신 아르테미스 못지않은 미인이니 더 설명해 봐야 입만 아프다. 이쪽 세계에서 경국지색을 몇 뽑으라면 헬레네와 함께 반드시 리스트에 들어갈 미소녀.

"이 친구 말입니까?"

하지만 워낙 여자로 보지 않는 존재라 그런지 내 반응은 시큰둥했다. 첫 만남부터 험악해서 어째 이성으로 느껴지지 않았다. 여차하면 날 땅에 메다 꽂을 전사라고 할까. 아가멤논도 마찬가지인지 그녀에게 감사해 하면서도 묘하게 한 걸음 떨어져 있었다. 역시 트라우마란 게 이렇게 무섭다.

"변태의 관심은 사절한다."

아탈란테는 자신에게 향하는 오디세우스의 시선이 불쾌한 듯 단호하게 선을 그었다. 내 허리를 붙잡은 손에 어쩐지 힘이 들어가는 게 느껴졌다.

"아까부터 말이 좀 심한 거 아니오?"

오디세우스는 콧방귀를 뀌면서 대꾸한다.

"관심은 고맙소만, 당신 같이 어린 소녀는 취향이 아니오. 키만 컸지 아직 어린애 티가 팍팍 나지 않소이까. 본인은 헬레네처럼 성숙한 여인이 좋소. 미안하지만 당신은 금일부로 본인에게 차였다고 할 수 있소이다."

"하아? 이런 뻔뻔한!"

아탈란테는 어이없어 했다. 그리고 내 귓가에 속삭였다.

"지금 나 처음 보는 사람에게 차인 건가?"

"그런 거 같은데…."

"태어나서 이런 일은 처음이야!"

"앞으로 잔뜩 겪게 될 거야."

"뭐어?!"

아탈란테는 보통 남자들이 바라볼 수도, 넘볼 수도 없는 여자기에 사실 '취향이 아니다'란 소리를 꾸준히 들을 거란 게 내 예상이다. 아탈란테, 너는 자기도 모르는 사이에 남자들에게 엄청 차일 거 같다. 힘내라고. 참고로, 넌 내 취향도 아니다….

"한데 그대들은 어찌 스파르타 방면으로 향하는 것이오? 다들 귀한 신분인 것 같소만?"

그제야 아가멤논과 메넬라오스는 자신을 소개했다. 오디세우스는 둘이 미케네의 왕자란 사실에 놀라워하며 이어진 사연을 흥미진진하게 들었다.

"그렇군. 대왕께서 쓰러지고 섭정이 권세를 장악한 것이오? 참으로 배은망덕한 자로군."

오디세우스는 금방 아가멤논과 메넬라오스의 호의를 사 우리 일행에 녹아들었다. 그는 거인에게 적당한 거짓말을 해 보내버리고는 제안했다. 세상에, 사랑이 이루어졌으니 가보라니….

"스파르타까지 동행하는 게 어떻겠소? 이 오디세우스, 재밌는 이야기라면 꽤 알고 있으니 심심하지 않을 것이오. 우리 부친께서 저승의 신 하데스를 상대로 사기를 친 이야기는 어떻소이까?"

저 집안 내력은 내가 잘 알지. 오디세우스의 아버지는 저승의 신까지 속인 전설적인 사기꾼이고, 외할아버지도 도둑질과 속임수로 그 악명이 천하를 떨쳤다. 그리고 그 피의 결정체가 오디세우스니, 저자를 적으로 돌렸다가는 밤에 잠 다 잤다고 할 수 있다. 하지만 적대하지 않으면 나름 괜찮은 사람으로 통하는지라 동행해도 괜찮겠지.

"…마음에 안 든다."

아탈란테만 빼고 다들 괜찮다고 했기에 오디세우스는 흔쾌히 일행에 받아들여졌다. 그 뒤로 아탈란테는 경계심을 잔뜩 품고는 내 뒤만 졸졸 따라다니게 됐다. 천성적으로 안 맞는 인간이 있는데 아마 둘이 그런 듯했다.

"그나저나 헬레네가 얼마나 아름답습니까?"

"저도 궁금하군요."

곧장 아가멤논과 메넬라오스가 관심을 드러냈다. 역시 사내놈들 아니랄까봐 그러네. 하지만 나는 그들이 구혼자의 대열에 합류해 주길 바랐기에 오디세우스가 헬레네의 미모에 대해 일장연설을 할 때 딱히 말리지 않았다.

"어서 오게나. 두 왕자들의 불행한 소식은 이미 들었다. 우리 스파르타는 오래 전부터 아트레우스 대왕의 좋은 친구였지. 그 아들 역시 마찬가지일 터. 스파르타의 이름으로 환영하겠다."

아가멤논, 메넬라오스를 데리고 스파르타로 가자, 원래 역사가 그랬던 것처럼 스파르타의 왕 틴다레오스는 우리를 환영해 줬다. 정치적인 이유도 물론 있겠지만, 아트레우스의 아들들이란 점에 마음을 연 모양이었다. 늙은 왕의 눈가에 깃든 호의와 동정은 단순히 계산적인 이유 때문은 아니었다. 왕자들도 그 사실을 알아채고는 감격해 했다.

"전하의 배려에 깊은 감사를 드립니다."

두 왕자가 고개를 숙이자 늙은 왕은 사람 좋은 웃음을 지으며 이번엔 날 바라보았다.

"코리아의 왕자인 펠레우스라고 했던가?"

"네, 그렇습니다. 전하."

"그대의 무용은 익히 소문으로 들어 알고 있다. 젊은 영웅의 출현은 나 같은 늙은이를 즐겁게 하지. 식인거인으로 부터 대왕을 지키고, 이번에는 섭정의 마수로 부터 왕자를 구해왔군. 참으로 기특하고 훌륭해."

"과찬이십니다."

"앞으로 그대의 행보를 지켜보겠네."

내게 따뜻하게 웃어준 왕은 박수를 치며 모두에게 말했다.

"오늘처럼 재능있는 젊은이들이 과인의 궁정에 몰려오니 참으로 뜻 깊은 날이로다. 하니 연회를 열지 않을 수 없겠구나. 모두 술 향기에 취해보자."

왕의 말대로 몇 시간 뒤 연회가 열렸다. 우리뿐만이 아니라 왕궁에 머물고 있는 많은 영웅들이 참석했다.

"저길 보시오. 펠레우스."

어느새 나랑 친해진 오디세우스가 옆자리에서 새로 나타난 면면들을 소개했다.

"저자는 '큰 아이아스'라고 하오. 이름이 같은 영웅인 '작은 아이아스'와 구별하기 위해서 그렇게 부르지. 그 외에 파트로클로스, 디오메데스, 이도메네우스……."

영웅의 소개가 줄줄이 이어졌다. 나는 고개를 끄덕이며 저 구혼자들을 어찌 물리칠지 고심했다. 메넬라오스 왕자와 헬레네를 이어주고 그를 스파르타 왕으로 만드는 게 내 목표다. 스파르타 왕이 된 메넬라오스는 나의 든든한 후원자가 될 터이니까.

내게 은혜를 입은 두 왕자가 하나는 미케네 왕, 다른 하나는 스파르타 왕이 된다면 누구도 부럽지 않을 뒷배가 생긴다고 할 수 있다. 하여 내 머릿속은 저 쟁쟁한 구혼자들을 물리칠 구상으로 분주했다.

"모두 잠시 주목해 보라."

연회가 한창 진행되는 도중 틴다레오스 왕이 입을 열었다. 참석한 많은 명사들과 영웅들의 시선이 쏟아지자 늙은 왕은 수염을 쓰다듬으며 말했다.

"오늘 이렇게 뜻 깊은 자리가 마련됐으니 마침 좋은 기회라는 생각이 들었도다. 과인이 들으니 구혼 행렬에 참가하고도 아직 공주를 못 본 이들이 태반이라 하니, 오늘 아끼는 딸을 모두에게 선보이고자 한다."

"오오오오오!"

"헬레네 공주를 드디어!"

사방에서 탄성이 터졌다. 다들 상당히 달아오르는 게 그간 헬레네를 보고 싶어서 애가 탔나 보다. 아마 늙은 왕이 분위기가 충분히 고조될 때까지 노련하게 처신했던 모양. 영웅이라 불리는 이들이 절세 미녀에 대한 기대로 얼굴이 달아올라 있었다. 게다가 헬레네는 단순히 얼굴 예쁜 여자가 아니라 스파르타 왕위를 물려받는다는 의미가 있었다. 모두 구혼 전쟁에서 승리할 생각이 가득했다.

"오자마자 헬레네를 보니 참으로 좋소."

오디세우스도 기대가 되는 얼굴이었다.

"그렇습니까?"

"사실 왕이 구혼자를 모집해 놓고 헬레네를 내보이지 않는다는 소문을 들었소. 그래서 일부러 늦게 출발했지. 그랬더니 다른 녀석들처럼 진을 빼지 않고 오자마자 볼 수 있게 된 거 아니겠소."

"하하하."

역시 꾀돌이답단 생각이 들었다. 그때 연회장이 소란스러워졌다. 한 무리의 시녀들과 함께 마침내 헬레네가 등장했기 때문이다.

"보아라! 저 고귀한 아름다움을."

"헬레네 공주시여!"

한 가닥 한다는 영웅과 명사들이 찬탄을 터뜨린다. 얼마나 대단하기에 그래? 다들 의자에서 일어나고 난리기에 나도 고개를 좀 빼고 살펴봤다. 그리고 솔직히 좀 놀라고 말았다.

"헉."

마치 태양을 의인화한 듯한 화려하고 아름다운 여자가 그곳에 있었다. 가는 금발은 태양빛처럼 화려했고, 오똑 솟은 콧대와 아름다운 외모는 한낮처럼 화사하다. 하지만 단순히 외형만이 아니라 그녀가 풍기는 분위기는 마치 태양처럼 사방에 빛을 뿌리고 있었다.

─아름답군. 너희 인간의 감각은 잘 모르겠지만 그녀가 아름답다는 건 알겠다.

비밀의 서도 나직하게 감탄할 정도였다. 파란 드레스에 대리석처럼 하얀 피부, 거기에 화려한 황금 장식품을 한 미녀는 마치 여신처럼 연회장에 등장했다. 자태는 단아하나 미모는 극히 화려하구나.

"부족한 여식을 오늘 그대들에게 선보이게 됐군. 아직 모자란 게 많은 아이니 너무 흉잡지들 말게."

틴다레오스 왕의 겸양에 여기저기서 부정하는 목소리가 터져 나왔다.

"그렇지 않습니다! 진정 여신을 이곳에서 만났습니다."

"세계 제일의 신부가 틀림 없습니다."

"이 궁궐에 제일 가는 보배로군요."

쏟아지는 칭찬에 틴다레오스 왕은 싫지 않은 듯 껄껄 웃어댔다. 비록 제우스의 혈통이라 친딸은 아니지만, 표정을 보니 헬레네를 사랑으로 키운 듯했다. 그는 다정하게 딸을 가까이 앉힌 후 물어보았다.

"네 신랑감을 정하는 건 과인이 할 것이다."

"물론이에요. 아버지."

헬레네는 순종적이고 얌전한 딸로 보였다.

"하지만 네 의견도 무시할 수 없지. 자 여기 구혼자들을 보아라. 혹시 마음에 드는 이라도 있느냐?"

틴다레오스 왕의 말에 헬레네는 고개를 들어 주변을 물끄러미 살펴본다. 다들 그녀의 미모에 정신이 나가 한 번이라도 눈을 마주치려고 했는데 나는 약간 위화감을 느꼈다. 보통 저 나이대 구중궁궐의 처자라 하면 부끄럼 많고 낯가림이 심하다. 본인 성격 여부와 관련 없이 폐쇄적인 환경에서 남성을 대하지 못하고 성장했기에 그렇다. 한데 헬레네는 그저 무관심하게 침착한 표정으로 구혼자들의 면면을 살피고 있었다. 탐욕스러운 시선이 자신에게 수없이 쏟아지고 있었으나 눈썹하나 까딱하지 않는다.

"…단순히 예쁘기만 한 공주는 아니군."

내 작은 혼잣말에 근처에 있던 오디세우스가 반응해 왔다.

"본인도 그리 생각하오. 헬레네에겐 우리가 모르는 게 있을 터. 그걸 알아보는 것 또한 재미가 아니겠소이까?"

오디세우스도 어쩐지 그저 구혼 때문에 온 것만은 아닌 듯했다. 이 양반의 속셈도 궁금하구나. 한데 그때 헬레네가 조각상처럼 고운 손을 들어 누군가를 가리켰다.

"아바마마. 저는 저자가 마음에 들어요."

그 말과 함께 연회에 참가한 모두의 시선이 쏠렸다. 나 역시 궁금했다. 대체 누가 이 미녀의 관심을 끈 행운의 주인공이 될까? 솔직히 여기 모인 모든 영웅들의 질투를 사게 될 테니 불쌍하다 할 터였다.

"음?"

한데 어째서인지 여러 영웅들이 날 쳐다보고 있었다. 그것도 상당히 열 받고, 분하고, 짜증나는 표정으로 말이다. 심지어 생명의 은인이라며 날 흠모하는 아가멤논조차 썩은 얼굴이었다. 대체 왜 그런가 싶어 보니, 헬레네의 섬섬옥수가 정확히 날 가리키고 있었다.

"아버지, 저는 저 이국의 왕자가 좋아요.

순간 당혹감에 멍해졌다.

그 다음에는 머리를 쥐어뜯고 싶은 심경이 됐다.

-안 돼! 안 된다고. 너는 메넬라오스한테 시집가야지!

역사가 그렇고, 내 계획이 그렇다. 잠깐 사이에 당황해서 이마에 식은땀이 흥건해졌다. 서둘러 닦으며 입을 열었다.

"공주께서는 신중히 선택하시면 좋을 듯합니다. 배우자를 정한다는 건 수많은 남성의 관심을 한 남자의 무관심으로 바꾸는 일입니다. 이후에 후회해도 늦으니 천천히 마음을 정하십시오."

벤저민 프랭클린의 명언 중 하나다. 실로 궁중 예법에 어울리게 인용하기 좋은 문구였다. 나름 달변으로 잘 대답했다고 생각했는데 헬레네는 만만치 않았다.

"저는 무관심해도 저녁이 되면 집으로 돌아오는 사내가 좋답니다. 결혼 후 제일의 미덕은 인내겠지요."

"허……."

곁에서 이 모습을 지켜보던 틴다레오스 왕이 재밌다는 듯 무릎을 치며 웃어댔다.

"어떤가? 펠레우스여. 과인이 딸을 헛 키우진 않았지?"

"실로 그러하옵니다. 수많은 문구가 제 머릿속에서 나타났다 사라지고 있습니다만, 마땅한 대답을 찾지 못하고 입만 벌리게 되는군요."

"허허허허헛!"

저 양반 팔불출이네. 딸 칭찬에 좋아 죽는구나. 아버지가 기뻐하자 헬레네도 좋은 듯 살포시 웃는다. 솔직히 인정할 수밖에 없었다. 실로 그 미모가 대단하구나. 서면 작약, 앉으면 모란이란 말이 있다. 딱 지금 그녀를 두고 하는 말 같았다.

"윽."

그때 갑작스러운 아픔에 정신이 퍼뜩 들었다. 뭔가 싶어서 보니 내 왼쪽에 앉아 있던 아탈란테가 허벅지를 세게 꼬집은 것이었다. 그녀는 무표정하게 아무렇지도 않은 척하면서, 식탁 아래로는 손을 넣어서 내 허벅지를 쥐고 있었다.

"좋아서 얼굴이 녹아내리는 것 같군. 정신 좀 차리지?"

그녀는 입은 움직이지도 않으면서 작게 속삭였다. 복화술이구나! 이 무서운 여자가 복화술을 쓰고 있어. 그나저나 왜 이리 과민반응이야. 한데 내게 짜증을 내는 건 아탈란테뿐만이 아니었다.

"좋겠구려. 은발의 미소녀로 부족해 이제는 헬레네요? 아주 마성의 사내로군."

오디세우스가 썩은 표정으로 비아냥거렸다. 나는 주변의 눈치를 보다가 그에게 작게 속삭였다.

"지금 치사하게 질투하는 겁니까?"

"그렇소. 질투가 나 죽을 거 같소. 대체 내가 그대보다 부족한 게 뭔데 헬레네 공주님의 관심을 받지 못한다는 것이오!"

너무나 뻔뻔한 말에 나는 대답할 말을 잃어버렸다. 하지만 이 둘만이 아니었다. 내로라하는 명사와 영웅들이 얼굴에 불만을 한가득 담고 날 쏘아본다. 늦게 나타나서 뭔가 싶은 거겠지. 이런 분위기를 느낀 틴다레오스 왕은 껄껄 웃어댔다.

"여러 영웅들은 너무 괘념치 말라. 그저 딸아이의 의견을 한번 들었을 뿐이다. 결국 혼처는 아비인 과인이 정하는 것."

"하면 어찌 정하실 생각이십니까? 전하?"

누가 깡 좋게 묻나 했더니 오디세우스였다. 역시나 기대를 배신하지 않는 캐릭터구나.

"오, 그대는 오디세우스로군. 몇 가지 시험을 해보려고 한다. 일단 나흘 뒤에 사냥 대회를 열겠다. 대회에서 가장 근사한 사냥감을 잡은 자가 이긴 걸로 하지."

사냥 대회란 말에 모두 들뜬 표정이 됐다. 사냥은 영웅들에게 가장 즐거운 놀이이며 자기 솜씨를 과시하기 좋은 수단이기 때문이다. 다들 한 가닥 한다고 자신하고 있을 테니 이 기회에 뭐라도 보여줄 생각이겠지. 그때 누군가 마치 들으라는 듯 중얼거렸다.

"흥, 어디서 쭉정이 같은 놈이 나타났지만, 금방 옥석이 가려질 것이다."

뭐야? 누가 그러나 싶어서 보니 산적처럼 덥수룩한 수염을 기른 사내가 보였다. 얼굴에는 긴 검상이 가로지르고 있어 그의 흉악한 모습을 배가 시키고 있었다. 누구지? 의복과 장식을 보니 매우 귀한 신분 같다. 내가 어리둥절해 하고 있자 오디세우스가 재빨리 알려줬다.

"이도메네우스라고 하오. 크레테의 왕이지."

스파르타의 궁정에는 헬레네의 미모를 탐내 찾아온 왕들도 여럿이었다. 이도메네우스도 그런 자중 하나였다. 그는 바닥에 침을 퉤! 뱉더니 손으로 입을 슥슥 닦는다.

"생긴 게 기생오라비 같으니 과인이 두툼한 창을 한 번만 던져도 놀라 도망가겠지."

"와하하하하! 맞습니다!"

딱 봐도 대단한 무력을 갖춘 영웅이었다. 이곳은 고대의 신화시대라 그런지 보통 왕이라 하면 그 동네의 무력 최강이 먹는 경우가 많았다. 저 녀석도 제우스의 핏줄이니 실력이 범상치 않겠지. 망할 제우스. 어지간한 나라의 왕은 죄다 그놈 혈통이구나. 상황이 이런데 솔직히 헤라 여신 정도면 보살이지.

"그냥 두고 볼 것이오?"

오디세우스는 상황이 재밌다는 듯 또다시 콧수염을 쓰다듬으며 물어왔다. 그 말에 나는 나직하게 웃으며 대답했다.

"그럴 리가요. 모욕을 당하는 건 부끄러운 일이 아닙니다. 다만 그 모욕을 열 배, 백 배로 되갚아 주지 못하면 그게 부끄러운 일입니다."

"하하핫, 그대는 알면 알수록 재밌는 인간인 것 같소. 이 오디세우스, 어째 펠레우스 당신을 편들고 싶구려."

"헬레네를 원하는 게 아닙니까?"

내 물음에 어쩐지 오디세우스는 아까랑 다르게 시큰둥한 표정을 지었다. 질투하던 얼굴은 다 연기였던 것만 같다.

"절세가인이 어디 그녀 하나뿐이겠소."

이상한 일이었다. 스파르타로 오는 내내 헬레네의 미모에 대해 과장된 어조로 떠들던 그다. 그 때문에 소갈머리 없는 아가멤논과 메넬라오스는 꿈에 젖은 표정이었고. 지금도 조용히 앉아 있는 헬레네를 쳐다보느라 정신을 못 차리고 있었다. 반면 오디세우스는 그런 그녀의 미색에도 큰 감명을 받지 않은 듯했다. 과연 그는 무엇을 위해 이 궁정에 왔단 말인가. 나는 더 이상 오디세우스의 목적이 구혼이란 점을 믿을 수 없었다.

-비밀의 서. 오디세우스의 후원자가 아테나 여신이지?

-그렇다. 저 망할 놈은 지혜의 여신에게 매우 예쁨을 받고 있지.

-흐음…. 그렇다면 이번에 오디세우스가 스파르타로 온 건 여신의 뜻과 관련이 있지 않을까?

-좋은 지적이다. 그 부분을 놓치지 말고 고민해 봐라.

아테나 여신은 스파르타에 무슨 볼 일이 있는 걸까? 지혜의 여신의 꿍꿍이는 누구도 알 수 없었다. 눈앞의 오디세우스만 해도 속셈을 모르겠는데 신인 그녀의 뜻은 그야말로 오리무중이다. 그래도 일단은 오디세우스랑 협력할 수 있겠지. 날 보는 시선만 봐도 이 궁정에서 친구보다 적이 많았으니까.

"그건 그렇고 이대로는 좀 분해서 오늘 밤에 잠이 안 올 것 같습니다. 한 마디 하고 가야겠군요."

"호?"

내가 자리에서 벌떡 일어나자 오디세우스는 무척 흥미로워했다. 다른 영웅들 역시 모두 나를 주목한다.

"전하. 오늘 영광스럽게도 헬레네 공주께서 절 지목해주셨습니다. 하여 그 은혜에 기대 모두에게 한 마디 해도 되겠습니까?"

"허허허헛! 호탕한 자로다. 과인은 패기 넘치는 젊은이를 사랑한다. 펠레우스여, 마음껏 말해보라."

틴다레오스 왕이 허락한 이상 꺼릴 게 없었다. 조용히 있던 헬레네도 내가 일어서자 묘한 표정으로 시선을 떼지 않고 쳐다본다. 다른 명사와 영웅들은 불편한 얼굴이었다. 뭐, 좋다. 지금부터 더욱 불편하게 만들어주지.

"여러분께 제가 지혜로운 말을 하나 들려드리려고 합니다. 바로 헛된 일에 시간을 쓰지 말란 것이지요."

"그게 무슨 소리지?"

내 말에 유난히 날을 세우던 이도메네우스가 즉각 물어왔다. 이렇게 호응해주면 내 쪽에선 더 편하다.

"어차피 사냥대회는 이 몸의 우승이니 집에 가서 발이나 닦고 주무시라 그겁니다."

"뭐야! 이놈이!"

산적 같은 이도메네우스의 얼굴이 순식간에 우락부락해졌다.

"전하께선 조심하시는 게 좋으실 겁니다. 전하의 유리 같이 가냘픈 명성은 한 번 깨지면 다시 붙이실 수 없을 테니."

"네놈이 정녕 정신이 나갔구나! 좋다! 이놈. 사냥 대회에서 각오하는 게 좋을 것이다! 짐의 창이 꼭 사냥감만 노린다는 보장은 없다."

그 말에 나는 도리어 웃음을 터뜨렸다.

"멍청한 사슴도 그런 둔한 창에 맞을까 싶은데 제 근처까지 날아오기나 하겠습니까? 전하, 부디 맨 정신에 입을 여십시오. 그래야 조금이라도 그럴듯한 말을 하지 않겠습니까?"

나는 손가락으로 앞에 있는 술잔을 때려 쓰러뜨렸다. 잔이 넘어지더니 이도메네우스 방향으로 포도주가 줄줄 쏟아졌다. 그는 자신이 받은 모욕에 수염을 부르르 떨었다.

"이 무례한 놈! 감히 크레타의 대왕인 내게 그딴 소리를 해!"

이도메네우스는 급기야 허리춤에서 칼을 뽑아서 덤벼들 기세로 일어났다. 하지만 내가 한 발 더 빨랐다. 나는 대번에 말투를 바꾸어 소리쳤다.

"여기 나의 경쟁자가 되고자 하는 이들은 모두 들어라! 어디 그 흔하디 흔한 신의 혈통을 믿고 덤벼보고 싶다면 얼마든지 좋다! 하지만 한 가지만 알아둬라! 이 몸 역시 최고신 제우스의 선택을 받았다는 것을!"

그 말과 함께 허리춤에서 제우스의 보검을 뽑아들었다. 그러자 늘씬하게 휜 검신에서 하얀 전격이 튀어 올랐다.

"맙소사! 저건!"

"제우스 신의 보검이!"

영웅들조차 이 검의 출현에 대경실색했다. 나는 보검을 천 년은 된 고목을 통째로 써서 만든 두꺼운 탁자 위에 꽂아버렸다.

파지지직! 팟!

동시에 사방으로 거미줄 모양의 그을음이 퍼져나가고 식탁 위에 있던 접시와 음식이 부서져 날아갔다.

"너희가 그저 커다란 멧돼지를 쫓을 때 이 몸은 칼리돈의 멧돼지를 단 칼에 터뜨려버렸다. 그리고 너희가 그저 덩치 큰 악당을 토벌할 때 이 몸은 티탄의 후예인 테마토스를 상대했다. 이런데도 쭉정이로 보이는가! 제우스가 인정한 이 검의 주인이 하찮게 보이느냔 말이다!"

역시 보검이 압권이었다. 이 무기는 미케네의 비보로 유명하다. 다만 문제가 있으니 다룰 수 있는 인간이 없었다는 것. 한데 이렇게 보검의 힘을 끌어내는 걸 직접 보여주니 다들 충격을 크게 받은 얼굴이었다. 그 무례한 이도메네우스조차 순간 말문을 잃고는 보검의 힘에 놀라서 어버버, 거리고 있었다.

"저… 저, 무슨! 시, 신인가?"

"닥쳐라! 이 몸 역시 사냥대회에서 실력으로 말하겠다. 창끝이 올바르지 못한 방향으로 향한다면 내 창끝도 똑같이 답례할 것이다! 어디 자신 있는 자는 나서보라!"

모두 꿀 먹은 벙어리가 됐고 나는 제우스의 보검을 회수해 검집에 꽂아 넣었다. 그러자 사방을 환하게 밝히던 전격은 온데간데없이 사라졌다.

"허허! 이거 걸작인 걸. 이국의 왕자가 제우스의 검을 썼다고 하더니 정말이로군."

다들 질려버린 가운데 오디세우스만 재밌다는 듯 웃으며 너스레를 떨었다. 나는 틴다레오스 왕에게 정중히 사과했다.

"전하, 제 행동에 지나침이 있었습니다. 부디 용서해 주십시오."

다른 이들처럼 크게 놀란 표정이었던 틴다레오스는 금세 평정을 되찾았다. 역시 노왕은 노련했다.

"살다 보니 과인이 제우스께서 내리신 힘을 목도하는군. 참으로 신비한 광경이었다. 하나 그대 말대로 지나쳤으니 오늘은 이만 물러가도록 하라."

축객령을 내리는 것 같지만 사실 그건 날 향한 배려기도 했다. 그래서 나는 고개를 숙여 왕께 감사를 올렸다. 한데 살짝 눈을 들어 앞을 보니 헬레네 공주가 얇은 미소를 짓고 있었다. 제우스의 보검을 보자 여타 영웅들도 뻣뻣하게 긴장하던데 어째서인지 그녀는 조금의 동요도 보이진 않는 것이었다.

대체 헬레네의 정체가 뭔가 싶었다.

그날 밤.

나는 배정 받은 궁정의 방에서 조용한 시간을 보내고 있었다. 한 가지 괜찮은 건 암습 같은 건 걱정하지 않아도 좋단 점이랄까. 왜냐하면 언제나 잠드는 법이 없는 비밀의 서가 있기 때문이었다.

–펠레우스.

그래서 새벽이 깊을 때 비밀의 서가 조용히 날 부르자 눈이 번쩍 떠졌다.

–왜?

대답은 하면서도 누운 채 슬쩍 검으로 손을 뻗었다. 제우스의 보검은 아니고 평상시에 쓰는 용도인 왕가의 보검이다. 이건 예전에 아가멤논과 아트레우스 대왕을 구하러 갈 때 받은 물건으로 유용하게 쓰고 있었다.

–불청객이다.

–어느 방향이야?

–뒤, 발코니 쪽이다.

비밀의 서는 티격태격하긴 해도 자기 역할에 충실했다. 나는 신성을 얻은 뒤 날카로워진 감각 덕분에 쉽게 침입자를 감지할 수 있었다. 그리고 그가 가까이 다가온 순간 이불을 뒤로 던지며 검을 뽑았다.

"누구냐!"

상대가 주춤하는 걸 본 순간 즉각 침대 위에 제압해 쓰러뜨렸다. 그리고 오른손으로 검을 든 채 이불을 젖힌 그 순간, 태양처럼 반짝이는 금발이 쏟아져 나왔다. 그리고 아찔한 미녀가 요염한 자태를 뽐내며 모습을 드러냈다. 마치 천으로 귀한 보물을 감싼 것 같은 모습이었다.

"헬레네 공주님?"

절세가인이 야밤에 침실로 찾아온 것이다. 나는 당황해 물러났는데 헬레네는 덤덤한 표정으로 옷을 털며 일어났다.

"귀공께서는 일국의 공주를 대하는 예절을 먼저 배우는 게 좋겠군요."

"송구합니다. 하오나 이 밤에 어찌."

그녀의 분위기를 보아 이건 절대 낭만적인 상황이 아니었다.

나 역시 그런 시원찮은 기대나 할 정도로 머릿속이 꽃밭인 것도 아니고. 헬레네는 근처의 의자에 앉더니 진지한 얼굴로 부탁해 왔다.

"펠레우스 님. 저를 도와주세요."

으음…, 이렇게 나오는 건가. 애초에 헬레네가 날 보고 첫눈에 반했다는 간편한 전개는 기대하지도 않았다. 평범하지 않은 공주의 모습을 보고 뭔가 꿍꿍이가 있을까 오히려 경계했을 정도.

"무엇이 필요하십니까? 전하."

"헬레네라고 불러주세요."

"으음… 알겠습니다. 헬레네 님. 어떤 요청을 하시고 싶으신지요. 부족한 사람이라 도움이 될지 모르겠습니다만."

"오늘 이야기는 저희 둘만의 비밀로 부탁드립니다."

헬레네는 자신의 뜻을 털어놓았다. 나는 가만히 들으면서 그녀가 내 생각보다 훨씬 야심만만하고 현실적인 인물이란 걸 알 수 있었다.

-혹시나 공주의 신분을 던지고, 모험을 떠나고자 하는 꿈 많은 소녀였다면 깼을 거야.

내 솔직한 감상에 비밀의 서도 동의했다.

-아마 헬레네에 대한 평가는 세상 물정 모르는 공주님으로 격하됐겠지.

하지만 그녀는 어린 나이임에도 우리 예상을 훨씬 뛰어넘고 있었다. 나는 여태 들은 이야기를 종합해서 물어보았다.

"헬레나 님. 본인이 왕위를 물려받고 싶다, 맞습니까?"

"예. 저는 여왕이 되고 싶어요. 권력을 결혼할 남편에게 주고 싫지 않답니다. 아버지의 나라를 제가 다스리고 싶어요. 단지 여자라는 이유만으로 저를 포함해서 모든 걸 이방인에게 넘길 수 없어요."

포부는 단호했고 보석처럼 아름다운 눈동자는 의지로 반짝였다. 지켜보고 있다가 무심코 감탄하고 말았다.

"그 존의…, 실로 높고 훌륭하십니다."

"아직 부족하고 철없는 여자에 불과하답니다."

그 말에 고개를 저었다. 헬레네의 나이는 17세. 나는 저때 그녀와 비슷한 생각도 못했다. 지구에 있던 시절이니…, 친구들이랑 PC방만 다녔구나.

"저를 택하신 이유가 대강 짐작이 되는군요."

"네, 당신은 멀고도 먼 곳에서 온 왕자니까, 열국(列國)의 권력 관계와 무방하다 여긴 거예요."

다른 이들은 다들 목표가 있었다. 연회 때 나와 대립각을 세웠던 이도메네우스는 크레타의 왕이며, 근처에 있던 디오메데스란 자는 아르고스의 왕이다. 왕이 아니라고 하더라도 다들 한 지역의 유력자이거나 군주이니, 스파르타의 궁정으로 온 자들 중 정치적 목적이 없는 자는 없다고 해도 좋을 정도였다.

"저도 사실 정치적인 이유로 왔습니다만."

그건 나도 마찬가지였기에 솔직히 고백했다. 어쩐지 이 처자와 협상하려면 정직함이 필요할 것 같았다. 먼저 허심탄회하게 얘기를 꺼냈는데 내가 꿍꿍이속이 있는 듯한 태도를 보인다면 물러나 버릴 터.

"이국의 왕자께서는 어떤 목적을 가지셨나요?"

"펠레우스라고 불러주십시오. 이곳에선 그런 이름을 쓰고 있습니다."

"후훗, 알겠습니다. 펠레우스 님."

헬레네가 살며시 웃으며 머리를 기울이자 그녀의 하얀 어깨 위로 녹인 금 같은 머리칼이 쏟아졌다.

"저는 메넬라오스 왕자를 밀려고 했습니다."

"메넬라오스 님이요?"

"네, 그가 스파르타 왕이 되면 이후에 후원을 받을 수 있을 거라 여겨서였죠. 저는 미케네의 왕자들과 친분이 있습니다. 아가멤논을 미케네의 왕으로 만들고, 메넬라오스를 스파르타의 왕으로 만들면……."

"왕들을 든든한 친구로 두게 되는군요?"

"맞습니다."

그녀는 이런 내 뜻에 딱히 기분 나빠하지는 않았다. 하지만 분명히 반대했다.

"저는 그걸 원하지 않아요."

"죄송합니다."

"하지만 펠레우스 님의 목적은 이뤄드릴 수 있지요."

"그렇습니까?"

내 말에 그녀는 은근히 살짝 다가온다.

"왕을 꼭 친구로만 둬야 할까요? 연인으로 둘 생각은 없으신가요?"

"네? 연인이라고요?"

"아니면 아내도 괜찮겠죠. 간단한 얘기랍니다. 연인이든, 아내든 원하시는 형태로 괜찮아요. 권력을 제게 넘겨주세요."

"제게 국서(國壻)가 되란 말이군요."

왕이 되지 말고, 여왕의 남편이 되란 얘기였다. 다른 구혼자들은 모두 헬레네를 취하고 왕이 되고자 한다. 하지만 헬레네는 본인이 여왕이 되고 싶어 하는지라 왕위를 탐내지 않는 구혼자가 좋다는 소리다.

"권력을 주신다면 제 사랑과 정성을 온전히 드릴게요."

"헬레네 님, 저희는 오늘 처음 봤습니다만…."

"사랑이야 살면서 만들어 가는 거죠. 둘의 관계가 바람직하다면 좋은 감정이 안 생길까요. 남편이 아내를 아낀다면, 어찌 아내가 남편을 사랑하지 않겠습니까?"

"허……."

점점 이 여자 보통이 아니란 생각이 들었다. 원래 헬레네가 이렇게 야심만만했었나? 하긴 직접 만난 본 적도 없었으니 그녀에 대해서 제대로 알 리가 없지. 그저 떠도는 풍문이나 전해들은 이야기만으로는 한 인간에 대해 판단하기엔 턱 없이 부족하니까.

"아니면 마음이 바뀌기라도 하신 건가요? 직접 왕이 되고 싶으세요?"

헬레네의 물음에 잠깐 생각에 잠겼다. 스파르타의 왕이라…. 오래 고민할 것도 없었다. 나는 바로 고개를 저었다.

"왕이 되고 싶지 않습니다."

종말의 집행자가 되어 세계 멸망을 위해 뛰어야 한다. 한가하게 정사나 돌보고 있을 수 없다. 왕인 친구가 필요한 것이지 왕의 의무를 떠안고자 하는 게 아니니까. 헬레네는 이런 내 대답이 마

음에 드는 모양이었다.

"하면 나쁘지 않은 거래가 아닐까요? 그리고 제 미모면, 나라에 비해서 가치가 부족한가요?"

"허허……."

헛웃음이 나왔으나 곧 그게 틀린 소리가 아님을 알게 됐다. 제우스의 따님이자, 나라가 기울 정도의 아름다움을 가진 여인. 결코 밀리지 않는다. 하지만 그래도 과연 괜찮을까? 메넬라오스가 스파르타의 왕이 되지 않으면 원래 역사랑 어긋남이 생겨 버리는데…. 이후에는 예측 불가가 되고.

"복잡하게 생각하실 필요 없답니다. 절 가지신다면 금방 해결될 문제인데… 원하신다면 오늘 밤 안으시렵니까?"

헬레네는 도발적인 시선을 보내왔다. 그러자 지켜보고 있던 비밀의 서가 재밌다는 듯 부추긴다.

-펠레우스, 이대로 덮쳐버려라. 너는 할 수 있어.

-아니지, 아니지. 내 모험이 그렇게 19금이 되면 곤란하다고.

-하긴, 너 같은 겁쟁이가 저런 미인 앞에서 용기를 낼 리가 없지. 푸하하하. 뇌 속에서나 연애에 계속 힘내도록.

머릿속으로 비밀의 서와 투닥거리고 있을 때 날 유혹하던 헬레네가 가볍게 웃는다.

"죄송해요. 농담이었어요. 펠레우스 님께서 음욕이 넘치시는 분인지 알고 싶었을 뿐이에요."

"최소한의 자제력은 있습니다."

"이상하네요. 꽤나 심계가 깊으신 분 같은데 절 보는 눈이 맑군요…."

그녀의 말에 비밀의 서가 반론을 제기했다.

-아니다. 단순히 치킨이야. 이 녀석은.

어이없네. 누가 누구보고 치킨이래. 그나저나 헬레네가 하는 말을 풀이하자면 너 음험한 음모를 좋아해 보이는데, 여색은 안 밝히는 거 같아 신기하다, 였다.

"어쩐지 펠레우스 님과는 잘해나갈 수 있을 것 같단 생각이 들어요."

"음……."

헬레네는 여왕이 되길 원한다. 그녀가 어떤 인간인지 안 이상 무리해서 메넬라오스랑 엮어주기는 다 틀렸다고 볼 수 있다. 그럴 바에는 헬레네의 부탁을 들어주고 우호 관계를 구축하는 게 좋겠지. 내가 원하는 건 권력자인데 그게 왕이든, 여왕이든 상관없는 문제니까.

"좋습니다. 헬레네 님. 당신을 돕도록 하겠습니다. 다만 연인은 곤란하니 친구 정도로 하지요."

"의외네요. 제가 매력이 없나요?"

이상하다는 듯 헬레네는 한손으로 머리를 꼬았다.

"아닙니다. 차고 넘치시지요. 다만 제겐 멈출 수 없는 사명이 있습니다. 헤아려 주십시오."

"그렇다면 알겠습니다."

메넬라오스에겐 미안하지만 오늘 밤 그는 내게 버려졌다. 애초에 내가 자길 택한지도 모를 테니 별로 상관없겠지. 스파르타 왕은 하지 말고 나중에 형님 따라 고향으로 돌아가렴. 스파르타는 앞으로 헬레네 여왕이 다스리게 될 테니.

"하지만 넘어야 할 산이 많습니다."

"다른 구혼자들을 물리치실 자신이 없으신가요? 아녀자라 결투에 관해 아는 바는 없습니다만, 제우스의 검을 다루는 걸 보니 충분해 보입니다만."

"단순히 치고받는 거면 자신 있습니다."

솔직히 말하면 자신이 넘친다. 제한된 힘이긴 하지만 신성발현까지 쓴다면 어지간한 영웅은 한 방이다. 실제로 앙굴리퍼가 비명횡사 하지 않았나.

"하오면 무슨 문제가 있는지요? 펠레우스 님."

나는 골치 아프다는 표정으로 손가락으로 머리를 가리켰다.

"구혼자 중에 꾀돌이가 하나 있습니다. 그는 힘만이 아니라 머리로 싸우는 자이니 승리를 장담할 수 없습니다."

"누군가요?"

"오디세우스라고 합니다."

오디세우스를 머리로 이길 수 있는 자가 누가 있겠냐. 당연히 나도 자신 없다. 한데 헬레네는 이런 내 고민을 간단히 해결해 줬다.

"이길 수 없는 자를 상대하는 법은 간단하지요. 자기편으로 만드세요. 안 그래도 사이가 괜찮아 보이시던데요. 옆에 계셨던 분이 오디세우스 님이 맞죠?"

"맞습니다."

오디세우스랑은 지금 비교적 우호적인 관계다. 하지만 그의 진정한 목적을 모르는 이상 같은 편이 될 수 있을까. 나는 이런 점을 털어 놓았다.

"그는 단순히 헬레네 님께 구혼하기 위해 온 것만은 아닐 겁니다."

내 이런 의견에 헬레네는 지혜로운 면모를 과시했다.

"오디세우스 님은 아테나 여신님을 섬기지요?"

"그렇습니다. 여신의 총애를 받고 있다고 합니다."

"하면 아테나 여신님의 입장에서 생각해 보는 것도 좋을 거예요. 아테나 여신님이라면 분명히 제가 아폴론을 섬기는 왕과 결혼하려는 걸 막고 싶어 하시겠죠. 스파르타에 아폴론 신의 영향력이 확대되는 걸 원치 않으실 테니까."

"과연 그렇습니다."

"그 외에 가능하다면 저와 결혼해서 스파르타에 아테나 여신의 영향력을 확대하려고 할 테죠. 이는 아마 부수적인 목표일 겁니다. 이루면 좋고, 아니면 할 수 없고."

헬레네의 식견에 나도 쉽게 상황 파악이 됐다. 역시 항상 영웅이 아니라 그 뒤에 있는 신을 봐야 하는군.

"만약 제가 여왕이 된다면 아테나 여신은 그럭저럭 만족할 거예요. 아폴론 신의 영향력이 스파르타에서 확대되지 않을 테니까."

"그래도 오디세우스가 적극적으로 구혼해 올 수 있지 않겠습니까? 만약 성공한다면 추가적인 성과를 얻을 수 있으니까요. 단순히 아폴론 신의 영향력 확장을 막는데 그치는 게 아니라, 스파르타에 섬기는 아테나 여신의 영향력을 뻗칠 수 있으니까요."

여기서 헬레네는 한 번 더 지혜로움을 보여줬다. 그녀는 살포시 웃으며 그건 간단히 해결할 수 있다고 했다.

"아테나 여신의 영향력을 확장하기 위해선 오디세우스 님은 저와 결혼해야 하지요. 하지만 그럴 의지가 없어지게 한다면 어떨까요?"

"의지가 없어지게 한다고요?"

"네. 오디세우스 님에게 저 못지않게 아름답고 현명한 여인을 소개해 주면 될 일입니다. 그렇게 되면 오디세우스 님은 무리해서 제게 구혼하려고도 하지 않을 테고, 우선적인 목표인 아폴론 신의 영향력을 막는 정도로만 만족하게 되겠지요."

"오……."

나는 헬레네가 훌륭한 여왕이 될 거란 생각이 들었다. 원래 역사에서 왜 여왕이 되지 못했는지 모르겠지만 아마 지혜만으로는 부족했던 모양이다. 하지만 이번에는 다르다. 그녀에겐 자신의 지혜뿐 아니라 나라는 무력이 존재하니까.

"오디세우스 님에게 소개해 줄 여성이 누구입니까? 이미 정해 두셨는지 알고 싶군요."

"물론이에요. 그녀의 이름은 페넬로페로, 고귀한 공주의 신분이랍니다."

"아."

페넬로페였나. 왜 생각을 못 했지. 요즘 너무 정신이 없어서 깜빡했는데, 원래 역사에서도 그녀는 오디세우스의 아내가 되는 여성이다. 〈그리스로마 신화〉에서는 트로이 전쟁 후 고향으로 돌아오지 못하던 오디세우스를 무려 20년이나 재혼하지 않고 기다려 줬던 걸로 유명하다. 그리스로마 신화 최고의 현모양처라고 평가받는 여성이기도 하다.

"좋습니다. 당장 그 만남을 주선해 보죠."

생각보다 어렵지 않게 오디세우스를 아군으로 끌어들일 수 있을 것 같았다. 오디세우스는 적으로 만날 때는 그야말로 개자식이지만 아군이면 든든하기 짝이 없다. 만약 오디세우스와 한 팀이 된다면 다른 구혼자 무리를 쓸어버리는 건 일도 아닐 터.

"아가멤논 왕자도 처리할 수 있겠습니다."

나는 역사를 기억해 내고는 미소 지었다.

"그에게는 헬레네 님의 쌍둥이 동생인 클리타임네스트라 님을 소개해 주면 될 겁니다."

원래 역사에서 아가멤논은 헬레네와 결혼하지 않고 그녀의 쌍둥이 동생인 클리타임네스트라와 맺어진다. 그대로 따라하면 아가멤논도 알아서 구혼 대열에서 떨어질 거다.

"좋네요. 호호호. 아가멤논 님도 우리 편으로 끌어들일 수 있겠어요. 이제 나머지 구혼자들은 어떻게 할지 얘기해 보죠."

"하나씩, 하나씩 쳐내면 어렵지 않을 겁니다."

어떤 자는 회유하고, 어떤 자는 힘으로 굴복시키고, 어떤 자는 돈으로 매수하기로 했다. 그렇게 밤새도록 헬레네 공주와 내 작당모의가 이어졌다.

"펠레우스 님, 정말 얘기가 잘 통해서 좋네요."

"실로 그러합니다."

누가 알았으랴. 헬레네가 이렇게 속이 시커먼 여자였다는 걸. 이걸 지켜보던 비밀의 서가 한숨을 내쉬었다.

-에휴… 악당이 하나에서 둘로 늘었구나. 세상이 어찌되려고 저런 놈들이 자꾸 나타나지?

어찌되긴 뭐, 어찌돼.

망하려고 그러는 거지.

틴다레오스 왕이 주최하는 사냥대회를 며칠 앞둔 날, 의외로 스파르타의 궁궐 안은 부산했다. 구혼자들이 저마다 이합집산하며 편을 만들고 있었기 때문이다. 워낙 숫자가 많으니 일단 힘을 모아 다른 그룹을 쳐내기로 하는 건 아마 자연스러운 결정이겠지.

모두가 그렇게 발 빠르게 움직이는 가운데 나는 모처럼 느긋함을 즐기고 있었다. 세월이 항상 이 같으면 좋을 텐데 말이야.

"어찌 그리 여유가 넘치십니까?"

곁에 있던 아가멤논은 책망하듯 물어왔다. 도저히 내가 이해가 안 되는 얼굴이었다.

"다른 구혼자들은 저마다 손을 잡느라 분주한데, 드러누워 석류나 까먹고 있으시다니요. 펠레우스 님!"

"하하하, 너무 뭐라하지 마십시오. 아가멤논 님이 계신데 누가 더 필요하겠습니까? 쭉정이들 보다야 진짜 영웅 하나가 곁에 있는 게 낫지요."

너스레를 떠는 내 모습에 아가멤논은 한숨을 내쉰다.

"부족한 저를 고평가 해주시는 건 고맙습니다만, 이러고 있을 때가 아닙니다. 제 동생 놈도 영웅들을 만나러 갔습니다."

"내버려 두세요. 메넬라오스 님도 욕심이 없다면 거짓이겠지요. 아가멤논 님이야말로 안 가보십니까? 구혼전쟁에서 굳이 의리 지켜주실 것 없습니다."

넌지시 시험하듯 던지는 말이었다. 참으로 의외인 게 메넬라오스와 다르게 아가멤논이 곁에 남았다는 거다. 그는 내가 헬레네와 결혼하는 일을 돕겠다고 했다. 자신 역시 왕좌와 미녀가 탐나지만 생명의 은인이 우선이라는 것. 이 정도로 아가멤논이 의리를 보일 줄은 몰랐기에 내심 놀랐다.

"의리가 아닙니다. 은인의 일을 돕는 건 도리입니다. 그리고 헬레네 공주님께서 펠레우스 님을 지목하셨으니 제가 나서봐야 꼴만 우습죠."

아가멤논이 이런 태도라면, 헬레네의 쌍둥이 동생인 클리타임네스트라를 소개해 주면 그걸로 끝이다. 그와의 동맹은 이후 굳건할 터. 사실 이번 싸움에서 아가멤논은 그다지 중요하지 않았다. 진짜 같은 편으로 만들어야 하는 존재는 바로 오디세우스였다.

"슬슬 시간이 됐군요. 다녀오겠습니다."

남들이 한참 부산을 떤 지 며칠이 지난 뒤에야 나는 자리를 털고 일어났다. 오디세우스를 만나기 위해서였다.

"꽤 늦게 오셨소?"

오디세우스는 의외라는 듯 날 보며 물었다. 내가 자기를 좀 급하게 찾아올 줄 알았나 보다. 칼자루를 본인이 쥐고 있다고 생각했는지 자세가 참 건방졌다. 아무래도 내가 공적이 된 이상 한 명의 조력자라도 아쉽다고 판단한 모양이겠지.

"늦었습니까?"

"그렇지 않소이까? 헬레네의 지목을 받았으니 이제 펠레우스 당신은 모든 구혼자들의 적이오. 하면 이 오디세우스의 도움을 받지 않고 이겨내실 수 있겠소이까? 진작 찾아왔어야 맞았소이다."

대단한 자신감이다. 어쩌면 인간이 저렇게 뻔뻔할 수 있을까. 설마 나도 저런 사람이 되는 건 아니겠지? 더 늦기 전에 스스로를 돌아보자.

"제가 듣자니 오디세우스 님의 방에 드나드는 발길이 많아 먼지 가시는 날이 없다고 하더군요. 하여 좀 느긋하게 기다렸다 왔습니다."

"호, 대단한 자신감이외다? 이미 다녀간 구혼자들이 이 몸을 끌어들이기 위해 온갖 약속을 하고 갔소. 한데 이리 늦게 올 만큼 대단한 제안을 갖고 온 것이오?"

"대단하달 거 있겠습니까. 그저 구미가 당기시면 미력한 제 손을 잡아주시는 거지요."

"허허허! 이런 능구렁이 같은 사람을 보겠나."

나는 그를 향해 마주 웃어줬다.

"사돈 남 말 하시는군요. 이 방에 능구렁이가 어디 저 하나뿐이겠습니까."

"좋소이다. 어디 조건을 말해보시오."

오디세우스에게 금은보화를 약속하는 건 어리석은 제안이다.

많은 왕들이 자신의 금력을 자랑했을 테지만, 이 인간이 누굴 위해 봉사하고 있는지 먼저 파악해야 진정한 목적을 알 수 있다. 나는 헬레네에게 들은 것처럼 아테네 여신의 구미에 맞는 제안을 했다. 헬레네가 여왕이 되고자 한다는 걸 알았을 때 그도 제법 놀란 표정이었다.

"그게 정말이오? 그 사랑스러운 공주님께서 권력욕에 불타는 분이셨다니."

"그렇습니다. 생각해 보십시오. 아테나 여신께도 나쁜 결과는 아닐 터. 헬레네 님께선 이 일이 잘 해결되면 스파르타에 아테나 신전을 새로 증축하실 것도 약속했습니다."

"흐음… 이제야 이해가 되오. 헬레네 님이 잘난 이 몸 대신에 시원찮은 그대를 택한 게. 하긴, 상식적으로 남성적 매력은 이 오디세우스가 한 수 위 아니오이까?"

음, 아무래도 이 자식도 정상은 아닌 거 같다.

"펠레우스, 그대는 확실히 무력뿐 아니라 지혜를 갖추고 있구려. 다른 왕들은 내게 금은보화와 땅, 혹은 권세를 약속할 뿐이었소. 하지만 아테나 여신의 의중까지 간파한 자는 없었지. 역시 그대에겐 후한 점수를 줄 수밖에 없겠소이다."

"하면 절 도와주시겠습니까?"

내 물음에 오디세우스는 일단 한 발을 뺐다.

"어디 대사를 하루아침에 정할 수 있겠소? 이럴 때일수록 신중하게 고민해야 할 것이오."

이렇게 나온다 그거지? 사실 오디세우스가 순순히 응해줄 거라 생각하지 않았다. 이 꾀돌이는 상황을 자신이 주도하고 상대를 원하는 만큼 탈탈 털어내야 만족하는 고약한 놈이다. 심지어 청개구리 기질까지 있으니 말 다했다. 네놈 꾀가 제일인 건 알겠는데 이 펠레우스 님이 맛 좀 보여주마.

"고민해 보시겠습니까? 좋은 이야기지요. 고민."

내가 피식 웃으며 말을 흐리자 오디세우스가 뭔가 불길한 예감을 느꼈는지 자세를 바로 한다.

"어허, 무슨 말을 하려고 그리 무게를 잡으시오. 이 오디세우스에게 너무 강짜를 부려봐야 좋을 게⋯."

턱.

나는 탁자 위에 소리가 나게 뭔가를 내려놓았다. 그건 아폴론을 상징하는 태양 형태의 신물이었다. 아폴론의 신도들이 많이 들고 다니는 상징이다.

"최근에 말입니다. 아폴론 신을 섬기는 일은 어떨까⋯ 뭐, 그런 생각을 하고 있습니다."

물론 마음에도 없는 소리지만 아테나를 섬기는 오디세우스는 표정이 심각해졌다.

"뭣이⋯?"

"아니, 좋잖습니까? 태양과 정의의 신. 의술과 시의 신. 아폴론 님이야 올림포스의 빛 그 자체 아닙니까? 이런 분을 여태 흠모하며 섬기지 않았다니 저도 참 모자란 놈이 아닌가 싶습니다."

"아니, 이보시게. 펠레우스⋯."

오디세우스가 눈에 띄게 당황한 게 보였다. 날 휘둘러서 뭐라도 더 얻어낼 속셈이었던 그는 아폴론 신앙 한 마디에 눈동자가 흔들리고 있었다. 아하, 저게 동공지진이란 거군.

"펠레우스는 무슨 놈의 펠레우스입니까. 하하하, 우리가 얼마나 친하다고."

나는 뻗어오는 그의 손을 밀쳐낸 후 거만한 자세를 잡았다. 이 방에 처음 왔을 때 오디세우스의 포즈다. 반면 오디세우스는 앉은 채로 차렷 자세가 됐다.

"아니, 사람이 정 없게 왜 이러나. 우리가 남이오?"

"네, 남이죠. 일가친척이라도 된답니까? 아무튼, 하던 얘기 마저 하겠습니다. 누가 뭐라고 해도 저는 헬레네 님과 결혼하게 될 겁니다. 헬레네 님이 원하는 건 왕국의 권력이니 그걸 위해 왕국의 신앙 정도는 제게 양보해 주겠죠. 부부 좋다는 게 무엇이겠습니까?"

스파르타는 딱히 주력으로 섬기는 신이 없이 이런저런 신앙이 다 들어와 있었다. 그래서 왕이 원한다면 왕국을 수호해줄 신을 정해서 밀어붙이는 게 가능하다.

"그때 한 번 아폴론 님의 신전을 크게 짓는 걸 생각해 봐야겠습니다. 아, 도시의 중앙광장 왼쪽에 언덕이 하나 있지요. 거기가 적당하겠습니다."

내 말에 갑자기 오디세우스가 대경실색했다.

"이 사람아. 그 자리는 아테나 여신님의 신전이야."

중앙 광장의 왼쪽에는 큰 언덕이 있는데, 입지가 기가 막히다. 도시 번화가의 한 가운데면서 주변을 내려다 볼 수 있으니 실로 금싸라기 땅인데, 아테나 신전이 오래 자리 잡고 있었다. 나는 그런 건 상관없다는 듯 피식 웃었다.

"뭐, 신앙이란 게 다 그렇잖습니까? 필요하면 밀어버리고 그러는 거지요."

"이런 천벌 받을!"

오디세우스는 눈이 찢어져라 놀란 표정이었다. 멀쩡한 아테나 신전을 밀어버리겠다고 하는 협박에 아무리 지혜의 영웅이라 해도 정신을 못 차리고 있었다. 그의 이마에서 식은땀이 줄줄 흘렀다.

"천벌은 무슨 말이십니까. 스파르타 백성들을 위해서 하는 것이죠. 만약에 도시가 아폴론 신의 축복을 받으면 뭐 저만 먹겠습니까? 그게 다 도시 시민들 겁니다. 제가 무슨 욕심이 있겠습니까. 하하하하."

그때 비밀의 서가 갑자기 펼쳐지며 신들의 반응이 나타나기 시작했다. 자신들의 이름을 언급한 탓인지 주목을 끈 모양이다.

〈태양과 의술의 신 아폴론이 당신의 발언에 설레기 시작합니다.〉

〈지혜의 여신 아테나가 손으로 이마를 짚습니다. 곧 오디세우스를 구박하기 시작합니다.〉

뭐야? 저쪽은 실시간으로 통신이 가능한가. 아닌 게 아니라 의자에 앉아 있던 오디세우스가 놀랐는지 제자리에서 펄쩍 뛴다. 지금 속으로 상사한테 한 소리 듣고 있는 모양이었다. 하지만 그러면서도 겉으로는 평정을 가장해야 하니 목이 뻣뻣하게 굳는 모양이었다.

"중풍이라도 오시는 겁니까? 목 돌아가는 게 어째 뻣뻣해 보이십니다요."

나는 허리춤에서 나이프를 꺼내 손톱을 다듬으며 오디세우스를 쳐다보지도 않고 있었다.

"아니, 그대가 지금 아테나 여신님의 신전을 밀어버리겠다고 하지 않았소이까."

"자애로운 여신님께선 그 정도는 용서해 주실 겁니다."

"분노한 여신님이 얼마나 무서운지 모르나 보군."

"설마 우리 아폴론 님께선 놀고만 있으시겠습니까? 비가 오면 우산을 쓰면 그만이지요. 하하하."

내 말에 아폴론이 흡족해 했다.

〈아폴론 신이 흐뭇하게 고개를 끄덕입니다. '저 친구, 말 참 잘하네.'〉

반면 오디세우스는 계속 상사에게 갈굼을 당하는 모양이다.

"아니, 이보시오. 방금 전까지만 해도 아테나 여신님의 신전을 증축하겠다고 하지 않았소?"

"아, 그랬죠. 하지만 콧수염만 멋지게 기르고 실속 없는 어떤 자 때문에 여의치가 않군요. 그냥 신경 끄십쇼. 증축에 필요한 석재로 아폴론 신전 화장실이나 만들게. 아휴, 증축을 해준다고 하면 뭐하나… 본인이 싫다는데. 뭐, 원하면 신전 밀어버리고 남은 돌은 드릴께."

"어억!"

급기야 오디세우스는 뒷목을 잡았다. 살다, 살다 나 같은 놈은 처음이란 반응이었다. 설마 자신을 이렇게 협박할 줄은 생각도 못했던 듯하다. 하지만 나도 뒤끝이라면 어디 가서 안 진다. 아직 안 끝났다.

"생각해 보니까 밀어버릴 건 신전만이 아니겠군요. 스파르타랑 아테네의 동맹관계도 흔들흔들하겠습니다."

스파르타의 동맹이자 라이벌인 강국 아테네는 아테나 여신을 섬긴다. 그런데 스파르타가 갑자기 아폴론 신성의 성지가 되면 두 도시의 관계가 어찌될지 불을 보듯 뻔하다. 아폴론과 아테나가 겉으로는 웃고 있어도 수면 아래에선 수많은 창검을 겨누는 사이니까.

"비약이 심하시오이다. 하하하, 어찌 그렇게까지 되겠소이까?"

"글쎄요. 세상일이란 게 어찌될지 모르겠군요. 아무튼 구혼자의 틈에 끼어서 신전에 기둥이라도 하나 더 놓으려 오셨는데, 아주 바닥부터 싹 태우게 생기셨습니다. 하하하. 재주가 비상하십니다 그려."

아폴론의 영향력 확대를 견제하는 게 최우선 목표였을 거다. 한데 내 앞에서 여유를 부리다가 스파르타가 아폴론의 땅으로 변하게 생겼다. 이쯤 되자 오디세우스도 강단이 있는 사내라 버럭 화를 내기 시작했다.

"이렇게 나오고도 헬레네 공주랑 결혼할 수 있을 것 같소이까? 이 오디세우스, 계책이라면 누구에게도 뒤지지 않소이다. 이 몸이 방해한다면 일의 성사를 결코 자신할 수 없을 것이오."

보통의 경우라면 오디세우스의 저 협박에 찔끔할 터. 하지만 저렇게 나올 것도 이미 상정한 범위라 헬레네와 대책을 세워놨다. 그래서 나는 웃음을 터뜨렸다.

"하하하핫!"

"어찌 웃는 것이오? 이 오디세우스의 밀을 가볍게 생각하면 큰 코 다치실 거란 점만 알아두시오."

"예로부터 이런 말이 있습니다. 전쟁이란 이미 이겨놓고 싸우는 거라고."

"뭐가 어째?"

나는 품에서 뭔가를 꺼내 오디세우스에게 보여줬다. 그건 헬레네 공주의 장신구였다.

"어제 밤 공주께서 정표로 주고 간 물건입니다. 이미 부드러운 침대 위에서 일이 성사되고 여인의 마음이 정해졌으니 그깟 책략이 다 무슨 소용이겠습니까? 오디세우스 님은 이걸 보고도 공주의 마음을 얻을 수 있다고 자신하십니까?"

"허······."

오디세우스의 눈동자가 사정없이 흔들리기 시작했다.

# 3. 사냥 대회

나는 머릿속에 수많은 생각이 몰아치고 있을 오디세우스를 보며 고소를 머금었다. 당연한 얘기지만 헬레나랑 나는 남녀관계는 아니다. 그저 정치적인 동반자이자 친구다. 하지만 이 사실을 알리가 없는 오디세우스는 머리가 복잡할 수밖에.

"믿기 어렵소."

오디세우스의 단언에 나는 고개를 끄덕였다.

"거, 계속 어려우시길. 저는 가볼 테니까."

아쉬울 것 없다는 듯 자리를 털고 일어나자 오디세우스가 머리를 쥐어뜯는다. 미련 없이 몸을 돌리자 곧 등 뒤에서 그의 목소리가 날 붙잡는다.

"잠시만 기다리시오!"

"아직도 할 말이 남았습니까? 어째 구질구질 하십니다 그려. 하하핫."

어디 말해보라는 듯 제자리에 서서 오디세우스를 바라보자 그는 나직이 탄식한다.

"생긴 건 기생오라비 같은데 그 속은 하데스처럼 음험하시구려. 이 오디세우스, 상대를 얕봤다 큰 코 다치고 말았소."

"제가 좋은 선생이 된 거 같아 기쁘군요. 언제 이렇게 오디세우스 님을 가르쳐 보겠습니까?"

"일단 앉으시오. 조금만 인내심을 발휘해 준다면 우리 대화가 이렇게 파국으로 끝나진 않을 것이오."

다시 자리에 앉았으나 내가 원하는 건 분명했다.

"구혼전쟁에서 전적으로 제 편에 서십시오. 그 대가로 도시는 신앙에 관해 중립에 설 것입니다."

"후… 알겠소이다."

오디세우스는 더 버팅기지 않았고 그걸 받아들였다. 그에겐 선택의 여지가 없었으니까.

〈아폴론 신이 시무룩해 합니다. '좋다 말았네….'〉

〈아테나 여신이 안도의 한숨을 내쉽니다. '펠레우스라는 이름, 기억해 두겠다.'〉

두 신은 일이 마무리 됐다고 짐작하고는 그대로 떠나가 버렸다. 뭔가 더 반응을 보고 싶었지만 바쁜 존재들이라 거기까지였다.

"오디세우스 님, 제가 이 동맹을 믿어도 좋겠습니까?"

"물론이오. 이 오디세우스, 한 번 약속을 하면 지키는 사내니."

"하면 잠시 저와 동행해 주시지요."

채찍 이후에는 당근이 필요하다. 나는 그를 데리고 미리 약속된 장소로 향했다. 그곳에는 오디세우스의 마음을 흔들 정숙하고 아름다운 여인, 페넬로페가 기다리고 있었다.

"어디로 가는 것이오?"

"와보시면 압니다."

오후의 따뜻한 정원에는 햇살이 가득했다. 그리고 그 가운데 헬레네에 미치지는 못하지만 충분히 아름다운 여인이 빛에 둘러싸여 다소곳하게 앉아 있었다. 그 순간 오디세우스는 자신의 지혜로 모든 상황을 알아채고 중얼거렸다.

"나를 여자로 굴복시키려는 건가…."

"가서 인사라도 하십시오. 페넬로페 공주님이십니다."

"허허…."

오디세우스의 시선이 흐려지며 마치 홀린 사람처럼 비틀댔다. 사람이 한 눈에 반하는 순간이 이런 때구나. 아무리 지혜의 영웅이라고 해도 운명적 만남 앞에는 어쩔 수 없는 법이로군.

"이 오디세우스를 완전히 옭아매려 하시는구려."

"다 서로 좋자고 그러는 거지요. 흐흐흐."

이걸로 오디세우스는 빼도 박도 못하게 완전히 내 편이 됐다.

크레타의 왕 이도메네우스는 탐욕스럽고 포악한 인물이었으나 그렇다고 멍청이는 아니었다. 하여 연회장에서 헬레네 때문에 펠레우스와 척을 진 걸 후회하고 있었다. 물론 이것은 그의 마음속에 남아있는 콩알 만한 양심이나 선량함 때문이 아니었다. 펠레우스가 가진 제우스의 보검 때문에 깜짝 놀랐기에 그랬다.

'어린놈의 새끼가 까불대는 데는 다 이유가 있었구나. 이건 불공평하다. 그런 황당한 무기만 아니면 그런 애송이는 이 어르신의 한 끼 식사에 불과한 것을!'

속으로 한탄한 그였지만 겉으로의 행동은 달랐다. 며칠 뒤에 직접 펠레우스를 찾아가 자신의 태도가 과했다고 사과까지 했다.

"펠레우스 왕자. 미안하네. 과인이 지나침이 있었네. 헬레네 공주를 얻고자 하니 마음이 조급해졌나 보이."

펠레우스는 이런 갑작스러운 태도 변화에 떨떠름한 얼굴이었다. 하지만 그의 얼굴은 곧 놀랄 만큼 빠르게 사람 좋은 표정을 만들어냈다.

"전하, 어찌 그런 일로 사과까지 하십니까? 이 펠레우스, 술자리에서 벌어진 일은 크게 마음에 두지 않습니다."

진심이 조금도 느껴지지 않는 사과를 하는 놈이나, 웃으며 받아주는 놈이나 참으로 뻔뻔하다 할 수 있었다. 하지만 뻔뻔한 것 말고도 공통점이 있었으니 웃는 얼굴 밑에는 칼을 품었다는 점이다. 말은 정다우나 서로 해칠 생각만 가득하니 참으로 고약한 놈들이라 하겠다.

'어린놈의 새끼가 봐도 봐도 재수가 없구나. 너는 조만간 하데스의 나라로 보내주마.'

'생각보다 훨씬 교활한 놈이로구나. 무슨 꿍꿍이를 꾸밀 게 틀림없으니 내가 먼저 뒤통수를 쳐야겠다. 역시 통수는 타이밍이지.'

서로 그런 생각을 하면서도 겉으로는 굳건히 손을 잡고 우애를 나눴다. 크레타의 왕 이도메네우스는 그리 겉으로는 화해를 하고는 펠레우스와 헤어지자마자 음모를 꾸미기 시작했다. 그는 밀실에서 제기들을 꺼내놓고 어린 양의 목을 따서 제물로 바치며 기도를 올렸다.

"시린 북풍의 주인이시여. 매서운 겨울바람이시여. 여기 당신의 종을 위해 지혜를 들려주십시오."

목이 따인 어린 양 앞에는 보랏빛 날개가 달린 건장한 사내의 조각상이 있었다. 바로 북풍의 신 보레아스였다. 이도메데우스는 포악하고 강력한 북풍의 신 보레아스를 오랫동안 섬기고 있었다. 그의 성공의 이면에는 보레아스의 후원이 지대한 영향을 끼쳐 왔다.

휘이이잉!

창문도 없는 밀실 안에 겨울 바람처럼 차가운 바람이 일어났다. 그리고 불길하고 사이한 어둠이 안개처럼 밀려들어 왔다. 이도메데우스는 본능적으로 커다란 두려움이 일었으나 이를 악물고 참아냈다. 그러자 곧 감정 없고 냉정한 목소리가 울려 퍼졌다.

[나의 종 이도메데우스여. 무슨 일인가? 쓸데 없는 용건이라면 용서하지 않겠다.]

"어찌 제가 위대한 북풍의 신을 기망하겠습니까. 그저 어리석어 길을 찾지 못하니 답을 구하고자 합니다."

이도메데우스는 그간의 사정을 자신의 주인인 보레아스에게 보고했다. 그리고 사냥대회가 열리는데 어찌 승리할 수 있을지 계책을 물었다.

[어렵지 않은 방법이 있다. 하지만 대가가 필요하다.]

"보레아스시여. 제가 지혜를 구하고자 하는데 무엇을 아끼겠습니까? 말씀하십시오."

[네놈의 딸 중 하나를 제물로 바치라. 왕가의 딸을 탐식하는 걸로 계책을 내려주겠다.]

순간 이도메데우스의 속에서 욕지기가 나왔다. 평생을 더러운 시궁창처럼 살아온 남자이나, 섬기는 신이 식인을 즐기는 점은 받아들이기 어려웠다. 하지만 그 덕에 이도메데우스는 보레아스에게 후원을 손쉽게 받아왔다. 이 식인 습관 때문에 다른 영웅들은 보레아스를 멀리했기 때문.

'어차피 부왕을 시작으로 수많은 사람을 쳐 죽이고 이 자리에 오른 나다. 인간 백정이나 다름없으니 이제와 무슨 양심의 거리낌이 있으리오?'

딸이라면 많았다. 평소 술자리에서 하늘에 제우스가 있으면 지상에는 이도메데우스가 있다고 자랑을 늘어놓던 그다. 크레타에서 제멋대로 건드린 여자가 수도 없었다.

"기꺼이 그러겠습니다."

[좋다, 오랜만에 왕녀를 맛보겠군. 크흐흐흐. 너희 인간의 영혼과 육체는 모두 각별한 맛이 있지.]

보레아스의 목소리는 기괴하고 끔찍했다. 이도메데우스는 그가 겉은 날개 달린 인간의 모습을 하고 있지만, 실제로 그 본질은 기괴한 무언가란 생각이 들었다.

'마치 인간을 잡아먹고 싶어 하는 이종족 같구나.'

하지만 분명 보레아스가 신성을 갖고 있으며 북풍을 주관하는 건 사실이었다. 이도메데우스는 자신이 보레아스와의 이 편리한 관계를 쉽게 끊을 수 없다는 걸 알았다. 어려운 건 없었다. 양심이야 예전에 버렸고 희생될 자의 피와 육체만 있으면 되니까.

"부디 높으신 식견 듣고자 하옵니다."

[어리석은 네놈에게 사태의 본질부터 알려주지. 이도메데우스

여, 스파르타 왕의 사유림이 넓고 울창한 이유를 알고 있느냐?]

"음… 그거야 왕의 개인적인 숲이니…."

[어리석은. 누가 그것을 몰라서 묻느냐?]

"소인 아둔했나이다. 가르침을 주십시오."

이도메데우스는 약자에겐 늘 큰 소리 치지만, 강자에겐 언제든 개구리처럼 납작 엎드릴 수 있는 사내였다. 이마를 땅에 박고 조아리자 보레아스는 자비를 베풀듯 설명에 들어간다.

[사실 스파르타 왕의 사유림에는 감춰진 신의 처소가 있어서 그렇다.]

"신의 처소 말입니까?"

[그렇다. 바로 무지개 여신 이리스의 별장이 있는 곳이지. 숲의 가장 깊은 비처에 여신의 아름다운 집이 있다.]

스파르타의 왕들은 대대로 이리스 여신의 심기를 거스르지 않기 위해 그 숲을 사유림으로 삼아 보호해 왔던 것. 삿된 자들의 출입을 통제해야 괜히 스파르타에 이리스 여신의 분노가 끼치는 걸 막을 수 있을 테니까.

[틴다레오스 왕도 그걸 잘 알고 있지. 한데 왕에겐 한 가지 비밀이 있다. 젊은 시절에 사유림에 들어갔다가 이리스 여신의 신수 하나가 마음에 들어버린 것이다.]

"어떤 신수입니까?"

[그것은 매우 아름다운 하얀 수사슴이다. 신들조차 감탄할 만한 멋진 동물이지. 왕은 그날 이후부터 늘 그 사슴을 갖고 싶어했다. 살아있든, 죽어있든 상관없이.]

이도메데우스도 머리가 좀 돌아가는 자다. 곧 사태를 파악했다.

"하면 틴다레오스 왕이 사냥 대회를 여는 건 단순히 헬레네 공주의 남편감을 정하고자 함이 아니군요?"

[그렇다. 이제야 이해하는구나, 아둔한 왕이여. 틴다레오스는 분명 가장 멋진 사냥감을 가져오는 자가 승리한다고 했다. 많은 영웅들을 숲으로 보내면 누군가 하얀 수사슴을 잡아올 거란 기대를 하고 있는 것이지. 다들 헬레네를 갖고 싶어 사력을 다할 테니. 더 좋은 건 이리스 여신의 분노는 사슴을 가져온 영웅이 감당해야 할 게 될 것이란 점이다.]

"허…!"

이도메데우스는 늙은 스파르타 왕의 심계에 기가 막혔다. 자신도 나쁜 놈이라고 생각했는데 늙은이는 더 지독했다. 탐내는 걸 갖고 싶어 영웅 하나를 희생시킬 작정이었던 것.

[이제 사냥대회의 본질을 알았을 터이니 계책을 내려주겠다.]

"감사합니다! 귀를 세우고 고견을 듣겠나이다."

[상황이 이렇다면 네놈이 쓸 계책은 차도살인이다.]

보레아스가 알려준 방법은 참으로 비열하기 짝이 없었다. 남의 화살을 가지고 이리스 여신의 수사슴을 잡으라는 것. 사냥대회에선 시비를 가리기 위해 화살마다 주인을 표시해 놓는다. 하니 보레아스는 미리 펠레우스의 화살 한 개를 훔치라고 했다.

[이리스 여신의 사슴을 어디에서 발견할 수 있는지는 미리 알려주겠다. 네놈은 그 짐승을 적의 화살로 쏘아 잡으라. 그리고 피묻은 화살만 남겨놓고 사슴을 들고 돌아가면 된다. 후에 이리스 여신이 핏자국 위에 떨어진 펠레우스의 화살을 발견하면 차도살

인의 계책이 완성되는 것이다.]

"오오오오! 과연!"

역시 신은 신이란 생각이 들었다. 단번에 사태의 본질을 알아
채고 적을 나락으로 떨어뜨릴 계책까지 제시해 주다니, 새삼 이
도메데우스는 북풍의 신 보레아스의 지혜에 감탄했다. 그의 말대
로 한다면 사냥대회에서 이김과 동시에 골치 아픈 연적을 치워버
릴 수 있을 터. 그것도 위험하게 직접 할 필요도 없다. 아무리 펠
레우스가 강해도 무지개 여신 이리스의 권능에는 발끝도 못 쫓아
갈 테니까.

"하지만 후일 오해가 밝혀질 수도 있지 않겠습니까? 왕에게
사슴을 바친 이가 저라고 소문날 겁니다."

[물론 그렇겠지. 하지만 이리스는 오해로 공연한 사람을 죽인
탓에 체면상 나서기 힘을 것이다. 혹여 궁지에 몰린다면 이후 발
뺌할 수 있는 방법까지 알려주지.]

물론 그건 요금이 별도였지만 보레아스는 언급하지 않았다.
왕가의 여식을 하나 더 잡아먹고 싶었기 때문이다.

"그렇군요! 이 이도메데우스, 언제나 북풍의 주인만 전심으로
섬길 뿐입니다."

[크크크큭, 네놈이 내가 고귀한 혈통의 인간을 마음껏 맛보게
해준다면 계속 도와주지 못할 이유도 없지. 하면 약속을 지키길
기다리겠다.]

북풍의 신 보레아스가 사라지자 밀실을 가득 채웠던 불길한
기운도 말끔하게 없어졌다.

"후우…."

긴장으로 굳어있던 이도메데우스는 그제야 안도의 한숨을 내쉬었다. 등이 땀으로 흥건하게 젖어 있었다. 이런 경험을 할 때마다 그는 보레아스의 감춰진 정체가 불길하고 더러운 괴물이 아닐까도 싶었다. 하지만 알아서 무엇하랴. 파헤칠 능력도 의지도 없다. 필요하면 악마와도 거래할 수 있다고 생각하는 게 이도메데우스다. 보레아스 정도면 말이 통하는 훌륭한 상대인 셈이었다.

"좋아. 펠레우스. 크흐흐흐, 젊고 잘 나가니 지금이야 세상이 다 제 것 같겠지. 하지만 누군가의 원한을 산 다는 게 얼마나 무서운 일인지 처절히 알려주마."

이도메데우스는 남의 칼을 빌려 펠레우스를 처리할 생각에 아주 즐거운 기분이 됐다. 다만 아쉬운 건 원수가 죽을 때 내는 소리를 듣지 못한다는 점이었다. 마지막에 내뱉는 끔찍한 단말마야말로 그가 가장 듣기 좋아하는 거였으니까.

드디어 사냥대회가 열렸다. 가을날은 화창하기 그지없어 야외에서 연회를 즐기기 더없이 좋았다. 그래서인지 틴다레오스 왕은 바로 대회를 개시하지 않고 영웅들을 모아놓고 술자리를 열었다. 스파르타 특유의 신 포도주와 거친 솜씨로 구운 큼직한 고깃덩이들이 잔칫상 위에 가득했다.

"와하하하, 사냥이라면 이 아이아스가 제일이오."

"누가할 소리! 본인을 얕봤다가는 큰일 날 것이오!"

여기저기서 흥겨운 분위기가 가득했다. 이합집산 중에 서로 날을 세우던 영웅들도 오늘 만큼은 넉넉하게 웃고 있었다. 특히 모두의 주목을 끈 건, 이국의 왕자인 펠레우스와 크레타의 왕인 이도메네우스였다. 지난 헬레네가 등장한 연회에서 서로 못 잡아 먹어서 안달이었던 두 사람은 의좋은 형제처럼 잔을 나누어 주변을 놀라게 했다.

"형님 먼저."

"아니오, 아우 먼저."

마치 의형제 같은 모습에 주변의 다른 구혼자들도 분위기가 밝아졌다.

"하하하, 서로 웃으니 얼마나 좋소."

"더 이상 상대를 깎아내리지 말고 공정하게 경쟁합시다."

다들 펠레우스와 이도메네우스가 술 한 잔에 응어리진 마음을 풀어버렸다고 기뻐했다. 하지만 스파르타의 노쇠한 왕 틴다레오스는 속으로 코웃음을 쳤다.

'입에는 꿀을 바르고 뱃속에는 칼을 품고 있구나. 둘 다 보통 영악한 자들이 아니다. 저 둘이 사냥대회에서 크게 사고를 치겠구나. 껄껄껄!'

산전수전 다 겪고 수없이 정적을 뒤통수 쳐 본 틴다레오스 왕은 펠레우스와 이도메네우스의 행태를 단 번에 꿰뚫어 봤다.

'과인의 입장에선 더 없이 좋지. 조금 더 충동질을 해야겠군.'

틴다레오스 왕은 손뼉을 쳐 모두를 주목하게 한 뒤 입을 열었다.

"여러 걸출한 영웅들이 한 자리에 모였으니 이틀 뒤부터 열릴 사냥 대회에서 대단한 사냥감을 잡을 수 있을 것이라 기대한다."

"물론입니다!"

"맡겨만 주시지요!"

얼큰하게 취한 영웅들은 뜨거운 호응을 해왔다. 늙은 왕은 그런 반응에 만족하며 떡밥을 던졌다.

"누구보다 훌륭한 사냥감을 잡기 원하는 자들을 위해서 하나 알려주겠네. 과인이 소문에 들으니 저 숲의 가장 깊은 곳에 신들조차 감탄할 짐승이 살고 있다고 들었다. 만약 여러 영웅 중에 그 소문의 진실을 파헤칠 자가 있다면 반드시 대회에서 우승하리라 생각한다."

"오오오! 그것 참 재밌겠군요!"

영웅들은 호승심에 불타올랐지만 그것은 틴다레오스 왕의 함정에 불과했다. 숲의 깊은 곳에는 무지개 신 이리스의 별장이 있으니 자칫하다가 진노를 살 수 있다.

'끌끌끌, 과인이 아니라면 상관없는 일이지.'

젊어서부터 원했던 이리스 여신의 하얀 사슴을 가질 수만 있다면 영웅들이 얼마나 죽어나가든 알 바가 아니었다. 그는 겉으로는 넉넉하고 인자해 보이지만, 자리를 깔고 앉은 권좌를 지키기 위해 무수히 많은 이를 죽인 자였다.

틴다레오스는 단순히 숲 깊은 곳에 무언가 있다 한 번 언급하는 걸론 부족하다 여겨, 유력한 영웅들에게 따로 잔을 내리며 이야기를 들려줬다. 마치 오래된 소문이나 풍문을 가장해 숲 안에 대단한 사냥감이 있으니, 꼭 가보라는 식으로 부추긴 것이다. 교활한 왕의 언변은 참으로 매끄럽고, 인자한 얼굴을 위장한 가면은 단단해 어떤 영웅도 왕의 의도를 알아채지 못했다.

"음?"

하지만 펠레우스만은 반응이 다소 달랐다. 틴다레오스가 그에게 소문을 들려줬을 때 잠깐이나마 입꼬리 한쪽이 살짝 올라가는 것 같았다. 뭔가 명백한 비웃음을 짓는 얼굴이었기에 왕은 눈을 껌뻑였다.

'잘못 본 건가?'

하긴 대놓고 면전에서 비웃을 리가 없다. 잠깐 나타났던 듯한 그 표정은 어느새 사라지고 펠레우스 왕자는 충순해 보이는 얼굴을 하고 있을 뿐이었다.

'술이 좀 과했나 보군.'

틴다레오스는 자기가 잘못 봤다고 생각하고 펠레우스를 더욱 독려한 뒤 상석으로 돌아가 외쳤다.

"하면 오늘은 마음껏 즐기라! 이틀 후에는 기대하던 대회의 시작이니."

먼저 자리에서 일어난 왕은 바로 잠자리에 들었다. 가슴 속은 여러 가지 음험한 기대로 부풀어 오르고 있었는데 어쩐지 뭔가가 마음에 들지 않았다. 하지만 그는 끝내 왜 자신이 불안한 건지 도저히 알 수 없었다.

–수상한데?

내 말에 비밀의 서가 반응했다.

-뭐가 그렇게 수상하냐? 사실 이 자리에서 가장 수상한 건 네 놈이 아니더냐?

-내가 수상한 거야 어제 오늘 일이 아니니 특별한 건 없지.

-이런 뻔뻔한 놈… 어째 갈수록 오디세우스를 닮아가는구나.

-시끄럽고 일단 들어봐.

나는 틴다레오스 왕이 숲의 깊은 곳을 강조하며 교묘하게 영웅들을 충동질하는 걸 깨달았다. 사실 왕의 화법이 혀에 기름을 바른 듯 매끄러운 데다가, 사유림의 깊은 곳에 뭐가 있는지 모른다면 의심하기 어려운 상황이긴 하다.

-안에 무언가 있냐? 펠레우스, 금서에서 또 뭔가 본 기억이 있구나?

-맞아. 금서에도 자세한 이야기는 실려있지 않지만 한 가지는 확실해. 〈스파르타 왕가의 사유림 안에 이리스의 별장이 있다〉고.

금서라고 만능은 아니다. 그 이상의 정보가 없는 게 아쉽게 느껴졌다. 왜 헤스티아 여신님이 꽃꽂이를 좋아한다는 건 적혀 있으면서 이리스 여신의 별장에 숨겨진 보물 같은 정보는 없는 걸까… 아니, 생각해 보니 전자가 훨씬 중요하긴 하네.

-별장?

-그래, 스파르타 왕가가 이곳을 사유림으로 정하고 접근을 엄정히 금한 건 여신의 별장이 있기 때문이라는 게 내 추측이다.

-그럴싸하군.

-한데 왕은 자꾸 숲의 깊은 곳으로 가길 원하고 있다. 즉, 안에 뭐가 있다고 봐야지.

이 정도 되자 비밀의 서도 상황을 파악했다.

-그는 영웅들을 부추겨 무언가를 하고 싶어 하는군?

-그래, 그게 뭔지 모르겠지만 이리스 여신과 관계가 있겠지. 한 가지 확실한 건 좋은 의도는 아니라는 거야.

틴다레오스 왕이 숨긴 게 뭔지 알아내는 게 이번 사냥의 중요한 부분이란 생각이 들었다. 하지만 아직 명확히 알 수는 없었다.

-일단 지켜볼 수밖에. 사냥도 사냥이지만 이번에 이도메네우스 놈을 숲에 묻어버릴 필요도 있지.

-저쪽도 같은 생각인 거 같은데?

비밀의 서의 언급에 이도메네우스 쪽을 보니 그는 날 죽일 듯 노려보고 있었다. 하지만 눈이 마주치자마자 사람 좋게 웃으며 잔을 들어올린다. 나 역시 그를 향해 술잔을 들었다.

"형님! 건강하십시오!"

"하하하, 우리 아우가 고맙군."

많이 마셔라. 마지막 술자리가 될 테니까.

그날 밤.

나는 틴다레오스 왕이 뭘 꾸미는지 골몰하느라 잠을 설치고 있었다. 알 듯, 말 듯했다.

-아무래도 이리스 여신이랑 뭔가 엮으려는 것 같은데. 대체 뭘 원하는 거지?

의도는 짐작이 가는데 가진 정보가 부족하니 판단이 안 서네.

누워서 혀를 차고 있는데 비밀의 서가 말을 걸어왔다.

-밤손님이다.

-뭐야? 또? 요즘 왜 이렇게 밤에 찾아오는 새끼들이 많아.

느껴지는 감각이 헬레네 공주는 아닌 것 같다. 그녀 역시 이 사냥대회를 따라왔는데 왕의 장막 근처에서 머물고 있다.

-뭐하는 놈이야? 암살? 사냥 전날에 이딴 식으로 나오면 꽤 짜증나는데….

-음? 아닌 것 같다. 흥미로우니 잠깐 기다려 봐.

칼을 들고 일어나려 하자 비밀의 서가 제지했다. 이미 내 감각에도 막사로 들어온 도둑이 잡힌 상태다. 나는 내심 놀라고 말았다.

-대단한 실력자야.

느껴지는 도둑의 기운이 범상치 않아 긴장할 수밖에 없었다. 칼부림이라도 해야 하나 생각 중이었는데 도둑놈은 의외의 행동을 했다. 비밀의 서가 지켜보고 있다는 걸 꿈에도 모르는 녀석은 내 소지품을 하나 슬쩍하고 있었다. 나는 무엇인지 돌아 누워서 보고 싶었지만 깨어있는 걸 들킬까 싶어 어쩔 수 없었다.

-뭘 가져가는 거지? 화살이 미끄러지는 소리 같은데.

-맞아. 네놈 화살을 하나 훔쳐서 가는군.

야밤에 몰래 찾아온 도둑놈은 더 욕심 부리지 않고 사냥을 위해 준비해 놓은 화살 하나만 가지고 도망갔다. 대체 뭔가 싶었다.

-누군지 얼굴을 봤어?

-복면을 하고 있었지만 짐작은 가는군. 눈매나 그런 게 이도메

네우스랑 붙어 다니는 메리오네스 같다.

메리오네스는 이번 구혼행렬에 참가한 영웅 가운데 하나로 이도메네우스의 조카뻘 되는 친척이다. 당연히 자기 가족 편에 서서 날 적대하는 자 가운데 하나였다.

-메리오네스인가.

-짐작일 뿐이다.

-그 정도면 충분해. 어차피 이도메네우스 쪽에서 수를 쓸 거라 생각 중이었으니까. 한데 화살은 왜 가져갔을까?

화살은 이 펠레우스의 물건이란 표시로 깃을 파랗게 칠했고 이름도 적혀 있다. 사냥감을 누가 쓰러뜨렸는지 알기 위해 모든 구혼자가 이런 조치를 해놨다.

"흐음…."

뭔가 퍼즐 조각이 맞춰지는 듯한 기분인 걸.

-먼저 네놈의 화살로 뭘 할 수 있는지 생각해 봐라, 펠레우스.

-당연히 이 몸이 쏜 화살인 척 조작할 수 있겠지.

-하면 다른 영웅을 쏘고 네놈이 오사한 걸로 몰아갈 수도 있지 않겠냐?

-물론 그런 가능성도 있어. 하지만 이번에는 좀 다른 문제인 것 같아. 스파르타의 틴다레오스 왕은 계속 숲의 깊은 곳을 강조했지…. 그곳에는 이리스 여신의 별장이 있고.

음, 설마 틴다레오스 왕은 영웅들이 이리스 여신의 짐승을 사냥하길 원하는 건가? 신들조차 감탄할 짐승이라고 했다. 하면 칼리돈의 멧돼지 같은 신수를 말하는 게 틀림없다.

-왕은 영웅들을 이리스 여신의 별장으로 유도하고 있어. 그리

고 거기서 신수를 잡아오길 바라는 것 같다.

-하면 네놈 화살로 뭘 할 수 있겠나? 펠레우스.

비밀의 서의 질문에 무서운 가능성이 떠올랐다.

-만약 이도메네우스가 훔쳐간 화살로 신수를 쏜다면 여신의 진노가 내게 향할지도 모른다. 꼭 신수를 잡을 필요도 없어. 멀리서 신수를 쏘고 도망가면, 나중에 여신이 상처 입은 자기 동물의 몸에서 내 화살을 발견하겠지.

-큰일 나겠는데? 펠레우스, 네놈은 이리스 여신과 싸울 수 있나?

당연히 고개를 내저었다.

-한 방도 못 견뎌.

회귀 전에 싸웠던 하급신 퀴크노스만 해도 말도 안 되게 강했다. 200살이 넘은 전설적 영웅인 최고 사제도 땅바닥에 굴렀으니까. 아니, 최고 사제가 퀴크노스의 분노로 쏘아낸 일격을 막은 것 자체에 경의가 느껴질 정도다. 하물며 무지개 여신 이리스는 퀴크노스랑 비교도 안 되는 신이니, 그녀의 원한을 사면 살아날 가능성은 거의 없다.

-하면 어쩔 생각이냐? 적들의 계략이 시시각각 네놈을 옥죄어 오는데.

곰곰이 생각하던 나는 방법은 하나 밖에 없다는 생각이 들었다.

-적들이 수를 쓰기 전에 무지개 여신 이리스를 만나야겠어.

-정말이냐? 신을 만나겠다고? 그건 말리고 싶은데….

비밀의 서는 가급적 다른 방법을 찾아보라 권유했다. 신이란 워낙 변덕스럽고 위험한 존재기에 그렇다.

 -펠레우스, 네놈 간덩이가 부운 건 알지만 신을 너무 만만하게 보면 곤란하다. 스스로 말하지 않았나? 한 방도 못 견딘다고. 즉, 여신이 네놈을 마음에 안 들어하면 그걸로 끝장이다.

 -그래도 이리스 여신을 만나는 게 제일 확실해. 이도메데우스 뿐만이 아니라 틴다레오스 왕도 점점 수상한 느낌이야.

 -그런가. 허나 지금 가봐야 여신은 부재중일 거다. 거긴 여름 별장이니까.

 맞는 얘기지만 금서에서 본 바에 의하면 별장 관리인이 있다. 평소에는 이리스 여신의 부하에 해당하는 반신이 머문다고 했다.

 -그 반신을 통해 연락하면 돼. 이리스 여신에게.

 -결국 하겠다면 말리진 않으마. 하지만 별장까지 가는 게 문제다. 신의 거처라고. 가고 싶다고 갈 수 있는 장소가 아니다.

 당연한 얘기지만 신의 거처는 각종 결계나 함정으로 보호받고 있다. 신수나 높은 계급의 추종자만이 그런 위험천만한 경계를 지나는 법을 안다. 가끔 변덕스러운 신들이 자신의 거처에 온 인간의 소원을 들어주곤 하는데, 겁 없는 인간의 엄청난 행운을 재밌게 여기기 때문이다. 천문학적인 확률로 함정이나 결계가 있는지도 모르고 지나왔으니 흥미가 동할 수밖에. 하지만 그런 일은 천 년에 한 번 있을까 말까.

 -알고 있지. 하지만 나는 별장까지 갈 수 있어.

 -또 무슨 신성을 응용하는 법이라도 깨우친 것이냐?

 -아니, 아무리 나라도 그렇게 자유자재로는 불가능하지. 내가 신도 아니고.

그리 대담한 나는 비밀의 서에게 입 좀 벌려보라고 했다.

-뭔데?

-아, 일단 벌려봐.

쩌억.

비밀의 서의 입이 벌어지자 나는 어둠으로 가득 찬 그 곳에 손을 쑥 넣은 뒤에 물건을 하나 빼냈다. 그제야 비밀의 서는 내 해결책을 알아보고 감탄했다.

-아, 이걸 생각 못했군! 헤파이스토스의 랜턴!

-그래, 이것만 있으면 이리스 여신의 별장까지 갈 수 있다.

가서, 다 일러바칠 생각이다. 물론 아주 사소한 과장을 좀 보태서 말이지.

-기왕 이렇게 된 거, 이도메데우스 뿐 아니라, 틴다레오스 왕까지 권좌에서 내려오게 해야겠는 걸.

-펠레우스, 네놈 때문에 스파르타의 왕까지 몰락하겠구나.

그 말에 나는 누운 채로 어깨를 으쓱했다.

-흰 수염이 가득하더라. 그 정도면 오래 해먹은 거지. 슬슬 물러나도 여한은 없을 터. ㅋㅎㅎㅎ.

적을 벼랑에서 밀어 떨어뜨릴 수 있다고 생각하니 갑자기 마음이 편해졌다. 밤잠을 설치던 나는 곧 편하게 눈을 감았고, 아침까지 꿀잠이 이어졌다.

아침이 오자 펠레우스는 헬레네에게 비밀스럽게 연락해 무지개 신의 별장 위치를 알아봐 달라고 부탁했다. 헬레네는 자기 동맹자가 위기에 처한 걸 깨닫고는 적극적으로 나섰다.

"아바마마."

"이른 아침부터 네가 어인일이냐? 문안인사라도 온 것이더냐? 어허허헛!"

틴다레오스 왕은 헬레네 공주가 찾아오자 기뻐하는 기색이 역력했다. 그는 다정하게 딸의 손을 잡아 자기 옆에 앉혔다.

"최근 이 아비를 멀리하는 것 같아 섭섭했는데 이렇게 네가 먼저 찾아오니 무척 기쁘구나."

"소녀의 불효를 용서해 주세요."

밖에 알려진 것과 다르게 틴다레오스 왕과 헬레네 공주의 관계는 원만하지 못했다. 이유는 헬레네 공주가 자기 양아버지를 경계하고 있었기 때문이었다. 어릴 때부터 왕이 자신의 친부가 아니라는 걸 알았지만, 개의치 않고 진심으로 따랐던 그녀다. 하지만 어느 때부터 뭔가 이상한 기운을 감지하고 의도적으로 피하는 중이었다.

그건 뭐라고 해야 할까? 끈적끈적하고 기분 나쁜 시선이었다. 양아버지가 늘 자신을 그렇게 보는 건 아니지만 이따금씩 구혼자들과 같이 욕망에 찬 얼굴을 하는 걸 헬레네는 눈치채고 있었다.

헬레네는 늙은 왕의 욕념에 찬 눈길이 자신의 몸을 훑고 지나갈 때는 소름이 돋았다. 이러니 아비를 멀리할 수밖에. 하지만 오늘은 목적이 있어 평소답지 않게 애교를 부렸다.

"아바마마, 구혼자들을 어떻게 평가하시는지요?"

헬레네가 살갑게 굴며 이것저것 묻자 틴다레오스 왕은 수다쟁이처럼 술술 모든 걸 털어놓았다. 오랜만에 수양딸과의 대화 시간이 그를 흡족하게 했고 조금이라도 더 길게 이어가고자 뭐든 말할 기세였다.

"크레타의 왕 이도메네우스는 탐욕스러운 멧돼지와 같다. 너는 절대 그자에게 시집가면 안 된다."

한데 왕의 입에서 구혼자들에 대한 험담이 줄줄이 이어졌다. 술자리에서 영웅들을 추켜세우는 호방한 왕은 온데간데없고 남의 뒷담화만 열심인 늙고 추한 이가 있을 뿐이었다. 헬레네는 이러려면 틴다레오스 왕이 대체 구혼자를 왜 불렀나 의아했지만, 내색하지 않고 자신의 동맹자에 대해서도 물었다.

"펠레우스는 어떤지요?"

"으음? 그자 말이더냐?"

틴다레오스 왕은 조금 불쾌한 기분이 됐다. 알 듯 말 듯 미묘한 자였다. 뭔가 꿍꿍이가 있는 거 같은데 겉으로만 봐선 모르겠다. 무엇 하나 모난 구석 없이 훌륭한 청년이었으나 경험 많은 그의 감각에는 묘하게 목구멍의 가시처럼 껄끄러웠다. 하지만 왕은 왜 그런지는 알지 못했다.

"이국의 왕자라 하나 신분도 확실하지 않고 이도메네우스처럼 탐욕스럽다. 그자에겐 신경 쓰지 마라."

틴다레오스 왕은 이번에도 험담을 이어갔다. 그는 누구도 좋게 말하지 않았기에 헬레네는 구혼자에 대해 묻는 걸 포기했다. 어차피 중요한 건 그게 아니었으니까. 한참 대화가 물이 오르자 헬레네는 진짜 용건을 꺼냈다.

"소녀, 궁금해서 그런데 숲 안에 이리스 신의 별장이 어디에 있나요?"

"허? 그것은 왜 묻느냐?"

여태 잘 대답해 주던 틴다레오스 왕이 다소 경계하는 기색을 보였다.

"소녀도 스파르타의 왕족입니다. 혹시라도 신의 진노를 살 일을 피할 줄 알아야 하지 않겠나요?"

"듣고 보니 그렇구나."

하지만 중대한 비밀을 누설하기에는 영 내키지 않았다.

"딸아."

"아버지…."

헬레네의 간절한 표정을 보자마자 그의 마음은 봄날의 눈처럼 녹아내렸다. 그녀가 기뻐한다면 더한 비밀도 말해주지 못할 이유가 없었기에 자신만 알고 있는 별장의 위치에 대해 말해줬다.

"고맙습니다. 아바마마. 소녀, 명심하고 그 근처도 가지 않겠어요."

"현명하구나. 애야. 허허허허."

모처럼 수양딸과 즐거운 대화에 틴다레오스 왕은 충분히 만족했다. 헬레네는 곧 떠났지만 왕은 그녀가 나간 막사의 입구를 오래간 쳐다보고 있었다.

'한여름의 포도처럼 아름답게 영글었으니, 몸에서는 꿀처럼 달콤한 냄새가 가득하구나.'

틴다레오스 왕은 자기도 모르게 입맛을 다시고 있었다. 그는 수양딸에게 욕망을 품고 있다는 것에 대해 양심의 가책을 느낀

적도 있었으나, 잠깐이었다. 왕은 지금껏 원하는 건 뭐든 가져왔으니까. 인륜을 저버리는 일도 별로 상관하지 않았다.

'따지고 보면 친딸도 아니지 않나. 저 아이는 아내가 벌인 부정의 증거. 하면 과인이 취하는 건 지난날 인내에 대한 보상이로다.'

헬레네의 아름다움은 의붓아버지도 미치게 만들고 있었다. 그는 헬레네가 떠날 때 그녀의 탐스러운 둔부를 늙은 손으로 꽉 붙잡고 싶다는 충동을 간신히 참아냈다.

"크흐흐⋯."

음침하고 낮은 웃음이 왕의 막사 안을 울렸다. 그가 구혼자를 공개적으로 모집하는 건 어차피 한 편의 연극에 불과했다. 아버지로서의 의무를 다한다는 걸 보이기 위해서였다. 틴다레오스 왕은 앞으로 계속된 시험으로 구혼자들이 자멸하거나 상잔하게 만들 요량이었다. 그리고 때가 되면 적당한 이가 없다고 선언하고 딸을 구중궁궐에 유폐할 작정이었다.

"저 아이는 내 것이야⋯ 아무렴⋯⋯."

때가 되면 수양딸의 옷을 갈기갈기 찢어버리고 정복하리라, 왕은 탐욕에 젖어 그리 다짐했다.

다음 날.

드디어 스파르타의 왕이 주관하는 사냥대회가 시작되었다.

"펠레우스, 자신 있나?"

"물론."

아탈란테의 물음에 고개를 끄덕였다. 이번 사냥은 흔히 유희를 위해 하는 몰이사냥 같은 게 아니다. 삼삼오오 편을 먹은 뒤, 직접 숲으로 들어가 사냥감을 추격한 뒤에 잡아오는 것이다. 나는 아탈란테, 오디세우스, 아가멤논, 이렇게 넷과 한 조가 됐다.

"사냥은 걱정할 것 없다. 이 몸은 날 때부터 사냥꾼이었으니까."

주특기인 분야가 나오자 아탈란테는 자신만만해 했다.

"그래? 잘 부탁할게."

"음?"

한데 사냥대회의 당사자인 내가 시큰둥한 반응을 보이자 그녀는 고개를 갸웃거린다.

"그대, 우승할 작정이 아니었나? 어째 의욕이 느껴지지 않는구나."

"글쎄, 지금 중요한 건 그게 아니라서 그렇다고 할까. 어쨌든 사냥 쪽은 부탁할게."

"흐음… 알 수가 없군. 어쨌든 이번 일까지만 도와주겠다. 그 뒤에는 내 질문에 답해줘야 할 것이다."

"물론이지."

아탈란테는 진실을 원하고 있었다. 아마 모든 걸 들으면 틀림없이 아르테미스 여신이랑 사이가 틀어질 터. 그 일은 헬레네 건이 마무리되면 진행할 예정이었다.

뿌우우우우-.

대회의 개시를 알리는 뿔나팔이 울려 퍼졌다. 모든 이들은 조금이라도 시간을 절약하기 위해 서둘러 숲으로 뛰어 들어갔다.

그때 일행을 이끌고 가던 크레타의 왕 이도메네우스가 멈춰서더니 내게 외쳤다.

"아우! 숲에는 그림자가 많은 법이지! 주의하는 게 좋을 걸세."

아무래도 내 앞에서 웃는 척하기도 슬슬 지겨웠나 보군. 그래서 나도 곧장 대답해줬다.

"사람은 다 뒤통수에 눈이 없지요. 형님께서도 눈 먼 화살 조심하십시오."

멀리서도 이도메데우스가 이를 가는 게 보였다. 역시 이 숲 안에서 사단이 날 거 같구나. 그가 뭘 준비했건 일단 이리스 여신의 별장에 가는 게 우선이었다. 하여 숲에 들어가자마자 일행에게 사냥을 맡기고 가볼 데가 있다고 했다.

"아니, 이 중차대한 때에 홀로 어디를요? 위험합니다."

아가멤논이 날 붙잡으려 했지만 손바닥을 들어 거절했다.

"생각하는 바가 있어서 그럽니다."

나는 남은 이들에게 사냥을 비롯해 몇 가지 부탁을 하고는 먼저 뛰어나갔다. 숲의 풍경이 옆으로 빠르게 지나간다. 헤라클레스의 보석 덕에 지치지도 않고 계속 달렸다. 다들 사냥감을 찾고 있을 때 별장으로 향하고 있으니 누구보다 먼저 당도할 건 자명했다.

"펠레우스, 슬슬 경계다."

다섯 시간 정도 달렸을 때 비밀의 서가 경고해줬다. 어느새 주변의 풍경이 바뀌고 있었다. 밝은 숲은 점점 어두워지더니 급기야 햇빛이 안 들어 밤중인 것만 같다. 그리고 저 멀리 어둠 속에서 알 수 없는 기괴한 속삭임이 들려왔다.

"아, 경계란 게 이런 의미였구나."

이리스 여신의 별장은 사유림 안이면서 안이 아닌 곳. 즉, 다른 차원에 걸쳐 존재하는 장소인 것 같았다. 나는 곧 주변에 서있는 나무들의 정체가 뭔지 깨닫고는 소름이 돋았다.

"이건⋯."

나무인 줄 알았던 것들은 이곳에 온 불운한 희생자들의 흔적이었다. 여신의 별장을 지키는 함정에 걸린 건지 죽은 자들은 피부가 나무껍질처럼 변해서는, 손은 나뭇가지처럼 수십 가닥으로 갈라져 굳어있었다.

"펠레우스! 서둘러 랜턴을 꺼내라!"

비밀의 서의 말에 나는 서둘러 헤파이스토스의 랜턴을 꺼냈다. 그러자 랜턴에서 환한 빛이 주변의 어둠을 밝힌다.

"헉!"

그제야 내가 얼마나 위험한 상황에 처해있었는지 깨닫고는 경악할 수밖에 없었다. 사방에서 기괴하게 생긴 검은 덩어리들이 새까맣게 몰려와서 근처에 바글댔던 것이다.

"왜 몰랐지!"

"신의 함정 안이다. 함정이 네놈의 감각을 왜곡하고 있었겠지. 그나마 네놈에게도 신성이 있으니 저놈들이 경계하고 여태 달려들지 않았던 거다."

나타난 것들은 형태가 다양했는데, 어떤 것은 하반신이 없는 기어 다니는 거인 같았고, 어떤 건 촉수 뭉치였으며 어떤 건 온통 털이 난 출렁이는 지방덩어리 같았다.

"물러나라!"

랜턴에 신성을 주입하며 외치자, 빛이 한층 밝아졌다. 그러자 몰려든 괴물들의 석유처럼 시커먼 피부가 빛에 타들어가기 시작했다.

"키에에에엑!"

"쓰으—에에에!"

저마다 괴성을 지른 괴물들이 허겁지겁 물러났다. 나는 발걸음을 서둘렀고 괴물들이 달라붙을 때마다 랜턴을 비춰 떨어뜨려야 했다. 이건 매우 고단한 일이었다.

"새삼 필멸자가 이런 장소를 무사히 통과한다면 신이 자비로 소원을 들어주는 일이 이해가 되는군."

"그래, 애초에 그런 일은 있을 수 없으니까."

아마 전승되던 신화는 인간이 헛된 희망을 품고 신의 거처로 찾아오도록 하기 위한 어떤 고약한 신의 거짓말일 것이다. 아마 신들은 별장에서 넥타르를 마시며 처절하게 잡아먹히는 인간을 보며 비웃어대겠지. 하지만 내겐 헤파이스토스의 랜턴이 있었기에 무사히 경계를 지날 수 있었다. 그리고 도착한 곳은 황량하기 짝이 없는 세계였다.

"이런 곳에서 이리스는 편히 머무는 건가."

사방이 메마른 사막 같았다. 검은 모래와 검은 돌기둥이 주변에 가득했고, 모든 식물은 죽어 말라비틀어져 있었다. 물은 보이지 않았고 갑자기 목이 따가울 정도로 극히 건조했다. 생명의 흔적이란 게 전혀 느껴지지 않는 장소였다.

"저기 같다. 펠레우스."

비밀의 서가 가리키는 쪽을 보니 역시 검은 돌로 만들어진 음울한 신전이 있었다. 반쯤 무너진 그곳은 마치 오래된 유적 같았다. 나는 경계하며 신전의 안으로 진입했다. 한데 황량한 외관과 다르게 내부는 제대로 관리가 되고 있었다. 맨질맨질한 검은 대리석 바닥은 먼지 하나 없이 깔끔했고 벽면에는 일정한 간격마다 횃불이 일렁였다.

또각또각.

대리석 위로 내 구두에 보강돼 있는 쇳조각이 경쾌하게 울린다. 나는 곧 복도의 끝에서 거대한 철문을 발견했다.

"…마치 로댕의 지옥문 같군."

압도적인 위용의 철문에는 인간의 온갖 고통과 슬픔이 조각돼 있었다. 대체 무지개의 여신인 이리스는 어떤 취향을 가지고 있는 존재일까. 이런 걸 별장에 가져다 놓다니.

끼이이익-.

철문은 수십 톤에 이르렀지만 헤라클레스의 보석을 가진 내게는 소용없었다.

"윽!"

이를 한 번 악물자 완전히 밀어냈다. 그리고 그 안에 이리스 여신을 위한 별세계가 펼쳐져 있었다.

"와아…!"

순수하게 감탄할 수밖에 없는 공간이었다. 완벽한 칠흑 속에 수많은 별들이 반짝이는 우주 한 가운데 같은 장소였다. 나는 방 안이 일반적인 물리법칙과 다른 괴상한 세계라는 걸 알 수 있었다. 안으로 들어가자 내 팔다리가 괴상하게 왜곡되는 느낌이 들었다.

–정신 바짝 차려라, 펠레우스. 안 그러면 이 공간 안에서 녹아 버릴 터.

고개를 끄덕인 채 들어가자 저 멀리 어떤 존재가 보였다. 희한 하게 그 존재와의 거리는 수십 킬로미터에 이를 정도로 먼 것 같 기도 했고, 바로 코앞인 듯 가까운 것 같기도 했다. 하지만 한 가 지 확실한 건 그의 정체였다.

–반신(半神)이다. 이리스 여신의 별장을 지키는 반신이야.

그것은 마치 거대한 코끼리 같은 외형을 갖고 있었다. 하지 만 희한하게도 코끼리면서 양반다리를 한 인간처럼 앉은 모양새 다. 기다란 코 끝 숨구멍에는 칼날 같은 이빨이 가득했고, 상아는 총 여섯 개였는데 모두 핏빛 보석처럼 반짝였다. 또한 부채처럼 널찍한 코끼리의 귀 부분은 마치 날개처럼 위엄있게 펼쳐져 있 었다.

"위대한 분이시여."

나는 이름 모를 반신에게 예를 보였다. 그는 무척이나 사악해 보였지만 동시에 구도자 같은 위엄을 갖추고 있었다. 내가 허리 를 숙이자 잠시 뒤에 반신은 인간이 절대 낼 수 없는 목소리로 말 해왔다.

[밖이 수선스럽다… 싶더니… 작은 인간이 별장을 찾았구나…. 이 별장이 생긴 이래… 인간 방문자는 네놈이 처음이다…. 그나저 나 신기하군. 신을 면전에 두고도 아무렇지도… 않은 건가?]

상대는 극히 위험해 보였지만 아직 악의가 느껴지지 않았기에 용기를 냈다.

"허락받지 않은 방문을 용서하십시오. 별장을 지키는 당신께 요청이 있어서 왔습니다."

[어지간한 인간은 이 몸과 대화가 불가능한데… 도리어 부탁을 하는구나……. 신기하군. 말해보라…]

"무지개의 신 이리스를 뵙고 싶습니다. 부디 그분을 불러주십시오."

과연 반신은 내 요청에 어찌 반응할까? 걱정이 피어올랐다. 그의 눈은 깊고 음험했으나 뜻을 짐작하기 어려웠다. 저런 존재에 비하면 이도메네우스는 정말 송사리 같단 생각만 들었다.

[좋다…. 처음으로 나타난 인간의… 부탁을 들어주지 못할 것도 없지…. 다만 이 몸의 요구에 응하라.]

"요구요?"

반신이 손을 들어 올리더니 내 가슴팍을 가리켰다.

[기가 막힌 보물을… 가지고 있군. 그걸 내게 다오…. 하면 그 대가로 이리스 신을 불러주지…]

그는 정확하게 내 품에 있는 헤라클레스의 보석을 가리키고 있었다. 이거 아주 곤란하기 짝이 없는 요구인 걸. 절대 내줄 수 없는 물건이니까.

"거절하겠습니다."

[뭐라…? 크흐흐흐흐. 아주 재밌군…. 그렇다면 답은 하나지.]

콰아앙!

등 뒤에 있던 거대한 지옥문이 요란한 소리를 내며 닫혔다. 그리고 반신이 나직하게 웃음을 흘렸다.

[흐흐흐흐…. 네놈 육체와 영혼은 각별히 맛있어 보이는군. 이리스에게 사로잡힌 이래 오랜만에 탐식할 수 있겠다…. 제 발로

복이 찾아오니 이 몸이… 이 유폐된 장소를 떠날 날이… 멀지 않았음이라. 종말은 생각보다… 가까울 터….]

코끼리 얼굴을 한 신의 주둥이가 길게 찢어졌다. 그리고 송곳이 촘촘히 박힌 듯한 이빨이 드러나며 녹색의 더러운 체액이 길게 흘러내렸다. 나는 어쩐지 기분이 멍해져갔다.

"이게 필요하십니까?"

품에서 헤라클레스의 보석을 꺼내 묻자 반신이 히죽 웃는다.

[눈동자가 흔들리는군…. 이는 마음이 어지럽다는 증거이다. 신을 상대로 네놈이 할 수 있는 건 없다. 얌전히 보석을 내놓고 굴복하라….]

코끼리 반신은 거대한 손을 내민다. 나는 밀려오는 공포에 그냥 보석을 건네고 싶다는 충동을 느꼈다. 굴복하면 편해질 듯하다는 감각이랄까.

[자, 어서 다오…. ㅋㅎㅎㅎ.]

그의 말에는 힘이 있었고 나는 저도 모르게 손이 올라갔다. 옆에서 비밀의 서가 뭐라, 뭐라 외치는 것 같았지만 신의 힘에 간섭을 받는 건지 잘 들리지 않았다.

-#$%%@%@%!

무슨 말을 하는 걸까? 모든 게 안개가 낀 듯 흐릿하다.

"그래…."

신께서 내 물건을 원하니 드려야지. 손에 쥔 헤라클레스의 보석을 앞으로 내밀었다. 코끼리 반신과 나 사이의 거리는 먼 것도 같고, 가까운 것도 같아 알 수가 없었지만 손을 뻗으면 닿을 듯했다.

"위대한 신이시여…."

그리 말하며 보석을 바치려는데 그때 무언가 내 손목을 턱 잡는다.

"헉!"

깜짝 놀라 손을 처다보니, 놀랍게도 내 오른손이 내 왼손의 손목을 붙잡고 있었다. 그리고 마음 한 구석에서 갑자기 이런 생각이 피어올랐다.

'남의 물건을 빼앗을 수 있어도 내 물건은 빼앗길 수 없다.'

'재물을 빼앗길 거면 차라리 상대 머리에 칼을 휘둘러라.'

'신전 서기 시절의 삶을 기억하라. 남에겐 작은 은화 한 닢 줄 수 없다는 꼼꼼함이 필요하다.'

'절대 남에게 밥을 사지 않는다!'

뭐랄까, 그것은 내 안에 있는 이기심과 욕망이 구체화된 내면의 목소리였다. 신의 위엄에 저항해 탐욕스러운 자아가 강한 목소리를 낸 것이다. 그리고 나는 깨달았다. 내 왼손이 신의 존엄함에 굴복해 제멋대로 움직이던 그 순간, 기저에 잠들어 있던 강력한 자아가 깨어나 그걸 저지해 냈다는 걸.

"허억!"

깜짝 놀란 나는 뒤로 한 걸음 물러나며 외쳤다.

"감히 사술을 걸다니! 이런 고약한!"

내 외침과 함께 신의 교묘한 술법이 마치 유리창 깨지는 듯한 소리를 내며 사라졌다. 그리고 언젠가부터 주변을 가득 채웠던 음흉한 기운이 밀려난다.

-펠레우스! 정신 차려라!

그제야 옆에서 비밀의 서가 외치는 게 들려왔다. 나는 화들짝 정신이 들었다.

-비밀의 서! 내가 넋이 나갔었군?

-그렇다. 들리나 보군. 저 신의 음험한 술법에 당했다. 하지만 용케 파훼했군? 어떻게 신의 술법을 깬 거냐?

비밀의 서는 이 와중에도 꽤 감탄한 기색이었다. 하지만 놀란 건 비밀의 서뿐만이 아닌 듯했다. 코끼리 반신도 움찔한다.

[네놈? 이 몸의 술법을 깨버리다니? 대체 뭐하는… 놈인가?]

그 물음에는 대답할 말이 궁해졌다. 아니, 나란 놈은 대체 얼마나 욕심이 많기에 신의 술법에 저항한단 말인가. 뭐랄까, 조금은 씁쓸한 기분이 됐다. 그래, 앞으로는 남에게 밥 정도는 살 수 있는 사내가 되자…. 하지만 일단 겉으로는 모처럼의 성공에 한껏 허세를 부렸다.

"이 정도로는 어림없다. 꽤나 수가 얕군."

[필멸자 버러지 주제에 정말 방자하기 짝이 없구나! 어서 보석을 내놓지 못하겠느냐!]

신전 안 어두운 공간에 진노한 신의 목소리가 쩌렁쩌렁 울린다. 실로 그 외침에는 위엄이 가득해 보통 사람은 듣기만 해도 입에서 피를 토하고 죽을 지경이었다. 하지만 내게는 전혀 소용없었다. 게다가 놈의 술법에 저항한 탓에 아까까지 보이지 않던 게 보이기 시작했다.

"이상한데?"

[갈수록 무엄하군. 뭐가 이상하단 말이더냐.]

코끼리 반신은 초조해 보였다. 특유의 느릿하고 위엄 넘치는 말투도 사라져 빠르게 대꾸한다.

"네놈 정말 별장지기가 맞느냐?"

[무례한!]

이번에도 코끼리 반신은 소리쳤지만 귀가 저 굉음에 울려 간지러운 것 빼고는 별 문제 없었다. 새끼손가락으로 귀를 후비며 따졌다.

"아니, 이상하잖아. 위대한 반신이 아까부터 왜 계속 제자리에 앉아 회유나 협박만 하고 있단 말이냐? 반신도 신이다. 내가 인간 중에 제법 잘 나간다고 해도 제압하는 건 벌레 짓밟는 것처럼 쉬울 터."

그냥 허공에 손을 휘저으며 신의 의지를 발현하기만 해도 마치 빨려 들어가는 것처럼 붙들릴 텐데.

"보통 누구나 쉬운 방법을 택한다. 설령 신이라고 해도 마찬가지다. 그냥 잡아서 빼앗으면 되는데 굳이 미혹하려 하고 그게 실패하니 협박까지…. 신치고 너무 궁색하지 않나?"

내 신랄한 지적에 코끼리 반신은 말문이 막힌 듯했다.

"왜 말이 없나. 없어 보인다고 이 새끼야. 너 별장 관리자 아니지?"

[…닥쳐라!]

"겨우 한다는 소리가 닥쳐라냐? 음, 하나 시험해 볼까?"

나는 그냥 뒤로 가서 아까 들어왔던 로뎅의 지옥문 같이 생긴 거대한 철문을 밀어보았다.

끼이이익!

무겁긴 했지만 잘만 열렸다.

"하?"

그렇다면 이 방 안에 들어왔을 때 문이 쾅! 하고 닫히며 공포 분위기를 조성했던 것도 연출이라 그건가. 내가 그대로 문 밖으로 나가자 안에서 애타는 목소리가 흘러나왔다.

[아니! 좀! 그런다고 그냥 가면 어떻게 하나!]

뭐랄까 참으로 애절한 음성이라 나는 헛웃음이 터졌다.

―비밀의 서. 쟤 신 맞나?

―신은 확실하다. 다만 저런 꼬라지를 보니 정상적인 신은 아니겠군. 그나저나 훌륭하게 간파했구나. 나름대로 교묘한 연기와 위엄이라 속을 뻔했다.

―누가 아니라냐.

이제 보니까 신이 아니라 순 사기꾼이 아닌가. 세상에 진짜 왜 이렇게 나쁜 놈들이 많나? 나 같이 착한 사람에겐 정말 살아가기 힘든 시대였다. 나는 길게 한숨을 내쉬고는 코끼리 반신에게 물었다.

"야, 너 사실은 죄수 같은 거지?"

[……]

"이제야 이 세계가 황량한 게 좀 이해가 되네. 외부에는 여름 별장이라 알려져 있지만 사실 여긴 이리스 여신의 감옥이 아닐까 싶군. 맞나?"

내 물음에 코끼리 반신은 분노를 담아 울부짖는다.

[감히 이 몸을 죄수라고 부르다니! 인간이 실로 무례하구나! 정녕 신의 분노를 느껴봐야 정신을 차리겠나!]

일대의 공간이 신적 권능에 의해 파르르 떨리고 있었다. 과연 대단하긴 대단하네. 하지만 이미 밑천이 다 드러나서 그런지 나는 심드렁했다.

"뭐, 그렇게 실컷 분노하던가. 나는 갈 테니까."

그 말에 격분하던 신의 눈이 갈등으로 사정없이 흔들리기 시작했다. 신의 위엄이 중요한가, 아니면 현실이 중요한가. 폭풍 같은 갈등에 빠진 것이리라. 요즘 들어 저런 눈동자가 낯설지가 않다니까. 하하하.

[아니, 그렇게 극단적으로⋯.]

"잘 있어라."

[생각해 보니 내가 죄수가 맞는 거 같다.]

위대한 신께서는 결국 품위보다 실리를 택하셨다.

"그래?

내 물음에 코끼리 반신은 길고 긴 한숨을 내쉰다. 그리고 어차피 다 들켰다고 생각했는지 줄줄이 털어놓기 시작했다.

[좋아, 다 얘기하겠다. 이곳은 이리스 신에 의해 붙잡힌 자가 유폐되는 황량한 차원이다. 이 몸 역시 다른 시공간에서 이쪽 세계로 날아온 뒤, 무지개 신 이리스에게 사로잡혔다. 길고 긴 세월을 인내와 함께 버텨야 했지. 그러던 중 네놈이 등장한 거다.]

"내가 탈옥을 위한 변수가 돼줄 거라 여겼던 거군?"

[맞다. 이곳은 이리스의 별장으로 알려진 장소. 종복인 척 연기하며 겁박하면 통할 거라 여겼는데 이리 간파할 줄이야.]

현재 상황을 보면 저 코끼리 반신은 탈출은커녕 제자리에서 일어날 수도 없는 모양이다. 반말로 지껄이는 날 보고도 묵묵히 앉아만 있는 걸 보니 말이다.

"결국 감방 죄수라 그거 아니냐? 이런 사기꾼 같으니라고, 나는 또 이리스 여신의 부하인 줄 알고 눈치 오지게 봤네."

듣고 보니 좀 화가 나서 신에게 삿대질을 했다.

"어디서 콩밥 먹는 새끼가 잘났다고 그렇게 무게 잡고 지랄이었던 거지?"

[크윽!]

코끼리 반신은 더할 수 없는 모멸감에 전신을 부르르 떨었다. 하지만 그가 할 수 있는 건 없었다. 그나저나 제1사서를 부른 뒤 이놈을 함정에 빠뜨려 공양하려는 계획도 철회해야겠군. 포로라는 건 곧 이리스 여신의 소유라는 뜻이니 맘대로 처리할 수 없다.

[인간이여, 거래하지 않겠나? 이 몸을 탈출시켜준다면 후일 그대가 위기에 빠졌을 때 도움을 주지. 신의 호의를 얻는다는 건 결코 나쁜 일이 아닐 터.]

"네놈의 호의를 얻느라 이리스 여신의 심기를 거스르라고?"

아까야 상황이 그러니 이리스 여신과 틀어질 걸 각오하고라도 보석을 지키려 했지만 지금은 전혀 그럴 필요가 없잖아.

[그대는 이리스 신에게 뭔가를 요청하러 왔군? 입장을 걱정하는 걸 보니.]

"맞아."

[그렇다면 지금 당장 이 몸을 꺼내주지 않아도 좋다.]

코끼리 반신은 조급해하지 않고 침착하게 계속 거래 조건을 얘기했다.

[나중에라도 신의 도움이 필요할 때 내게 은혜를 베풀면 되지 않겠나? 더는 이리스 신의 눈치도 볼 필요가 없는 상황이 됐을 때

말이다. 아니면, 이리스와 사이가 틀어졌을 때도 괜찮겠지. 미래란 알 수 없는 것처럼 그대와 이리스 신의 관계도 알 수 없는 법이지.]

당장 꺼내달라는 게 아니란 점은 확실히 혹하긴 한다. 그런 거라면 고려해 보지 않을 이유가 없지.

"흐음…. 그건 그렇고 내가 어떻게 도울 수 있다는 거야? 반신인 네놈도 탈출하지 못하고 있는데."

[아마 어렵지 않을 것이다. 그대가 이 유폐의 장소까지 들어온 걸 보면.]

"음?"

얘기를 들어보니 이 방 안에는 수많은 마법의 함정과 장치들이 있어, 코끼리 반신을 둘러싸고 있다고 한다. 꼼짝달싹도 할 수 없는 상황이라고.

[그대는 이 외딴 차원을 둘러싼 함정과 결계를 가뿐하게 넘어온 걸로 보인다. 그 정도 솜씨라면 이 몸을 충분히 도울 수 있지 않겠나?]

확실히 헤파이스토스의 랜턴을 쓰면 가능할 거 같긴 하다.

"경우에 따라 나쁘지 않겠는 걸."

나는 턱을 쓰다듬으며 생각에 잠겼다. 나는 신과 거래하는 법을 안다. 그 방법을 쓰면 코끼리 반신을 구해주고 그의 도움을 받을 수 있을 터. 반신의 조력이라면 대단한 일도 할 수 있다. 구미가 당기지 않는다면 거짓말이다.

"좋아, 고민해 보지."

[긍정적으로 검토해 주면 고맙겠군…. 이제 이리스 신을 부르

는 방법을 알려주겠다.]

자기 운명이 내게 달린 걸 깨달은 코끼리 반신은 알아서 정보를 술술 알려주고 있었다. 어떻게든 잘 보이려는 것 같았다. 그는 신전의 지하실에서 이리스 여신을 부르는 방법을 알려주며 덧붙였다.

[다만, 그대. 조심하라. 많은 인간들이 그 존재를 마주하면 극한의 공포를 느낀다고 한다. 나는 인간이 아니라 잘 모르겠지만 이리스와 만난 이들은 모두 소름 돋는 두려움에 도망을 치고자 했다 들었다. 하지만 누구도 그 뜻을 이루지 못했지.]

"음?"

무지개 여신 이리스가 그렇게도 무서운 존재인가? 생각해 보면 금서에는 많은 신들의 정보가 있었지만 이리스에 대한 얘기는 거의 없었다. 대체 뭐하는 신일까 싶어 걱정이 앞섰다.

"충고 고맙군. 인연이 있으면 다시 보자고."

[좋다. 감옥에 갇혀 별다른 힘이 없지만 후일 그대의 호의를 기대하며 선물을 하나 주지. 이 몸의 가호를 내리겠다.]

그 말과 함께 신력이 내 몸을 감쌌다. 적대적인 힘이 아니었기에 받아들이니 곧 손등에 복잡하고 화려한 문양 하나가 아로새겨졌다.

[후일 그것이 그대를 한 번 위기에서 구할 것이다.]

나는 코끼리 반신과 작별하고 방을 나섰다.

-펠레우스, 저 반신의 얘기대로라면 이리스는 누구보다 위험한 존재인지 모른다. 조심하는 게 좋겠다.

　-그래, 신을 만나는 게 쉬운 일이라 생각하진 않았지만 우리가 생각하는 이상의 존재인 모양이군.

　코끼리 반신의 경고가 있었기에 우리는 상당히 긴장해서는 지하실로 내려왔다. 그러자 거대한 방이 나타났고 돌을 통째로 깎아 만든 제단이 보였다. 저기서 코끼리 반신이 알려준 주문을 외우면 된다.

　"그나저나 무슨 주문이…."

　나는 코끼리 반신이 알려준 주문을 떠올리며 인상을 찌푸렸다. 진짜 이 주문이 맞냐고 몇 번이나 확인했지만 확실하다고 했다. 내키지 않았지만 나는 나직하게 주문을 외워나갔다.

　"남성보다 강하고 멋진 이여. 여성보다 아름답고 우아한 이여. 무지개처럼 빛나는 영원한 아름다움의 소유자시여."

　주문을 외우는 중 비밀의 서가 기분 나빠했다.

　-뭔가 생리적으로 속이 메스꺼워지는 주문이다.

　뭐라 대답하고 싶었지만 주문을 외우느라 그럴 틈이 없었다.

　"그대가 없는 세상은 어두운 밤과 같으니 여기 강신하여 꽃의 계절을 펼쳐주시옵소서."

　이상한 주문이었지만 효과는 분명한 듯 지하실이 점점 밝아지기 시작해 마침내 대낮같이 환해졌다. 그리고 눈앞에 화려한 무지개가 떠오르기 시작했다. 정말로 무지개의 여신 이리스가 등장하려는 모양이다.

　"여기 현현하소서. 아프로디테조차 고개를 숙이고 부끄러워할 아름다움의 주인이시여!"

주문의 마지막 외침에 응답하듯 무지개 속에서 거대한 신력이 꿈틀대기 시작했다. 그런데 꿈틀? 뭔가 좀 징그러운 듯한 이 느낌은 뭐지? 뭐라 입을 열려던 나는 무지개 속에서 한 인간의 실루엣이 걸어 나오자 재빨리 다물었다.

"하하하하하! 누가 이 몸을 부른 것이냐!"

실로 호호탕탕한 사내의 목소리였다. 아니? 무지개 여신인 이리스를 소환했는데 남자가 왜? 이윽고 소환된 존재가 몸 전체를 드러냈는데 나는 놀라서 입이 쩍 벌어질 수밖에 없었다.

그 존재는 키가 2미터는 되는 장대한 근육질의 사내였다. 등은 무지개색의 날개가 돋아 있고, 상의는 완전히 탈의한 상태로 자신의 울퉁불퉁한 근육을 한껏 뽐내고 있었다. 남자는 팔짱을 낀 채 장대한 어깨를 뽐내며 천천히 걸어오고 있었다.

나는 그 압도적인 위압감에 몸이 파르르 떨렸다. 덩치 큰 사내는 턱이 사각이었고 눈매는 치켜 올라가 있었다. 또한 머리칼은 여자 못지않게 길게 길었는데, 샴푸 광고의 헤어 모델만큼이나 찰랑, 찰랑거리며 윤이 났다. 그리고 발걸음은 가장 숙련된 모델의 것만큼이나 우아했다.

"무지개 신 이리스는 여신이 아니었단 말인가…"

내 중얼거림에 거대한 덩치의 사내는 품위 있게 손가락으로 턱을 받친 뒤 대답했다.

"인간들은 종종 그런 오해를 하더구나. 하지만 이 몸은 여자가 아니지. 물론 여자보다 아름답긴 하지만."

뭐라 해야 할까. 나는 어렵사리, 간신히 입을 뗐다.

"…진짜 무지개의 신 이리스 님이십니까?"

"그렇다. 이 몸이 무지개의 신 이리스다. 그대가 날 불렀느냐?"

순간 화려한 무지개 색 날개가 아름답게 펼쳐지며 허공에 형형색색의 깃털이 향기를 가득 뿌리며 흩어졌다. 마치 섬유 유연제 같은 냄새였다.

"아…."

생각해 보니 금서 어디에도 무지개의 신 이리스가 여신이란 얘기는 없었다. 이 숲에도 무지개 신 이리스의 별장이 있다고 했지, 무지개 여신 이리스의 별장이라 언급돼지 않았지. 게다가 다시 떠올려 보니 코끼리 반신도 줄곧 이리스 신이라고만 불렀지 이리스 여신이라고 부르진 않았다.

털썩.

갑자기 다리에 힘이 풀려 자리에 주저앉고 말았다. 그리고 코끼리 반신의 경고가 떠올랐다.

〈인간이 아니라 이유를 모르겠지만 이리스를 만난 이들은 격렬한 두려움에 사로잡혀 도망치곤 했지. 하지만 그들은 모두 뜻을 이루지 못했다.〉

그때 무지개 신 이리스가 가까이 오더니 어깨동무를 하며 나긋한 목소리로 물어왔다.

"그나저나 혼자 왔니?"

"네?"

사, 살려줘.

# 4. 무지게이 신 이리스

어쩐지 소름이 쫙 돋는 느낌이라 서둘러 무지개 신 이리스를 밀어냈다. 그러자 그는 과장된 동작으로 떨어지며, 체다 치즈처럼 진한 미소를 지었다.

"이런, 귀여운 만큼 앙탈이 심하군."

"네에? 네?"

대체 이 양반이 무슨 소리를 하는 걸까. 정확히 지금 상황을 이해할 수 없었지만 굉장한 위험이 느껴진다는 건 확실했다. 내가 한 걸음 물러나자 이리스 신은 웃으며 다가온다.

"처음에는 다 그런 법이지. 하지만 걱정할 것 없단다."

뭔가 딥 다크 판타지가 느껴지는 말투에 나는 단호하게 손바닥을 들어 보였다.

"아까부터 무슨 소리하는 건지 모르겠지만, 저는 이리스 신께 알려드릴게 있어서 온 것 뿐입니다."

그제야 이리스 신은 다가오는 걸 멈춘다. 그리고 의아해한다.

"뭐야? 내 아름다움에 반해 찾아온 자가 아니란 말인가?"

눈앞에서 거대한 남자는 이해할 수 없다는 표정이었다. 어떻게 그럴 수 있냐는 태도였다. 그나마 다행인 건 내 거절 때문인지 더는 끈적끈적한 분위기를 흘리지 않는다는 것이었다. 하지만 못

내 아쉽다는 듯 혀로 입술을 핥더니 물어온다.

"그래도 그대가 원하면 언제든 이 몸의 활발하고, 경탄할 만한 수사슴을 꺼내 보이지."

"네? 네엣?"

활발하고, 경탄할 만한 수사슴이라고? 대체 뭘 은유적으로 말한 건지 모르겠지만 절대로 알고 싶지 않았다. 절대로. 만약에 그 수사슴인지 뭔지가 나타나면 반드시 활로 쏴버릴 테다.

"히익."

내가 한 걸음 더 물러나자 이리스 신은 어깨를 으쓱였다.

"너는 정말 좋은 기회를 날려버리는군. 이 몸의 전능한 매직스틱은 아무나 볼 수 있는 게 아닌 것을."

"매, 매직스틱이요?"

"그렇다. 누구든지 쓰러뜨릴 수 있거든. 하하하핫!"

스르릉!

급기야 허리춤에서 제우스의 보검을 뽑고 말았다. 신의 앞에서 대단한 무례라고 할 수 있었으나 본능이 그리 시켰다.

"뭔지 모르겠지만 잘라버리겠습니다."

"워, 워. 성난 꽃사슴 같으니라고. 일단 진정하라고."

이리스 신은 양손을 들어 올리더니 뒤로 물러난다. 하지만 과장된 태도를 보아 전혀 무서워하지 않는 것 같았다. 그는 곧 내 검을 보더니 무언가 알아채고는 웃는다.

"아하! 우리 최고신의 보검을 들고 다니는 걸 보니, 칼리돈의 멧돼지를 죽인 용사로군. 그래, 그래서 이리 용감했던 거야."

"제 검이 꼭 멧돼지만 베란 법은 없지요."

"어이쿠, 알겠다. 알겠다고."

이리스는 엄살을 부리며 물러났다.

"너는 아직 애송이로군. 이 몸의 한 차원 높은 아름다움 앞에 서라면 소년은 도망치기 마련이니. 하지만 그걸 받아들이고 견딘 다면 진정한 남자라고 할 수 있지."

"저는 영원히 소년으로 남겠습니다."

"하하핫! 풋내기 같으니라고. 하지만 언젠가 우리가 서로 물과 물고기 같은 관계가 되길 기대하지. 이상하게 네가 맘에 드는군. 소년."

하아…. 물고기가 왜 진화했는지 알 것 같다. 물을 떠나려고 그 랬던 거겠지. 이리스는 악한 신은 아닌 것 같았지만 그의 근육으로 꿈틀거리는 거체를 보자니 무지개 빛이 안구 안에 가득 들어 온 것처럼 정신이 없었다. 이번 용건이 끝나면 다시는 엮이지 말 자고 결심했다.

"호의에 감사드립니다만, 무례 불구하고 무지개 신께 올릴 말 씀이 있어 왔습니다."

"좋다. 들어보지. 아니 그런데 이곳은 유폐지가 아닌가? 생각 해 보니 이쪽으로 어떻게 들어온 거야?"

"바깥의 경계를 넘어왔습니다."

내 말에 여유롭던 이리스 신도 깜짝 놀랐다.

"정말? 인간이 그걸 어떻게 넘어온 거지? 그 경계에는 온갖 부 정한 것들이 가득해서, 이 몸의 신수나 왔다갔다 할 수 있는데."

"신수는 문제 없는 건가요?"

"물론이다. 무지개의 가호를 내려놨으니 부정한 것들이 감히 달라붙지 못하거든. 내 신수는 하얀 사슴들인데 풀을 뜯으러 바깥의 숲으로 나가야 한다. 이 유폐지 안에는 살아있는 식물이라곤 없으니까."

여긴 이리스의 신수들이 쉬는 보금자리 같은 거구나. 먹이 활동은 왕가의 사유림에서 하고. 한데 그걸 틴다레오스 왕이 탐내는 거였구나. 나는 이런 점을 이리스 신에게 설명했다.

"스파르타의 왕이 그 신수를 원하고 있습니다. 또한 이를 이용해 저를 몰락시키려는 음모가 진행 중이고요."

"아니, 그런 고얀? 감히 이 몸의 신수를 노리다니. 어디 자세히 말해 보거라."

나는 사정을 차분히 설명했고, 묵묵히 듣던 이리스 신은 잠시 생각에 잠긴다. 그리고 금방 결정을 내렸다.

"스파르타 왕이 참으로 불경한 자로구나. 허나 소년의 말만 믿고 판단하긴 어려울 터. 직접 상황을 살펴야겠다."

설마 이리스 본인이 직접 나설 줄은 몰랐기에 깜짝 놀랐다. 사자나 신관이 나설 거라 예상했는데.

"어찌 몸소…?"

"스파르타 왕가를 한 번 보러 갈 때도 됐다고 생각했기 때문이지. 왕가가 여전히 내게 충실하면 가서 상을 내리고, 소년의 말대로 불순한 음모를 꾸미고 있다면 박살을 내주지! 크하하하!"

성격이 정말 시원시원하구나. 그래서 옷도 시원시원하게 벗고 있는 거냐. 신이 팬티 한 장만 입고 이게 뭐냐….

"소년이여, 계책이 생각났으니 경계 밖으로 함께 나가자. 이 몸이 직접 데려다 주지."

뭘 하려는 건지 모르겠지만 지켜보는 재미가 있을 듯해 고개를 끄덕였다.

"뜻대로 하겠습니다."

"좋다."

이리스 신은 곧 온몸의 근육을 출렁이는 파도처럼 꿈틀거리더니 몸의 형태를 변형했다. 그는 이내 거대한 하얀 수사슴이 됐다.

"이리스 님의 신수와 같은 모습이군요."

"그렇다. 이 모습을 하고 욕심 많은 자들을 시험해 볼 작정이다. 타도록."

"타라고요?"

"흐흐흐, 그렇다. 이 몸을 타도록 하라. 소년."

단순히 짐승 위에 올라타는 게 이렇게 느끼하고 꺼려지는 말일 줄이야. 나는 결코 내키지 않았지만 어쩔 수 없었다. 검을 집어넣고 사슴 위에 올라탔다. 그러자 이리스 신은 바깥으로 향하는 경계로 달려갔다.

"소년이여. 제우스 신과 에우로페의 전설을 알고 있나?"

"알고 있습니다."

난봉꾼 제우스가 에우로페란 미녀에게 반해, 하얀 소로 변해 그녀를 납치했다는 얘기다. 아름다운 하얀 소의 모습 탓에 에우로페는 방심해 올라탔고, 제우스는 즉각 그녀를 태우고 달아나 버린다. 하필 그 얘기를 왜 지금….

"유명한 전설이니 함께 재현해 보는 게 어떤가? 소년과 나, 우리 둘만의 허니 파라다이스로…."

스르릉.

제우스의 검을 뽑아 사슴으로 변한 이리스 신의 목덜미에 가져다댔다.

파지직! 파지직!

"아파! 아프다고! 전기는 따갑다네!"

"전설을 재현하려면 이리스 님께서 필히 여자가 되실 필요가 있습니다. 하니 이 날카로운 검으로 매직스틱을 손 봐야겠지요."

"허허허, 신도 농담이 필요한 때가 있는 법이네. 어서 그 흉흉한 걸 치우게."

진심이 담긴 농담을 나누는 사이 수사슴으로 화한 이리스 신은 빠른 속도로 경계지대에 도착했다. 그리고 그의 신성이 일대를 덮치자 경이로운 일이 일어났다.

"허…."

상대가 신임을 알고 있었으나 막상 그 권능을 목격하자 입이 떡 벌어졌다. 무지개 빛이 경계를 무겁게 내리누르고 있던 거대한 어둠을 사정없이 갈라버리는 것이었다. 그가 달릴 때마다 어둠이 좌우로 물러나는 게, 마치 검은 천을 가위로 잘라버리는 것 같았다.

키에에에엑!

꾸에에웩!

주변에 가득했던 부정한 것들이 이리스의 신성에 타서 연기처럼 사라져버린다. 우리는 금세 왕가의 사유림에 도착했다. 뒤를 돌아보니 경계는 어느새 사라져 있었고 다시 평범한 숲이 펼쳐진다.

"소년이여."

"네, 이리스 님."

"이도메데우스가 내 신수를 노린다고 하니 일단 그에 응해줄 생각이야."

"어찌 하실 요량입니까?"

"지켜보면 알 수 있을 거네. 틴다레오스 왕은 수사슴이 살아있는 걸 더 높게 평가한다고 했지?"

왕은 신수를 잡는 일이 어려움을 알고 생사를 묻지 않는다고 했으나 기왕이면 살아있는 게 좋다고 했다.

"네, 그렇습니다."

"알겠네."

사슴의 형상을 하고 있는 이리스 신은 고개를 치켜들더니 눈을 감는다. 그는 빠르게 목표를 찾아냈다.

"저기 있군. 저쪽 방향에 이도메데우스란 자와 그 일행이 있네."

"바로 아실 수 있는 겁니까?"

"나를 뭐로 보는 건가. 이래 봬도 신이라네. 이 숲에 있는 모든 이의 움직임이 보이는군."

대단하긴 하군. 되도록 이리스 신의 심기를 거슬리지는 말아야지. 수가 틀어져도 도망도 못 가겠구나. 우리는 곧장 이도메데우스를 찾아갔다. 멀지 않은 곳에서 그를 발견했는데, 일행과 함께 신수를 잡으려고 혈안이 돼 있었다.

"슬슬 나타날 때가 됐는데? 대체 어디에 있는 거야!"

퍽!

이도메데우스는 공연히 짜증을 부리며 주변의 썩은 나무를 걷어차고 있었다. 쯧쯧, 성질머리 하고는.

"형님, 진정하시지요."

곁에 있던 메리오네스가 그를 달랜다. 저자는 밤에 도둑처럼 찾아와 내 화살을 훔쳐간 이다. 나쁜 놈이긴 하지만 재주가 많은 자라 곧 바닥에서 뭔가를 발견했다.

"여기 사슴 발자국이 많이 있습니다."

"오, 그런가!"

나는 이 모든 걸 숨어서 지켜보고 있었다. 이리스 신은 이도메데우스의 일행이 다가오자 정체를 숨기고, 말 못하는 짐승인 척 앞으로 나서는 게 보였다. 하얀 수사슴이 모습을 드러내자 이도메데우스 일행이 놀라서 일제히 자세를 낮춘다. 그리고는 분주하게 손짓 발짓으로 의사 교환을 했다. 다급하게 상의하는 꼴이 참 웃겼는데, 이리스 신은 짐짓 모른 체하며 느긋하게 주위를 돌아다녔다.

하얀 수사슴이 자신들을 보지 못했다고 여겼는지 이도메데우스 일행은 쾌재를 부르며 은밀히 몸을 숨기고 있었다. 그리고 이도메데우스 본인이 활을 들고 앞으로 나섰다. 그는 어찌할지 고민하는 기색이었는데 이리스 신이 아예 제자리에 서버리자 과감하게 결정을 내렸다.

-비밀의 서. 저거 내 화살 아니냐?

-맞다. 파란색 화살 깃이다.

제자리에 하얀 수사슴이 서 있기 때문일까, 이도메데우스는 단번에 명중시킬 자신이 있는 모양이었다. 그는 바로 내 화살로 수사슴을 겨눴다.

끼이익.

활줄이 당겨지는 소리가 나자 이리스 신이 이도메데우스를 쳐다보았고, 그 순간 화살이 쏘아졌다. 그저 동물에 불과한 존재라면 절대 피할 수 없을 듯한 일격이었다. 하지만 지금 저 수사슴이 누군가. 이리스 신은 살짝 고개를 옆으로 틀어, 수사슴의 뿔로 날아온 화살을 튕겨냈다.

팟!

수사슴의 뿔에서 잔털이 터지듯 태양빛 속에서 흩날렸다. 그리고 쏘아진 화살은 부러져, 나무파편을 뿌리며 튕겨나갔다. 대단히 치명적인 공격이었는데 정말 아무것도 아니라는 듯 막아내나는 내심 놀라움을 감추지 못했다. 하지만 이도메데우스 본인이 더 놀란 듯했다. 그는 활을 든 채로 입을 떡 벌린다.

"뭐… 저런 사슴이… 아무리 신수라지만."

망연자실한 그의 목소리에 이리스 신은 먼저 사뿐사뿐 다가갔다. 그러자 이도메데우스 일행은 눈에 띄게 당황했다. 사냥하려던 사슴이 친근하게 굴자 어떻게 해야 할지 모르겠다는 모습이었다.

삐이에ー. 에에에ー.

특유의 사슴 울음소리를 내며 다가간 이리스 신은 반갑다는 듯 사냥꾼들에게 몸을 비벼댔다. 그러자 그들은 더욱 어쩔 바를 몰라 하다가 손을 뻗어서 사슴을 만져본다. 이도메데우스도 활을 던져버리고 사슴에게 손길을 뻗었다.

"허허. 과연 영물은 영물이구나…"

"형님, 이런 짐승을 화살로 쏴서는 안 될 듯합니다."

"네 말에 동감한다. 산 채로 붙잡자꾸나."

다들 하얀 수사슴을 죽여서는 안 된다는 의견이었다. 한데 멍청이 주제에 의외로 날카로운 면이 있는 이도메데우스가 고개를 갸웃거렸다.

"분명 아름다운 사슴인데 왜 이리 음흉해 보이지?"

뜨끔.

신 나서 덩치 좋은 사내들에게 이리저리 얼굴을 부비던 이리스 신이 깜짝 놀라는 기색이었다.

"형님, 음흉하다니요?"

"아니, 뭐랄까… 이 사슴을 보고 있자니 좀 기분이 나쁘구나."

"네?"

"어찌 설명해야 모르겠다만 음탕해 보인다고 해야 하나. 아까 이 녀석이 내 엉덩이에 유난히 관심을 보였다."

엉덩이…. 이도메데우스여, 아무래도 그대는 큰 일 난 것 같소. 그는 영웅답게 상당히 날카로운 감을 선보였지만 종제인 메리오네스가 웃어댈 뿐이었다.

"하하하, 신수라곤 하나 그저 짐승일 뿐입니다. 그냥 호기심에 이것저것 살펴보는 모양이지요."

"그런가. 하긴, 그렇겠지."

곧 이도메데우스 일행은 한꺼번에 달려들어 사슴을 포박했다. 당황해서 허둥대는 이리스 신의 연기가 아주 일품이었다. 그가 날뛰자 밧줄을 잡은 자들이 이리저리 끌려가고, 넘어지고 난리였다. 그래서인지 다들 태도가 거칠어져 하얀 수사슴을 걷어차기까지 했다.

"멍청한 놈, 그렇게 누가 인간을 믿으래!"

숲에 사로잡힌 하얀 수사슴의 구슬픈 울음소리만 울렸다.

비에에에에-. 에에에에-.

이도메데우스는 한술 더 떠서, 아까 쏘고 부러진 내 화살을 바닥에서 주웠다. 그리고 화살촉으로 사슴의 몸을 그었다. 굵힌 사슴의 하얀 가죽 위로 방울진 붉은 혈액이 뚝, 뚝 떨어졌다.

"이 꼴을 보고 무지개 신이 오해를 해주면 아주 좋겠군. 흐 흐흐."

이도메데우스는 잔인한 미소를 지으며 신수의 피가 묻은 화살촉을 근처에 잘 보이는 곳에 던져 놨다.

"돌아가자. 이제 이놈을 그 늙은이에게 갖다 주자고."

"축하드립니다!"

주변에선 이도메데우스에게 축하가 쏟아졌다. 이제 사냥대회의 우승은 따 놓은 당상이라 여긴 탓이겠지.

"니미럴, 이런 고생을 했으니 딸년을 꼭 내놔야 할 거야."

"딸만으로 되겠습니까? 전하께서 스파르타의 왕좌도 얻으셔야지요."

"그래, 그래. 크하하핫!"

그들은 떠들썩하게 승리를 축하하며 숲을 빠져나가기 시작했다. 나는 물끄러미 그 꼴을 보면서 그들의 앞날을 애도할 수밖에 없었다.

너희들, 지금 무슨 짓을 한 건지 아냐. 아마 상상도 못하겠지. 뭐, 나야 앞으로 꿀잼이 펼쳐질 테니 구경만 하면 되겠지만. 굴욕스러운 처지로 잡혀간 이리스 신과 무도한 이도메데우스 무리.

그리고 주제도 모르고 신수를 탐한 스파르타의 왕. 과연 이 막장 극이 어떻게 마무리 될지 심장이 두근두근 뛰었다.

"이럴 때 팝콘이 있어야 하는데. 진짜로."

나는 느긋한 걸음으로 진중으로 복귀했다. 숲이 끝나는 지점에 이르렀을 때는 이미 밖이 시끄러웠다. 함성과 북을 치는 소리가 요란하니 무슨 일이 벌어지는지 알만했다.

"가볼까."

숲 밖에선 크레타의 왕 이도메데우스가 마치 개선장군처럼 행진하고 있었다. 그는 수하들의 열렬한 환호를 받으며 하얀 수사슴을 진중 여기저기 끌고 다니는 중이었다. 사냥은 누가 봐도 완전히 그의 승리로만 보였다.

"왔나?"

주변을 둘러보니 내 일행도 있었다. 오디세우스, 아가멤논, 아탈란테는 보기 드물게 커다란 멧돼지를 사냥해 왔다. 대단히 훌륭한 사냥감이긴 했지만 하얀 수사슴에겐 비교도 안 됐다. 그래서인지 본디 사냥꾼인 아탈란테는 어깨가 축 처져 있었다.

"미안하다. 설마 신수를 정말 잡아올 줄이야. 면목이 없군."

"아탈란테. 그런 소리 하지 마. 이 사냥은 우리가 이겼으니까."

"뭐? 위로는 고맙지만…."

아탈란테 입장에선 무슨 소린가 싶겠지. 하지만 영민한 오디세우스는 뭔가 짐작이 가는 게 있는 모양이었다. 그는 승리에 취한 이도메데우스를 보며 중얼거렸다.

"대담하게 이리스의 신수를 잡아왔으니 신의 분노를 살 것이오. 가만히 있으면 그의 머리에 재앙이 내리는 걸 볼지도 모르겠소. 아니면, 혹시 이것에 관한 안배를 갖고 있던 것이오?"

사냥대회에서 진 게 뻔한데 내가 너무 침착해서 그런 것인가, 오디세우스가 날 슬쩍 떠본다.

"구경만 하십쇼."

여유로운 내 표정에 눈치 빠른 오디세우스는 야비한 미소를 짓는다.

"이 양반 이거, 뭐가 확실히 있구려. 좋소, 흐흐흐. 이 오디세우스. 연극이라면 빠지지 않고 볼 정도로 좋아하오. 오늘 상연(上演)하는 극의 장르가 무엇이오?"

"희극이자 비극입니다."

"하하하, 그것 참 기대되는군. 본디 눈물과 웃음, 이 두 가지가 함께 있어야 사람의 마음에 진정한 감동을 줄 수 있는 법이오."

오디세우스는 짐짓 기대된다는 표정으로 뒷짐을 지고는 껄껄 웃으며 막사로 향했다. 하여간 저 인간도 꽤나 꼬인 심성의 소유자라니까. 오늘 누군가 파멸할 걸 깨닫고는 심히 기대가 되는 모양이었다.

"대체 무슨 소리들을 하는 것이지?"

여전히 아탈란테만은 이해할 수 없다는 듯 고개를 갸웃거리고 있었다. 음, 뭐랄까, 이 여자… 백치미가 좀 귀여웠지만 입에 담지는 않았다.

"아탈란테."

"응?"

"너는 앞으로 계속 내 곁에 붙어 있어라. 안 그러면 어디 가서 사기나 연달아 당할 거 같으니까."

"뭐야? 날 바보 취급하는 건가!"

아탈란테가 눈에 쌍심지를 켜는 그때 이도메데우스의 행렬이 근처에 다가와 있었다. 자기 성과에 취한 이도메데우스가 날 보며 소리쳤다.

"이보게, 아우! 결과란 그 사람의 기량을 말해준다네. 제법 훌륭하긴 했다만 아무래도 가서 젖이나 더 먹고 오는 게 좋겠군. 크하하하핫!"

이도메데우스의 말에 주변에서 왁자지껄하게 웃음이 터진다. 나는 앞으로 펼쳐질 그의 운명에 박수를 쳐줬다.

"형님, 오늘 이후 형님의 이름이 사해를 뒤덮을 것입니다."

"자네 입이 독설 대신 아부를 담기 시작하니 이제야 실력 차이를 이해한 모양이군. 이 이도메데우스, 그리 도량이 좁은 사내가 아닐세. 앞으로 그런 현명한 태도를 유지하길 바라네."

그 뒤로 그는 한껏 자기 승리를 과시하며 돌아다녔다.

저녁이 되고 사냥대회가 종료되자 틴다레오스 왕은 성대한 연회를 열었다. 왕의 커다란 장막에 여러 구혼자들이 몰려왔다. 아직 왕이 판정을 내리진 않았지만 이도메데우스의 승리를 부정하는 이는 없었다. 그래서 기가 잔뜩 산 이도메데우스는 쉬지 않고 떠들어댔고, 다른 영웅들은 씁쓸한 표정으로 연신 술을 입 안에 들이 부었다.

"정말 훌륭한 업적이네."

틴다레오스 왕도 연신 이도메데우스를 칭찬했다. 왕의 근처에는 하얀 수사슴이 전리품처럼 말뚝에 묶여 있었다. 틴다레오스 왕은 홀린 듯 눈을 떼지 못한다.

"신들에게 맹세코 어떤 왕도 이런 훌륭한 사냥감을 잡지 못했을 것이오."

이도메데우스는 겸손함은 조금도 찾아볼 수 없는 태도로 으스댔지만 누구도 반론을 제기하지 못했다. 신수를 잡아왔으니 말이다. 하지만 잠자코 있던 오디세우스가 슬며시 입 꼬리를 올리더니 이도메데우스에게 물었다.

"왕께서 훌륭한 사냥감을 잡아오신 건 알겠습니다. 하지만 저 사슴은 무지개 신 이리스의 짐승. 혹여 신의 분노를 살까 두렵군요."

"지금 내 업적을 시기하는 것인가?"

"그럴 리가 있겠습니까? 크레타의 왕이 걱정돼 드린 말씀이지요."

"크하하하, 그거라면 걱정할 것 없다. 이 짐승은 제 발로 과인을 따라왔다. 이는 이리스 신께서 보내주신 거라고 봐도 될 정도다. 하지만 오늘 누군가는 신의 분노를 살 짓을 했을지도 모르지."

그리 말한 이도메데우스는 날 보며 비릿한 미소를 짓는다. 하지만 저놈의 뻔한 수작질을 아는지라 같잖아서 우습게만 느껴졌다. 승리의 기쁨을 만끽하게 해주는 건 이 정도면 됐다. 나는 슬슬 연극의 막을 올려야 할 때라 판단했다.

짝!

딱 한 번 박수를 쳤다. 하지만 그 효과는 확실했다. 모든 이들이 말을 멈추고 날 쳐다본 것이다. 틴다레오스 왕이 제일 먼저 묻는다.

"펠레우스여. 하고자 하는 얘기가 있는 것인가?"

"네, 대왕께서 허락하신다면 한 가지 재밌는 사실을 알게 됐으니 들려드리고자 합니다."

"좋다. 말해보라."

왕의 허락이 떨어지자 나는 모두를 둘러본 뒤 말했다.

"제게 두 가지의 이야기가 있습니다. 가장 훌륭한 작가의 극본에 비해도 떨어지지 않는 얘기니 귀를 기울여 주신다면 후회하지 않을 것입니다."

청자들의 시선이 모이자 나는 꽤 즐거운 기분이 됐다.

"먼저 이야기는 간밤에 제 막사에 도둑이 든 걸로 시작됩니다."

"도둑이라니?"

"아니, 그게 무슨 소리시오?"

이 폭로에 다들 반응이 뜨거웠다. 틴다레오스 왕도 표정이 심각해졌다.

"달이 구름을 가렸을 때, 쥐새끼처럼 들어온 도둑은 딱 한 가지의 물품을 훔쳐갔습니다. 바로 제 화살이지요."

그 순간 밤손님으로 왔었던 메리오네스가 움찔하는 게 보였다.

"도둑이 화살을 훔쳐간 이유는 간단합니다. 바로 더러운 음모에 저를 빠뜨리기 위해서입니다."

결국 성질 급한 이도메데우스가 발끈하고 나섰다.

"듣기에 따라 매우 위험한 얘기로군. 자네의 언사는 자칫하면 여기 모인 영웅들의 명예를 훼손할 수 있네. 그 말을 책임질 수 있겠나?"

"물론이지요. 이 얘기가 진실이라는데 제 목숨조차 걸 수 있습니다."

"그 말을 명심해야 할 걸세."

이도메데우스는 너무 발끈하면 의심받을 수 있다고 여겼는지 이를 갈면서도 더 나서지 못했다. 하지만 초조한 눈빛을 감추지 못해 나를 더욱 즐겁게 해줬다.

"그 음모는 간단합니다. 제 화살을 가지고 이리스 신의 신수를 쏘기 위해서지요. 그렇게만 한다면 신의 분노가 이 펠레우스에게 향할 테니까 말입니다."

웅성웅성.

영웅들이 술렁였다. 틴다레오스 왕이 서둘러 물었다.

"누가 그런 흉악한 음모를 꾸몄나? 펠레우스여, 그대 말이 진실이라면 스파르타의 왕으로서 반드시 처벌할 것이다."

"관대하고 정의로운 왕이시여, 깊이 감사드립니다. 하지만 이 이야기의 나쁜 놈은 하나가 아닙니다."

"음?"

"두 번째 나쁜 놈에 대해 들어보시지요. 그는 일국의 왕입니다만, 인간이 가질 수 없는 걸 욕심내던 자입니다. 어느 날 보게 된 이리스 신의 사슴을 탐내게 된 것이죠. 하지만 왕인 그도 신의 진노는 두려웠습니다. 그러다 책략이 떠오른 겁니다. 아! 나 대신 죄를 뒤집어 쓸 자들을 쓰면 되겠구나. 그래서 사냥대회란 명목으로 희생자들을 숲에 잔뜩 풀어놓는 짓을 합니다. 참으로 사악한 자가 아닙니까?"

다시 주변이 시끄러웠다. 눈치 빠른 자가 아니라도 내가 무슨 말을 하는지 이해할 수 있을 터. 이미 틴다레오스 왕은 노여움으로 얼굴이 뻘게져 있었다.

"그 무슨 참담한 말을!"

"제 이야기를 더 들어보시지요. 전하. 그 왕이란 작자는 교묘하게 신수에 대한 얘기를 숨긴 채, 숲 깊은 곳에 훌륭한 짐승이 있다는 말을 흘립니다. 대회에서 경쟁 중인 영웅들의 심리를 잘 이용한 행동이지요. 그리고 마침내, 어리석은 자들의 도움에 힘입어 탐내던 하얀 수사슴을 얻게 되었습니다."

"이놈! 더 들어줄 수가 없구나!"

틴다레오스 왕은 하얀 수염을 파르르 떨며 자리에서 일어났다. 그러자 오디세우스가 얄밉게 끼어들었다.

"전하, 저자가 참으로 거짓된 말을 하고 있습니다. 과연 어디까지 떠드나 보지요. 오늘 그 목이 떨어질 게 틀림없는데 좀 더 들어주는 것도 재밌을 듯합니다. 아니면, 설마… 저자의 말이 사실이기나 하겠습니까? 하하하핫!"

나는 오디세우스의 지원에 힘입어 여러 영웅들에게 호소했다.

"이 펠레우스, 사악한 참언(讒言)을 해 무고한 이를 해치려는 게 아닙니다. 하지만 제 혀가 거짓을 말한다면 오늘 밤 목숨을 부지하기 어렵겠지요. 여러 영웅들께서는 제가 내뱉은 말을 어찌 증명하는지 구경해 보심이 어떠신지요? 제 말문이 막히고, 더는 변명할 말을 잃었을 때 허리춤의 검을 뽑아도 늦지 않을 겁니다."

그러자 평소 호탕하기로 유명한 대 아이아스가 고개를 끄덕인다.

"좋네, 얘기를 들어보려면 끝까지 들어야지. 하지만 누군가를 모해하려는 게 맞으면 이 아이아스가 절대로 용서하지 않겠네."

대 아이아스를 시작으로 여러 영웅들이 동조해 왔다.

"나 역시 마찬가지네."

"오늘 밤 자네 혀가 참으로 바쁘겠군."

아마 상황이 굴러가는 게 내심 재밌었나 보다. 게다가 눈꼴 사나운 이도메네우스가 과민 반응하는 걸 보고 뭔가 냄새를 맡은 지도 모르겠다. 다들 영웅호걸이라 불리지만 실상은 능구렁이 같은 작자들이다.

"호의에 감사합니다. 저는 제가 뱉은 말들은 유력한 증인의 도움으로 증명해 보이겠습니다. 하지만 먼저, 그 도둑놈이 훔쳐간 물건을 회수해 왔으니 보시지요."

나는 품에서 부러진 화살을 꺼내 보였다. 그리고 숲에서 있었던 일을 설명했다. 화살을 쐈으나 실패했고, 이후 화살촉으로 사슴의 몸을 그어 피를 낸 일까지. 그러자 여러 영웅들의 눈이 한꺼번에 틴다레오스 왕의 근처에 묶여 있던 사슴에게로 향한다. 그리고 눈이 휘둥그레졌다.

"허…!"

누군가 침음성을 냈다. 그도 그럴 게 사슴의 어깨 쪽에 무언가 그은 듯한 상처가 선명하게 남아있었기 때문이다. 다들 사냥 과정에서 생긴 흉터거니 했겠지만 내 얘기와 절묘하게 연결되자 놀란 기색이었다. 그런데 나는 내심 속으로 웃음을 삼킬 수밖에 없었다. 사슴으로 화한 이리스 신이 노골적으로 상처가 보이는 부위를 내밀고 있었기 때문이었다.

"이건 모함이다!"

이도메데우스가 칼을 뽑고 자리에서 일어났다. 더는 참을 수 없다는 듯 성난 미노타우르스처럼 콧김을 내뿜고 있었다. 나는 그를 보고 어깨를 으쓱였다.

"형님. 누가 형님을 모함하려는 것도 아닌데 왜 그러십니까? 여러 영웅 분들처럼 좀 더 이 아우의 얘기에 귀를 기울여 주시지요."

"네놈 수작을 누가 모를 줄 알아! 수법이 아주 치졸하고 더럽구나."

어이가 없어서 헛웃음이 터졌다.

"뭐? 더럽고 치졸해? 이 멍청한 놈아. 나한테 손가락질하기 전에 네놈 손톱의 때나 살펴봐라. 더럽기로는 네놈이 도시의 시궁창보다 더한데, 내 인생에 조금 흠이 있다 하여 그것에 비하겠느냐?"

갑작스러운 내 폭언에 이도메데우스는 멍한 표정을 지었다. 하지만 금세 폭발했다.

"이놈! 이제야 실체를 드러내는구나!"

그는 분을 참지 못하고 술이 든 도자기를 집어 던졌다. 하지만 나는 여유롭게 고개를 숙여 피했다.

와장창!

도자기 깨지는 소리가 어쩐지 경쾌하다 느끼며 여러 영웅들에게 외쳤다.

　"이 정도로 제 이야기를 증명할 수 있다고 생각하지 않습니다. 하여 믿을 만한 증인을 내세우고자 합니다. 여러분께서는 이 분의 이야기라면 수긍할 수밖에 없을 것입니다."

　"대체 누구를 내세우고자 하는가?"

　틴다레오스 왕은 불쾌하다는 얼굴로 물었다. 그 역시 내 이야기에 기분이 무척 상한 듯했다.

　"만약 어쭙잖은 자를 부른다면 오늘 밤 그대와 함께 비참한 결과를 맞이할 것이다. 어디 마지막 변호라도 해보라, 펠레우스여. 과인의 관용도 여기까지이니."

　지금은 차라리 도자기를 던진 이도메데우스가 더 낫다 싶었다. 왕은 끝까지 체통을 지키려 했기에 내게 충분한 기회를 제공해 주고 있었다. 반면 칼부림까지 하려던 이도메데우스는 근처에 있던 대 아이아스에게 막힌 상태였다.

　"비켜라! 아이아스!"

　"크흐흐흐, 좀 더 들어보지 못할 이유라도 있소?"

　평소 대(大) 아이아스는 이도메데우스를 띠껍게 생각하고 있었던 모양이다. 덕분에 뜻하지 않게 지금 강력한 우군이 돼줬다. 대 아이아스는 워낙 유명한 영웅이라 그가 혼자라도 이도메데우스의 파벌 전체가 경거망동 못할 정도였다.

　저 홀로 무쌍의 위엄을 과시하고 있는 대 아이아스는, 지구에서 읽은 〈그리스로마 신화〉에서도 그 유명한 헥토르와 무승부를 낼 정도의 무력의 소유자다. 평행세계인 이쪽에서도 그 무위가 어디 가는 게 아니라 이도메데우스와 그의 파벌들이 쉽게 덤비질 못했다.

"빌어먹을 놈!"

"어째 왕이란 자가 말투가 천박하시군."

그렇게 이도메데우스가 대 아이아스에게 막혀 전전긍긍하는 사이 나는 다른 모든 이들에게 말했다.

"여러분들은 제가 내세우는 증인을 보면 필히 최대의 예절과 경의로 맞아 주시기 바랍니다. 여기 있는 누구보다도 고귀하신 분이니."

그러자 누군가 고개를 갸웃거리며 물었다.

"이 자리에 왕들이 여럿이오. 대체 뉘시기에 왕들보다 귀하다 하시오?"

"그럴 수밖에 없습니다. 제가 모실 분은 무지개의 신 이리스 님이십니다."

내 말에 다들 어이없다는 듯 입만 벌린다. 황당해서 길길이 소리를 치던 이도메데우스조차 멈췄을 정도다.

"뭐? 신이라고?"

하지만 그들 모두가 비웃음을 터뜨리기도 전에 장막 안에 영롱한 무지개가 드리워졌다. 그러자 다들 놀라서 굳었는데 오디세우스만이 자리에서 벌떡 일어나 하얀 수사슴에게 다가간다. 와, 진짜 저 양반 눈치가 장난 아니네.

"위대하신 분께 이 미천한 종이 봉사할 영광을 주십시오."

하얀 수사슴에게 예를 표한 오디세우스는 말뚝에 묶인 줄을 풀어냈다. 그러자 하얀 수사슴은 도도한 발걸음으로 연회장 가운데로 걸어간다. 다들 대체 무슨 일이 일어나는 건지 멍한 표정이다.

또각또각.

제자리에 선 하얀 수사슴은 입을 열었다.

"묻겠노라. 세상에서 누가 가장 아름답느냐?"

그 질문에 여기 있는 모두가 할 말을 찾지 못했다. 이리스 신에게서는 패왕 같은 위엄이 빛처럼 사방으로 뿜어져 나왔다. 또한 절대자의 압도적인 기세에 몇몇 영웅들이 자기도 모르게 엉거주춤한 자세가 될 정도였다.

한데 왜….

이런 분위기를 만들어 놓고 이상한 질문을 하는 거냐. 도대체 저 양반 사고방식을 이해할 수 없다. 저런 패도적인 기세라면 누가 나보다 강하느냐, 라고 물어야 정상 아닌가. 그런데 거만하기 짝이 없는 태도로 누가 제일 아름답냐니… 경험 많은 영웅들조차 어찌 반응해야 할지 모르겠단 얼굴이었다.

"후후후, 너무나 빼어난 아름다움은 바라보는 이들의 정신을 흔드는 법. 대답이 없다고 하나 그 무례, 이 몸은 용서하겠다. 하하하핫!"

하얀 수사슴은 즐겁게 웃더니 빛을 내뿜으며 몸의 형상을 바꾼다. 그 빛 속에서 키가 크고 근육으로 가득한 장발의 느끼한 미남자가 자신만만하게 등장했다. 헐벗은 채로.

"인간들이여, 이 몸은 무지개의 신 이리스다."

"이리스 님."

제일 먼저 내가 무릎을 꿇고 그를 경배했다. 그러자 모두가 차레로 나를 따라했다. 스파르타의 왕 틴다레오스조차 예외는 아니었다. 한 눈에 이리스가 범상치 않다는 걸 알아챈 늙은 왕은 얼굴에 두려움이 가득했다. 하지만 유일하게 홀로 무릎을 꿇지 않은 이가 있었다.

"이, 이리스라고?"

바로 크레타의 왕 이도메네우스였다. 그는 손가락을 파르르 떨며 삿대질을 하고 있었다.

"믿을 수 없다! 무지개 신 이리스가 여기 왜!"

아직 현실을 인정하지 못하는군. 여기서 지체 높은 이리스가 본인이 맞다 증명하는 것도 모양이 빠지는 일. 그래서 내가 나섰다.

"무례한 놈! 감히 어느 안전이라고!"

나는 버럭 소리를 질렀다. 아, 그건 그렇고 대사가 마음에 드네. 사극 같은 걸 보면 꼭 왕 옆에 있는 졸개 같은 놈이 '감히 어느 안전'이라고 항상 외치지 않나. 꼭 한 번 따라해 보고 싶었다.

"이분이 감히 뉘신 줄 알고 삿대질을 하느냐! 손가락을 확 부러뜨려 버릴라!"

"뭐? 뭐어?"

이도메네우스는 제대로 대답하지 못할 정도로 당혹한 상태. 반면 나는 이리스 신을 등에 업고 아주 기고만장해졌다. 기왕 위세를 부리는 거 이도메네우스뿐 아니라 다른 영웅들에게도 일갈했다.

"혹여나 의심을 마음에 품은 자가 있다면 이는 신께 커다란 무례요. 불경한 마음을 품은 자가 있다면 이 펠레우스가 단호하게 응징해 주겠소!"

한데 대 아이아스가 살짝 움직이려는 듯하자 나는 얼른 이리스 신의 엉덩이 뒤로 숨었다. 그런데 대 아이아스는 그냥 다리가 저려서 그런 모양으로, 자세를 바꾼 뒤 신께 고개를 숙였다. 아, 깜짝 놀랐네. 사람 헷갈리게… 쯧!

"이도메데우스! 네놈은 얼른 분수를 알고 고개를 조아리지 못할까!"

평소라면 크레타의 왕에게 이렇게 막말을 할 수 없다. 하지만 이리스 신의 후광을 믿고 계속 폭언을 퍼부었다. 지가 왕이면 다냐. 내 뒤에 누가 계신지 봐라 그거다.

"아니면 네놈 목뼈에 부목이라도 댄 것이냐? 어찌 그리 뻣뻣해!"

"크으윽!"

이도메데우스는 치욕감에 입술을 파르르 떨었지만 옆에서 고고하게 모두를 내려다보고 있는 이리스 때문에 어쩔질 못했다. 하지만 자기도 고집이 있는지 주변에서 만류해도 무릎을 꿇지 않았다. 그래서 내가 걷어차서라도 꿇리려 했으나 이리스가 말려왔다.

"됐다. 소년. 여기서 부터는 내게 맡기도록."

이리스가 앞으로 나섰다.

"모두 듣거라. 이 몸은 타우마스와 엘렉트라의 아들인 이리스가 맞다. 신들의 전령을 맡고 있지."

지금까지와 다르게 진중하고 위엄있는 목소리였다. 아무도 그가 신이란 점을 의심하지 못하리라.

"헌데 그대들은 무지개의 신을 어찌 대했느냐? 말뚝에 묶어두고 마치 비천한 짐승처럼 감상했으니 너희 인간의 오만이 도를 넘었음이라."

그 말에 모두 사색이 됐다. 단순히 웃고 떠든 이조차 신에게 큰 죄를 지은 셈이기 때문이었다.

"용서해 주십시오!"

"이리스 신이시여, 자비를!"

여기저기서 이마가 땅에 닿을 듯 엎드려댔으나 이리스는 신경도 쓰지 않고 말을 이어갔다.

"이 몸이 겪은 모든 무례 중 으뜸은 저 크레타의 왕이 벌였다. 감히 신을 밧줄로 묶고 화살촉으로 몸을 그었으니, 죄의 깊이는 측정하지 못할 정도다. 하지만 한 가지 짚고 넘어가고자 한다. 크레타의 왕이 이런 패악을 저지를 자리를 마련한 자가 누구인가를."

이리스 신이 매서운 눈길로 틴다레오스 왕을 쳐다본다. 늙은 왕은 깜짝 놀라서 반쯤 몸을 일으키고는 양손을 흔든다.

"아, 아닙니다. 아닙니다. 신이시여. 허억!"

그러다 뒤로 벌러덩 넘어지더니 공포에 질린 사람처럼 기듯 도망가기 시작했다. 위엄이 넘치던 스파르타의 지배자는 온데간데없었다.

"여기 이 탐욕스러운 왕을 보라. 이 자는 분수를 모르고 신의 짐승을 탐내어 너희를 이용한 자다. 너희가 지상에서 영웅이라 불리는 자라면 마땅히 머리를 써 이런 이의 도구로 전락하지 않게 노력해야 한다. 한데 어찌 너희는 왕의 말만 믿고 신의 짐승을 노렸느냐?"

이리스의 준엄한 꾸짖음이 이어졌다. 다들 사냥대회가 무르익을 무렵에는 왕이 말한 깊은 숲의 짐승이 신수라는 걸 눈치챘을 거다. 하지만 헬레네를 얻을 생각에 빠져 애써 그 점을 무시했겠지.

"스파르타의 왕이여. 그대는 영웅들을 사냥개로 써 흉계를 꾸몄다. 이는 신의 재물을 훔치려는 도둑질이다."

"아니옵니다! 아니옵니다! 부디 자비를!"

"그대도 왕이라면 알겠지. 올림포스의 신은 절대로 인간의 도전을 용서하지 않는다는 것을."

"아아아! 안 돼!"

이리스의 장난스럽고 가벼운 느낌 탓에 깜빡했지만 그 역시 올림포스의 신. 필요하다면 언제든 인간에게 냉정해질 수 있는 존재였다. 틴다레오스 왕은 뒤늦게 그걸 깨닫고는 사색이 돼 울부짖었다. 하지만 이런 상황에서 그와 완전히 다른 대응을 하는 왕이 있었다.

"인정할 수 없다! 신이면 다라고 생각하나!"

바로 크레타의 왕 이도메데우스였다. 심판 앞에서 울부짖는 자가 있다면 끝까지 발버둥치는 자도 있는 법이다. 이 포악한 군주는 후자였다. 나는 그 용기는 인정할 만하다 생각했으나 혀를 찰 수밖에 없었다.

"이도메데우스, 정신 차려라. 감히 신 앞에서 무얼 하려는 것이냐? 차라리 자비라도 구하는 게 나을 터."

"닥쳐라! 펠레우스. 네놈도 절대 용서하지 않겠다!"

이도메데우스는 갑자기 품에서 무언가를 꺼내더니 입으로 조용히 주문을 읊조리기 시작했다. 그러자 그의 몸 주위로 시커먼 연기가 흘러나오며 사악한 기운이 악취를 풍기며 퍼졌다.

"이도메데우스! 네놈이 정녕!"

소리치는 내 목소리에는 안타까움이 묻어나고 있었다. 저 명청이는 신이 얼마나 무서운지 잘 이해하지 못하는 것 같았다. 신이란 존재가 인간에 비하면 얼마나 높은 곳에 있는지. 그들이 합심하면 종말이 일어나고 인간의 문명이란 하루아침에 쓸려나간다. 금 종족, 은 종족, 황동 종족이 그렇게 사라졌다. 한데 결국 신과 정면 대결을 벌이는 걸 선택한 건가.

"삭풍이여, 시린 삭풍이여. 겨울 달빛 아래 살을 발라내는 삭풍이여. 여기 몰아쳐 그대들의 왕의 길을 인도하라."

한데 이도메데우스의 수법이 범상치 않았다. 단순히 비장의 수라 하기에는 뭔가 엄청난 일이 벌어진다는 느낌이다. 이미 그의 몸 주위로 압도적인 기운이 쏟아져 나오고 있어서 근처의 영웅들 몇이 피를 토하고 쓰러졌다.

"크윽!"

"정신 차리시오!"

다들 무슨 일이 일어난 건지 모르겠다는 얼굴이다. 다들 태풍이 덮친 것처럼 혼비백산하고 있다.

"이건 인간의 힘이 아니다!"

누군가 울부짖듯 외쳤다. 내가 봐도 그랬다. 지금 이도메데우스를 감싼 힘은 틀림없이 신의 힘. 분명 그의 뒷배와 관련이 있을 터. 그나저나 삭풍이라? 삭풍이라 함은 겨울철 북쪽에서 불어오는 찬바람을 의미한다.

"설마 보레아스?"

내가 반사적으로 북풍의 신 보레아스를 떠올리자 이리스가 고개를 끄덕였다.

"맞다. 소년의 안목은 뛰어나군. 또한 저런 힘을 마주하고도 침착하니 훌륭하다."

근처의 다른 영웅들은 이미 자리에서 일어나 사방으로 도망가고 있었다. 이미 근처는 재난 그 자체. 인력으로 맞설 수 있는 상황이 아니었다.

휘이이이잉!

일진광풍이 불어 왕의 막사가 통째로 허공으로 날아오른다. 주변에 있던 자들은 비명을 지르며 떼굴떼굴 굴러가고 있었다.

"아탈란테! 헬레네 공주를 피신시켜!"

나는 악을 쓰듯 내뱉고는 이리스 신 근처에 간신히 버티고 섰다. 이미 이도메데우스는 하나의 거대한 풍혈이 된 듯 시커먼 바람을 마구 뱉어내고 있었다.

"이리스 님! 설마 이도메데우스가 보레아스의 후원을 받고 있을 줄 몰랐습니다."

이리스는 고개를 끄덕이며 손을 앞으로 내민다. 그러자 그의 근처만은 삭풍이 몰아치지 않고 잠잠해졌다. 마구 흩날리는 내 머리칼도 얌전히 내려온다. 하지만 주위에는 난리가 났다. 아가멤논 왕자가 어느새 비명을 지르며 하늘로 날아가고 있었다. 저 친구, 다시 볼 수 있을지 모르겠네….

"왕가는 으레 신의 후원을 받기 마련이지. 별다른 신이 개입하지 않고 있는 스파르타가 특이한 경우다."

이도메데우스는 침착하기 짝이 없는 이리스가 마음에 안 든다는 듯 버럭 소리를 질렀다.

"이리스! 오늘 이 자리에서 네놈을 격퇴하고야 말겠다! 내 주인을 불렀으니 네놈도 이제 생사를 장담하기 어려울 것이다!"

저 미친놈이 기어코 사고를 쳤구나. 정말 북풍의 신 보레아스를 불러냈단 말인가? 인간 주제에 신을 소환하다니, 아무래도 이도메데우스에 대한 내 평가를 바꿀 필요가 있었다. 미친놈인 줄은 알았지만 상상을 초월하네.

우르르르릉! 콰아앙!

갑자기 비바람이 몰아치며 천둥이 치기 시작했다. 그리고 저 북쪽에서 밤하늘을 완전히 칠흑으로 물들이는 시커먼 구름떼가 무섭게 몰려들고 있었다. 초월자가 그 존재를 드러내는 중이 틀림없구나.

"아무래도 결전을 피할 수 없겠군. 왕가를 살펴보러 왔다가 내 오랜 숙적과 마주치게 될 줄이야."

이리스 신은 세상일은 신조차 알 수 없다고 혀를 찼다.

"북풍의 신 보레아스와 지난 원한이 있습니까?"

"그렇다. 그가 서풍의 신 제피로스와 다툴 때 내가 제피로스의 편을 들었거든. 그 때문에 보레아스는 제피로스에게 패했다. 당연히 잊지 않고 있겠지."

그리 말하면서도 이리스도 점점 힘을 끌어내기 시작했다. 신이 본격적으로 신성을 움직이자 실로 가공한 기운이 느껴졌다. 신성의 조각 정도를 가진 나와는 차원이 다른 에너지로 마치 옆에서 장대한 핵융합이 일어나는 것만 같았다.

"펠레우스여, 한 가지 부탁을 하지."

이리스는 더 이상 장난스럽게 나를 소년이라 부르지 않았다.

"말씀하십시오. 이리스 님."

"오늘 신들의 싸움은 피할 수 없는 일이 됐다. 천재지변에 가까운 재난이 일어날 테니 마음을 굳게 먹도록."

"네."

"그대는 저 친구를 맡아줘야겠군. 이대로 두면 내가 보레아스와 싸우는 사이 이곳의 모든 인간들을 도륙하고 말겠다."

보레아스를 직접 소환한 이도메데우스는 자신이 섬기는 신의 영향을 받아 기괴하게 변해있었다. 바람의 괴물이 된 모습이랄까? 인간의 모습은 온데간데없고, 몸의 반절이 시커먼 바람으로 둘러싸여 있었다. 또한 양손은 검고 날카로운 낫처럼 변했고, 주둥이는 승냥이처럼 튀어나왔다.

"저건 대체 무엇입니까? 이리스 님."

"삭풍의 종복이라 불리는 괴물이지. 보레아스의 사악한 신성에 물든 인간의 말로다. 저자는 다시 인간으로 돌아갈 수 없는 처지가 됐다. 펠레우스여, 그대의 검으로 끝장을 내주는 게 유일한 자비일 터."

삭풍의 종복이라. 그러고 보니 금서의 괴물 목록에서 본 기억이 있는 것 같다. 설마 그게 보레아스의 신성을 받은 인간이 변한 형태일 줄이야.

"알겠습니다."

"하지만 조심해야 한다. 삭풍의 종복은 인간을 초월한 힘을 갖고 있으니까. 그대는 자신이 가진 힘을 아끼지 말아야 할 것이다."

이리스는 그리 말하면서 제우스의 검을 힐끔 쳐다본다.

"물론입니다."

저런 괴물을 상대로 앞일을 생각하며 힘을 아끼는 것도 우습다. 당장 모가지가 날아가게 생겼는데 내일 일을 생각해서 뭐하겠는가.

"이도메데우스. 좋다! 하늘에서 신들이 겨루는 동안 지상에선 우리가 결판을 짓자!"

내 말과 동시에 이리스 신이 날개를 펼쳐 몰려오는 북풍을 향해 날아올랐다.

쾅아아아앙!

폭음과 함께 주변의 모든 기물이 와르르 넘어지거나 날려갔다. 마치 로켓이라도 쏘아진 것 같은 기세로 이리스 신이 빛을 뿌리며 저 멀리서 몰려오는 밤하늘의 먹구름을 향한다.

"쿠르르르릉!"

그리고 내 눈앞에선 삭풍의 종복이 된 이도메데우스가 괴성을 흘리고 있었다. 신의 힘을 받은 자들의 대결이 시작된 것이다.

나는 삭풍의 종복으로 변해버린 크레타의 왕을 보며 한숨을 내쉬었다.

"네놈은 부끄러움을 잊은지 오래된 모양이다. 보레아스의 힘을 빌려 인간이기를 포기하다니."

"부끄러움이라? 크하하하!"

이도메데우스가 낫처럼 변한 시커먼 두 손을 펼치며 다가왔다.

"패배가 코앞으로 다가왔다. 그리고 귓가에 하데스의 숨소리가 들리기 시작했지. 펠레우스여, 죽음이야말로 궁극적이고 영원한 패배다. 발버둥 치며 뭐든 해봐야 하는 게 맞지 않나? 네놈이라면 과인의 뜻을 알 거라 생각했는데."

"그것을 비난하는 게 아니다."

경멸하는 상대지만 저 말이 틀렸다고 생각하진 않는다. 설령 인간이 아닌 존재가 되더라도 이겨야겠다는 투지도 존경한다. 하지만 내가 혀를 차는 건 끌어온 힘이 하필 보레아스의 것이기 때문이다.

"북풍의 신의 졸개로 활약했다는 것 자체만으로 이도메데우스 네놈은 변명의 여지가 없다. 그가 식인을 즐기는 신이라는 걸 모르지 않았을 터!"

갑작스럽게 추악한 비밀을 지적하자 그의 눈이 휘둥그레졌다.

"네놈이 어떻게 그걸!"

아무래도 금서의 존재를 모르니 저렇게 놀랄 수밖에.

"펠레우스, 대체 어디까지 알고 있는 거지? 정말 네놈은 살려둬서는 안 되겠구나. 그래, 처음부터 거슬리는 놈이었다."

"나도 인간이길 포기한 놈을 살려둘 생각은 없다."

파지지직! 파직!

제우스의 보검을 꺼내들자 시커먼 밤을 몰아내며 선명한 백광을 주변에 뿌린다. 오늘 반드시 저 녀석을 도륙할 작정이다. 인간을 위해 신들의 종말을 집행하려는 나와 신의 탐식을 위해 인간을 제물로 바치는 이도메데우스, 우리 둘은 절대로 함께할 수 없는 사이니까.

우르르르릉! 콰아아앙!

밤하늘에서 천둥이 요란하게 친다.

번쩍!

하늘이 거대한 빛으로 물들며 백야 현상처럼 잠시간 환하게 밝아지기까지 했다. 그리고 구름에서 마치 운석처럼 불덩이들이 떨어지고 있었다. 아무래도 무지개 신 이리스와 북풍의 신 보레아스가 본격적으로 붙기 시작한 모양이었다. 인간의 이지를 뛰어넘는, 실로 재난 그 자체였다.

"어마어마한 힘이로군…."

이리스 신이 빠르게 요격에 나선 탓에 수십 킬로미터 밖의 상공에서 싸움이 벌어졌는데, 여기까지 충격파가 고스란히 전달될 정도다. 지금 저쪽에서 계속 폭발하는 에너지의 크기는 작은 도시를 한 방에 날려버릴 수준으로 보였다. 그런 힘이 끊임없이 이어지고 있으니 분노한 신들의 위력이란 입이 벌어질 정도다.

"하지만 신들의 싸움은 신에게 맡겨야겠지. 일단 네놈 목부터 쳐야겠다. 이도메데우스."

"흐흐흐, 과연 네놈 뜻대로 될까? 그 제우스의 보검은 삭풍의 종복이 된 이 몸에게도 껄끄러워서 말이다."

어째 이도메데우스는 슬금슬금 물러나고 있었다. 나는 거리를 내주지 않으려 따라붙었다.

"피하겠다는 거냐?"

"그럴 리가. 보검이 아무리 훌륭해도 네놈 같은 피라미가 쓴다면 이 어르신이 감당 못할 것도 없다. 하지만 스파르타의 보석은 먼저 챙겨놓는 게 좋겠지."

그리 말한 이도메데우스는 엄청난 속도로 내 머리 위로 날아올랐다. 바람의 신에게 힘을 받아서 그런지 바람 그 자체다.

휘이이잉!

일진광풍이 쓸고 가는 것 같더니 어느새 이도메데우스는 헬레네 공주에게 쇄도했다. 공주를 지키고 있던 아탈란테가 빠르게 화살을 쏘았지만 이도메데우스의 몸을 그대로 통과해 버린다.

"가소롭다!"

이도메데우스는 돌풍을 일으켜 아탈란테를 덮쳤다.

"꺄아!"

짧은 비명과 함께 아탈란테가 튕겨나가더니 근처의 거목에 세게 부딪친 후 아래로 떨어졌다. 허리뼈가 부러지지 않았나 싶을 정도로 인정사정없는 공격이었다.

"헬레네 공주!"

"공주님을 지켜라!"

주변에 있던 영웅들이 일제히 노호성을 질렀다. 하지만 이도메데우스는 순식간에 헬레네 공주를 납치해서는 탐욕스러운 웃음을 터뜨리고 있었다.

"크하하하핫! 네놈들이 뭐라 하던 헬레네는 나의 것이다! 이미 크레타의 왕으로 남을 수도 없는 몸이니 세계 제일의 미녀라도 차지해야겠다!"

이도메데우스의 말에 구혼자로 온 영웅들이 격분해서 자신의 힘을 끌어내기 시작했다. 갑작스러운 재난에 혼비백산했지만 다들 알아주는 영웅들이다. 게다가 헬레네 공주를 구하기만 하면 스파르타의 왕위는 따 놓은 당상일 터.

"아폴론 신이시여!"

실로 영웅다운 목소리가 울려 퍼졌다. 누군가 해서 보니까 아르고스의 왕 디오메데스였다. 그는 이번 구혼자 행렬에 참가한 자들 중 군계일학이라 할 만한 영웅이었다. 그나저나 아폴론 신의 후원을 받고 있었구나.

"아테나 여신이시여!"

이번에는 오디세우스가 힘을 끌어내며 외쳤다. 이미 판이 다 엎어져 난리가 난 이상 그도 무력을 동원하기로 한 모양이다. 지략의 영웅으로 이름 높지만 본디 그도 싸움이라면 어디 가서 안 밀릴 전사다. 그 외에 다른 영웅들도 후원해 주는 신들의 이름을 부른다.

"이럼 곤란한데."

저들이 기합을 넣고 싸우려 하는 건 좋은데, 문제는 모시는 신을 외쳐댄 탓에 비밀의 서 위에 하얀 글씨가 마구 떠오르기 시작했다는 점이다.

〈태양과 의술의 신 아폴론이 상황을 주시합니다.〉

〈지혜의 여신 아테나가 상황을 주시합니다.〉

〈전령의 신 헤르메스가 상황을 주시합니다.〉

이 외에도 여러 신들의 눈이 쏠렸는데 결코 반갑지 않은 존재도 있었다.

〈사냥과 달의 여신 아르테미스가 상황을 주시합니다.〉

아마 아탈란테 때문에 이쪽으로 시선을 돌린 게 틀림없었다. 내겐 아주 불편한 존재였다.

〈아르테미스 여신이 당신을 발견하고 이를 갑니다. '저 건방진 인간이 아직 살아있었군.'〉

칼리돈의 멧돼지를 죽인 탓에 나는 아르테미스의 눈 밖에 났다. 그나마 다행인 건 내가 퓌톤을 구해줘 자신의 사냥을 방해한 걸 모른다는 점. 만약 그걸 알았으면 진작 여신이 움직였겠지.

"헬레네 공주님을 위하여!"

그때 제일 먼저 한 영웅이 흉흉한 삭풍의 종복 이도메네우스에게 달려들었다. 실로 용감한 자가 아닌가. 보레아스에게 힘을 받은 괴물에게 정면 돌격하다니. 누군가 싶어서 보니 아가멤논이었다.

"아니 너는…."

템 없으면 허접이잖아, 라고 말하려는 그때 아가멤논의 비명이 울려 퍼졌다.

"으아아아악!"

아가멤논은 달려든 방향과 반대로 하늘로 날아올랐다. 저 친구도 오늘 여러 번 날아가네. 그렇게 아가멤논을 고기방패로 쓴 다른 영웅들은 한꺼번에 삭풍의 종복에게 달려들었다. 공격에 나선 면면들이 실로 화려하다.

대 아이아스.

아폴론의 후원을 받는 아르고스의 왕 디오메데스.

미케네의 왕자 메넬라오스.

아르테미스의 여전사 아탈란테.

아테나의 후원을 받는 오디세우스.

등등.

화살을 날리고, 검을 휘두르고, 창을 던지고, 그야말로 강력한 공격들이 삭풍의 주인에게 쏟아졌다.

"크아아아아!"

일제 공격을 당한 이도메네우스가 고통에 울부짖었다. 그의 육체가 갈라지고 찢어져 시커먼 피를 줄줄 흘려댔다. 하지만 이미 이도메네우스는 격이 다른 존재가 돼 있었다. 삭풍의 종복은 사실상 북풍의 신 보레아스의 사도나 마찬가지. 광기 어린 웃음을 터뜨리더니 한 번에 달려든 영웅들을 쓸어버렸다.

"크하하하하!"

이도메네우스의 광소가 터질 때마다 영웅들의 고통에 찬 비명이 이어졌다.

"크악!"

대 아이아스는 자랑으로 삼는 방패가 깨지더니 저 멀리 왕가의 사유림 어딘가로 날려가 버렸다. 그는 신의 후원을 받지 않고 순수하게 인간의 힘만으로 영웅의 반열에 오른 자. 같은 인간끼리의 싸움에선 막강하지만 이런 초월적 존재에겐 약했다.

"태양이시여!"

아르고스의 왕 디오메데스는 실로 아폴론의 전사다운 막강한 전투력을 보여줬지만 바람의 칼날에 전신이 난자돼 피칠갑을 하며 쓰러졌다.

"헬레네 공주!"

미케네의 왕자 메넬라오스는 후일 이름난 영웅이 된다지만 아직 조무래기에 불과하다. 제우스의 혈통이니만큼 용력을 타고났지만 이도메데우스의 일격조차 견디지 못했다. 반면 의외로 잘 싸우고 있는 건 아탈란테로, 타고난 몸놀림으로 이도메데우스의 바람을 거의 신기에 가깝게 피해냈다. 문제는 그녀의 화살이 이도메데우스에게 피해를 주지 못한다는 점에 있었다.

-눈 밖에 났구나!

나는 바로 상황을 알 수 있었다. 다른 영웅들과 다르게 아탈란테의 공격은 이도메데우스에게 무용했다.

-아르테미스가 저 소녀에게 전처럼 힘을 내려주지 않고 있나 보군.

비밀의 서도 내 의견에 동조했다. 아르테미스의 힘을 받아 화살을 쏘면 분명 이도메데우스에 몸에 박힐 텐데, 그냥 바람을 통과하는 것처럼 슝슝 지나갈 뿐이다. 아탈란테의 얼굴빛이 어두운 게 여신과 자신의 관계를 새삼 깨달은 것 같다.

"아테나시여!"

이 싸움에서 유일하게 분투하고 있는 건 오디세우스였다. 역시 대영웅답게 이름값을 한다는 느낌이다. 변칙과 잔머리로 압도적인 힘의 차이를 극복하며 이도메데우스와 겨루고 있었다. 하지만 그도 이대로라면 쓰러질 것 같았다. 지켜보는 신들도 초조해하는 기색이었다.

〈태양과 의술의 신 아폴론이 사도급의 힘을 내릴지 고민합니다. '하지만 인과율의 손해가….'〉

〈지혜의 여신 아테나가 고개를 흔듭니다. '오디세우스여, 의미 없는 싸움이다. 그대는 명예를 지켰으니 몸을 보존하라.'〉

〈전령의 신 헤르메스가 혀를 찹니다. '상대도 안 되네. 보레아스가 준비를 많이 했구먼.'〉

〈사냥과 달의 여신 아르테미스가 아탈란테를 보며 잔인한 미소를 짓습니다. '저 아이가 여기서 쓰러지는 게 편하겠군.'〉

이도메데우스는 인간을 벗어나 보레아스의 사도급 존재가 됐다. 반면 다른 영웅들은 순수한 인간의 힘이거나 신에게 후원을 받는 정도니 이도메데우스에게 미칠 수가 없다. 사도급을 상대하는 데는 같은 사도급이 필요하다.

하지만 신들의 반응을 보니 나설 생각이 없는 듯했다. 후원하는 영웅을 버림돌 정도로 여기는 모양이었다. 그나마 지혜의 여신 아테나 정도만 자기 영웅을 진심으로 걱정하는 기색이 느껴졌다.

"모두 물러나는 게 좋겠소!"

오디세우스는 신력이 깃든 화살로 달려드는 이도메데우스를 쏘며 외쳤다.

슈캉!

무슨 화살이 아니라 저격용 총이라도 쏘는 것 같은 소리가 났다.

카앙!

이도메데우스의 몸에서 쇳소리가 나며 크게 불꽃이 튀었다. 신력이 깃든 화살이 그에게 상처를 낸 것이다. 하지만 여전히 그는 강성했다. 몸에 박힌 화살을 뽑아내고는 달려드는 영웅들을 바람을 일으켜 날려버린다.

"이대로는 승산이 없소이다!"

아테나 여신에게 물러나란 소리를 들은 오디세우스는 더 싸울 듯이 없어 보였다. 즉, 이제 슬슬 이 몸이 본격적으로 나설 때란 소리다.

-가볼까.

-참으로 비겁하구나, 펠레우스. 영웅들이 이도메데우스의 힘을 빼는 걸 구경만 하고 있다니.

-원래 주인공은 마지막에 나서는 법이다.

당연한 얘기지만 함께 싸워 이기면 공도 나눠진다. 그리고 궁지에 몰려야 내 활약이 더 돋보인다. 그래서 한꺼번에 달려든 영웅들이 죽이 되던 밥이 되던 내버려뒀다.

"좋아. 가자."

관망을 끝내고 앞으로 튀어나갔다. 오디세우스가 슬금슬금 빠지는 탓에 악착같이 싸우는 아탈란테가 궁지에 몰려있었기 때문이다. 그녀를 궁지에 몬 이도메데우스가 시커먼 낫 같은 손을 마구 휘두르고 있었다.

"보아하니, 네년은 섬기는 신의 사랑을 받지 못하는 모양이군!"

신력이 담기지 않은 화살을 쏘는 걸 조롱하는 말이었다. 아탈란테는 최선을 다하고 있었지만 무술 실력만으로 신의 사도를 상대하긴 무리였다. 나는 둘 사이에 끼어들어 그녀의 정수리로 떨어지는 공격을 막아냈다.

카아앙!

검은 낫 모양의 손과 제우스의 보검이 부딪치더니 화려한 빛을 사방에 뿌린다. 에너지와 에너지의 충돌로 이도메데우스가 뒤로 튕겨나갔고, 나 역시 아탈란테를 안은 채 죽 밀려났다. 한 손으로 그녀를 품에 안고 자세를 낮춰 간신히 넘어지지 않았다. 바닥을 보니 기차 레일처럼 밀린 자국이 길게 이어지고 있었다. 발바닥이 엄청 뜨거웠다.

"괜찮아?"

"으윽…."

아탈란테는 충격 때문에 정신이 하나도 없어 보였다. 아름다운 그녀의 뺨에 젖은 머리칼과 마른 풀들이 잔뜩 달라붙어 있었다. 무리한 탓인지 안색이 창백하다.

"물러나 있어. 여기서부터는 맡기고."

아탈란테는 최선을 다했지만 자신이 도움이 안 된다는 점에 원통해 보였다.

"…알겠다. 고맙다."

그녀는 이내 고개를 끄덕이고는 뒤로 빠진다.

"이도메데우스!"

이제 다시 이도메데우스와 나만 남게 됐다. 뒤로 날아갔던 이도메데우스는 미끄러지는 듯한 움직임으로 내 앞으로 다가와서는 비웃음을 머금는다.

"그리 부르지 않아도 어디 가지 않는다. 그래, 결국 네놈과 과인의 싸움으로 결정되겠군. 펠레우스!"

우르르릉! 콰앙!

그때 천둥이 치고, 밤하늘에 벼락이 번쩍였다. 비바람까지 몰아치기 시작했다. 그리고 이 상황을 지켜보던 새로운 신이 나타났다.

〈최고신 제우스가 상황을 주시하기 시작합니다. '결국 내 아들… 아니, 내 전사가 상황을 마무리할 것이다.'〉

제우스는 마침 때가 좋은 거 같아 보러 온 모양이다. 다른 신의 전사들이 줄줄이 나가떨어졌는데 자기가 후원하는 전사가 보레아스의 사도를 물리치면 아무래도 체면이 살 테니까. 특히 제우스 같은 소인배적인 최고신이라면 더 그렇다. 올림포스의 어른이든 말든 자기가 제일 잘나야 기분이 풀리는 양반이니까.

"보레아스시여! 북풍의 힘으로 모든 걸 쓸어버리겠나이다!"

이도메데우스가 신력을 더욱 끌어당기며 포효했다. 이에 대응해 나 역시 무언가 소리쳐야만 하는 분위기였다. 그렇다면 마음속에 있는 그분의 이름이 적당할 터.

"헤스티아 만세!"

비밀의 서에 즉각 반응이 떠올랐다.

〈최고신 제우스가 어이없어 합니다. '아니, 저 새끼가?????'〉

제우스가 황당해 하는 건 당연했다. 힘을 내린 놈이 활약한다고 해서 거들먹거리며 왔는데 헤스티아 만세를 외치고 있으니. 다른 신들도 감정의 동요를 일으키는 게 보였다. 다들 간신히 웃음을 참는 것 같았다.

〈아폴론 신이 필사적으로 표정 관리에 들어갑니다.〉

〈아르테미스 여신이 고개를 푹 숙입니다.〉

〈아테나 여신이 어금니를 꽉 깨물고 위기를 넘깁니다.〉

최고신 앞에서 감정을 표출할 수 없는 상황. 다들 안간힘을 쓰고 있었다. 나는 뜬금없이 관전하던 신들을 한꺼번에 위기에 빠뜨린 걸 깨닫고 짓궂음이 폭발했다. 이 새끼들아 당해봐라.

"헤스티아 여신님, 사랑합니다!"

더욱 목청껏 외치자 결국 천하제일웃음참기 대회에서 탈락한 신이 생겼다.

〈헤르메스 신이 푸힛! 하고 소리를 냅니다.〉

전령의 신 헤르메스가 사고를 쳤다. 아무래도 이 쾌활한 올림포스의 촉새는 웃음을 참는데 약해 보이긴 한다. 제우스가 거만하게 등장해 자기 전사를 보라는 듯 한껏 거들먹거렸는데, 그놈이 찾는 건 헤스티아뿐이다. 게다가 이제는 사랑한다고 하니 결국 헤르메스는 참지 못했다.

〈제우스 신의 안색이 딱딱해집니다. '지금 누가 웃음소리를 내었는가?'〉

갑자기 분위기가 싸해지는 느낌이다.

〈아폴론 신이 손을 흔들며 부인합니다.〉

〈헤르메스 신이 전속력으로 도망갑니다.〉

이대로라면 나도 제우스에게 밉보일 듯하다. 얼른 수습에 들어갔다.

"무지개의 신 이리스 만세! 태양의 신 아폴론 만세! 지혜의 여신 아테나 만세!"

처음에 헤스티아를 외친 게 별 것 아니라는 듯 연달아 다른 신을 부르자, 대치하고 있던 이도메네우스가 황당해했다.

"왜, 올림포스 12신을 다 외치지 그러냐?"

나는 애초부터 이유가 있었다는 듯 천연덕스럽게 말했다.

"내가 왜 이 분들을 외치는지 모르겠느냐? 그 누구도 네놈이 섬기는 보레아스처럼 외도(外道)를 걷는 신이 아니기 때문이다!"

"뭐라?"

"올림포스 산에 영광스러운 분들이 많거늘, 네놈은 어찌 식인을 즐기는 신을 섬기며 자랑스러워하느냐! 부끄러움을 알길 바라며 이 영광된 이름을 외친 것이다!"

일견 준엄하게 꾸짖고 있었지만 사실 헤스티아 여신님을 부른 걸 수습하기 위한 과정이었다.

"하지만 오늘 이 전투의 영광은 경애하는 최고신 제우스 님께 바치겠다! 제우스시여, 당신의 이름으로 악을 징벌하겠나이다!"

나는 메소드 연기를 하는 연극배우처럼 열렬하게 부르짖었다. 그러자 비바람이 부는 밤하늘에서 번개가 치며 실로 그럴싸한 분위기가 연출됐다.

〈제우스가 그럼 그렇지라고 기뻐하면서도, 한편으로는 머리를 갸웃거립니다. '속은 기분인데….'〉

대강 수습된 것 같다. 하지만 내 변명 때문에 뜬금없이 훈계를 당한 이도메데우스는 격분했다. 늑대인간 같은 외형이 된 그는 송곳니를 드러내며 으르렁댔다.

"크르릉! 어디 그 잘난 제우스가 네놈을 구해주나 보자!"

분노한 이도메데우스가 낫 같은 손을 휘두르자 시커먼 바람의 칼날이 쏟아져 나온다. 서둘러 옆으로 피한 순간 핏! 하는 소리와 함께 머리칼이 잘려서 허공으로 흩날렸다. 바닥에 바람이 지나간 길이 길게 파이는 걸 보니 위력이 장난 아니구나.

횡! 횡! 휘잉!

이도메데우스는 이 강력한 일격을 연속으로 쏘아냈다. 어지간한 영웅이라면 저항도 못하고 사지가 떨어져 나갈 텐데, 내게는 단조롭게만 보였다. 그도 그럴 게, 세계제일의 영웅이었다는 '저주받은 자'에게 얻어터져 가며 무술을 익혔던 나. 실로 그 기예가 하늘에 닿았던 저주 받은 자의 공격에 비하면 이건 별 것 아니었다. 나는 겉으로는 여유 없는 척하면서 함정을 파기로 했다.

"큭!"

간신히 피했다는 표정을 지은 나는 근처에 떨어져 있던 황동 방패를 주워들었다. 그러자 바로 공격이 들어온다.

카앙!

바람의 칼날이 황동 방패를 때리는 소리가 요란했다. 헤라클레스의 보석 때문에 어렵잖게 버틸 수 있었지만, 일부러 움찔거리는 척했다.

카아앙! 캉! 캉!

연달아 바람의 칼날이 날아오자 나는 못 견디겠다는 듯 계속 뒤로 물러났다. 사실 정작 버틸 수 없는 건 황동 방패였다. 아니나 다를까 몇 번의 공격을 더 막아내자 바람의 칼날에 의해 황동 방패가 박살이 나버렸다. 그리고 그 순간을 노리고 이도메데우스가 선풍처럼 빠르게 덮쳐왔다.

"살을 도려내 주마!"

기세가 오른 놈은 이게 함정이라는 걸 전혀 모르는 듯했다. 놀라운 속도로 쇄도한 그는 낫처럼 변한 손으로 나를 마구 난자해댔다.

하지만 일전에 신성을 응용해 아르테미스의 화살까지 견뎠던 나다. 몸 안에 신성의 구조를 솜처럼 변환해 방어력을 극대화하는 게 주특기다. 누구든 갈기갈기 찢어버릴 것 같은 이 흉흉한 공격도 내겐 무용했다.

"아니, 이 무슨!"

요란을 떨어도 내 몸이 베이지 않으니 이도메데우스는 눈에 띄게 당황한 듯했다. 하지만 설명 대신 왼손으로 놈의 목을 틀어쥐고는 땅에 내리찍어버렸다.

쿠웅!

지면이 크게 울리며 이도메데우스의 몸이 땅속으로 파고들어간다. 나는 그걸로 그치지 않고 연속으로 계속 내리찍었다. 완전히 박살을 내겠다는 듯. 사방에 피가 잔뜩 튀었다.

휘이잉!

하지만 재주가 아직 남은 모양이다. 정신을 차린 이도메데우스는 몸을 바람으로 바꿔 손아귀에서 빠져나갔다. 하지만 잠시 뒤 원래 모습으로 돌아왔을 때는 피투성이였다. 헤라클레스의 힘으로 계속 찍어댔으니 멀쩡할 리가 있나.

"펠레우스! 네놈은 역시 편하게 죽여서는 안 되겠다! 모든 걸 한꺼번에 쓸어주마!"

이도메데우스는 이대로 붙어서는 희망이 없다고 여겼는지 전력을 끌어냈다. 그러자 주변에 가공할 바람이 몰아치기 시작했다.

휘이이이잉!

마치 허리케인이 발생해 모든 걸 집어 삼키려는 것만 같았다. 이도메데우스를 중심으로 용오름 같은 바람이 만들어지고 있었다.

"으아아아!"

"살려줘!"

많은 사람들이 바람에 휘말려 허공으로 날아갔다. 그뿐 아니라 말과 막사, 나무 상자, 무기 등 주변에 있던 모든 게 바람에 휘말려 날아오른다. 이도메데우스는 닥치는 대로 찢어발길 셈인 것 같았다. 좋아, 그렇다면 이쪽도 커다란 한 방을 보여주지.

"후우우."

나직하게 숨을 내쉰 뒤 신성을 끌어냈다. 이번 대결로 승부가 갈릴 듯해서 보검에 있는 대로 신성을 주입했다.

파지지직!

제우스의 보검을 휘감는 전격이 실로 사나워졌다. 튀어 오르는 뇌전의 기운이 대단해 이번 일격을 성공시키지 못하면 내가 도리어 이 힘에 집어삼켜질 것만 같았다. 하지만 문제는 그것만이 아니었다. 전혀 예상치 못한 현상이 일어난 것이다.

번쩍!

비바람이 불고 먹구름이 가득한 날씨에 힘을 써서 그럴까? 갑자기 한 줄기 번개가 제우스의 보검에 내리꽂혔다. 그 번개의 힘은 내 몸을 타고 지면으로 흩어지지 않고 그대로 검에 뭉쳤다. 순간 엄청난 빛 때문에 주변의 모든 게 사라지는 것 같았다.

"펠레우스!"

"이도메데우스!"

우리는 모든 힘을 끌어내 서로 부딪쳤다. 찢어버리려는 바람과 태워버리려는 뇌전. 두 개의 가공한 위력이 부딪치자 일대를 완전히 초토화시켰다.

콰아아앙!

바로 눈앞에서 벼락이 바람을 통과해 내리꽂혔다. 제우스의 보검에 머물러 있던 강력한 뇌전은 그대로 이도메데우스의 몸을 헤집으며 지면까지 뚫고 내려갔다.

"크아아아아아!"

이도메데우스는 비명을 내지르며 버티려 했다. 하지만 이미 그는 불길에 휩싸여 어깨부터 배꼽까지 쪼개져버렸다. 뇌전의 힘이 막강해 그의 육체가 일부 터져버린 것이다.

"감히 과인을 이런 꼴로! 크아아아아!"

아직 숨이 붙어 있다니. 말도 안 되게 질긴 생명력이었다. 하지만 그것도 한계가 있었다. 비참한 몰골로 허우적대며 내게 달려들려던 그는 점점 망가진 기계처럼 이상한 행동을 했다.

"과인! 죽여…! 그에에엑! 크레타의 왕! 그아아아!"

두서없는 말이 이어지며 몸이 방향을 못 잡고 이리저리 휘청였다. 하체는 멀쩡한데 상체만 반으로 갈라져 있으니 실로 기괴한 모습이라 할 수 있었다.

〈아폴론 신이 놀라움을 감추지 못합니다. '저 이국의 왕자는 믿을 수 없이 강하다'〉

〈아르테미스 여신이 애써 인정하지 않으려 합니다. '날씨의 도움을 받은 것 뿐이야.'〉

〈아테나 여신이 당신을 주목합니다. '어떻게든 끌어들여야 할 인재로군요.'〉

확실히 날씨의 도움을 받긴 했다. 갑자기 벼락이 떨어져서 공전절후의 위력을 낼 수 있었으니까. 하지만 애초에 이도메데우스는 신의 힘을 조금 받았다고 해도 내 상대가 아니었다.

　-펠레우스, 정말로 강해졌군.

　비밀의 서도 감탄했단 어투였다. 나도 솔직히 좀 놀라긴 했다. 퓌톤의 동굴에서 수련하고 장족의 발전을 했다는 건 안다. 하지만 여러 영웅들을 날려버린 저런 괴물조차 이리 압도할 줄은 몰랐다.

　"끝을 내주지. 보고 있기도 참혹하니."

　일국의 왕이었던 자의 말로치고는 참담했다. 결국 인간의 길을 포기한 대가가 아닐까. 보고 배워야할 교훈이란 생각이 들었다. 그의 목을 치기 위해 제우스의 보검을 들어올렸다.

　"잘 가라. 하데스의 나라로."

　단번에 내려치려는데 갑자기 이도메데우스의 몸에 흉험한 기운이 뭉치기 시작했다. 소름 돋고 불길한 무언가가 이도메데우스의 몸을 점거하고 있었다.

　"크윽!"

　본능적으로 위험을 느끼고 뒤로 물러났다. 짙고 짙은 악의가 하나의 형태로 뭉치고 있었다.

　[이국의 왕자여…]

　그때 죽어가던 이도메데우스가 입을 열었다. 하지만 그건 이도메데우스의 목소리가 아닌 다른 무언가였다. 나는 이미 신과 만난 경험이 있었기에 그게 바로 초월적 존재라는 걸 알아챘다.

　"설마 북풍의 신 보레아스인가?"

　인과관계상 지금 나타날 건 보레아스뿐인 것 같았다. 그는 신인지라 저 멀리 상공에서 이리스와 싸우면서 의식 일부를 이쪽에

할당해 나를 만나는 것도 얼마든지 가능하니까.

[그렇다. 이 몸은 북풍의 신 보레아스. 감히 신의 행사를 방해하고 무엄한 도전을 한 이가 누군지 확인하러 왔도다.]

아마 내게 경고나 협박을 하려는 것 같았다.

[신에게 도전하는 인간은 모두 비참한 최후를 맞이한다. 알고 있느냐?]

"그런가?"

[신을 면전에 두고 거만하기 짝이 없군.]

"모르는 얘기도 아니고 새삼 들어봐야 심드렁할 뿐이다."

이도메데우스의 몸을 점거한 보레아스는 흉험한 기운을 한껏 뿌리고 있었다. 당장이라도 나까지 집어삼킬 듯한 기세였다. 하지만 나는 이런 모습에 겁을 먹기보다 의아해졌다.

–비밀의 서.

–말하라.

–이상하지 않아? 내가 만약 보레아스였다면 자기 사도를 박살낸 존재랑 이렇게 대화하지 않을 거야. 만약 대화를 한다고 해도 팔다리 하나쯤은 뽑아놓고 시작하겠지.

–맞다. 네놈 주둥이라면 충분히 그러고도 남지.

신은 인간의 무례를 용서하지 않는다. 만약 내키지도 않는 대화를 하려는 경우라면 무얼 원하는 걸까.

–시간을 끌려는 건가?

의문이 피어오르는 순간 내 눈에 무언가가 들어왔다. 갈라진 이도메데우스의 몸뚱이 사이로 무언가 드러나 있었다. 알사탕 크기의 흑진주 같은 모습이었다.

-저거, 설마?

형태는 다르나 비슷한 걸 전에 본 적이 있다. 바로 불타는 이름 없는 자의 신성의 조각. 그건 붉은 색 비늘 같은 모습이었다. 비밀의 서도 확인하고 흥분된 목소리를 낸다.

-펠레우스. 틀림없이 신성의 조각이다. 사도로 임명했다고 하더니 이도메데우스에게 자기 신성의 조각을 내려줬던 모양이다.

답이 나왔다. 북풍의 신 보레아스는 위험에 처한 자기 신성의 조각을 보존하기 위해 나와 대화하는 척 시간을 끌고 있었던 것이다. 나는 이제야 보레아스의 입장이 이해됐다. 설마 이도메데우스가 이렇게 허망하게 패할 줄은 예상도 못했던 거겠지. 여러 영웅들을 쓸어버리라고 신성의 조각을 내렸는데 나 하나 때문에 완전히 기대를 벗어났다. 승리는커녕 내려준 신성의 조각을 제대로 회수할 수 있을지 똥줄이 타는 상황이 된 거다.

우르르르릉! 콰아앙!

고개를 들어서 보니 저 멀리서 싸우던 무지갯빛과 북풍을 동반한 먹구름이 점점 가까워지고 있었다. 아마 보레아스가 싸우면서 이쪽으로 이동하고 있는 모양이었다. 저걸 보니 신성을 회수하려면 물리적인 수단을 동원하거나 적어도 어느 정도의 거리 안이어야 하는 것 같았다.

-횡재했네.

여유는 충분해 보였다. 보레아스는 이리스에게 붙들려 있으니까. 이리스도 상황을 안다면 어떻게든 보레아스를 물고 늘어져 그가 신성을 회수하지 못하게 할 터.

-사이한 힘이다. 얻어도 다루지 못할 확률이 높다.

비밀의 서의 대꾸에 나는 속으로 피식 웃었다.

-먹고 체해도 일단 처먹고 싶다.

신성은 좋은 거다. 설령 흡수하지 못해도 탐이 났다. 갖고 있으면 어떻게든 활용처를 찾을 수 있을 터.

[교만한 이국의 왕자여. 네놈이 살 길을 하나 알려주지. 만약 순종한다면 이 보레아스, 관용을 베풀겠다.]

사태를 꿰뚫어 보지 못한다면 저 보레아스의 협박이 무서울 수도 있겠다. 내가 아무리 강해도 신이랑 싸울 수는 없으니까. 하지만 지금은 다르다. 신의 협박에도 불구하고 욕심에 눈이 먼 자가 있었으니까.

"관용보다는 탐욕이다."

[뭐라?]

"잘 먹겠다는 소리다. 머저리야."

나는 즉각 손을 뻗어 이도메데우스의 갈라진 몸 때문에 드러난 보레아스의 신성을 잡아 뜯었다.

[네 이놈! 감히!]

보레아스가 당황한 목소리를 터뜨리는 그 순간 나는 누구도 예상 못한 짓을 벌였다. 알사탕 크기의 신성을 다짜고짜 삼켜버린 것이다.

[이 정신 나간 놈이 무슨 짓을 한 것이냐! 인간이 이 몸의 신성을 먹어치우다니!]

어쩐지 쉽게는 소화가 안 될 것 같은 느낌이긴 했다. 그래서 보레아스에게 들려줄 건 하나 밖에 없었다.

"꺼어억!"

웬 트림이 나오는지 모르겠네. 내가 그런 경박한 소리를 내며 배를 쓰다듬자 보레아스는 미치고 환장하겠는 모양이다.

[이런 황당한 놈이 있나! 기다리고 있어라! 이리스를 물리치고 네놈 몸뚱이부터 찢어줄 테니까.]

하지만 놀란 건 보레아스뿐만이 아니었다. 신들의 경악이 이어졌다.

〈아폴론 신이 입을 멍하니 벌립니다. '마치 대책 없이 용감한 아레스 형님과 똑같구나….'〉

〈아르테미스 여신이 조소를 머금습니다. '신성을 삼켰으니 내버려두면 알아서 죽겠네.'〉

〈아테나 여신이 손으로 이마를 짚습니다. '내 밑에 뒀다가는 하루도 신경이 남아나질 않겠네요.'〉

그런데 제우스는 내가 재밌는 모양이었다.

〈제우스 신이 궁금해 합니다. '저 새끼 어디까지 사고를 치려고 그러지?'〉

어디까지고 나발이고 당장 난 큰일이 났다. 이미 불타는 이름 없는 자의 신성의 조각을 먹었다가 반쯤 죽다 살아난 경험이 있다. 본디 필멸자에게 신성이란 감당할 수 있는 게 아니니 작은 조각이라도 생명의 위기다.

"크아아아악!"

반응은 바로 왔다. 내 입과 눈을 통해서 시커먼 연기가 폭발하는 것처럼 토해져 나왔다. 마치 보레아스의 신성이 몸에서 빠져나가기 위해 발버둥을 치는 것 같았다. 그래서 입을 꽉 다물고 양손으로 두 눈을 막았다.

"으으윽!"

그 반동으로 몸이 부풀어 올라 터질 것 같은 기분이 됐다. 뱃속에서 팽창이 일어나는 것 같았다.

-펠레우스! 이대로라면 터져 죽는다! 그냥 뱉어내!

애초에 신성의 조각이란 걸 맘대로 먹을 수 있으면 이 세상에 나 같은 존재가 좀 더 많을 것이다. 하지만 당연히 불가능한 영역이다. 필멸자가 신성을 얻기 위해선 크게 두 가지 방법이 있다.

제우스가 내렸던 것처럼 신에게 직접 받거나, 아니면 신과 인연이 닿아야 한다. 불타는 이름 없는 자의 신성의 조각을 흡수하는데 성공했던 건, 인연이 있었기 때문이다. 그걸 믿었기에 무모하다고 보이는 도전을 할 수 있었던 거고. 하지만 이번에는 둘 다 해당하지 않으니 비밀의 서가 소리를 지르며 말리는 것이다.

-미련한 놈! 탐욕에 배가 터져 죽고 싶냐!

말이 심하네. 내 비록 욕심이 많기는 하지만 바보는 아니다. 신성을 얻는 데는 신의 힘이 개입해야 함을 모르지 않는다.

-내… 손등을 봐.

마치 온몸이 계속 총탄으로 뚫리는 것 같아 제대로 대답할 수가 없었다. 풀썩 앞으로 쓰러져 숨을 몰아쉬었다. 땅을 짚은 내 손을 바라보니, 손등에 복잡하고 기괴한 어둠의 문신이 새겨져 있었다.

-펠레우스, 설마!

-그래… 이게 작동 안 하면… 포기하려 했었다.

머리가 핑핑 돌아서 엎드려 있는 땅이 옆으로 기우는 것 같이 균형 감각이 흔들렸다. 하지만 나는 손등의 문신을 믿고 있었다.

이것은 이리스에게 갇혀있었던 코끼리 반신이 선물해준 문신으로, 내 생명을 한 번 구해준다고 했다. 조건부로 신의 힘이 발동하는 강력한 마법이 내장돼 있다.

─이것 역시 신의 개입이지. 조금 다른 형태긴 하지만… 으으윽. 조건은 충족해.

보레아스의 신성을 집어삼킨 건 코끼리 반신의 호의를 믿어본 것이다. 실패한다면 신성을 도로 뱉어내면 그만이라 생각했다. 보통의 경우라면 먹자마자 죽기 때문에 그런 도박도 못해보겠지만 나는 다르니까.

─가능할 것 같나?

비밀의 서가 채근하는 것처럼 물어왔지만 이제는 정말 대답해 줄 여력도 없었다. 온몸에서 식은땀이 정말 비라도 맞은 것처럼 줄줄 흐르고 있었기 때문이다. 그건 그렇고, 생각 이상으로 힘들다. 보레아스의 신성에 가득한 사악한 기운 때문에 독약을 한 통 통째로 들이킨 것만 같았다. 그냥 무리하지 말고 포기할까? 이 정도면 꽤나 보레아스를 놀라게 한 것 같기도 하고. 아마 간담이 서늘해졌을 거다.

〈아르테미스 여신이 콧방귀를 뀝니다. '제까짓 게 버텨낼 리가 없지.'〉

…아니다. 계속 가자. 살다보니 저 여신 덕을 다 보네. 동기 부여가 이렇게 강하게 될 줄이야.

"크으으으으윽!"

이를 악문 내 입에서 검은 연기가 흘러나온다. 몸 안에 새빨갛게 달아오른 용광로가 들어가 있는 듯한 기분이다. 그리고 그 용광로 안에서 출렁이는 쇳물이 갑자기 폭발하는 듯 속이 뒤집혔다. 보레아스의 신성이 내 몸을 빠져나가기 위해 마지막 발버둥을 치는 게 틀림없었다.

"아아아악!"

도저히 정신력으로 견딜 만한 수준이 아니었다. 이 고통을 겪으면서 과거 얼마나 많은 영웅들이 신성을 자력으로 취하려다 죽었는지 알 것 같았다. 아마 그들은 대부분 실패했을 터. 막상 시작해 보니 이게 얼마나 말도 안 되는 도전인지 절감하게 됐으니까.

"으으으…."

서서히 정신력의 한계로 의식이 흐려지던 그때 손등에 있던 코끼리 반신의 문신이 꿈틀거렸다. 문신이 꿈틀거렸다는 표현이 적당한지 모르겠지만 그것은 살아있는 것처럼 움직이기 시작했다. 그리고는 갑자기 수많은 거머리 같은 걸 토해냈다.

"으아악!"

아픈 와중에도 화들짝 놀랄 정도로 기괴한 모습이었다. 수많은 거머리들이 일제히 내 몸을 파고들어왔다. 어떻게 막을 틈도 없었다.

-펠레우스!

-닥쳐봐, 이 거머리가 도움이 되는지 보게….

한데 매우 신기하게도 숨을 몰아쉬던 나는 빠르게 몸이 회복되고 있음을 깨달았다. 마치 몸속에 들어간 거머리 떼가 이리저리 돌아다니며 보레아스의 신성이 내뿜는 탁하고 더러운 걸 먹어치우는 것만 같았다. 거머리 떼가 머리끝부터 발끝까지 헤집는 느낌만 아니면 괜찮다고 할까.

"하아…."

나도 모르게 길게 한숨이 나왔다. 살았다는 생각부터 들었다. 실로 무모하기 짝이 없는 도전이었는데 거머리 떼의 도움…….

"우웨웩!"

참을 수 없는 구토증상으로 입에서 무언가를 잔뜩 쏟아냈다. 그것은 마치 끝도 없이 나오는 듯해서 눈물을 줄줄 흘릴 수밖에 없었다. 한참 뒤 겨우 다 게워내고 바닥을 보자 죽은 거머리 떼가 가득했다.

–이걸 내가 다 토한 거냐?

–도저히 봐줄 수 있는 광경이 아니었다. 으윽… 이제 괜찮은 거냐?

나쁜 게 다 사라지고 좋은 것만 남은 기분이다. 몸 안을 관조해 보니 보레아스의 신성이 조용히 자리 잡고 있는 게 느껴졌다. 아직 이것을 사용할 순 없으나 나쁜 영향도 끼치지 않고 있었다.

"성공이다."

이 모든 걸 지켜보던 신들은 하나 같이 놀라움을 표현하고 있었다.

〈아폴론 신이 헛웃음을 삼킵니다. '상상 이상의 일을 해내는 것도 형님과 똑같군.'〉

〈아르테미스 여신이 손가락으로 머리를 빙빙 꼽니다. 심기가 매우 불편해졌습니다.〉

〈아테나 여신이 당신의 능력에 놀라움을 표시합니다.〉

그런데 지금 제일 중요한 반응은 그게 아니었다.

〈북풍의 신 보레아스가 분노해 평정심을 잃어버렸습니다.〉

신성의 조각을 어디서 듣도 보도 못한 필멸자 하나가 집어삼키자 보레아스는 당황한 기색이 역력했다. 하지만 그 때문에 승부가 갈렸다.

〈이리스 신은 상대가 흔들려 승세를 잡습니다. 그가 당신에게 감사합니다.〉

풀썩.

죽은 이도메데우스의 몸을 휘감고 있던 사이한 기운도 끊어졌다. 아무래도 더는 나와 얘기할 여력도, 생각도 없는 모양이었다. 밤하늘이 더욱 진동하는 걸 보니 빨리 이리스를 물리치고 날 죽이러 올 작정인 것 같았지만, 세상 일이 생각대로 안 되는 건 신이라고 해도 똑같다. 이리스의 빛이 점점 강해지는 게 누가 봐도 무지개 신에게 승리의 여신이 미소 짓고 있었다.

"오디세우스! 크레타의 무리를 제압하는 걸 도와주십시오!"

내 외침에 아직 여력이 있던 오디세우스가 빠르게 달려왔다.

"알겠소이다!"

우리 둘은 즉각 이도메데우스를 따르던 자들을 제압해 밧줄로 묶었다. 그러자 다른 영웅들도 도움을 주었다. 이미 대세가 어디로 기울었는지 알기 때문이겠지. 금세 잡혀온 자들이 내 앞에 무릎 꿇려졌다.

"메리오네스! 감히 내 화살을 훔치고 음모를 꾸몄으니 자비를 구하지 마라!"

나는 이도메데우스의 종제인 메리오네스를 꾸짖었다. 그러자 그는 눈동자를 이리저리 굴리며 변명했다.

"어쩔 수 없었소. 크레타 왕의 분부라…."

짜악!

다짜고짜 따귀를 날렸다.

"크악!"

메리오네스가 비명을 지르며 옆으로 쓰러진다. 풀밭 위에 피 묻은 이빨 여러 개가 털려서 나왔다.

"이게 아직 정신을 못 차렸네? 아직 자기 처지가 실감이 안 나지?"

"제발 자비를 베푸시오! 황금으로 배상하겠소."

짜악!

다시 일으켜 따귀를 때리자 그제야 메리오네스가 좀 분수에 맞게 말했다.

"사, 살려주십시오."

"대화를 원한다면 묻는 말에만 성실히 대답해라. 어차피 네놈 이 믿던 크레타 왕은 저 꼴이 됐으니까."

이도메데우스는 괴물로 변한 채 상체가 갈라져 죽어있었다. 모두 저걸 끔찍하다 여기는지 시선을 돌렸다.

"네놈은 저런 괴물을 도와 음모를 꾸민 자다. 당장 목을 매달 아도 이상하지 않다."

메리오네스를 비롯해 잡혀온 이도메데우스의 파벌들은 다들 울상이었다.

우르르릉! 콰아앙!

여전히 저 먼 상공에서 신들이 싸우고 있었다. 하지만 아까보 다 밝은 빛무리가 더욱 자주 눈에 띈다. 나는 일이 잘 마무리 될 것을 확신하고는 모두에게 한 마디 했다.

"들어보십시오. 대저 영웅의 자질이란 무엇이오? 여기 온갖 고을과 도시에서 영웅이라 불리는 이들이 모여있는데 이 펠레우스, 머무는 동안 실로 영웅이라 할 만한 자들을 거의 보지 못한 것 같소이다."

나는 죽어있는 이도메네우스를 가리키며 다소 성난 목소리로 호통쳤다.

"이 사악한 자가 크게 웃으며 난동을 부릴 때 여기 술을 마시고 거들먹거렸던 영웅이란 작자들은 대체 무엇을 했습니까? 제 기억에 문제가 있는 게 아니라면 각자 비명을 지르며 사방으로 달아난 걸로 기억합니다."

대 아이아스나 아가멤논, 메넬라오스, 아탈란테 등 용감하게 돌진한 자들도 있다. 하지만 몰려온 구혼자가 수십여 명인데 제대로 싸움에 나선 자는 손가락으로 셀 정도였다. 심지어 전투에 참여한 자도 전면에 나선 자들이 피를 뿌릴 때 뒤에서 눈치를 보던 게 대부분이다. 나는 그 점을 신랄하게 지적했다.

"설령 검을 뽑았어도 다리는 반대 방향으로 향한 듯 몸을 반쯤 돌리고 있으니 옆에서 지켜보면 참으로 그 모습이 기괴하였소."

"……큭."

일부는 부끄러운 듯 고개를 숙인다. 묵묵부답으로 딴청을 부리는 자도 보였다.

"영웅에는 여러 종류가 있소이다. 나라를 위해 위국헌신하고 산화한 자를 성웅(聖雄)이라 부르고, 그 용기가 남다르고 사나운 자는 효웅(梟雄)이라 하오. 또한 능히 홀로 열을 당해낼 재주를 가졌으면 걸사(傑士)라 하며, 지모가 뛰어나 그 두뇌가 남의 머리 위에 있으면 이는 간웅(奸雄)이라 하기 부족함이 없소. 이렇게 세상에 온갖 영웅이 있는데, 대체 그대들은 어디에 속한 자들이오? 이 펠레우스, 수많은 책을 읽어왔으나 도무지 알 수 없으니 누가 가르침 좀 주시오!"

말을 돌려하고 있지만 대놓고 너희는 영웅이라 하기 부족하단 소리였다. 그래서인지 전투를 회피하고 기회만 보던 자들이 얼굴이 붉어져서 몸을 파르르 떨었다. 나는 그런 자들에게 마지막으로 경고했다.

"본디 이 몸은 그대들을 영웅으로 대했으나 이제부터는 그럴 생각을 접었소이다. 부디 스스로를 돌아보길 바라겠소. 삭풍이 몰아칠 때 자기 입에서 나왔던 말이 비명인지 전투의 함성인지 말이오이다."

그 말과 함께 검을 뽑았다.

"본디 옛 법에 도둑은 그 손을 자르라 했으니 모두 이 엄격함을 잊지 마시오."

내가 턱짓을 하자 아가멤논과 메넬라오스가 메리오네스를 붙들었다.

"안 돼! 이 몸은 크레타의 왕족이란 말이다! 어찌 천민처럼 손을 자른단 말이냐! 미친 새끼들아! 이러고도 무사할 거 같아!"

겁을 먹고 납작 엎드렸었던 메리오네스는 욕설을 퍼부으며 몸을 일으키려 해댔다. 저게 아마 저 녀석의 본성이겠지. 애초에 진심으로 반성할 거라고 기대도 안 했다.

"왕족이란 나라를 지탱하는 나무뿌리와 같다. 뿌리가 튼튼해야 백성이란 이파리와 열매가 아름답게 맺는 법. 썩은 것은 마땅히 잘라내야지 않겠나?"

서걱!

단칼에 메리오네스의 손을 쳐 날렸다. 잘린 손이 피를 뿌리며 허공으로 날아간다.

"으아아아악!"

메리오네스는 격통에 절규했다. 하지만 나는 용서 없이 그의 머리채를 잡아서는 속삭였다.

"오늘은 네놈 손모가지 하나로 끝내주마. 하지만 언제고 네놈도 저기 종형(從兄)처럼 몸뚱이가 갈라질 날이 있을 거다."

"사, 살려주십시오… 크흐흐흑."

"그러게 왜 허접한 새끼가 남의 성질을 건드리고 그러시나."

이도메데우스의 무리는 모조리 손을 잘라버렸다. 그리고 그들은 곧 내 허락을 받고 왕의 시체를 들고 울며 떠나갔다. 나는 그들을 물끄러미 보며 남은 자들에게 경고했다.

"저들이 지탄받아 마땅한 짓을 했으나 마지막에는 한 가지 미덕을 보였소. 그게 무엇인지 아시오?"

내 물음에 다들 두려움에 젖어 쳐다본다.

"바로 주제파악이오. 부디, 그대들 중에도 크레타의 미덕을 본받길 바라오."

앞으로 크레타의 미덕은 주제파악이란 뜻으로 쓰게 될 것이다. 몰려왔던 구혼자들은 저마다 두려움과 부끄러움을 안고 사방으로 흩어졌다. 남은 이들은 괴물이 됐던 이도메데우스와 진심으로 겨뤘던 자들 뿐이었다. 이 모든 일의 원흉인 스파르타의 왕 틴다레오스는 반쯤 넋이 나간 모습이다. 어차피 저자는 이리스 신이 가만두지 않을 테니 내가 나설 것까지 없었다.

　키에에에에엑 —.

　그때 저 먼 밤하늘에서 귀곡성이 길게 울려 퍼졌다. 그리고 시커먼 먹구름이 북쪽으로 서둘러 물러나는 게 보였다. 보레아스가 결국 이리스에게 패배한 모양이다. 밤하늘이 마치 대낮처럼 이리스의 무지갯빛으로 밝아져 있었다. 마치 자기 승리를 과시하는 듯한 모습이었다. 오디세우스가 다가오더니 감탄했다는 듯 중얼거렸다.

　"저길 보시오. 굉장한 무지개가 아니오?"

　나는 아무 말 없이 밤하늘에 펼쳐진 신화적 광경을 보며 끄덕였다.

　"굉장한 색입니다."

　아아, 정말이야.

　마치…….

　〈헤스티아 여신의 얼굴이 발그레해집니다. "사, 사랑이라니… 그런…."〉

# 5. 스파르타의 여왕

북풍의 신 보레아스가 떠나가고, 크레타는 미덕이 뭔지 보여 줬다. 그렇게 사태가 마무리된 다음 날 아침, 아직 무지개 신 이리스는 돌아가지 않고 있었다. 우리는 간단한 빵과 우유로 함께 식사를 했다.

"고뇌하는 소년, 다시 생각해 볼 수 없겠나? 이 몸과 허니 파라다이스로 떠나자."

이리스의 제안에 나는 허리춤의 검을 더듬었다. 좋다, 언제든 뺴낼 수 있게 느슨한 채야.

"파라다이스란 명칭은 정확하지 않습니다. 단 한 남자에게만 파라다이스고 다른 사내들에겐 지옥 그 자체일 테니까요."

내 말에 이리스는 껄껄 웃어댔다.

"북풍의 매서움은 물리쳤지만 소년의 매서움은 물리칠 길이 없군. 하지만 언제든 소년이 원하면 날 찾을 수 있게 무지개다리를 내려주지."

지금 나보고 무지개다리를 건너란 거냐. 태연한 얼굴로 심한 말을 하네.

"…가급적 사절하겠습니다."

"흐흐흐, 알겠다. 하지만 도움이 필요하면 연락하라. 신좌에 앉은 몸이니 쉽게 움직일 수는 없겠지만 이번 일도 소년 덕에 큰 승리를 거뒀지. 보답하고 싶구나."

"보레아스를 무찌른 일 말입니까?"

이리스는 밝은 얼굴로 고개를 끄덕였다.

"북풍의 신은 본디 이 몸과 쌍벽을 이루는 자라 쉽게 물리칠 수 없었다. 나 역시 많은 걸 걸고 싸움에 임해야 하는 상대지. 하지만 소년의 상상을 초월하는 짓거리 덕에 보레아스가 빈틈을 드러냈어. 다시없을 기회였다."

그의 말에 의하면 이번에 보레아스는 치명상을 입었고 앞으로 수십 년은 모습을 드러내기 어려울 거라 했다.

"올 겨울부터 수십 년 동안에는 북풍이 약해질 거야. 겨울이 따뜻해질 테니 농사나 여러 분야에 변화가 오겠군. 인간들은 다시 적응하려 노력해야 할 테지."

새삼 신들의 행보가 인간들에게 정말 큰 영향을 미치는구나 싶었다. 겨울이 따뜻해진다면 좋은 점도 있겠지만 나쁜 점도 있을 터. 한동안 혼란이 예상됐다. 역시 이 세계에서 신들의 영향력을 최대한 제거할 필요가 있단 생각이 들었다.

"그나저나 신성의 조각을 먹어 치우고도 정말 괜찮은 건가?"

"네, 별 문제 없습니다."

내가 아무렇지도 않다는 듯 대답하자 이리스는 놀라움을 감추지 못했다.

"…역시 자네는 평범한 인간은 아니야. 혹시 어떤 위대한 신의 화신인가?"

"그럴 리가요."

"하면 소문처럼 제우스의 아들이 맞나보군."

절대 아니다. 이쪽에서 반드시 거절하고 싶고. 하지만 최고신의 혈통이란 건 이쪽 세계에서 이득이 많았기에 그냥 아무 말도 하지 않았다. 멋대로 생각하라지.

"소년의 정체는 아무래도 좋네. 하지만 이 몸의 신수를 노리는 음모를 분쇄하고 보레아스까지 물리쳤으니 신으로서 응당 보답을 해야 할 터. 물질적인 사례를 하겠지만 그전에 묻고 싶군. 혹시 원하는 바가 있는가?"

이 아침식사 자리에는 헬레네나 다른 왕국의 유력자들도 함께 하고 있었다. 스파르타의 왕 틴다레오스는 이리스 신에게 죄를 범해 그의 감옥에 압송될 예정이었다. 왕이 잡혀가게 됐지만 상대가 신인지라 누구도 뭐라하지 못했다.

"네, 바라는 게 있습니다."

"말해보라. 소년."

나는 옆자리에 앉아 있는 헬레네를 보며 부탁했다.

"공주가 여왕의 자리에 오르고자 합니다. 부디 그녀가 이끌 스파르타 왕국을 돌봐주십시오."

주변에서 탄성이 터졌다. 사냥터로 따라왔던 고관대작들은 왕이 잡혀가게 돼 어쩔 바를 몰라 했는데, 갑자기 새로운 여왕의 탄생을 목도하게 됐다. 헬레네 역시 무척이나 상기된 표정이다. 이리스는 헬레네 공주를 보더니 자신의 각진 턱을 쓰다듬며 물었다.

"스파르타의 공주여. 그대는 왕위를 원하는가?"

헬레네는 여기서 마음을 숨기지도 겸양하지도 않았다.

"진심으로, 모든 열망으로 그것을 원합니다. 스파르타의 왕국은 스파르타인의 것입니다. 비록 제가 여자의 몸이라고 하나 타향인에게 권좌를 넘길 수 없습니다."

그 말이 꽤 마음에 들었는지 스파르타의 노신들 일부가 눈을 감고 고개를 끄덕인다. 하지만 야심만만해 보이는 권세가들은 아주 복잡한 표정이었다. 왕이 잡혀가게 생겼으니 저마다 권력을 쥘 꿈에 부풀었을 테니까. 하지만 이제 그것은 한여름 밤의 꿈으로 끝나게 생겼다.

"공주가 원한다면 그리 하라. 무지개의 축복이 따를 것이다."

"아! 감사합니다!"

헬레네 공주의 얼굴이 환해졌다. 밝게 웃는 그 모습이 참으로 아름다워 여성에게 별다른 관심이 없는 이리스조차 감탄사를 터뜨렸다.

"공주의 미모가 어느 여신 못지않군."

"과찬이십니다."

"그저 느낀 대로 말했을 따름이다. 하지만 공주는 너무나 아름답기에 여신들의 질투를 살 수 있다. 부디 외모에 관해서라면 늘 겸손하고 뽐내지 말도록 하거라."

"명심하겠습니다."

일단 이리스 신이 허락한 이상 나는 쐐기를 박기로 했다. 모인 고관대작들에게 정중한 경고를 날렸다.

"위대한 신께서 결정하신 일입니다. 만약 불만이 있는 자가 있으면 말씀하십시오."

당연한 얘기지만 아무리 담이 센 자라도 입도 벙긋 못할 거다.

이들은 모두 어젯밤에 북쪽 하늘에서 일어난 거대한 자연재해를 목격했으니까.

"이 펠레우스도 정당한 후계자를 수호할 것을 선언합니다. 만약 새로운 여왕에게 반기를 들 자가 있다면 제 칼을 먼저 감당해야 할 것입니다."

"펠레우스 님."

헬레네 공주는 기쁜 듯 날 보며 미소 지었다. 그녀의 부드러운 금발이 살랑살랑 흔들리는 게 기분이 아주 좋은 듯했다. 여기서 헬레네는 이리스에게 한 가지 중요한 약속을 꺼냈다.

"무지개 신앙을 스파르타의 국교로 삼겠습니다."

"오오!"

당연히 이리스는 크게 기뻐했다. 신도가 늘어나고 그를 향한 기도와 공양이 늘어날수록 신의 힘은 강해진다. 지금의 이리스는 신들 중 평범한 위치지만 만약 스파르타의 믿음이 더해지면 높은 위치를 바라볼 수 있게 될 테니까.

"허허허, 스파르타의 왕가를 오래 돌봐왔는데 오늘에서야 대접을 제대로 받는군. 헬레네 여왕이여, 그대가 기대하는 이상의 축복을 하겠다."

이리스 신은 즉석에서 그녀에게 자신의 신수인 하얀 수사슴을 선물했다. 이것은 단순한 동물이 아니며 약속의 증거이다. 또한 위급할 때 공주를 지키는 수호자기도 했다.

"이 수사슴은 누구라도 따돌리고 도망칠 수 있다. 여왕이여, 만약 위급하면 급히 타고 안전한 장소로 대피하라."

하얀 수사슴까지 준 이리스는 기분이 좋은지 헬레네의 소원도 하나 들어주겠다고 했다. 국교가 된다고 하니 인심 좋게 퍼주고 있었다.

"여왕이여. 무엇을 원하느냐?"

헬레네는 잠시 고민하다가 나를 물끄러미 쳐다본다. 음? 여긴 왜 보는 거야? 그건 그렇고 정말 예쁘긴 하구나. 우유처럼 하얀 피부가 정말 눈부시다. 왕궁에서 잘 먹고 자라서 그런지 특정 부위의 발육도 대단했다. 음, 슬쩍 봤는데 본 거 눈치채지 못했겠지?

"이리스 님, 원하는 게 있습니다."

"듣겠다."

"제 소원은 하나입니다. 여기 있는 펠레우스 님이 아니면 그 누구도 제 남편이 될 수 없게 해주세요."

"음?"

이리스는 의아한 표정이 됐고 왕궁의 고관대작들도 눈이 커졌다. 나 역시 놀란 건 마찬가지다. 당황한 표정을 감추지 못하자 이리스는 재밌다는 듯 웃는다.

"둘이 생각보다 가까운 사이였나? 소년을 탐내는 이 몸에겐 슬픈 일이지만 들어주지 못할 건 없지. 하지만 서로 마음이 같아야 그 소원을 이뤄줄 수 있다."

먼저 얘기해 보라는 듯 이리스는 손으로 날 가리켰다. 그러자 헬레네는 나를 보고 야릇하게 웃는다. 마치 거미줄에 걸린 사냥감을 보는 암거미 같기도 했다. 하지만 악의보다는 장난기가 훨씬 많아 보였다.

"무슨 소원이 그렇습니까? 제가 여왕 전하의 혼삿길을 막고 싶지 않습니다.”

친구로 지내기로 했으면서 무슨 소리냐고 따지자 헬레네는 뻔뻔하게 대답해왔다.

“소녀의 눈에는 쓸만하고 기량이 있는 사내란 펠레우스 님뿐입니다.”

“소녀라니… 일국의 여왕이 되실 분이.”

“당신 앞에서는 그저 한 명의 여인이고 싶답니다.”

주변에서 다시 탄식이 터졌다. 늙은 대신들이 재밌다는 듯 수염을 쓰다듬으며 허허, 하는 소리를 냈다. 도망치고 싶군. 이런 위기라니….

“이리스 님. 잠시만 여왕과 둘이서만 얘기하고 와도 되겠습니까?”

“맘대로 하라, 소년. 가서 청춘을 누리도록.”

지켜보던 고관대작 일부가 껄껄대며 웃어댔다. 반면 얼굴에 분함이 가득한 자는 아마 평소에 헬레네를 탐냈던 모양이다.

“가시지요. 폐하.”

헬레네와 단 둘이 빈 막사에 들어가자마자 입을 열었다.

“제가 거절하면 어쩌시려고요? 이리스 님이 소원을 들어주면 여왕 폐하께선 정말로 저 외에는 다른 남자와 결혼할 수 없게 됩니다. 신께 소원을 비는 건 신중하고 또 신중해야할 일임을 모르십니까?”

다소 훈계하는 듯한 말투가 됐는데 헬레네는 뭐가 문제냐는 식이었다.

“그렇게 된다면 국가와 결혼하겠어요. 본디 소녀는 남편을 두려하지 않았답니다. 배우자란 존재는 권력의 적일 뿐이라고 생각했으니까요. 펠레우스 님이 거절하셔도 아쉬운 게 없답니다."

권력은 나누게 되면 순식간에 잃어버리는 법이다. 왕가에서 나고 자라서 그런지 권력의 본질에 대해 잘 알고 있었다.

"하지만 이리스 님께 제가 여왕으로 인정받게 된 건 온전히 펠레우스 님의 도움이지요. 누가 소녀에게 그런 일을 해줄 수 있겠어요? 당신이 아니라면 결혼하지 않겠습니다."

설마 이렇게 확고할 줄이야. 그녀는 막사에 아무도 없다는 걸 이용해서 슬며시 가까이 다가온다.

"하지만 만약 제 지아비가 되시겠다면 즐거운 마음으로 받아들이지요. 낮에는 만인 위에 서는 여왕이지만 밤에는 한 남자에게 굴복하는 가녀린 여인이 되고 싶네요."

어디서 연애시라도 읽고 온 모양이다. 헬레네는 가까이 붙더니 손가락을 내 가슴 위에서 빙글빙글 돌리며 간지럽혔다. 이런 요망한 것을 보겠나.

"때로는 여왕도 무거운 왕관을 내려놓고 다정한 사람의 품에서 위로받고 싶을 때가 있을 겁니다. 소녀는 당신 곁에서만 피어나는 꽃이 되고 싶어요. 이걸로 부족할까요?"

……큰일 났다. 덥석 받아들이고 싶단 생각이 머릿속에 가득했다. 하지만 결혼이라니, 종말의 집행자에겐 이치에 맞지 않는 짓이다. 미안하지만 거절해야지. 나도 마음이 아프다.

"저는…."

막 거절하려는 그 찰나 헬레네가 섬섬옥수를 뻗어 내 입술을 막고 웃는다.

"대답은 나중에 해주셔도 된답니다. 펠레우스 님은 중요한 사명이 있으시죠?"

선수를 빼앗겼다. 분명 내가 거절하려는 걸 알고 답을 뒤로 미뤄버린 것이다. 실로 영특한 여자였다. 그 순간 나는 도저히 싫다고 할 수 없게 된 걸 깨달았다.

"네, 제가 실패하면 모든 게 사라집니다."

아직 헬레네에게 얘기할 수 없지만 언젠가는 비밀을 털어놓을 날이 올지도 모르겠지.

"모든 것이?"

"네. 모든 게 종말로 향합니다."

헬레네는 종말이란 황당한 소리를 들었는데도 한 점의 의심도 없이 내 말을 믿는 눈치였다. 게다가 내가 설명하지 않으니 굳이 캐 묻지도 않는다.

"알겠어요. 그렇다면 소녀가 할 수 있는 모든 걸 다해서 펠레우스 님을 돕겠어요. 그 정도는 하게 해주세요."

"······감사합니다."

일단 서로 긴밀하게 돕는 관계를 구축하자는 정도로 마무리됐다. 헬레네와의 관계는 미래의 내게 판단을 넘긴 셈이다. 하지만 나는 그게 만만치 않을 거란 생각이 들었다.

"펠레우스 님."

"네."

"우리 둘이 인연이라고 생각하시나요?"

"글쎄요. 사람 사이의 일을 누가 알겠습니까?"

솔직히 대답하자 그녀는 고개를 가로 저었다.

"알 수 있지요."

헬레네는 조용히 다가와 내 볼에 키스를 하더니 귓가에 속삭였다.

"설마 제가 당신을 유혹하지 못할 거 같나요?"

〈그리스로마 신화〉에서 가장 이름 높았던 미녀가 날 보며 요염하게 웃고 있었다.

헬레네의 구혼자를 모집하는 일은 어영부영 끝나버렸다. 공주 본인이 여왕이 되는 걸 신에게 인정 받은 데다가, 구혼자를 불러들인 틴다레오스 왕이 죄인의 신분이 됐기 때문이다. 구혼자들이 모두 헛물만 켜고 그렇게 흩어질 때 이리스 신 역시 작별을 고했다.

"소년이여. 소년에게 주는 선물이다. 언젠가 절망이 가득할 때 열어보도록."

그는 가기 전에 황금으로 만든 작은 상자를 내게 건네줬다. 용도는 알 수 없었지만 귀한 물건일 테니 잘 보관했다. 이리스는 떠날 때 신에게 죄를 지은 틴다레오스 왕을 잡아갔다. 나는 헬레네가 부친의 일 때문에 상심하지 않을까 걱정됐다.

"유감입니다. 신에게 죄를 지었으니 저도 어쩔 도리가 없군요."

한데 의외로 헬레네는 담담했다. 오히려 속 시원하다는 표정이랄까.

"괜찮습니다. 뿌린 대로 거둘 따름이지요."

뭔가 이 부녀의 관계는 외부에서 본 것과 달랐던 걸까? 사이 좋다고 여겼기에 다소 의아했다. 하지만 헬레네는 이런 내 표정을 보고 살며시 고개를 저을 뿐이었다.

"딸의 침묵이 아비의 명예를 지킬 수 있다면 그리하겠습니다."

아무래도 실제로는 관계가 안 좋았나보군. 헬레네의 말이 일말의 정이 남아서 그런지, 부친의 명예가 자신과 직결되기 때문에 그런지 알 수는 없었지만 말이다.

"뜻대로 하십시오."

사실 그것보다 더 중요한 일이야 많았다. 이것저것 헬레네와 의논을 하려는데, 말 탄 전령 하나가 급하게 와서는 헬레네 앞에 내려 무릎 꿇는다.

"전하!"

"무슨 일인가요?"

전령이 들고 온 얘기는 생각보다 심각했다.

"아르테미스의 여사제가 왕궁에 도착했습니다. 스파르타의 국교를 정함에 있어 여신의 뜻을 받들라는 내용입니다."

설마 이렇게 금방 소식이 들어갈 줄이야. 게다가 아르테미스가 이렇게 빨리 손을 쓸 줄은 생각도 못했네. 그래서인지 궁정으로 돌아가는 이들은 다들 복잡한 표정이었다.

"여왕 전하. 차라리 아르테미스 신앙을 스파르타의 국교로 삼음이 어떻습니까?"

한 노신이 근심어린 목소리로 헬레네에게 권했다. 아직 공주의 신분이지만 다들 이미 여왕으로 대우 중이다.

"아르테미스 님을요?"

"네, 스파르타에 여왕이 났으니 여신을 섬기는 것도 의미있는 일일 것입니다. 특히나 아르테미스께선 여성을 더 총애하시니까요."

그 말에 헬레네는 고개를 저었다.

"여자 중에서 처녀만 총애하시죠. 누굴 무녀로 만들 생각이신가요? 아무리 일국의 여왕이라지만, 결혼하고 아이를 낳는 행복을 어찌 그리 가볍게 말씀하십니까?"

헬레네가 책망하듯 말하자 노신은 당황해서 쩔쩔맸다. 아르테미스가 두려워 그리 권했는데, 생각해 보니 여왕에게 수절하라 한 셈이니까.

"신의 입이 참으로 경솔했습니다. 용서해 주십시오."

"근심하고 있음을 모르지 않습니다. 아르테미스 님은 올림포스의 12주신 가운데 하나지요. 이리스 님보다 신위가 높으니 그리 생각하는 점을 이해합니다."

아르테미스가 짜증나긴 하지만 혈통 자체가 다르다. 최고신 제우스의 딸이며 올림포스 12주신 중 하나이니, 신들의 세계에서 공주님이라 할 수 있다. 도도하고 신위가 높은 신들의 공주가 한 제안이다. 신하들의 얼굴에 근심이 가득한 게 당연하다. 하지만 헬레네는 단호했다.

"이미 이리스 신앙을 국교로 삼으리라 정했습니다. 그분의 면전에서 직접 다짐했는데, 여러분은 제가 여왕으로서 한 첫 서약을 어기라 하십니까?"

"신들을 용서해 주십시오."

일단은 신하들의 우려를 억눌렀다. 하지만 이 문제를 현명하게 해결하지 못하면 헬레네의 왕권은 시작부터 흔들릴 수가 있었다. 자칫하면 권좌에서 쫓겨나게 될지도 모른다.

"펠레우스 님. 소녀를 도와주시겠어요?"

"기꺼이 그리하겠습니다."

"감사합니다. 정말 소녀가 믿을 건 펠레우스 님 뿐이군요. 역시 시집은 펠레우스 님에게 가야…."

"네, 거기까지. 사안이 중대하니 일 얘기를 하시지요."

메넬라오스가 탈락하고 역사랑 다르게 헬레네가 여왕이 되게 됐다. 이제 그녀와의 동맹이 중요한 요소인 이상 함께 문제를 해결할 작정이다. 나는 아르테미스의 여사제를 만나보고 싶다고 했다.

"그래주시면 소녀는 더 바랄 게 없겠어요."

"다만 제게 지위가 필요합니다. 이국의 왕자란 신분으로 스파르타의 일에 끼어드는데 한계가 있으니까요. 명분도 안 서고요."

"그렇군요. 음…."

헬레네는 잠시 고민하더니 내게 바실레우스(Βασιλεύς)란 직위를 내리기로 했다. 이는 고위 관료나 장군을 칭하는 말이다.

"바실레우스입니까. 좋습니다."

나는 고개를 끄덕이며 작전을 구상했다. 저쪽에서 상당히 세게 나올 것 같았기 때문이다.

"헬레네 여왕이시여, 등극을 축하드립니다. 과연 제대로 된 분의 축복을 받고 그 권좌에 앉은 건지 모르겠습니다만."

예상대로 세게 나오는군. 왕궁으로 돌아와서 대전에서 아르테미스의 여사제를 만났다. 마치 만화에 나오는 기숙사 여사감처럼 깐깐하게 생긴 중년 여성으로 말투가 가시로 찌르는 것처럼 따가웠다.

"사제께서는 말씀을 조심하시오."

보다 못한 왕국의 노신 하나가 주의를 줬으나 여사제는 콧방귀를 뀔 뿐이다. 아르테미스의 사제라 그런지 태도가 오만방자하기 짝이 없네.

"이리스 신께서 제가 이 자리에 앉는 걸 허락하셨답니다."

헬레네는 차분하게 응대했지만 아르테미스의 여사제는 코웃음을 친다.

"인간에게도 지위고하가 있듯 신들의 세계도 다르지 않답니다. 여왕이시여."

"알고 있어요."

"아신다니 참으로 다행이군요. 아르테미스 여신께서는 예전부터 스파르타의 백성들께 관심이 지대하셨답니다. 여왕께서 올바른 결정을 하신다면 위대한 축복이 스파르타에 가득하겠지요."

여사제는 은근한 협박도 빼놓지 않았다.

"아르테미스 여신님은 자애로운 분이시지만 그분의 심기를 거스른 이는 용서한 적이 없습니다. 부디 여왕께선 현명한 길로 백성을 인도하시길 바랍니다."

"허허!"

듣다 못한 노신들이 고개를 절레절레 저었다. 하지만 아버지의 옥좌에 대신 앉아 있는 헬레네는 차분하게 감정의 동요를 드러내지 않았다.

"아르테미스 님의 뜻을 가볍게 생각하지 않습니다. 스파르타에 관심을 기울여 주신다니 영광스러운 일이지요. 하지만 사제께서는 그 문제는 여기 펠레우스 님과 협의하시길 바랍니다. 그는 왕국의 바실레우스입니다."

"펠레우스 님과 말입니까?"

여사제는 노골적으로 싫다는 표정으로 날 쳐다본다. 아르테미스에게 들은 게 있다면 날 좋아할 수가 없겠지. 하지만 표면적으론 아르테미스와 난 적대 관계가 아니다. 그때 칼리돈의 멧돼지를 누가 보냈는지 내가 알지 못하는 걸로 여길 테니까.

"네, 부왕의 갑작스러운 부재로 인해 왕국의 현명한 신하들에게 다양한 도움을 받고 있습니다. 이번 일에 관해서는 펠레우스 님의 뜻을 전적으로 따를 생각입니다."

"흐음…."

여사제는 아마 헬레네가 아직 제대로 권력을 장악하지 못했거나 꼭두각시 정도라 생각하는 듯했다. 실제로 헬레네의 말은 그런 뉘앙스가 강했고. 나는 앞으로 나서 여사제에게 사람 좋게 웃어보였다.

"여왕 폐하께서 부족한 제게 중책을 맡기셨습니다. 아르테미스를 섬기는 성스러운 분과 앞날을 논의할 수 있다니 실로 영광입니다. 자리를 옮겨 좀 더 구체적인 얘기를 하고자 하니 어떻습니까?"

내가 깍듯한 예의를 지켜 묻자 여사제도 거절할 이유를 찾기 어려웠는지 담화를 수락했다.

"좋습니다. 펠레우스 님이 아르테미스 여신님을 어찌 생각하고 계신지 알 수 있는 자리가 될 것 같군요."

물론 끝까지 까칠하게 구는 걸 잊지 않았다. 게다가 갑질이 몸에 밴 건지 사제라는 신분에 어울리지 않게 태도가 기고만장하다. 나는 속으로 혀를 찼지만 일단 겉으로는 더없는 공경을 표시했다.

"이쪽으로 가시지요."

왕궁의 조용한 곳에서 본격적인 협상이 시작됐다. 여사제는 내가 어찌 나올지 보겠다는 듯 두 눈을 날카롭게 빛내고 있었다.

"펠레우스 님이라 하셨죠? 먼 이국에서 어찌 이곳까지 온 건지 모르겠군요."

"운명이 이끄는 길을 따라 온 게 아니겠습니까? 이국의 왕자가 스파르타의 고관이 되었으니 삶이란 참 알 수가 없습니다."

"정말 알 수 없을까요? 신의 말씀에 귀를 기울이는 신실한 자라면 다를 겁니다. 설령 재난이 있어도 피할 수 있으니, 우리가 신의 말씀에 귀를 기울여야 하는 이유가 바로 그것입니다."

노골적인 협박이 계속되는구먼. 하지만 나는 티내지 않고 동조했다.

"정말 맞는 말씀이십니다. 스파르타가 아르테미스 님의 뜻에 귀를 기울인다면 복된 일만 가득할 거라 봅니다. 저 역시 국교를 정함에 있어 여왕께서 좀 더 신중했어야 했다고 생각합니다. 이리스 신앙으로 정한 건 성급한 부분이 있지 않았나 싶군요."

"…그렇습니까?"

설마 내가 아르테미스를 두둔하고 나설 줄은 몰랐던 듯 여사제는 어리둥절한 표정이 된다.

"의아하신가 보군요? 저는 이 땅에 온 뒤 여러 신들을 살펴봤습니다. 그리고 아르테미스 님이야말로 누구보다도 고귀하며 섬길 가치가 있는 분이란 생각이 들더군요."

"호오… 그렇습니까?"

"네, 게다가 최근 아르테미스의 여전사에게 도움을 받기도 했지요."

"그게 누구입니까?"

"아탈란테 님입니다."

"아하, 그렇군요."

아탈란테는 알고 있다는 듯 여사제는 고개를 주억였다. 현재 아탈란테는 아르테미스를 향한 신앙이 흔들리고 있는 수준을 넘어, 언제 이탈해도 이상하지 않는 상태다. 하지만 굳이 그걸 설명할 필요는 없겠지.

"아탈란테 님께서 제게 아르테미스 님의 위대함에 대해 알려주셨습니다. 늘 듣다보니 저 역시 여신님을 흠모하는 마음이 생길 수밖에 없더군요."

"그, 그렇습니까?"

설마 이런 극찬이 계속 이어질 줄 몰랐던지, 전쟁을 각오하고 온 여사제는 땀방울을 흘리고 있었다. 하지만 기분이 나쁘지는 않은 듯 턱을 좀 치켜들고 거만한 얼굴이 된다. 나는 그런 여사제의 비위를 맞추며 말을 이어갔다.

"이 펠레우스, 국교의 문제에 있어서는 누구보다 신중하고 싶습니다. 하지만 아르테미스 여신님의 뜻이 이 나라에 임하면 누대로 길이길이 복이 임하리라 생각합니다."

"지당한 말씀입니다."

"사제 님, 부디 제게 여신님을 섬기는 일에 대해 가르쳐 주십시오. 경건한 자세로 한 마디, 한 마디 마음속에 새기며 듣겠습니다."

교리적인 부분을 구하자 여사제는 좋아서 얼굴이 헤벌쭉 벌어졌다. 딱 봐도 교조적이고 광신적인 분위기가 가득한 사제다. 그런 자에게 배움을 청하니 신이 나서 뭐든 설명해줄 분위기였다. 나는 마음에도 없는 아르테미스 신앙에 대해 배우는 게 짜증나긴 했지만 적을 방심하게 만드는 거면 뭐든 할 수 있었다.

"그 뜻이 참으로 훌륭하십니다."

나는 감사하다는 듯 고개를 깊이 숙였고, 이를 경의를 표하는 걸로 받아들인 여사제는 한껏 들떠 떠들어댔다. 자신의 과시욕과 허영심을 마구 충족하면서 말이다. 정작 나는 그 모든 걸 한 귀로 듣고 한 귀로 흘리고 있었지만.

여사제는 밤이 될 때까지 신앙과 자신의 업적에 대해 나불거렸다. 밤이 늦었기에 도저히 더 얘기할 수 없게 되자 무척이나 아쉬워하며 자리에서 엉덩이를 뗐다. 경전에 적힌 무수한 글자만큼이나 말이 많은 사제였다. 하지만 내가 집중해 들었다고 생각했는지 흡족하게 칭찬한다.

"배움의 자세가 참으로 훌륭합니다."

"사제님, 편히 쉬시지요. 이 펠레우스, 내일 또 가르침을 청하고 싶습니다."

사제를 떠나보내고 헬레네를 찾아갔다. 밤늦게 여왕을 독대하는 건 불가능한 일이었지만 나만은 특별히 예외로 인정받았다. 헬레네가 내게 시집가겠다고 선언한 탓에 궁정에서는 나를 국서 정도로 여기는 듯했다.

"펠레우스 님, 어찌 되었나요?"

"아르테미스의 사제를 방심하게 만들었습니다."

여태 있었던 일을 설명했다. 그러자 헬레네는 재밌다는 듯 깔깔거리며 웃었다.

"수완이 정말 좋으시네요. 이제 어쩌실 생각인가요?"

"아폴론 신전에 사람을 보낼 예정입니다."

"네? 설마?"

지혜로운 헬레네는 금방 내가 무슨 짓을 하려는 건지 알아챈 듯했다.

"맞습니다. 아폴론 신전에 기별을 넣겠습니다. 스파르타의 국교를 삼는데 있어 아폴론 교를 염두에 두고 있다고요."

"후후후, 정말 재밌겠네요. 이래서 제가 펠레우스 님이 좋은가 봐요."

아폴론 신전에 기별을 넣으니 다음 날 바로 사제가 튀어왔다. 국교로 고려 중이라 하니 이 먹음직스러운 미끼를 물지 않을 수는 없을 것이다. 그리고 참으로 공교롭게도 아폴론의 사제와의 만남은 다시 한 번 아르테미스의 여사제에게 가르침을 받기로 한 점심 시간이었다. 나는 마치 그런 약속이 없었던 것처럼 아폴론의 사제와 정원에서 담소를 나눴다.

"이것 좀 드셔보시지요. 아폴론 신의 태양 아래서 먹는 식사라 더욱 맛이 좋군요."

노골적인 내 아부에 늙은 아폴론 신의 사제는 얼굴이 환해졌다.

"바실레우스께서 평소 아폴론 님을 그리 신실하게 생각하는지 몰랐습니다."

"하하하, 늘 태양과도 같은 그분을 사모하고 있었습니다."

우리가 이렇게 환담을 나눌 때 저쪽에서 아르테미스의 여사제가 쳐다보고 있었다. 당연한 얘기지만 이런 상황은 의도된 것이다. 아르테미스는 여사제는 내가 약속을 어긴 데다가 아폴론의 사제와 있으니 얼굴이 붉으락푸르락한 상태다. 곧 몸을 돌리더니 큰 발소리를 내며 사라졌다.

"아르테미스의 여사제군요? 왜 저럽니까?"

사정을 알 리가 없는 아폴론의 사제가 그 모습을 발견하고 고개를 갸웃거렸다. 나는 한숨을 내쉬었다.

"어제 다짜고짜 쳐들어와서 아르테미스교를 국교로 삼으라고 강압하더군요."

"그게 정말입니까? 무례한 자로군요."

"허허, 여왕 전하께서 제게 이 일을 일단 살피라 하셨는데 곤란한 게 한두 가지가 아닙니다. 저야 마음속에 아폴론 님을 품고 있었습니다만, 아르테미스의 사제가 아주 매섭게 질책하더군요."

"이런 쳐 죽일 년이… 아, 죄송합니다! 제가 험한 말을."

"아닙니다. 그러실 수도 있지요."

우리는 그 자리에서 한 마음, 한 뜻으로 아르테미스의 여사제를 씹어댔다. 그리고는 도원결의를 하듯 손을 잡았다.

"펠레우스 님, 걱정하지 마십시오. 원하시기만 한다면 저희가 어떻게든 아르테미스교의 뜻을 꺾어 보겠습니다."

"참으로 감사한 말씀이십니다. 괜찮으시면 내일 또 뵐 수 있겠습니까?"

"이를 말입니까?"

아폴론의 사제와 그렇게 화기애애한 분위기로 회담을 마친 뒤, 그를 궁 밖으로 배웅했다. 그리고 나서 바로 아르테미스의 여사제를 만나러 갔다. 당연히 날 쏘아보는 눈길이 암사자처럼 사나웠다.

"어쩐 일로 오신 거지요? 저는 약속을 길가의 벌레처럼 하찮게 생각하는 이와 더 나눌 얘기가 없습니다."

아르테미스의 여사제는 뿔이 나 목소리가 베일 듯 날카로웠다. 그래서 나는 정말 미안하다는 표정으로 사과했다.

"후… 말도 마십시오. 아폴론의 사제가 절 어찌나 겁박하던지 빠져나오고 싶어서 혼이 났습니다. 오늘 약속을 어긴 건 제 본의가 아닙니다. 왕국의 신앙을 위해 제발 절 도와주십시오."

"…그게 정말인가요?"

그 질문에 나는 진심으로 대답했다.

"제겐 정말 아르테미스 님뿐입니다."

당연히 여사제는 미심쩍어했다.

"정말인가요?"

"이를 말입니까."

그 망할 아르테미스를 손 볼 수 있다면 더 바랄 게 없다. 신이라서 건드리질 못하는 거지 내 머릿속에는 아르테미스가 가득하다. 하니 실로 거짓 없는 진심 그 자체가 아닌가.

"다만 교단에서 스파르타의 국교로 발돋움하시길 원한다면 그만한 힘을 보여주셔야 합니다."

"힘이라고요?"

"네, 아폴론 교에서 호락호락 넘어가지 않을 듯하더군요. 아르테미스 교가 밀리는 모습이 없길 진심으로 바라고 있습니다."

"흥! 공연한 걱정이십니다."

여사제는 자신만만한 표정이었다. 이번에 교단에서 총력을 기울일 거라고. 그 말에 나는 머릿속을 부산히 굴리면서도 안도했다는 듯 웃어보였다.

"정말 든든한 말씀이십니다."

이후 아르테미스의 여사제가 떠나자 나는 부하들을 불렀다. 헬레네가 고관이 된 나를 위해 100명의 전사들을 붙여줬다. 이들은 왕가에 충성하는 정예병들이었다. 어릴 때부터 전사로 자란 전형적인 스파르타인들로, 신보다 자신의 손에 쥔 창과 옆에 선 전우를 믿는 이들이었다.

"스파르타의 전사들이여."

"말씀하십시오!"

100명의 전사들이 한 목소리로 대답하는 소리가 우렁찼다. 모두 잘 벼려진 검과 같은 사내들이다. 과연, 이래서 스파르타의 전사들이라고 하는 건가. 한 명, 한 명 일류라 불러도 부족함이 없는 전투력을 갖고 있겠지. 게다가 왕가에 대한 충성심도 확고하고. 하지만 이번 일을 위해 선별을 거쳐야 한다.

"전쟁의 신 아레스를 섬기는 전사들만 남고 해산하도록. 아레스의 종복들에게 맡길 일이 있다."

그러자 35명이 자리를 지켰다. 아레스는 전쟁의 신이기에 스파르타에서도 꽤 인기가 많은 신이다. 다른 도시에서 아레스를 얕잡아 보고 혹평하지만 이 도시에서만큼은 예외다.

"아레스의 전사들이여, 그대들이 이번 임무에 가장 적합하다 생각해서 이 자리에 남도록 했다."

이상하게도 아레스 교단은 포교에 별다른 관심이 없다. 오면 좋고, 아니면 말고란 식이다. 이번에 국교를 걸고 여러 교단이 비상한 관심을 보이는 가운데도 아레스 교단만은 시큰둥했다. 그래서 이들로 선별한 것이다.

"맡겨 주십시오! 왕가를 위해 소임을 다하겠습니다."

"실로 든든하구나."

나는 이 35명 중에서도 다시 가리고 가려 10명을 추려냈다. 이번 일에는 많은 숫자보다 믿을 만한 사람이 필요했다.

"그대들에게 부탁하고 싶은 건 다소 명예롭지 못한 일이다. 왕가를 위해 오욕을 뒤집어쓸 각오가 돼 있는가?"

"물론입니다!"

한 치의 흔들림 없는 스파르타의 전사들. 하지만 이어진 내 명령에 강철 같은 그들도 술렁였다.

"좋다. 하면 가서 아르테미스 신전의 좌판을 모조리 뒤집어엎어라!"

"네에?"

무슨 일이든 하겠다며 굳은 의지를 보여주던 그들이 얼이 빠져 되묻는다.

"가서 좌판을 다 엎으라고. 아르테미스 신전에서 장사를 망치도록."

"번제물을 파는 그 좌판 말입니까?"

"그렇다."

아르테미스의 신전 앞에선 사제들이 좌판을 열곤 했다. 제사에 쓸 산제물인 염소나 비둘기 따위를 팔았다. 이는 사제들이 축성한 것으로 오직 이 짐승들만 제사에 쓸 수 있었다. 문제는 이게 보통 양이나 비둘기랑 비교도 안 되게 비싸다는 것. 실로 폭리 그 자체인데 이게 신전의 주요 수입원 중 하나였다. 평소 이걸 아니꼽게 생각하는 자들이 많았지만 신전에서 하는 일이라 딴죽을 걸기도 어려웠다.

"싹 다 엎어서 다시는 장사를 못할 정도로 만들어 주도록."

당연히 전사들이 반대했다.

"바실레우스 각하. 신전의 폐단을 지적하고 싶으신 뜻은 알겠습니다. 하지만 여태 왕가에서도 손을 대지 못했는데 어찌 감당하려 하십니까. 새로운 여왕께 누가 될 게 틀림없습니다."

나는 대표로 입을 연 한 중년의 전사에게 고개를 끄덕였다.

"그대는 그대의 칼솜씨만큼이나 지혜도 갖고 있구나. 이름이 무엇인가?"

"페니케우스입니다."

"페니케우스여. 이제부터 우두머리로 임명하겠다. 전사들을 이끌고 가서 아폴론 신의 이름을 대고 아르테미스 신전의 좌판을 습격하라!"

산 너머 산이라는 게 이런 걸까. 이 정도가 되자 스파르타의 전사들도 입이 쩍 벌어졌다.

"세상에! 신이시여!"

"진정으로 하시는 말씀이십니까?"

"신들이 들을까 두렵습니다."

아니, 안 듣는다. 비밀의 서에 아무런 글씨도 안 떠오르고 있으니까. 많은 사람들이 신이 실존하는 세계라 지나친 두려움을 갖고 사는데 사실 그렇게 벌벌 떨 필요는 없다.

신들은 항상 인간을 지켜보는 것도 아니고 전지전능하지도 않다. 제우스 같은 경우는 계집질에 정신이 나가서 주점의 점원보다 소문이 느릴 정도니까. 그 최고신에게 소식이 들어가려면 이미 나라가 시끌시끌할 정도여야 하니 얼마나 인간계에 무심한지 알 수 있다. 나는 비밀의 서 때문에 이런 진실을 잘 이해하고 있어 신에 대한 막연한 두려움을 갖고 있지 않았다.

"모든 책임은 내가 진다. 그대들은 오로지 왕국을 위해 봉사하라. 새로운 여왕께선 분명히 이리스 신 앞에서 그분의 신앙을 국교로 삼겠다고 약속하셨다. 한데 지금 외압에 굴복해 한 입으로 두말하게 된다면, 스파르타에 어떤 화가 미칠지 짐작하기 어렵지 않다."

그 점에 관해서는 다들 동의하는지 고개를 끄덕거렸다.

"스파르타의 전사들이여, 이는 여왕을 옹위함과 동시에 이 도시의 오래된 폐단을 뿌리 뽑는 일이다. 이래도 내 뜻에 따라주지 않겠나?"

"이간계를 쓰시려는 겁니까?"

이번에도 페니케우스가 물어왔다. 나는 이해가 빠른 그에게 고개를 끄덕였다.

"그렇다. 아폴론 교단과 아르테미스 교단은 그 위세가 대단해 이전부터 안하무인에 오만방자하기 그지없었다. 왕국의 바실레우스인 내게도 콧대를 높이고 큰 소리를 치니 참으로 신앙이란 이름으로 법도와 상하를 무시하는 일이다. 이 기회 두 세력을 한 번에 쓸어 소탕하지 못하면 새로운 여왕의 앞날에 우환이 될 것이다. 그대들은 삼가 내 뜻을 헤아려 받들라."

이런 대의와 아레스 교단을 우대하겠다는 뜻을 알리자 이들은 결국 계책을 따르겠다고 했다.

"페니케우스. 그대의 책임이 막중하다."

"알겠습니다."

철저히 변장해서는 빠르게 치고 빠지라고 주문했다.

며칠 뒤.

스파르타에 있는 아르테미스 신전은 여느 때처럼 분주하고 시끄러웠다. 좌판을 깐 사제들은 장사꾼인지 성직자인지 알 수가 없었다.

"이보시게. 자네 딸이 이번에 시집을 간다니 이 비둘기를 공양하는 걸로는 부족하네. 여기 염소를 사길 바라네."

"소인은 살림이 가난해서…, 이것도 어렵게 마련한 것입니다요. 비둘기로 안 되겠습니까?"

"어허! 사냥꾼인 자네가 지금까지 먹고 산 게 대체 누구 덕이라고 생각하나! 앞으로 숲에서 계속 사냥하고 싶다면 현명한 판단을 하는 게 좋을 걸세!"

"아, 죄송합니다…."

아니면 날강도인지도 몰랐다. 사제들은 익숙하게 신도들을 어르고 달래고, 때로는 다그쳐 비싼 제물을 사게 만들었다. 산제물만이 아니라 성유에 축성된 음식에 별 이상한 품목을 값비싸게 팔아먹는다. 하지만 순박한 신도들은 없는 돈을 털어 그걸 또 사는 것이었다.

"보고 있자니 속이 터지는군."

누군가 그렇게 중얼거렸고 귀가 밝은 한 사제는 그걸 놓치지 않았다. 남의 험담은 귀신 같이 듣는 자였다.

"지금 뭐라고 했는가? 혹시 이쪽을 보고…."

"오늘 이 자리에 오길 잘했다는 거다."

앞으로 나선 이는 변장을 한 페니케우스였다. 그의 뒤로 9명의 스파르타 전사들이 우르르 나섰다.

"뭐냐? 네놈들!"

그제야 사태가 심상치 않다고 느꼈는지 아르테미스의 사제가 앞으로 나섰다. 하지만 그 순간 사제의 몸이 뒤로 날아갔다.

퍼억!

페니케우스가 힘껏 배를 밀어 찬 것이다.

와장창!

날아간 사제가 좌판으로 쓰러지며 물건을 와르르 넘어뜨렸다. 하지만 그건 시작에 불과했다.

"쳐라! 돈에 눈먼 신전의 돼지들에게 참 맛을 보여줘라!"

페니케우스의 명령이 떨어지자마자 건장한 스파르타의 전사들이 좌판을 때려 부수기 시작했다. 그들은 그야말로 폭풍처럼 모든 걸 쓸어버렸다.

"멈춰라! 여기가 어딘 줄 알고 감히!"

퍼억!

항의하는 사제 하나가 코가 깨져서 뒤로 벌러덩 넘어간다. 신전 쪽에서 악을 쓰며 달려들었지만 스파르타의 전사들은 그야말로 인간병기. 무기를 들지 않은 게 그들에겐 천운이라고 할 정도였다. 주먹과 발길질만으로 일대를 완전히 초토화시키고 있었다.

퍽! 퍼어억! 쨍그랑!

성유를 담은 도자기가 깨지고 우리가 열려 비둘기가 사방으로 날아다녔다. 지켜보던 군중들이 몰려와서 염소를 훔쳐가려고 아우성이었다. 페니케우스와 전사들은 그 꼴을 보고도 내버려뒀다.

"대체 어디서 온 놈들이냐!"

"알 것 없다!"

말은 그렇게 했지만 페니케우스와 전사들은 아폴론 쪽이란 티가 날 단서를 온몸에 치장하고 있었다. 조금만 정신을 차리고 보면 아폴론 쪽에서 온 걸 모를 수가 없는 일. 얻어 터졌던 사제 하나가 줄행랑을 치며 소리쳤다.

"아폴론 신전 놈들입니다! 놈들이 선수를 쳤습니다!"

국교 문제로 도시에서 두 세력이 마찰을 빚고 있음을 모르는 이는 없다. 그래서 이 습격은 아주 자연스러워 보였다. 곧 아르테미스의 신전에서 무장한 자들이 우르르 몰려나오자 페니케우스와 전사들은 뒤도 안 돌아보고 도망치기 시작했다.

"거기 서라!"

하지만 그들은 미리 봐둔 도주로로 사라졌고 쫓던 자들은 허탕을 칠 수밖에 없었다.

페니케우스가 복귀하자 나는 고생한 그에게 포도주를 권한 뒤 물었다.

"한 잔 하게. 시큼하게 발효돼 물을 좀 탔지만 나쁘지 않아. 어찌 됐는가?"

"분부한 대로 말끔히 처리했습니다. 각하."

일의 경과를 자세히 들은 후 나는 고개를 끄덕였다. 아르테미스 신전에 난리가 난 모양이었다. 나는 추가적인 지시를 내렸다.

"지금부터 소문을 퍼뜨리게, 아르테미스 신전에서 아폴론 신전을 칠 거라고. 또 오늘 밤에 아폴론 신전의 부속 건물에 불을 지르게. 본당에 불을 지르면 감당하기 어려우니 주의하고."

본당이 타면 아폴론 신의 이목을 끌 수 있다. 지금 정도의 일은 어느 도시에서나 가끔 있는 분쟁 정도지만, 신전이 불타면 부지런한 신이라면 관심을 가질 테니까.

"알겠습니다. 양 세력이 이를 박박 갈겠군요."

"그렇지. 중요한 건 우리가 이간계를 쓴 걸 들키지 말아야 해. 아니, 들키더라도 두 세력이 싸울 수밖에 없는 상황이 되면 상관없겠지. 모든 책임은 내가 지겠네."

"혹시 저들이 각기 신에게 신탁을 구하면 일의 진실을 파악하지 않겠습니까?"

그 말에 나는 웃으며 고개를 저었다.

"신탁이 애들 장난도 아니고. 그럴 일은 없네."

신탁을 한 번 받으려면 엄청난 공양을 해야 한다. 신에게 직접 묻는 거니 그 대가가 결코 가벼울 리가 없다. 신탁을 하려면 왕이나 대귀족의 후원이 필요한 법. 이런 분쟁 때문에 신탁을 진행했다가는 해당 신전이 재정 파탄으로 자멸한다. 누가 그런 무리수를 두겠는가.

"알겠습니다. 각하만 믿고 진행하겠습니다."

그날 밤 아폴론 신전의 부속 건물에 화재가 발생했다. 화재의 원인은 오리무중, 범인은 잡히지 않았다. 당연히 아르테미스 신전이 의심받는 건 순리대로였다. 며칠 만에 두 집단은 한 도시 안에서 공존할 수 없을 정도로 험악해졌다. 연일 양쪽의 사제들이 날 찾아왔다.

그들도 내가 왕국의 실세란 걸 알고 있는 데다가, 헬레네 여왕이 이 일에 관해선 내게 전권을 일임했기 때문이다. 여타 고관대작들도 골치 아픈 문제라 모든 걸 내게 떠넘기고 신전의 인물들을 피하느라 전전긍긍하고 있었다. 하니 그들이 찾아올 유력자는 나밖에 없었다.

"도저히 있을 수 없는 패악무도한 짓이에요! 믿을 수가 없어요!"

날카로운 인상인 아르테미스의 여사제는 분기탱천한 상태였다. 머리 위에서 김이 모락모락 올라오는 걸 넘어 얼굴이 붉게 달아올라 터지려고 했다. 나는 그런 그녀에게 정말 곤란하다는 듯 고개를 저었다.

"심경은 이해합니다만, 왕가에선 이 일에 관해서 두 교단의 원만한 화해를 원하고 있습니다."

"뭐라고요? 저들이 먼저 좌판을 엎는 등 입에 담지도 못할 참담한 짓을 저질렀다고요!"

"하지만 정확한 증거는 없는 상태로 알고 있습니다."

"바실레우스!"

"하하하, 진정하시지요."

나는 열이 잔뜩 오른 여사제를 달래며 한 가지를 약속했다.

"여왕께서 이르시길 이 일에 관해서 아르테미스 신전에서 어떤 조치를 취하든지 묵인하겠다고 하십니다. 부디 원만하게 서로 양보하길 바랍니다."

"뭐든지 묵인하신다고요?"

어쩐지 묘한 뉘앙스로 여사제가 물어왔다. 그래서 나도 묘한 뉘앙스로 대답을 돌려줬다.

"물론입니다. 하지만 어떻게 매듭을 짓냐에 따라 국교 문제도 정리되겠지요."

"알겠습니다."

무언가 크게 결심을 한 표정으로 아르테미스의 여사제는 떠나갔다. 이후 아폴론의 사제를 만났는데 똑같은 방침을 알려줬다. 그리고 이번에도 묘한 말을 흘렸다.

"바람 분다고 쉽게 넘어지는 나무라면 나라를 지탱하기 어렵지 않겠습니까?"

"쿵!"

이미 열이 오를 대로 오른 아폴론의 사제는 성난 황소처럼 콧김을 내뿜더니 자리에서 벌떡 일어났다.

"이를 말입니까. 결과로 보여드리지요. 왕가에서 관여하지 않겠다는 뜻은 확실히 이해했습니다."

두 사제가 그렇게 떠나고 다음 날 새로운 소식이 들려왔다. 두 교단이 전쟁을 준비 중이란 소리였다. 사흘 후 새벽, 도시의 광장에서 칼을 휘두르며 한 판 승부를 벌이기로 했다는 말까지 흘러나왔다.

"어쨌든 지들도 스파르타인이라 그건가."

나는 피식 웃으며 왕궁의 높은 건물에서 저 멀리 보이는 도시의 광장을 내려다봤다. 당연한 얘기지만 왕가는 그 싸움을 묵인할 예정이었다. 아니, 왕가만이 아니라 다들 모른 척할 터. 이제 피를 피로 씻는 대결만이 남은 상태였다.

그야말로 갱스 오브 스파르타라고 할 수 있었다.

# 6. 신앙이란 어떻게 무너지는가

사흘 뒤 새벽.

아직 여명이 도시를 밝히기도 전이지만 많은 자들이 광장으로 몰려들고 있었다. 사방에서 발소리가 요란해서 시민들이 일찌감치 일어나 나무로 만든 창문을 반쯤 열고는 밖을 내다보는 중이다.

-역시 불구경이랑 싸움구경이 최고지.

-펠레우스, 이 악당아. 오늘 이 자리에서 칼부림이 나는 게 다 네놈 때문 아니냐.

-아니, 뭐 내가 언제 지들끼리 싸우라고 했나? 다 늙은 사제들이 왜 그렇게 객기를 부리고 그러나 몰라. 저렇게 설치지 않아도 곧 저승 갈 양반들이.

나 역시 오늘 성전(聖戰)을 구경하러 나온 사람들 가운데 하나다. 미리 광장이 잘 보이는 건물에 자리 잡고 밖을 내다보고 있었다. 나는 저 멀리서 연장을 점검하고 있는 늙은이들을 보며 혀를 찼다.

-쯧쯧. 나이가 들면 유순해지는 맛이 있어야지 왜 10대처럼 날뛰는 건지.

-지금 네놈 이야기를 들으면 양측의 사제들이 열 받아서 길길

이 날 뛸 거다.

  –환갑잔치도 몇 년 전에 했는지 기억도 못할 양반들이구먼, 어차피 화가 나도 오래 못 가.

  아르테미스 신전과 아폴론 신전의 인원들이 광장에서 대치 상태에 들어갔다. 양측 인원은 각각 백여 명 정도. 다들 흉흉한 무기를 들고 혈전에 나서기 직전이었다. 그때 궁에서 몇 번 봤었던 아르테미스 측의 여사제가 앞으로 나섰다. 기숙사 사감처럼 깐깐하게 생긴 그 여자 말이다.

  "어디 다들 한 번 맘대로 해보셔. 오늘 어차피 니들은 여서 다 자빠지게 되어 있으니까. 이왕 이렇게 나선 것 광장을 아폴론 신도들의 공동묘지로 만들어 드려야겠네."

  어이구, 저 여사제, 생각보다 입이 걸으셨구먼.

  "뭐야!"

  이번에는 아폴론 신전 쪽의 늙은 사제가 나선다. 그도 왕궁에서 나와 만났던 자다.

  "저런 주둥이를 확 찢어버릴 년이 있나. 하여간 각오해. 오늘 둘 중에 하나는 장사 접는 거니까!"

  이권 다툼이라 그런가 한 치의 양보도 없고 치열하네. 저 흉흉한 기세가 실로 장난이 아니라 길거리의 건달들은 명함도 못 내밀 것 같았다. 실제로 양 패거리에 건달로 보이는 이들도 있었는데 신전에 고용된 칼받이용 고기방패 같았다.

  "아주, 아주 주제도 모르고 꿈에 부풀었구먼. 아폴론의 주구들에게 본때를 보여줘라!"

  "저 쳐 죽일 년이 떠드는 게 까마귀떼보다 시끄럽다! 가서 걸리는 놈들은 팔다리를 끊어버려라!"

양측 수장의 살벌한 명령과 함께 함성이 크게 터져 나왔다.

"와아아아! 모조리 죽여라!"

"용서하지 마라! 쳐라!"

광장에서 드높은 전투의 함성이 울려 퍼진다. 그나저나 그래도 다들 성직에 있는 분들인데 모조리 죽이라니…. 하여간 진짜 보통이 아냐, 다들. 나는 광장에서 벌어지는 야만의 현장을 물끄러미 내려다보며 입을 열었다.

"페니케우스."

"네, 바실레우스 각하."

"도시에 소문을 조금씩 흘려라."

"어떤 소문 말씀이십니까?"

"아무거나. 양 교단에 추문이 될 만한 건 뭐든 흘려."

"마땅한 정보를 갖고 있지 않습니다만…."

페니케우스의 솔직한 대답에 살짝 웃음이 나왔다.

"자네가 정직한 군인인 건 마음에 들어. 하지만 꼭 진실이 중요한 건 아니라네. 전쟁에서도 적을 속여야 하는 것처럼 정치도 마찬가지지."

"그렇습니까?"

나는 당연하다는 듯 고개를 끄덕였다.

"저 아르테미스의 여사제가 착복한 재산이 엄청나다고 하게. 그리고 저 아폴론 쪽 늙은이는 내연녀가 여럿이라고 퍼뜨려."

"정말입니까?"

그의 물음에 나는 어깨를 으쓱했다.

"글쎄, 그게 중요할까? 아니, 어쩌면 정말일 수도 있지. 진실은 신만이 아실 걸세."

"…이해했습니다."

"오늘 이 광장에서의 싸움만으로 두 교단 사이에 결판이 나진 않을 걸세. 둘 다 끈질기고 더럽기로는 진흙탕의 거머리 저리 가라니까. 앞으로 연일 곳곳에서 부딪치며 인심을 잃어가겠지."

"근거 없는 소문도 힘을 얻을 거란 말씀이시군요."

"그래, 인심을 잃는다는 건 갑옷이 여기저기 떨어져 나가는 일과 같네. 먹히지 않을 칼이 쑥 들어가게 되는 거지."

광장에서 고성과 함께 피가 시냇물처럼 줄줄 흐르고 있었다. 아비규환이 따로 없구나. 그놈의 돈이 뭔지, 교세가 뭔지.

"역시 신들이 너무 많아."

"네?"

"신들이 많으니 신앙 공급의 포화 상태라 그걸세. 결국 종교도 어떻게 보면 장사지. 시장은 한계가 있는데 수많은 신전이 난립하니 밥그릇 다툼이 치열할 수밖에. 거지새끼들도 구역 다툼을 하느라 서로 머리를 깨고 싸우는데 신전이야 더 말할 것도 없지."

"그, 그렇습니까?"

현대인의 관점에서 이 신화의 세계를 바라본 감상을 말하니 페니케우스는 얼떨떨한 모양이었다. 곧 혼자 생각에 잠기는 게 한 번도 그런 생각을 못해 본 듯했다. 하지만 이내 고개를 끄덕인다.

"과연… 듣고 보니 각하의 말씀이 맞는 것 같습니다."

"흐흐. 자네는 얘기가 좀 통해서 좋군."

일주일이 지나자 두 교단은 도시에서 철저히 외면받기 시작했다. 연일 싸움질을 계속하니 시민들에게 민폐가 장난 아니었기 때문이다. 그간 두 교단의 위세에 눌려 있던 시민들이 점점 불만을 성토하기 시작했다. 특히 페니케우스가 이런저런 추문을 퍼뜨리자 시민들의 분노가 들끓었다.

"스파르타에는 그런 장삿속만 밝은 교단은 필요 없다!"

"싸움질도 하루 이틀이지 더는 못 봐주겠다!"

시민들의 여론이 형성되자 나는 기다렸다는 듯 조치했다. 두 교단에 국교 지정을 재고하겠다고 연락을 넣은 것이다. 당연히 양쪽에서 발끈해서 날 쫓아왔다.

"바실레우스! 믿을 수가 없군요!"

"이하동문이요! 어찌 한 입으로 두말한단 말이오!"

지난 일주일간 서로를 부모의 원수 보듯 하던 그들이 한 마음으로 외치는 모습에 문득 실소가 터졌다.

"하하."

당연히 아르테미스의 여사제와 아폴론의 늙은 사제가 발끈했다.

"지금 웃음이 나오시오?"

"아, 죄송합니다. 서로 화목한 모습을 보니 꼭 그렇게 서로 칼을 들고 다투실 필요가 있었나 싶어서 말이죠."

"윽!"

순간 말문이 막히는지 둘은 입을 다문다. 나는 그들을 자리에 일단 앉게 했다.

"두 교단의 명성은 실로 후세에 남을 정도로 아름다웠습니다만, 최근의 사태로 그 위명이 실로 혼탁해졌습니다. 다른 나라까지 소문이 흐를까 부끄러운 이야기뿐입니다."

당연히 둘은 발끈했다.

"저는 재산을 착복한 적이 없어요! 아마 아폴론 교단에서 헛소문을 퍼뜨렸겠죠!"

"뭐라! 이런 썩을 년이! 이제 보니 내게 내연녀가 있다는 황당한 소문이 네년 작품이구나!"

잠깐 오월동주하나 싶더니 그것도 오래 가지 못한다.

"바실레우스, 이번 일에 관해서 절대 물러날 수 없어요. 국교 문제를 재고하겠다는 말씀을 철회해 주세요. 우리 교단이 조금만 더 몰아치면 아폴론의 주구들은 모조리 무너질 거랍니다."

"누가 할 소리! 이 할망구야! 스파르타인답게 해결하자! 마지막 한 사람까지 검을 놓지 않을 것이다! 우리 교단도 절대 국교지정을 포기할 수 없소. 바실레우스께서는 결정을 번복하셔야 될 거요."

둘이 언성을 높여도 나는 태연자약했다. 피식 웃기까지 하자 둘 다 뭔가 이상한 느낌을 받은 듯 입을 다문다.

"어째서 그렇게 웃지요?"

여사제의 물음에 나는 솔직히 대답했다.

"둘 다 크레타의 미덕을 모르는 것 같아서 말입니다."

쉽게 말해 주제파악을 못한다는 소리다. 최근에 유명해진 격언이었기에 여사제는 바로 알아듣고 얼굴이 붉어졌다.

"아니, 지금 뭐라고!"

뭐라 또 따지려기에 일갈했다.

"닥쳐라!"

"네? 닥치라고?"

갑작스럽게 내가 소리를 지르자 어안이 벙벙해진 모양이다. 나는 그대로 몰아쳤다.

"왕가에서 묵인하기로 했던 싸움은 광장까지다. 한데 어찌 네놈들은 그 후로 도시에서 법을 무시하고 무도한 싸움을 계속했단 말인가! 여봐라!"

내 외침에 대기하고 있던 군사들이 우르르 들어왔다. 오냐, 오냐 해주는 건 여기까지였다. 여론이 그들에게 적대적으로 돌아섰으니 더는 눈치 볼 것도 없었다. 이들은 싸움질에 빠져 자신들을 지켜주는 보이지 않는 힘이 사라진 걸 모르고 있었다.

"바실레우스 각하!"

스파르타의 전사들이 한 목소리로 대답하자 항의하러 온 둘은 대경실색한 기색이다.

"아니, 바실레우스여. 이게 무슨!"

아폴론의 늙은 사제가 뭐라 항변하려 하자 뺨을 한 대 날려줬다.

짜악!

"네놈도 닥쳐라! 오냐오냐하니 쳐 돌아서는 왕국의 바실레우스를 우습게 보는 것이냐! 너희는 선을 넘었다."

내가 이들을 뭐라 겁박하던 항의할 시민들은 더 남아있지 않았다. 그러자 이들은 신의 이름을 들먹였다.

"이러고도 무사할 줄 아시오! 아폴론 님께서 가만있지 않으실 것이오."

"아니, 오히려 네놈들을 부끄러워하실 것이다! 당장 이놈들을 체포하라!"

병사들이 달려들자 두 사제는 그제야 놀라서 비명을 지른다. 종교 지도자인 자신들의 권위가 먹히지 않는 점에 당황한 기색이 역력했다.

"제가 실수했어요! 부디 바실레우스!"

"이럴 순 없소! 바실레우스!"

둘은 어떻게든 저항하려 했지만 원래 몰매 앞에 장사 없는 법이다. 늘씬하게 얻어 터져서 내 앞에 무릎 꿇게 됐다.

"사, 살려주십시오."

"이럴 순 없다며?"

"…죄송합니다. 실언이었습니다."

이렇게 몽둥이가 예의범절에 효과적일 줄이야. 콧대가 하늘을 찌르던 두 사제가 공손함 그 자체로 돌변했다.

"왜 그러니까 사람 성질을 건드려?"

살짝 인상을 쓰자 둘이 허겁지겁 고개를 숙인다.

"드릴 말씀이 없어요."

"송구합니다."

완전 웃기는 놈들이네.

"너희 잘난 신들이 도와주는지 한 번 잘 지켜봐. 체면을 중시하는 양반들이라 아마 네놈들을 버림돌로 쓸 거 같다만."

"아아…"

개판을 쳐놨으니 도마뱀 꼬리 자르듯 버릴 게 뻔하다. 뭐 명분이 있어야 신들도 개입하지. 나는 페니케우스에게 명령했다.

"당장 두 신전을 점거한다. 그리고 모조리 뒤져. 탈탈 털어서 먼지 나오지 않는 놈은 없으니까."

"알겠습니다."

왕궁의 병사들이 두 신전으로 쏟아져 들어가자 지켜보던 시민들은 환호성을 터뜨렸다. 그간 두 교단에 대해 불만이 많았다는 소리일 터. 우르르 몰려간 병사들은 신전을 다 때려 부수고는 각종 양피지 서류를 압수해 왔다. 나는 그것들을 검토하다가 놀라고 말았다.

"잠깐? 아르테미스 여사제에게 진짜로 착복한 재산이 있는데?"

교묘하게 조작된 서류들은 왕실의 노련한 서기관들에게 맡겨졌다. 그러자 그들은 아르테미스 교단의 비리를 낱낱이 추적하기 시작했다. 그리고 며칠 뒤에 나온 결과는 실로 놀라웠다.

"세상에, 이 금싸라기 땅이 모조리 저 여사제의 것이었다니."

도시의 시장 구역에 있는 값비싼 건물 여러 채가 모두 한 사람의 소유란 게 밝혀졌다. 소유자의 명의는 다 달랐지만 뿌리를 추적해가자 아르테미스의 여사제가 나왔다. 당연히 이 소식을 들은 시민들은 격분했다. 하지만 이게 끝이 아니었다.

"각하!"

"오, 페니케우스. 그 여자들은 뭔가?"

아르테미스의 여사제 건을 처리하고 있는데 갑자기 페니케우스가 묘령의 여성 열둘을 잡아온 것이다. 모두 그 아폴론의 늙은 사제의 애인들이라고 했다.

"고아나 가난한 집의 여식들로 그가 돈으로 자신들을 샀다고 증언하고 있습니다."

"세상에…."

뭐랄까, 현실은 상상 이상이었다. 늙은 사제가 어쩐지 좀 호색하게 생겨서 겸사겸사 흘린 소문이다. 하지만 실제로는 20살 전후의 어린 여자들을 열둘이나 애인으로 거느리고 있었다.

"진짜 십대 못지않은 늙은이라니까. 죽을 날도 얼마 안 남은 거 같은데 욕망의 덩어리구먼. 시민들에게 이 사실을 알리게, 페니케우스."

"알겠습니다. 각하."

가뜩이나 민심이 술렁이고 있었는데 연달아 추문의 실체가 확인되자 시민들은 결국 완전히 두 교단에 등을 돌렸다. 내가 원하는 그림대로 된 것이다. 곁에서 이 모든 걸 지켜본 아탈란테는 우려를 나타냈다.

"펠레우스, 혹시 여신께서 이번 일에 개입하지 않을까?"

그녀는 이번에 불거진 일들에 상당히 실망한 모습이었다. 볼 때마다 시무룩한 표정으로 두 어깨가 축 처져 있다. 어릴 때부터 여신을 향한 신앙만이 전부였던 모양인데, 정체성의 혼란이 오겠지. 이번 일 덕분에 그녀와 아르테미스를 갈라놓는 일도 수월하게 진행될 것 같았다.

"아탈란테. 신들이라고 해도 뭐든 맘대로 할 수 있는 건 아니다. 도시를 멸망시킬 정도로 막 나갈 게 아니라면 그들도 눈치를 볼 수밖에 없지. 가뜩이나 시민들이 적대적으로 변했는데 무슨 수라도 써봐. 돌이킬 수 없다고."

막말로 도시에 재앙이라도 일으키면 그 신의 위명은 땅으로 떨어진다. 그리고 시민들은 다른 신들의 품으로 숨어버릴 터. 아 닌 게 아니라 벌써 반응들이 있었다.

〈바다의 신 포세이돈 신이 물 만난 물고기처럼 반색합니다. 서 둘러 흩어지는 아르테미스와 아폴론 신도들을 포섭하라고 명령 합니다.〉

〈지혜의 여신 아테나가 스파르타에서 세력을 넓히라 교단에 요구합니다.〉

〈수확의 여신 데메테르가 갑자기 늘어난 신도에 놀라워합니다. 내년 봄 보리 수확의 축복을 스파르타에 내립니다.〉

상황이 이러니 아르테미스, 아폴론도 맘대로 할 수 없다. 내키 는 대로 했다가는 다른 신들과 시비가 붙을 수도 있으니까.

〈사냥과 달의 여신 아르테미스가 머리를 쥐어뜯습니다. 도저 히 분을 참지 못하고 자신의 여사제에게 저주를 내립니다.〉

〈태양과 의술의 신 아폴론이 스파르타 교단에 철수하라 명령 합니다.〉

나는 아르테미스와 아폴론 신의 반응을 물끄러미 보며 아탈란 테에게 확언했다.

"기다려 봐. 두 신이 무슨 반응을 보이나. 장담하는데 아무것도 못할 거다."

"정말인가?"

"그래, 대신 지금껏 충실한 사냥개 역할을 한 사제들에게 벌이나 내리겠지."

"아르테미스 님이 설마 그렇게 하시려고…."

아탈란테는 복잡한 표정으로 말끝을 흐렸다. 하지만 며칠이 지나 모든 게 내 예상대로 되자 놀란 표정을 감추지 못했다. 그간 도시에는 아무 일도 없었다. 연일 계속되는 시민들의 비난에 아르테미스나 아폴론은 침묵할 뿐이었다. 대신 재산을 착복했던 아르테미스의 여사제는 감옥에서 말라비틀어져 죽은 모습으로 발견됐다. 미라처럼 끔찍한 몰골로 갑작스럽게 죽었다. 다들 두려운 듯 신에게 저주를 받았다고 수군수군 거렸다.

"이럴 수가…."

나와 같이 감옥에서 그 모습을 확인한 아탈란테는 말문이 막혀버린 것 같았다. 곧이어 아폴론 교단의 늙은 사제도 의문사한 채로 발견됐다. 두 신은 도저히 도시 상황을 어쩔 수 없자 자기 수족에게 분풀이를 한 것이다.

"봤나? 신들이 얼마나 무정한지. 너무나 쉽게 섬기는 이들을 버려버린다."

비아냥 섞인 내 말에 아탈란테는 침묵했다. 그러다 한참 뒤에나 간신히 입을 열었다.

"…펠레우스, 그대는 정말 대단하군."

"뭐가?"

"어떻게 인간이면서 이 모든 걸 알고 있는 거지?"

날 보는 아탈란테의 시선은 경외감이 가득해 보였다. 인간이 아닌 무언가를 보는 듯했다. 감탄과 두려움이 섞인 아름다운 눈동자가 내게서 떨어질 줄 모른다.

"부탁한다. 부디 내게 가르침을 주길 바란다. 그대만이 혼란에 빠진 날 구해줄 수 있을 것 같다."

그녀의 말에 나는 회심의 미소를 지었다.

"좋아. 이제 좀 진실을 받아들일 준비가 된 것 같군."

내 품에서 말이지.

모든 걸 듣고 나면 이제 떠날 수 없을 테니까.

이후 밤늦게까지 아탈란테와 얘기를 나눴다. 나는 회귀나 비밀의 신 같이 밝힐 수 없는 사항을 빼고는 되도록 자세히 설명해 줬다.

"지금이 철종족이란 것인가?"

"그래. 이 다음에 또 다른 종족이 출현하지 않게 하려면 지금까지와 다른 종말이 필요해."

"펠레우스, 너는 무언가 사명을 갖고 있는 듯하군."

아탈란테는 내가 미처 다 밝히지 못한 부분이 있는 걸 눈치챈 듯했다. 하지만 굳이 따져 묻지는 않았다. 대신 깊고 그윽한 눈동자로 생각에 잠겨있었다. 나는 그녀에게 충분한 시간을 갖고 들은 걸 되새겨 보라고 했다.

"충격적인 이야기일 거야. 앞으로 어떻게 할지 결정하려면 하루 이틀 가지고는 안 될 걸."

고개를 작게 끄덕인 아탈란테는 방으로 돌아갔다. 그리고 며칠 동안 두문불출했다. 지금까지 살아오고 믿어온 세계가 무너졌으니 그럴 만도 하지. 나는 그녀를 이해했기에 내버려뒀다.

"펠레우스, 제1사서와 내기 기한이 코앞이다."

비밀의 서의 지적에 나는 어깨를 한 번 으쓱했다.

"걱정할 거 없어. 내기야 이미 이긴 거나 마찬가지니까."

제1사서의 요구는 신성융합의 성공과 헤라클레스의 보석 흡수다. 사실 중대한 고비는 신성융합이었고, 헤라클레스의 보석은 부수적인 일에 지나지 않았다. 지난 일 년간 여러 일을 겪은 탓에 신성에 대한 내 이해는 이전과 비교할 수 없이 깊어졌다. 헤라클레스의 보석을 흡수하는 건 오늘이라도 마음먹으면 해낼 수 있었다.

"가장 중요한 문제는 그게 아냐."

"그럼 무엇인데?"

"아르테미스다."

"한 방 먹었으니 당분간은 찝쩍대지 않을 것 같다만."

비밀의 서의 말에 나는 속으로 혀를 찼다. 이런 한심한 놈을 보겠나. 헌책방에 확 팔아버릴까 보다.

"찝쩍대는 게 문제가 아니지. 그간 아르테미스 년에게 몇 번이고 시달림을 당한 걸 잊은 거냐?"

"그래서 보복이라도 하겠다는 거냐? 상대는 신이다. 펠레우스. 인간이 건드릴 방법이 없다고."

황당하다는 반응을 감추지 못하는 비밀의 서에게 나는 손가락을 까딱거렸다.

"배포가 겨우 그 정도니까 내 비서를 벗어나지 못하는 거야.

한심한 녀석."

"뭐? 비서! 감히 고귀한 이 몸을 비서라고 해!"

"나쁜 얘기한 건 아니잖아. 비밀의 서를 줄여서 비서. 맞잖아?"

"뭐?"

비밀의 서는 순간 당혹감을 감추지 못했다. 틀린 얘기는 아니라 반박할 말을 찾지 못해 사고회로가 멈춰버린 모양이다. 하지만 기분이 나쁜 건 어쩔 수 없는지 벌컥 화를 낸다.

"무례하다! 감히 이 몸의 존성대명을 줄여서 부르다니!"

"생각이 짧은 놈에겐 역시 짧은 이름이 어울리잖아."

"닥쳐라!"

"너 하는 거 봐서. 그리고 신을 물 먹이는데 꼭 투닥거리며 싸울 필요는 없지."

"…정말 아르테미스에게 한 방 날리려나 보군."

"물론이지. 이 펠레우스, 당하면 열 배, 백 배로 갚아주는 남자라고."

이대로는 같은 패턴만 반복된다. 아르테미스가 날 괴롭히고, 어찌저찌 막아내고, 다시 아르테미스가 날 괴롭히고, 또 어찌저찌 막아내고…. 정말 이대로는 못 살겠다.

"나도 괴롭히고 싶다!"

이런 내 선언에 비밀의 서는 질렸다는 투로 중얼거린다.

"대단하군…. 네놈의 악의는 상대가 신이라고 해도 빗겨가지 않는구나."

"공격이 최상의 방어다."

"그래서 뭔가 수는 있고?"

"이것 좀 봐."

나는 비밀의 서에게 양피지 두루마리를 들어보였다. 이번에 아르테미스 신전에서 압수한 서류 가운데 하나다. 비밀의 서는 일단 관심을 보였다.

"지도잖아? 이곳저곳에 엑스표가 쳐져 있네. 보물지도인가?"

"보물지도는 얼어 죽을. 아르테미스의 사제가 꿈 많은 해적인 줄 알아? 아래 써진 거나 읽어보라고."

"엔디미온 탐색일지?"

"그래. 이것도 마저 읽어보고."

탁자 위의 자료들은 스파르타의 아르테미스 신전이 윗선의 명령으로 엔디미온이란 존재를 탐색한 기록이었다.

"자료를 보면 엔디미온을 찾아 나선 게 스파르타의 신전만이 아니야. 아르테미스 교단 전체에서 몰래 탐색 중인 것 같아."

"엔디미온이 누구지? 너희 인간의 이름 같은데."

"나도 확언할 수는 없지만 짐작 가는 게 있지…."

지구에서 읽은 〈그리스로마 신화〉의 지식이 이럴 땐 큰 힘이 됐다. 엔디미온은 목동인데 달의 여신 셀레네의 사랑을 받았다고 한다. 여신이 흠뻑 빠질 정도로 대단한 미남자였단다. 처음에는 셀레네가 목동인 엔디미온이 잠을 잘 때 양떼를 지켜주는 걸로 둘의 관계가 시작됐다고 한다. 그러다 나중에 엔디미온이 늙는 걸 두려워했던 셀레네가 그에게 영원한 잠을 선사했다. 결국 엔디미온은 가장 아름다운 모습으로 늙지도, 죽지도 않고 잠 들었다고.

"허…. 그거 그냥 죽인 거 아니냐?"

내 이야기를 들은 비밀의 서가 어이없어 했다.

"따지고 보면 그렇지. 잠에서 깨어나지 못한 채 숨만 쉬는 여신의 장난감이 된 거니까. 실제로 셀레네는 잠든 엔디미온과 동침해서 수많은 딸을 낳았다고 하더라고. 12명이란 소리도 있고 50명이란 소리도 있어."

"내가 인간은 아니지만 그게 막장이란 건 알겠군. 맘에 드는 남자를 살아있는 박제로 만든 뒤 덮쳤다는 거잖아. 그리고 임신해서 애를 수도 없이 낳았고."

"정답."

아무리 생각해도 제정신이 아닌 이야기다. 이쪽 세계의 엔디미온과 셀레네도 같은지 알 수는 없지만, 지금까지의 경험에 의하면 크게 차이나지는 않을 것 같다.

"어쨌든 그 광기 넘치는 사랑을 품은 달의 여신 셀레네는 이쪽 세계에선 이미 없는 존재지. 아르테미스에게 힘을 빼앗기고 사라졌으니까. 금서에는 아르테미스가 셀레네를 '잡아먹었다'라고 표현돼 있었다."

"진짜 뜯어 먹었다는 소린가?"

그 말에 약간 좀 식겁한 기분이 됐다.

"아무리 아르테미스 성깔이 드러워도 설마 그랬을까 싶은데…. 아무튼 엔디미온은 그런 셀레네의 연인이다. 형태가 괴상하긴 했지만 성격 장애를 가진 달의 여신님에게 사랑 받은 건 사실이지."

"펠레우스, 네 말은 즉, 잠든 엔디미온이 여태 남아 있어서 아르테미스가 그걸 찾는다는 거냐?"

"어디까지나 추측이야. 신화란 꼭 은유를 자주 사용하고 숨겨진 의미를 담고 있는 경우가 많으니, 엔디미온이 꼭 사람이 아닐지도 모르지. 그리고 그와 낳았다는 50명의 딸도 무언가 다른 걸 암시하는 걸수도 있고."

"정확힌 모른다는 거군."

"그래서 여기서 중요한 게 있다."

나는 헤라클레스의 보석을 꺼내서 탁자 위에 올려놓았다.

"이제 제1사서와의 문제를 매듭짓고 공양의식을 언제든 할 수 있어야 한다. 공양으로 대가를 지불하면 엔디미온의 위치나 비밀에 대해서 알아낼 수 있을 거야. 보라고."

나는 아르테미스 교단에서 작성한 지도를 가리켰다.

"이놈들 정말 열나게 찾고 있어. 서류를 보니 벌써 스파르타의 교단에서만 20년째 작업 중이야. 아르테미스가 엔디미온을 찾기 시작한 건 그것보다 훨씬 오래됐겠지."

"그게 뭔지 모르지만 정말 간절한가 보군."

"그래! 그런데 우리가 먼저 가로챘다고 생각해봐. 아르테미스가 혈압이 올라 피를 토하지 않겠냐? 그 재수 없는 년에게 제대로 한 방 먹여줄, 천 년에 한 번 만날 만한 기회다."

비밀의 서는 입을 다물고 몸을 가늘게 떨었다. 살짝 격동을 느끼는 듯했다.

"솔직히 감탄했다. 이런 생각을 해내다니, 네놈의 끝 간 데 없는 사악함이 이럴 때는 훌륭한 발상을 해내는군. 역시 남의 앞길을 망치는 것만은 네가 최고다."

"칭찬인지 욕인지 정말 묘하군."

"네놈이 악당이니까 이건 격찬이다. 마음껏 기뻐해도 좋다. 펠레우스."

"…음, 아무튼 공양의식만 할 수 있게 되면 우리는 신들조차 앞설 수 있게 된다. 진정한 종말의 집행자로 초월자들의 길을 방해하는 게 가능해지는 거지."

비밀은 힘이다. 하포크라테스가 내게 하늘을 무너뜨리고 땅을 뒤집을 힘을 주진 않았지만, 그 이상의 카드를 선물해줬다. 솔직히 인간이 천번지복의 힘을 가졌다고 해도 결국 신들을 당해내지 못한다. 하지만 신들도 모르는 비밀을 안다면 그들을 농락할 수 있게 되는 거다.

"역시 하포크라테스 님은 위대하시다."

비밀의 서는 모처럼 한껏 비밀의 신에 대한 존경심에 취해있었다.

"공양의식을 하게 되면 엔디미온의 위치와 정체에 대해서 알아내야 한다. 아르테미스가 왜 그를 노리는지 확인해야 하니까. 그리고 나서 우리가 먼저 엔디미온을 빼돌린다."

"좋다, 펠레우스. 아주 훌륭하다."

"일단 공양의식을 진행하기 전에 아탈란테에게도 물어보면 좋을 것 같군. 그녀가 아는 게 있다면 질문을 아낄 수 있을지도 모르잖아."

아탈란테에겐 아직 시간이 필요했다. 나는 그녀를 기다리는 동안 헤라클레스의 보석의 흡수에 들어갔다. 며칠 밤을 꼬박 새야 했는데, 솔직히 쉽지는 않았지만 결국 성공했다. 그간 구른 보람이 나오는 순간이었다.

며칠 뒤, 밤늦게 아탈란테가 모습을 드러냈다.

"이 시간에 미안하군."

"괜찮아. 아직 안 자고 있었으니까. 그나저나 고민이 많았나 봐? 얼굴이 반쪽이 됐네."

"고민한 만큼 단호한 결정을 내렸다."

들어보겠다는 듯 고개를 끄덕이자 그녀가 다가오더니 자신의 단검을 꺼내 손바닥을 그었다. 뭘 하려는지 짐작이 돼 물었다.

"아, 그거 나도 그어야 하나?"

끄덕.

이럴 때 아픈 건 싫다고 하면 쓰레기처럼 보겠지. 어쩔 수 없이 그녀의 단검을 받아 손바닥을 그었다. 곧 진득한 핏물이 배어 나왔다. 그러자 아탈란테가 내 손을 강하게 쥐었다. 서로의 피가 섞이고 상처가 맞닿는다.

"펠레우스, 앞으로 너와 함께하겠다. 아르테미스 여신과는 연을 끊을 작정이다."

그녀가 피의 이름으로 맹세해 왔다. 이 의식으로 맺어진 약속을 깨면 복수의 여신에게 죽음을 맞는다고 한다. 아탈란테가 얼마나 진지한지 알 수 있었다.

"고마워. 앞으로 나 역시 너와 함께하겠다. 아탈란테."

우리는 서로를 보며 작게 고개를 끄덕였다. 그걸로 짧지만 강력한 의식이 끝났다.

"아탈란테, 당분간 아르테미스에게 순종하는 척해."

"물론이다. 나도 대책 없이 막나가고 싶진 않다."

"참, 물어볼 게 있는데. 혹시 엔디미온에 대해 알려줄 수 있어?"

"뭐? 어떻게 그걸 아는 거지?"

아탈란테는 꽤 놀란 눈치였다. 대답대신 비밀의 서에게 보여 줬던 서류를 내밀었다. 아탈란테는 이리저리 살펴보더니 고개를 끄덕였다.

"스파르타의 교단에서도 탐색 중이었군. 나 역시 이 일에 투입 된 적이 있다. 코린트 만 주위의 동굴들을 뒤지고 다녔지."

"내가 아는 엔디미온이 맞을까?"

나는 지구의 〈그리스로마 신화〉에서 읽은 엔디미온에 관한 이 야기를 설명했다. 아탈란테가 아는 이쪽 세계의 엔디미온과 차이 점이 있나 알고 확인할 필요가 있었다.

"네 말대로 엔디미온은 셀레네 여신의 사랑을 받은 목동이 맞 다. 우리는 잠들어 있는 남자를 찾는 일을 진행했었지."

그거 다행이네. 내가 알던 지식과 차이가 없다.

"아르테미스가 엔디미온을 찾는 이유가 뭐야?"

"흐음….".

아탈란테는 잠시 눈을 반개한 채로 생각을 정리하는 듯했다.

"아르테미스 님이 흘린 말로 추측해 보건데, 아마 엔디미온이 품고 있는 힘 때문인 것 같다."

"힘?"

"언젠가 아르테미스 님이 달의 힘을 완전히 흡수하지 못했다고 한 적이 있다. 다소 애석해 하는 듯한 말투였지."

"혹시 셀레네의 힘 일부가 잠든 엔디미온에게 깃들어 있는 건가?"

"그럴 확률이 매우 높다고 본다. 그래서 아르테미스 님이… 아니, 아르테미스가 그렇게 찾았던 거라고 생각한다."

아르테미스가 가진 달의 힘이 완전하지 못했다니, 이거 생각보다 엔디미온이 중요한 카드인데? 만약 엔디미온을 가로챌 수만 있다면 아르테미스에게 다시없는 타격이 될 터. 그때 나는 한 가지 중요한 가능성이 생각났다.

"혹시 말이야… . 만약 엔디미온에게 셀레네의 힘이 일부 남아 있다면, 어떻게든 그녀를 부활시킬 방법이 없을까?"

"뭐?"

아탈란테는 생각지도 못한 가능성에 눈이 동그래졌다.

"현재로는 아르테미스를 무찌를 방법이 없다. 하지만 엔디미온을 시작으로 셀레네의 부활을 위한 초석이 깔리게 된다면, 언젠가 아르테미스에게 심대한 타격을 줄 수 있을지도 몰라."

나는 창가로 가 하늘 위에 떠 있는 달을 바라보았다.

"저 달이 온전히 아르테미스의 것이 아니었단 말이지… ."

사냥과 달의 여신 아르테미스를 상대하는 게 막연하고 불가능하게만 느껴졌는데 뭔가 방향이 보이는 듯한 기분이었다. 나는 아탈란테에게 엔디미온에 관해 이것저것 더 물어본 뒤에 돌려보냈다.

"내일 이 얘기를 다시 해보자."

"알겠다. 오늘은 늦었으니 이만⋯."

아탈란테가 떠나자 나는 바로 공양의식을 시작하기로 했다. 밤이 늦었지만 마음이 들떠서 잠들지 못할 것 같았기 때문이다.

"비밀의 서. 모든 게 준비됐다. 이제 제1사서를 불러내자."

"결국 다시 그분을 뵙는 날이 오는군. 후⋯."

비밀의 서는 전에도 그랬지만 상당히 부담스럽다는 태도였다. 아무래도 직장 상사나 다름없으니 그렇겠지. 비밀의 신 하포크라테스가 사장이면, 제1사서는 부장쯤 되고, 이 녀석은 사원인 것 같단 말이야. 나는 속으로 그런 생각을 하며 바닥에 마법진을 그렸다. 이미 한 번 해본 터라 크게 어려움은 없었다. 그렇게 마법진이 완성되자 길고 긴 주문을 외워나갔다.

"비밀의 신이시여. 갈림길에서 현명한 해답을 알고 계신 위대한 분이시여. 모든 혼돈에 단 하나의 진실로 마침표를 찍을 수 있는 분이시여⋯⋯."

차분하게 의식을 진행하자니 곧 끈적끈적하고 숨 막히는 무언가가 전신을 덮쳐왔다. 기억에 있던 더러운 느낌이다. 하지만 어째서인지 지난번보다 압박이 덜했다. 과거 제1사서를 불렀을 때는 심해에 빠져 숨도 못 쉬고 죽어가는 것 같은 압박감을 받았었다. 도중에 너무 힘들어서 중간에 의식이고 뭐고 그만두고 싶을 정도였으니까. 하지만 지금은 그전처럼 힘들지 않았다. 의아하면서도 신기한 기분이다.

"이제 내가 그대의 종을 부르니, 여기 강림해 허공에 기록된 위대한 기록을 읽어 세상의 비밀을 선택 받은 사도에게 속삭여 주십시오."

주문이 끝나자 거대한 혼돈이 해일처럼 밀려와서 날 덮친다. 예전에는 지금쯤 비명을 터뜨렸었지. 쏟아지는 거대한 혼돈에 놀라서 욕까지 퍼부었던 것 같다.

"음⋯."

하지만 지금은 짧은 침음성을 한 번 흘리는 정도로 그쳤다. 거대한 혼돈이 날 덮치기는 했지만 내가 품은 신성이 그걸 막아내고 있는 게 틀림없었다.

[우웨-우-!]

그때 천지를 울리는 진동과 함께 거대한 크기의 민달팽이 형태의 괴물이 모습을 드러냈다. 마치 산이 기어오는 것 같은 느낌은 여전했다. 그가 보이는 것 이상의 초월적인 존재라는 건 확실하다. 어지간한 올림포스의 신보다 훨씬 위대한 존재 같구나. 하지만 지금이라면 그의 압박도 견딜 만한데.

[네놈⋯?]

이런 여유있는 태도를 제1사서도 느낀 걸까. 내 앞에 우뚝 멈춰선 제1사서는 파이프 오르간이 울리는 것 같은 목소리로 입을 열었다.

[짧은 시간 동안 놀랍도록⋯ 달라졌구나⋯.]

"그래?"

제1사서는 바로 대답하지 않고 이리저리 날 살펴본다. 그리고 다소 감탄했다는 어조로 입을 열었다.

[예전에는 억지로⋯ 용기를 쥐어짜냈던 게⋯ 느껴졌다.]

그러고 보니 과거 악에 바쳐서 소리쳤던 게 기억나긴 한다. 제1사서는 강단이 있다고 비교적 좋은 평가를 해줬었지. 뭐, 그래봐야 벌레 취급이긴 했었지만.

"지금은 좀 다른가?"

[그렇다…. 재밌군. 이제야 네놈 얼굴이… 조금은 보인다. 인식된다고 할까? 이전에는 너무 하찮아서… 그냥 인간이라고 밖에 인지하지 못했다.]

"정말이냐?"

다소 신기한 얘기였다. 내가 관심을 보이자 제1사서는 간단히 설명해줬다.

[너희 인간도… 개미들의 얼굴이 다 다른 걸… 구별하지 못하지 않느냐. 이 몸도 마찬가지다. 인간이란 어차피… 다 같은 벌레. 아무리 봐도 다른 구석을 찾기란…… 어렵다.]

"지금은 다른가?"

[인정하기 싫지만…… 네놈의 밉살맞고, 얄미운 얼굴이… 정확히 보이는군….]

제1사서는 거대한 달팽이의 눈알을 가까이 들이밀며 기분이 나쁘다는 듯 불평했다.

[겨우 일 년 만에… 벌레에서 벗어난 건가…?]

"인간에게 그 정도면 충분한 시간이야."

[하루살이들은 때때로 정말 순수한 감탄을 불러일으키는군……. 좋다. 이제 말해보라…. 아직 인정받지 못한 종말의 집행자여. 우리의 내기는 어떻게 되었느냐?]

뭐, 어떻게 되긴 어떻게 돼.

니가 이제부터 내 하인이 되는 거지.

나는 피식 웃을 수밖에 없었다.

"어떻게 되긴 뭐가 어떻게 돼. 이미 결과가 보이지 않는가?"

지금 이곳은 올림포스 신의 눈길이 닿지 않는 군소차원이다. 힘을 과시해 봐도 괜찮겠지. 나는 가감 없이 위력을 드러냈다.

우우우웅-!

몸 안에 품게 된 신성이 진동하며 기운을 뿜어낸다.

[호오…. 결국 성공한 건가. 솔직히 네놈에겐… 무리일 거라 여겼다. 똑바로 설 수 없는… 빈 자루 같은 놈이라고 생각했건 만….]

"말투가 되게 유감스러운데?"

[당연히 유감스러울 수밖에…. 입장을 바꿔 생각해 보라…. 네놈이 개미랑 한 내기에 진다면…… 기분이 더러울 것이다. 우웨우-.]

마지막에 낸 이상한 소리는 아마 한숨 같았다.

"원래 이기는 놈이 있으면 지는 놈도 있기 마련 아니겠어?"

[그 점에 있어 동의한다…. 크르르르르.]

이번에는 나직하게 웃는 것 같았다. 이상하군? 이제 종살이를 해야 한다는 걸 알 텐데 지나치게 태연하다.

"네놈, 하찮은 인간에게 부림당해도 상관없다는 거냐?"

승리감에 젖어 있던 나는 상대의 태도가 맘에 안 들었다. 이상하기도 하고. 왜 저리 여유가 있을까?

[종으로 삼고 싶다면… 마음대로 하라. 네놈이 내기에 승리했음을…… 인정하겠다. 크르르.]

"좋아, 이제부터 내가 주인이니 존대하도록. 언제까지 건방지게 반말을 할 거지?"

나는 상대가 어찌 반응할지 궁금했다. 한데 의외로 제1사서는 순순히 응했다.

[그리하겠습니다. 크르르르…. 그게 좋다면 얼마든지.]

역시 이상하다. 초월적인 존재는 자존심이 강하다. 종이란 처지를 받아들일 리가 없는데 왜 저럴까.

"기분 나쁘지 않은 건가?"

[좋지야 않습니다…. 하지만 그것 뿐입니다.]

"음?"

[이런 알량한 존댓말 정도 말고는…… 실제로 변하는 건 없으니까…. 물론 이 제한된 공간 안에서 저를 모욕하는 하찮은 기쁨을 누릴 수야 있겠지만…, 실질적으로 도움이 될 만한 일을 시키려면 대가가 필요하다는 건 달라진 게 없습니다.]

제1사서의 조력을 얻으려면 대가가 필요하단 점은 그대로라는 거군. 여기서 대가는 불을 때기 위해서 나무를 필요로 하는 것처럼 당연히 요구된다. 제1사서가 나와 무슨 관계든 상관이 없는 문제다. 그가 내 종이 돼버렸다고 해도 대가가 없이는 허공의 기록을 읽어 비밀을 밝혀낼 수 없다. 설령 제1사서가 이미 알고 있는 지식이라고 해도 그에 상응하는 대가 없이 비밀을 누설할 수는 없다. 그래서 저렇게 여유만만했던 건가?

"물질계로 소환해서 도움을 받는 것도 안 되나?"

물질계는 스파르타나 미케네 왕국이 있는 지상, 즉, 사람들이 사는 세계를 말한다.

[인과율 때문에 불가능합니다.]

"맘에 안 드는군."

예상은 했지만 역시나다. 인과율이란 원인과 결과에 대한 우주의 법칙. 신들이 지상에 함부로 힘을 쓸 수 없는 이유 중에 하나다. 지상의 일에 끼어들려고 하면 그만한 원인이 있어야 한다. 그걸 무시하고 난입하면 다른 신이 방해할 수 있는 원인이 된다. 즉, 인과율을 제공하게 되는 것이다.

"제1사서. 그러니까 물질계로 불러들여 너를 부릴 수 없다는 거지?"

[그렇습니다. 마음 같아서야⋯ 제 주인을 돕고 싶지만⋯ 우주의 법칙이 그러니⋯ ㅋㅎㅎㅎㅎ. 어쩌겠습니까?]

"내가 인과율을 제공할 수도 있잖아? 네가 강신할 수 있을 만한 원인을 만드는 거지."

[물론 그것도 가능하나⋯. 필멸자가 인과율을 만드는 건 그야말로 엄청난 노고가 필요한 일입니다. 그 노력이면 다른 걸 하는 게⋯ 훨씬 효율이 좋겠지요. 또한, 비밀의 신에 관한 건 절대로 감춰져야 합니다⋯. 굳이 산을 수백 번 깎을 듯한 고생을 하고서⋯ 저를 불러내, 올림포스의 신들에게 비밀의 신의 안배를⋯ 노출할 작정입니까?]

그건 맞는 말이다. 올림포스의 신들을 상대로 가장 강력한 이점 가운데 하나가 그들이 비밀의 신을 모른다는 점이다. 원래 비밀의 신 하포크라테스는 올림포스의 만신전에 속해 있었지만 스스로를 회귀의 대가로 바쳐 존재가 지워졌다. 하여 현재 올림포스 신들은 하포크라테스를 알지 못한다.

[제1사서라 불리는 저와 비밀의 서가… 전혀 노출되지 않은 건… 당신이 가진 최고의 패입니다…. 그런데 스스로 그걸 포기하겠다는 겁니까?]

아무래도 제1사서를 물질계로 불러들여 부려먹는 건 이 모험의 마지막에나 가능할 것 같다. 더 이상 비밀의 신에 대해 감출 필요가 없을 때 말이다. 하지만 그전까지는 철저히 함구해야 한다.

"결국 물질계의 일에 네놈은 아무 쓸모없군?"

[그렇습니다…. 크르르르.]

상당히 즐거워 보이는군. 어차피 종이 되도 내가 실질적으로 주인행세를 하는데 큰 제한이 걸려있기 때문이다.

"이거 상당히 기분 나쁘네?"

[어찌 마음이 상하십니까? 분하면 저를 모욕해 보시지요…. 그걸로 기분이 풀린다면 말입니다. 물론 아무 소용도 없는 일이겠지만.]

제1사서는 처음부터 일이 이렇게 될 걸 알고 있었던 모양이다. 그러니 종이 될 수 있는 내기도 가볍게 응했던 것 같고. 오히려 지금 같이 내가 이겨도 이긴 거 같지 않은 상황을 비웃으며 즐기는 듯했다. 그렇지만 이 몸이 호락호락 당할 거라고 생각하면 섭섭한데 말이지.

"너 말이야. 네놈 상전을 여전히 저평가하고 있군."

[그게 무슨 소리신지?]

"비밀의 신 하포크라테스가 내게 내린 것들을 무시하지 말란 말이다. 그래, 네놈 주인이 된다고 해도 실질적으로 할 수 있는 게 거의 없다는 건 알겠다. 하지만 모든 일에는 꼼수가 있는 법이다."

[……]

어쩐지 불안감을 느낀 건지 제1사서는 점액질의 거대한 몸을 움찔했다.

"솔직히 네놈, 상당히 거만하단 말이지. 앞으로 내가 차근차근 교육시켜 주마."

[어떻게 하실 생각입니까? 원한다면 여기서 절 두들겨 패 보십시오.]

아니, 그런 짓을 왜 해. 저 거대한 살덩이는 끔찍하게 생겼지만 위대한 신이다. 가진 힘을 완벽히 쏟아내도 상처도 내지 못한다. 내가 주인이니 맘대로 구타할 수야 있겠지만 제대로 고통을 줄 방법조차 없는 거다.

"두들겨 패긴 두들겨 패야지. 지금 이 상태에선 안 하겠지만."

[그게 무슨 소리입니까?]

"크흐흐흐흐."

이번에는 내 입에서 음흉하고 불길한 웃음소리가 흘러나왔다.

"역시 비밀은 힘이란 생각이 다시 한 번 드는군. 금서에서 신들의 비밀을 읽어두길 잘했지."

[또 무슨 비밀을 아는 겁니까?]

제1사서의 물음에는 어쩐지 불안감이 묻어나고 있었다. 새삼 내가 가진 신들에 대한 지식이 인간에게 허용된 수준을 넘는다는 걸 깨달은 거겠지.

"간단하다. 성육신(成肉身)이다."

내가 성육신을 언급한 순간 여유만만하던 제1사서의 표정이 와르르 무너져 내렸다. 민달팽이 같은 외형이지만 분명 표정을 읽을 수 있었다. 얼굴 부위의 찐득찐득해 보이는 살이 슬라임처럼 추욱 쳐졌으니까.

[성육신이라니!]

"왜, 모른 척이라도 할 건가? 크흐흐. 금서에서 관련된 내용을 분명히 보았지. 고위급의 신은 성육신을 만들어 지상으로 내려올 수 있음을."

성육신이란 간단하다. 인간이나 다른 생물의 몸으로 신이 '육신화' 하는 일을 말한다. 그렇게 되면 아무리 신이라도 해당 생물의 종족적 한계에 갇히게 된다.

예를 들어 인간을 택한다면, 올림포스의 신들처럼 외형만 인간인 게 아니라 완벽한 인간 그 자체가 되는 것이다. 이건 고위 신들만 할 수 있는데 한 가지 강력한 장점을 가진다. 바로 인과율을 피해 지상에서 활동할 수 있다는 점이다.

성육신화 하면 그 기간 동안은 더는 신이 아니라 인간에 불과하기 때문이다. 인간처럼 먹고 자야하며, 인간처럼 죽음을 맞이한다. 그렇기에 신들을 얽매는 인과율에서 완전히 벗어날 수 있다. 실제로 올림포스의 고위 신들 중에는 성육신화 해서 지상에서 활약하는 걸로 의심되는 자들이 있었다.

[성육신이라니… 잘 모르겠군요….]

"하하하, 이 새끼 보게. 하인 놈이 주인한테 벌써 거짓말부터 하나?"

[우웨-우우-.]

이번에 낮게 우는 소리는 큰 불쾌함을 담고 있었다. 그럴수록 나는 기분이 좋아졌다.

"설마 내가 성육신을 알고 있을 줄은 몰랐을 거다. 당연하지. 그건 고위급 신들만의 비밀이니까."

성육신이 왜 엄정한 비밀이냐면, 만약 그런 게 가능하다 알려지면 즉각 견제를 받기 때문이다. 다들 성육신을 찾아서 죽이거나 사로잡아 협상하려 할지도 모른다. 그러니 고위급 신 일부만이 함구하면서 남몰래 인간으로 활동한다. 어지간한 신조차 모르는 얘기였다.

[금서에… 그런 이야기까지 써있었던 겁니까?]

"말했지? 네 상사를 얕보지 말라고."

[이럴 순 없다…. 이럴 순 없다고.]

"왜? 생각지도 못한 수를 당하니까 내기를 물리고 싶은가?"

[어째서 비밀의 신은 인간에게 그런 지식까지… 허용한 거지?]

의문을 표하는 그를 나는 꾸짖었다.

"단순한 인간이 아니다. 종말의 집행자지. 너는 정말 오만하구나. 아직도 나를 그저 인간으로 대하고 있다니. 결국 지금 이런 처지가 된 건 이 몸을 종말의 집행자로 똑바로 대하지 않은 네놈의 오만함 때문이 아닌가."

[크그으으으……]

설마 일이 이렇게 진행될 줄은 몰랐던 듯 제1사서는 당혹감을 감추지 못했다.

[말도 안 된다…. 신들 중에서도 일부만 알고 있는 성육신

을…… 알고 있을 거라 어찌… 예상할 수 있겠나.]

"그게 오만이라는 거다."

나는 제1사서를 향해 성큼성큼 걸어갔다. 그러자 산처럼 느껴질 정도로 거대한 제1사서가 서둘러 몸을 뒤틀며 뒤로 물러난다. 거대한 덩치 탓에 그런 모습은 실로 볼품 없어 보였다.

"제1사서. 너의 주인으로서 명령한다. 육신화 해서 지상으로 내려와 나의 하인으로 봉사하라."

아직까지 받아들일 수 없는 듯 제1사서는 몸을 움찔움찔 떨며 거부반응을 보였다.

[부디… 결정을 재고하라.]

"재고하라?"

[재고하여… 주십시오. 이것은 말도 안 되는 일입니다….]

"그건 내가 결정할 일이지."

그러게 왜 까불고 그래.

남을 밀어 쓰러뜨리는데 최적화된 이 몸 앞에서.

제1사서에게 완벽히 종말의 집행자로 인정받았다. 이제 언제든 공양의식을 통해서 허공의 기록에 접근할 수 있다. 대가만 충분하다면 온갖 비밀을 밝혀낼 수 있으니 드디어 신들을 상대할 만하게 됐다.

"이것은 대단한 성과다. 비서."

"비서라고 줄여 부르지 말라고!"

비밀의 서의 항의는 대번에 무시했다. 남이 나를 놀리는 건 안 되지만, 내가 남을 놀리는 건 괜찮기 때문이다.

"비밀이야 말로 강력한 힘이자 무기지. 신들을 힘으로 무너뜨리진 못해도 비밀로 무너뜨릴 순 있을 테니까. 그나저나 이 녀석, 슬슬 올 때가 됐는데?"

"정말로 이런 짓을 하다니… 믿기지가 않는군."

"너무 그렇게 칭찬할 거 없어."

"칭찬이 아니다. 제발 칭찬과 경악을 구분해주길 바란다. 펠레우스."

"하하하."

가볍게 웃던 나는 고기를 먹느라 손에 묻은 기름을 천으로 닦아 냈다. 지금 이곳은 도시 외곽에 있는 왕가의 농장으로, 나는 한 인물을 만나기 위해 와 있었다.

"바실레우스 각하. 각하를 찾아온 자가 있습니다."

스파르타 전사 하나가 의자에 앉아 있던 내게 보고했다. 나는 만면에 미소를 머금은 채 고개를 끄덕였다.

"오라고 하게."

병사의 안내를 받아서 온 자는 올챙이처럼 배가 나온 중년인이었다. 특이한 건 얼굴에 수염이 하나도 없고 머리도 민머리였다. 심지어 눈썹조차 없었다. 턱은 이중턱이었고 전체적으로 후덕해 보이는 게 인상은 나쁘지 않았다.

"가, 각하…."

어울리지 않게 말을 조금 더듬으며 온 그는 상당히 어색한 모습을 보여줬다. 걷는 것도 익숙해 보이지 않는다고 할까. 누가 봐도 다소 수상쩍고 이상한 인물이었지만 나는 그를 보자마자 폭소했다.

"크하하하핫!"

상대가 육신화한 제1사서였기 때문이었다. 눈앞에 나타난 그는 철저히 인간 그 자체였다. 본래 위대한 신이면서도 지금은 초상 능력 하나 없는 평범한 인간이다. 물론 보통이 아닌 재능을 타고났겠지만 그래봐야 인간이란 종족의 틀 안에 갇힌 존재다.

"아주 재밌군. 보기가 좋네. 나의 하인이여."

"크윽!"

민머리의 살찐 중년인은 굴욕감에 얼굴이 딱딱하게 굳었다. 이제부터 그는 내가 원할 때까지 종으로 부려질 것이다. 아무리 신이라도 설마 이런 미래는 예상하지 못했겠지.

"그나저나 이름이 뭔가?"

"아직 없습니다…. 성육신이 된지 아직 얼마 되지 않은지라."

"그렇다면 내가 지어주마. 코이로스(chŏirŏs-돼지)라고 부르겠다. 크하하하하!"

단어의 뜻을 알아들은 제1사서…, 아니, 코이로스는 거대한 몸을 파르르 떨었다.

"왜 대답이 없지? 주인이 직접 이름을 하사했는데 감사도 없는 건가?"

"어찌 그런 조롱에 감사를…."

"아직 정신을 못 차렸구먼. 네놈이 인간의 세계로 온 걸 실감하게 해주마. 여봐라."

내 부름에 스파르타의 덩치 큰 전사들이 우르르 몰려온다.

"부르셨습니까! 바실레우스 각하!"

우렁찬 목소리가 실로 인간병기라 불리는 자들 답다.

"이놈이 주인에게 불손하구나. 매우 쳐라!"

전에 나보고 두들겨 패라고 했었지?

그렇다면 기꺼이 그 요구 받아들여 줘야지. <u>흐흐흐.</u>

명령이 떨어지자마자 스파르타의 전사들이 코이로스를 붙잡
았다.

"놔, 놔라! 이 무슨!"

한때 신이었던 위대한 존재는, 자신이 무력하게 제압되자 당
황한 기색이 역력했다. 나름 저 심경이 이해가 되는 게, 내가 어느
날 갑자기 개미로 변해서 개미사회에 내던져진다면 정신을 못 차
릴 거 같긴 하다.

짜악!

스파르타의 전사 하나가 코이로스의 뺨을 갈겼다. 찰진 소리
와 함께 놈의 머리가 휙 돌아간다.

"으악!"

외마디 비명과 함께 코이로스가 흙바닥에 뒹굴었다. 하지만
한 때 신이었던 자존심이 남아서인지 악을 쓰며 외쳐댔다.

"이런다고 굴복할 것 같은가!"

"뭐, 그러던가. 하지만 매에는 장사 없는 법이지."

참고로 자살도 소용없다. 인간의 육체가 죽어 신으로 돌아가
면 다시 성육신을 명령할 거니까.

"아악! 악! 악!"

거친 스파르타 전사들의 발길질이 이어지자 코이로스는 몸을 웅크리고 비명만 질러댔다. 그러다 이건 아니란 생각이 들었는지 빠르게 굴복했다.

"살려주십시오. 잘못했습니다."

"그래, 그게 현명한 거지. 버텨서 뭐하게? 이미 자존심을 지킬 길은 없어졌는데. 쯧쯧."

여기저기 얻어터진 코이로스는 서둘러 내 앞으로 기어오더니 고개를 숙였다.

"명령만 내려주십시오. 종답게 부려주십시오."

"이제야 좀 얘기가 통하겠군."

나는 가보라는 듯 스파르타 전사들에게 손짓을 한 뒤, 포도주를 한 잔 따라 코이로스에게 내밀었다.

"쭉 들이켜. 이제 나약한 인간이 됐으니 술이라도 의지해야지. 인간은 말이야, 이런 게 없으면 세상살이가 험해서 버틸 수가 없거든."

"…가, 감사합니다. 이 걸쭉한 진보라색 액체가 술이라는 겁니까?"

"뭐야. 포도주도 모르는 건가?"

하긴 위대한 신께서 인간 따위가 마시는 저급한 음료가 뭔지 알 게 뭐겠어.

"죄송합니다."

"안 되겠네. 안 되겠어."

바로 써먹을까 싶었는데 이대로는 마음에 들지 않는다. 이 녀석은 종족은 인간이지만 정신 상태는 인간과 거리가 멀단 느낌이다.

"죄송합니다…. 그나저나 제게 어떤 명령을 내리실 겁니까? 부족하지만 앞으로 공을 세워…."

포도주도 모르는 놈에게 뭘 시키겠냐. 웃기는 소리 하고 있네. 일단 인생의 쓴 맛이 뭔지 좀 알려줘야겠군. 눈물 젖은 빵도 먹어보고 그래야 사람되는 거지.

"무슨 소리야. 너는 그냥 농장이나 봐."

"네?"

순간 코이로스가 어리둥절한 표정을 짓는다. 그래서 다시 말해줬다.

"농장에서 비료나 퍼 나르라고. 귓구멍에 못이라도 박았냐? 왜 사람이 말하면 알아듣지를 못해?"

"아, 아니…. 한 때 신이었던 저를 겨우 농사에 써먹으려 하시다니…."

"어차피 무능력자잖아. 무슨 신 타령."

성육신의 여파로 코이로스는 제1사서이던 시절의 지식을 대부분 상실하거나 금제에 걸려 대가 없이 말 못하게 됐다. 그렇다고 이능이 있는 것도 아니고 아직 뭐하나 쓸만한 구석이 없다. 물론 여러 가지 재능을 타고났을 테니 활용 가치야 있겠지만, 나는 일단 인간의 삶부터 가르쳐줄 작정이었다.

-펠레우스, 신을 농사일에 쓰겠다니?

비밀의 서도 놀란 기색이다.

-신이 아니다 돼지. 그냥 한 마리의 돼지새끼라고. 그러니까 이제부터 겸손을 가르쳐야지. 농사를 지으면서 수확의 기쁨과 노동의 숭고함도 깨닫게 하고. 이 자식 사람 만들려면 쉽지 않겠어.

-허…….

신이었던 시절의 물을 쫙 빼겠다는 내 계획에 비밀의 서는 말을 잃어버렸다.

-혹시 네놈은 마신이나 그런 거냐?

비밀의 서도 이런데 당사자는 오죽하겠는가. 넋이 나가버렸다. 나는 주변의 농장을 가리키며 그의 민머리를 쓰다듬어줬다.

"열심히 하다보면 머리털도 자라나고 그럴 거다. 자, 주변을 둘러봐라. 계절이 계절이라 황량하긴 하지만 여긴 포도 농장이지. 인간에겐 아주 중요한 곳이라고. 포도주를 만들 재료를 수확해야 하니까. 그러니 기쁜 마음으로 일하도록 하라."

"이럴 순 없습니다."

"뭐가 자꾸 이럴 순 없어. 역시 네놈은 아직 근성이 틀려먹었다. 왜 그렇게 고집을 부려? 이제 그만 처지를 받아들이고 포기하라니까. 사람이 됐으면 좀 겸손해지는 맛도 있어야지. 쯧쯧."

나는 만족스럽게 주변의 농장을 둘러봤다. 본디 왕실의 소유인 이 거대한 농장은 헬레네가 선물로 준 것이다. 바실레우스가 되고 국교 문제를 성공적으로 처리하자 그녀가 보답으로 하사했다. 이뿐만 아니라 도시 안에 대저택까지 선물로 받았다. 한 순간에 신전 서기 시절과 비교도 안 될 부자가 된 것이다. 그야말로 이게 권세란 느낌이라니까.

"아, 알겠습니다. 맡겨주신다면 이 농장을 제대로 관리해 보겠습니다."

"관리는 무슨. 관리자는 따로 있어. 너는 그냥 허드렛일을 하는 일꾼에 불과하다. 앞으로 똥지게나 열심히 나르도록."

"커억……."

코이로스는 말문이 다 막히는 모양이었다. 하지만 봐줄 생각은 없었다. 뼈 속까지 근성을 고쳐서 완전히 인간으로 만들어주지. 신이던 시절의 버릇은 불로 정화하듯 다 태워 없애주겠다. 자, 신성한 노동의 땀방울 아래 깨끗해지는 거다. 코이로스여.

"그것보다 코이로스. 시킨 일은 처리하고 왔나?"

"아? 네. 물론입니다."

인간으로 변해 지상으로 내려오기 전에 일처리를 하나 시켰다. 대가를 지불하고 비밀을 하나 알아오라 했던 것.

"말해봐."

"저… 죄송합니다만, 대가가 크지 않아서 구체적으로 알 수 없었습니다."

공양의식을 할 수 있게 된 건 좋은데, 마땅히 바칠 만한 게 없는 게 문제였다. 원래 식인거인 테마토스를 공양했어야 했으나, 녀석을 긴고아를 써서 부하로 삼는 바람에 그럴 수 없어졌다. 그래서 꿩 대신 닭으로 칼리돈의 멧돼지에게서 얻은 거대한 어금니를 공양했다. 그 어금니는 신수가 남긴 것이라 다방면에 활용이 가능한 재료였으나, 공양의식에 쓰긴 부족한 면이 있었다. 역시 공양에는 생명을 가진 게 우선이니까.

"어쩔 수 없지. 어디까지 알아냈어?"

내가 공양의 대가로 알아봐 달라고 한 건 엔디미온의 위치다.

"정확한 위치는 모릅니다. 하지만 성과가 있긴 했습니다. 현재 엔디미온은 낙소스 섬에 있다고 합니다."

"낙소스 섬이라?"

정확한 장소는 대가가 부족해 알 수 없었지만 이 정도만 해도 꽤나 특정한 셈이다.

-펠레우스. 차라리 테마토스를 그냥 공양해 버려라. 그러면 아주 간편해진다.

비밀의 서가 기다렸다는 듯 다시 유혹해 왔다. 하지만 거절했다.

-테마토스에겐 언젠가 풀어주겠다고 약속했어. 내 맘대로 공양해 버릴 순 없다.

-이상한 놈이로군. 남을 속이는 일을 생의 최대 기쁨으로 삼고 있지 않나?

-대체 날 어떻게 보는 거야. 나도 기준이 있다고. 싸움에서 적을 속여도 거래에서 상대를 속이진 않는다.

긴고아로 강제하긴 했으나 테마토스에게 이래저래 도움을 받았다. 앞으로도 유용한 전력이 돼줄 테고. 그러니 폐기처분 하듯 공양할 생각은 없었다.

-낙소스 섬이래잖아. 그 정도면 가서 찾을 수 있을 거야.

-좋아, 맘대로 해라.

결정을 내린 나는 자리에서 일어났다.

"돌아가겠다."

내 명령에 스파르타의 전사들이 말을 가지고 왔다. 헬레네에게 자리를 비운다고 말한 뒤 아탈란테랑 낙소스로 가봐야겠다. 이번 일은 개인적으로 상당히 기대하고 있었다.

"코이로스."

"네. 주인이시여."

"농사에 관해 이런 말이 있다. 꼭두새벽 풀 한 짐이 가을나락 한 섬이다. 즉, 부지런히 일해야 풍성한 수확을 맞이할 수 있다는 것이다."

코이로스는 실로 복잡한 표정이었다. 고고한 신께서 이제 다음해 포도수확을 위해 온갖 노력을 기울여야 하게 됐으니. 세상에 이렇게 기막힌 일도 없을 거다.

"…명심하겠습니다."

"그래, 고생하라고. 네놈이 수확한 포도로 담근 술을 마실 날을 기대하지. 하하하하."

나는 신을 농부로 만들어 버린 게 꽤 마음에 들었다. 언젠가 저놈이 사람이란 존재에 대해 이해하게 된다면 데려다 쓸 생각이지만, 그 전에는 어림도 없다. 부디 땅을 경작하고 또 경작해서 이세계에서 힘겹게 살아가는 인간의 처지를 이해하길 빌 뿐이다. 나는 농기구를 줍고 터덜터덜 걸어가는 코이로스의 등을 보며 중얼거렸다.

"나중에 아르테미스도 농부로 만들어 버려야겠어. 건방진 년 같으니라고."

아르테미스는 요즘 무척 기분이 좋지 않았다.

와장창!

술이 든 화려한 도자기가 그녀의 궁전에서 요란한 소리를 내며 깨졌다. 요즘 울화통이 터져서 뭐든 집어던지는 게 버릇이 됐을 정도다. 주변에 있던 그녀의 시녀들은 놀라서 어쩔 바를 몰라했다. 그녀를 위해 하프를 연주하던 악사도 손을 멈춘 채 굳어버렸다.

"하아…"

길게 한숨을 내쉰 아르테미스는 손을 휘저었다. 그러자 주변에 있던 자들이 도망치듯 사라졌다. 모두 아르테미스의 심기가 불편함을 알기 때문이다.

최근까지만 해도 아르테미스는 기분이 나쁘지 않았다. 퓌톤 사냥 실패 후에 망신살이 뻗치긴 했지만 아레스가 거하게 삽질을 해준 덕에 완전히 묻혀버렸다. 자신이 계략이 제대로 먹혔다고 내심 우쭐해지기까지 했다.

하지만 스파르타에서 국교 문제로 아폴론 교단과 얼굴을 붉히게 되자 여기저기서 그녀를 비웃는 목소리가 흘러나왔다. 특히 신들 중에선 노골적으로 비아냥거리는 자들도 있었다.

'헤르메스… 언젠가는 그놈 머리통을 뽑아버리겠어.'

고소를 참지 못하며 스파르타의 일을 물어오는 헤르메스를 생각하니 아르테미스는 머리카락을 쥐어뜯고 싶은 기분이었다. 하지만 제일 짜증나는 존재는 신이 아니라 인간이었다.

"펠레우스라고 했지."

아르테미스에겐 잊을 수 없는 이름이었다. 칼리돈의 멧돼지를 터뜨려 죽인 일 때문에 앙심을 품은 인간의 영웅이다. 언젠가는 손봐줘야지 싶었는데 이래저래 바빠서 여태 손도 못 댔다. 그가 왕자들을 데리고 미케네에서 도망칠 때 오리온이 쏴 죽이나 싶었는데 그것도 실패.

'명줄이 질긴 녀석이야.'

제때 못 죽인 게 문제였는지 이번에는 스파르타에서 활약하며 아르테미스 교단을 제대로 물 먹였다. 특히 바실레우스란 지위를 이용해 아르테미스 교단을 일시적으로 점령했을 때, 아르테미스는 앞뒤 안 가리고 재앙을 내릴까도 싶었다.

하지만 명분에서 밀리는 데다가 다른 신들의 눈치도 보였다. 특히 무지개 신 이리스가 스파르타에 간섭하면 가만있지 않을 것 같았기에 문제였다. 이리스는 단순히 신력으로는 그녀에게 미치지 못하나 건드리기 애매한 위치에 있었다. 이리스가 최고신 제우스의 전령 일을 하는 존재이기 때문이었다.

만약 문제가 생긴 후 이리스가 제우스에게 고자질하면 명분상 밀리는 아르테미스는 낭패를 볼 수 있었다. 어쨌든 국교 문제에서 그녀의 교단이 조직폭력배처럼 손가락질 당할 짓을 한 게 사실이니까.

"다 쓸어버리고 싶군. 인간은 정말 짜증나고 싫어."

나직하게 본심을 중얼거리자 그에 답해 오는 목소리가 있었다.

"참 섭섭한 말씀이시군요. 저도 싫어하시나요?"

매우 차분하고 아름다운 목소리였다. 실의와 짜증에 빠져있던 아르테미스는 음성이 들린 방향으로 고개를 돌리며 반색했다.

"오! 펜테실레이아!"

인간을 하찮게 여기는 아르테미스지만, 자신에게 다가오는 여성을 향해 드물게 진심 어린 반가움을 나타냈다.

"여신이시여. 부름에 응해 이 자리에 왔습니다."

"잘 왔다. 펜테실레이아. 가장 아름답고 고귀한 전사여."

아르테미스의 앞에 선 인간 여성은 펜테실레이아로, 아마존의 여왕이었다. 전쟁의 신 아레스와 아마존의 전대 여왕 오트레아 사이에서 태어난 인물로 지상을 걷는 여성 중 가장 강력하기로 유명했다. 아레스의 딸이지만 아버지를 완전히 무시하고 아르테미스를 따르는 중이었다.

"음…."

"무슨 어려운 문제가 있으신가요?"

펜테실레이아는 아르테미스가 자신을 불러놓고 고민만 하자 의아한 기색이었다. 그도 그럴 게, 아르테미스는 사실 펜테실레이아를 불러서 펠레우스를 암살하게 할 작정이었다. 이번 일에 관해서 직접 개입하긴 어려우니 같은 인간으로 하여금 처리하게 하면 적당하다 싶었던 거다. 하지만 시간이 지나자 흥분도 가라앉았고 특별히 아끼는 펜테실레이아에게 그런 더러운 일을 시키고 싶지도 않았다.

'게다가 그놈에 관한 일은 모조리 꼬이는 게 영 재수가 없단 말이야. 당분간은 관망하는 게 좋을지도.'

아르테미스는 일이 잘 안 풀릴 때는 무리하지 않는 게 좋다는 걸 경험상 알고 있었다. 여전히 펠레우스란 놈이 꼴 보기 싫었지만 한동안은 내버려두는 게 좋겠단 생각이 들었다.

'때가 되면 분명히 기회가 날 터.'

결국 아르테미스는 다른 중요한 일을 펜테실레이아에게 시키기로 했다.

"아마존의 여왕이여."

"말씀하세요. 아르테미스 여신님."

"그대에게 맡길 사명이 있다. 이는 우리 교단에서 오래간 노력한 일이나 아직 결실을 맺지 못한 것이다."

"무엇인가요?"

"셀레네 여신의 연인이었던 엔디미온을 찾는 일이다."

아르테미스는 그간의 탐사 결과를 종합한 양피지를 펼쳐 보였다. 그간 아주 성과가 없던 건 아니다. 여기저기 파헤친 탓에 엔디미온이 있을 만한 장소를 좁혀 가는데 성공한 것이다.

"교도들의 탐색의 성과를 비춰볼 때 분명 엔디미온은 이소스 섬, 파로스 섬, 세리포스 섬, 낙소스 섬 등이 뭉쳐있는 이 키클라데스 제도에 있는 게 틀림없다고 판단된다."

"역시 본토에는 없었군요."

"더 자세한 위치를 알려주지 못해서 미안하구나. 하지만 분명 이 제도 어딘가에 엔디미온이 있을 거라고 생각한다. 부디 교단을 위해 이 과업을 수행해 주겠나?"

아르테미스에게 깊은 충성심을 갖고 있는 펜테실레이아는 기꺼이 여신의 요구에 응했다.

"맡겨주세요. 반드시 엔디미온을 찾아내겠습니다."

# 7. 해적의 본거지

아탈란테와 함께 스파르타를 떠났다. 신분을 감춘 채로 조용히 움직이기로 했다. 우선 스파르타의 선착장에서 작은 배를 타고 에우로타스 강을 따라 내려갔다. 한참을 내려가다 보니 강 하구의 도시가 나타났다.

"저기가 헬로스인가? 아탈란테."

"그런 것 같다. 이렇게 남쪽으로 온 건 나도 처음이군."

헬로스는 스파르타의 동맹국이자 항구도시다. 스파르타에는 따로 해군이 존재하지 않기에 배가 필요할 때는 이런 항구도시의 힘을 빌리곤 했다. 동맹국이라고는 하나 실질적으론 스파르타의 영향력 아래 있는 속국 같은 느낌이다.

"벌써부터 바다 냄새가 나는군. 해산물 요리라도 먹고 싶은데."

"적극 동의한다."

아탈란테는 정말로 공감한다는 얼굴이었다. 사실 우리는 그간 스파르타의 거지같은 요리 때문에 상당히 고생해 왔으니까. 나는 한이 맺혀서 열변을 토했다.

"아탈란테, 그들의 식탁은 너무 잔인했다. 푸석푸석한 보리빵에 돼지 비린내 나는 검은 선지국이 주요 메뉴라니. 심지어 그걸 지휘고하를 막론하고 다 똑같이 먹더라고."

심지어 왕궁에 있을 때 사절로 온 아테네인이 음식을 보고 이 딴 건 아테네에서 돼지도 안 먹는다고 불평한 걸 본 적이 있을 정도다. 그래서 해산물을 먹을 수 있단 생각에 신이 날 수밖에.

"해산물이란 건 그냥 익히기만 해도 맛있다고. 우리 고생은 이걸로 끝이야."

"맞다. 조개나 새우는 굽기만 해도 별미지. 사실 펠레우스 네가 궁을 떠난다고 했을 때 어서 따라가고 싶어 엉덩이가 들썩거렸다."

"생각만 해도 침이 고이는군."

선착장으로 가니 마침 새벽에 조업을 나갔던 배들이 고기를 싣고 들어오고 있었다. 작은 배들이 아직 뭍에 닿지도 않았건만 일꾼들이 경쟁하듯 바다로 뛰어든다. 서둘러 짐을 맡아야 남들보다 일당을 더 벌기 때문이다. 그들은 부지런히 온갖 생선을 날랐고 곧 좌판이 벌어졌다.

"아탈란테, 생선은 내가 고를 테니까 숯 좀 사와."

"알겠다."

나는 도미와 조개, 새우 등을 잔뜩 사서 바닷가 구석의 조용한 곳에 자리 잡았다. 곧 아탈란테가 포도주 한 푸대와 숯, 빵을 가지고 도착했다. 우리는 그 자리에 불을 피워 생선과 조개, 새우를 구웠다.

치이익.

맛있는 냄새가 사방에 진동한다. 늘 무게 잡는 아탈란테도 기대가 큰 듯 침을 꼴깍꼴깍 삼키고 있다. 이럴 때는 아직 소녀답단 생각이 들어 귀엽게 느껴졌다.

"아탈란테, 어서 먹어봐라. 구운 새우가 아주 기가 막혀."

오랜만에 요리다운 요리다. 우리는 스파르타의 미각 지옥에서 해방된 게 즐거워 얼굴에 검댕을 묻힌 채로 해산물을 탐닉했다.

"펠레우스. 자, 빵도 먹어봐."

아탈란테가 손수 빵을 떼어 건네준다. 뭐랄까, 같이 이렇게 요리를 해먹으니까 갑자기 사이가 돈독해지는 기분이다. 하긴 서로 복수의 여신 앞에 피로 맹세했으니, 이전과는 비교할 수 없는 관계긴 했다. 그렇게 한참 분위기 좋게 바닷가에서 잔치를 벌이는데 누군가 자박자박 발소리를 내며 다가왔다.

"저어…."

작은 목소리로 다가온 이는 어린 거지였다. 더러운 행색으로 하반신만 천으로 간신히 가리고 있다. 10살도 안 된 남자아이였다.

"며칠째 아무것도… 먹지 못했어요. 냄새가 나서 이끌려 왔어요. 생선 찌꺼기라도 가져가도 될까요?"

생선 가시에 붙은 작은 살점이라도 떼어먹고 싶은 듯 손가락을 쪽쪽 빨며 쳐다본다. 더럽고 냄새나는 아이였지만 나는 큰 돌을 가져와 즉석에서 앉을 자리를 만들어줬다.

"이리 와. 찌꺼기가 아니라 같이 먹자."

아탈란테가 일어나더니 아이의 손을 잡아 옆에 앉혔다. 그리고 손수 살을 발라 아이에게 먹이기 시작했다. 이럴 때 보면 상당히 다정다감한 성격 같다. 나중에 좋은 엄마가 되지 않을까?

"배고프지? 이거 다 먹어도 돼."

"정말이요? 감사합니다. 혹시 동생들도 데리고 와도 될까요?"

"물론이지. 어서 불러와."

"와아!"

아이는 먹던 생선도 내려놓고는 달려갔다. 그런데 생각보다 애들이 엄청 몰려와서 깜짝 놀랐다.

"다들 부모님은 어디에 있어?"

이 많은 애들이 거지꼴이라니. 어떻게 된 건가 싶었다.

"…이제 없어요."

"없어?"

"네, 수신(水神)의 졸개들이 잡아갔어요."

"수신의 졸개들이 잡아가다니 그게 무슨 소리야?"

아이들 중 똘똘해 보이고 나이가 많은 녀석이 대표로 답해줬다. 이 무리의 대장이란다.

"수신은 나쁜 신이에요. 반인반어 족인 '해저인'들이 섬기는 사악한 마신이죠."

"해저인?"

"아저씨는 육지 사람이라 모르나 본데, 바다에는 그런 괴물들이 살아요. 원래 포세이돈 님 때문에 대놓고 나대지 못했는데 최근 무슨 일인지 극성이에요."

"그 해저인들이 부모님을 납치한 거니?"

내 물음에 대장 녀석의 얼굴이 슬픔에 잠겼다. 이런, 너무 무심하게 직설적으로 물은 듯했다. 옆에 있던 아탈란테가 질책하듯 살짝 날 꼬집는다.

"미, 미안하구나. 마음 아픈 소리를…."

"아니에요. 이미 일어난 일인 걸요. 마을의 많은 어부들이 수신의 졸개들에게 납치돼 사라졌어요. 아침에 조업을 나간 배가 어부도 없이 텅 비어서 돌아오곤 하죠. 사람들은 그럴 때마다 놀라서 포세이돈 신께 빌지만… 어째서인지 날이 갈수록 심해져요."

대장 녀석은 주변의 아이들이 모두 그런 식으로 부모를 수신의 졸개들에게 잃었다고 했다.

"해저인들은 반인반어라며? 구체적으로 어떻게 생겼어?"

"얼굴은 물고기고 목에는 아가미가 있대요. 몸은 인간인데 피부는 두꺼비 같다고 들었어요. 인간보다 몇 배나 힘이 세서 도저히 이길 수가 없대요. 개중에는 고래만큼이나 큰 녀석들도 있다고 하니, 아저씨도 바다로 나갈 거면 조심하세요."

"흐음……."

바다에 생각지도 못한 문제가 있었다. 나는 아탈란테와 작게 얘기를 나눴다.

"포세이돈은 대신(大神)이야. 얼마나 강한지 제우스도 방심할 수 없을 정도라고 하더라. 이에 비해 수신(水神)은 신위가 낮은 하급신이지. 올림포스 만신전에 속해있지도 않은 잡신이거든. 사악함으로 이름이 높긴 하지만 감히 포세이돈의 바다에서 활개를 칠 수 없을 텐데……?"

아탈란테도 고개를 갸웃거렸다.

"수신은 바다에서 어쩌다 문제나 일으킬 뿐이라고 들었다. 난동을 부리다가 포세이돈의 아들들에게 쫓겨 도망갔다는 얘긴 몇 번 들었지."

"그래, 보통은 그게 정상이거든. 수신이 제정신이라면 설칠 수가 없어."

내 이런 의문에 아탈란테가 가설을 제시했다.

"포세이돈에게 무슨 일이 생긴 건 아닐까? 자기 바다를 신경 쓸 수 없는 급한 사정이 있을지도 모른다."

"그게 뭘지 짐작도 안 되는군."

바다에 관해선 나도 무지하다. 인어족 친구가 있지 않은 이상 바다 속 풍문을 알 길도 없고. 대체 바다에서 무슨 일이 일어나고 있는 걸까? 의문이 일었지만 낙소스 섬으로의 여정을 중단할 생각은 없었다. 엔디미온의 확보는 현재로서는 아르테미스에게 타격을 가할 유일한 방법이기 때문이다.

"키클라데스 제도로 가는 상선을 구하자고. 아무리 바다가 흉흉해도 그쪽으로 가는 배는 있을 테니까."

키클라데스 제도에는 아모르고스 섬, 안드로스 섬, 시로스 섬, 낙소스 섬 등 사람이 거주하는 섬이 많다. 식량이나 교역품을 실은 배가 정기적으로 다니니 뱃삯을 내고 얻어 타면 될 터. 나는 아이들에게 은을 좀 쥐어주고는 배를 찾아다녔다. 수신의 졸개들 때문에 상당히 배편이 줄었다고는 하지만 곧 적당한 걸 발견했다.

"어서 오십시오. 스파르타에서 오셨다고요? 스파르타에는 돈이 없는 걸로 아는데 무엇으로 뱃삯을 치르시겠습니까?"

상선의 선장은 사람이 괜찮아 보였다. 나는 아테네에서 발행한 '올빼미 은화'를 내밀었다. 아테네의 은화는 모든 곳에서 환영받는 화폐라 선장은 반색했다.

"이거면 충분합니다. 내일 새벽에 출발할 테니 그리 아십시오.”

“요즘 바다가 흉흉하다고 하더니 정말이오?”

“맞습니다. 하지만 저는 이 바다에서만 30년을 보냈죠. 안전한 바닷길을 알고 있으니 크게 걱정하지 않으셔도 됩니다. 만약 수신의 졸개들을 만난다면 그냥 죽은 목숨이니 그러려니 하시는 것도 도움이 될 겁니다. 하하하.”

낙천적인 사내로군. 배는 그의 말대로 다음 날 출발했다. 상선의 크기는 30미터 정도 됐고 화물이 많이 실려 있었는데 대부분 포도주, 올리브 같은 식료품이었다.

“바다로 나오니 시원하네. 이제 해적만 나오면 딱인데. 안 나타나려나?”

어쩐지 좀 기대가 된다. 자고로 이름 높은 인물들은 다들 한 번씩 해적을 만나는 거 같고 말이야. 로마의 카이사르도 해적한테 잡혀갔었잖아.

“모험 서사시를 너무 읽었군. 펠레우스. 선장이 최대한 안전한 길로 간다고 하지 않나?”

아탈란테의 핀잔에 나는 어이없다는 표정을 지어보였다.

“나이도 어린 애가 왜 이렇게 꿈이 없어. 애늙은이야? 바다에 나왔으면 해적도 한 번 털어보고 그래야지 이렇게 낭만이 부족해서야.”

“알겠다. 내 특별히 포세이돈 신에게 해적이 오게 해달라고 기원해주지.”

아탈란테는 그리 말했지만 출항 후 이틀이 되도록 해적은 코빼기도 보이지 않았다. 그 대신이라고 말하기도 뭐하지만, 해적

보다 훨씬 엄청난 일을 만났다.

"으아아악!"

주변에서 사람들이 비명을 지르며 뒹굴고 있었다. 폭풍우가 몰아치기 시작한 것이다. 제법 큰 상선이라고 생각했는데 격한 풍랑 속에선 그냥 조각배에 불과했다. 배가 언제 뒤집혀도 이상하지 않단 기분이 들었다.

촤아아아아!

억수로 비까지 퍼붓고 곧 천둥, 번개가 이어졌다.

우르릉! 콰앙!

"선장님 침수가 일어나고 있습니다!"

"짐을 버려! 이대로는 침몰한다!"

사방에서 난리였다. 선원들은 화물을 바다에 내던지고 구멍 난 부분을 보수하느라 잠시도 가만있지 않았다. 이런 일을 난생처음 겪어보는 나는 그야말로 살 떨리는 상황. 한쪽 구석에 쪼그린 채 다시는 배를 안 타겠다고 다짐하고 또 다짐했다.

"맙소사… 비밀의 신이시여."

그렇게 얼마나 흘렀을까? 아침 해가 뜨기 시작할 무렵에는 간밤의 풍랑이 거짓말이었던 것처럼 모든 게 잠잠해졌다.

"오오… 포세이돈 신께서 지켜주셨다."

"감사합니다! 감사합니다! 살려주셔서 감사합니다!"

선원과 상인들은 연신 바다로 절을 해대며 기쁨을 표현했다. 육지파인 나와 아탈란테는 질린 표정으로 입을 다물 뿐이었다. 옆에 있는 그녀의 표정이 창백하다. 간밤에 놀란 건 나뿐만이 아니었던 모양. 손을 잡아주자 아탈란테가 힘없이 어깨에 머리를 기대온다.

"이제 괜찮아. 괜찮을 거야."

하지만 문제는 그때부터였다. 모든 게 좋아질 거라 생각했는데 그날 저녁쯤 선장이 머리를 쥐어뜯으며 비명을 내지르기 시작한 것.

"도저히 여기가 어딘지 모르겠습니다!"

그렇다. 배는 길을 잃어버린 것이다. 폭풍우를 만나 배는 이리저리 휩쓸렸고 정해진 항로를 완전히 벗어나버린 것. 선장은 현재 위치가 어딘지 전혀 감을 잡지 못하고 있었다.

"선장. 낙소스 섬으로 가기 어렵게 된 거요?"

내 질문에 그는 고개를 내저었다.

"지금 낙소스가 문제가 아니라 육지가 어딘지도 모르겠습니다."

"허……."

갑자기 표류를 하게 되다니. 그런데 문제는 그것만이 아니었다. 어젯밤에 화물을 상당수 바다에 던져버렸는데 그중 대부분이 식량이나 식수였다. 탑승자들이 생각보다 많았기에 이대로는 얼마 못 버틴다고 했다.

"이럴 수가."

실로 무섭구나, 바다. 나 정도 되는 사나이를 이렇게 궁지로 몰아넣다니. 내가 가져온 약간의 식량도 바닷물에 젖어서 엉망이 돼있었다. 곡물가루인데 이걸 먹으면 타는 갈증에 시달리게 될 것이다.

"하아."

그렇게 닷새가 흘러갔다.

"아… 죽는다."

회귀 후에 이렇게 힘든 날이 올 줄이야. 그간 승승장구하던 나는 바다에서 처절한 몰락을 맛보고 있었다. 밥이야 며칠 굶어도 산다지만 식수가 없는 건 무척 고통스러웠다. 바다의 소금기 섞인 바람 때문인지 목이 더 바짝바짝 말랐다.

"아탈란테, 괜찮나?"

"…아직 버틸 만하다."

아탈란테는 내게 몸을 기대고 힘없이 늘어져 있었다. 같이 고생을 해서 그런지 며칠 사이 전우애가 막 싹트는 중이다. 마지막 물 한 모금은 서로 마시라고 양보하느라 한참 실랑이를 벌였을 정도다.

"네가 옆에 있어서 다행이다. 아탈란테. 혼자면 더 힘들었을 거 같아."

"나 역시 마찬가지다. 펠레우스."

우리는 멍한 얼굴로 서로 손을 붙잡은 채 뱃전에 늘어져 있었다. 주변에 있는 사람들도 말이 없었다. 다들 넋이 나간 얼굴들이다. 바람은 불지 않았고, 노잡이들도 기운이 없었다. 선장이 만사를 포기하자 배는 그냥 어딘지도 모르는 곳에서 둥둥 떠다니는 중이다. 설마 여기서 종말의 집행자의 사명이 끝나는 걸까? 아무리 내가 칼리돈의 멧돼지를 일격에 날릴 정도로 강해도 바다 한 가운데서는 할 수 있는 게 없었다. 그런데 그때 누가 들뜬 목소리로 외쳤다.

"배다! 배다!"

뭐? 배라고? 사람들이 우르르 일어나서 뱃전으로 몰려갔다.

"진짜 배야! 살았어! 살았다고!"

선장이 감격에 겨워 물기 어린 목소리로 외쳐댔다. 한데 곧 다시 사람들이 수선스러워졌다. 처음의 반가움이 아니라 두려움이 묻어나는 목소리였다. 배가 이쪽으로 가까이 오자 정체가 확실해졌기 때문이다.

"해적이다. 틀림없이 해적이야."

"놈들이 무장하고 있습니다!"

해적이라 사실이 밝혀지자 다들 공포에 빠져 어쩔 바를 몰랐다. 그도 그럴 게, 이 바다의 해적들은 자비가 없었다. 화물을 모조리 털어버리는 건 물론이고 사람들은 남김없이 노예로 팔았으니까. 반항하면 몸을 토막내서 바다에 내던졌다.

"죽었어…. 우린 끝났다고."

절망 어린 목소리가 흘러나왔다. 특히 몇몇은 가엾다는 듯 아탈란테를 쳐다본다. 눈부신 미인인 그녀가 해적에게 어떤 치욕을 겪을지 알 만하기 때문이었다. 하지만 정작 아탈란테의 얼굴에는 꽃처럼 화사한 미소가 피어오르고 있었다. 이렇게 밝은 모습을 처음 본다.

"펠레우스, 해적이니까 먹을 게 있겠지?"

웃고 있는 건 나도 마찬가지였다.

"물론이다."

세상에 이렇게 행복할 수가. 합법적으로 약탈하고 박살내도 되는 존재들이 지금 전속력으로 내게 와주고 있었다.

히죽.

좋아서 입 꼬리가 길게 올라갔다.

"아탈란테, 기왕 이렇게 된 거 저놈들 본거지까지 털자. 이 배는 이미 망가졌어. 해적들의 본거지를 초토화 시킨 후에 놈들을 노 젓는 노예로 만들어서 낙소스 섬으로 가자고."

"그거 아주 좋은 생각이다. 다들 이마에 노예 낙인을 찍어주자. 해적이니까 그래도 된다. 이것들 아주 잘 걸렸구나."

아탈란테도 굶고 목이 말라 이미 독기가 오를 대로 오른 상태였다. 나 역시 해적들을 보고 눈이 돌아간 건 마찬가지다.

"크ㅎㅎㅎ."

"으ㅎㅎㅎ."

우리 둘의 입에서 음침한 웃음이 끊임없이 흘러나오고 있었다.

해적 아이토스는 최악의 상황이었다. 두목들이 요구한 할당량을 채우질 못해 목이 달아날 처지였기 때문이다.

"하늘도 무심하시지…."

두목들은 재물보다 살아있는 사람을 좋아해 여간 곤란한 게

아니었다. 처음에야 괜찮았지만 점점 수급이 어려워졌다.

"근처에 어부들 씨가 말랐다고…. 하긴, 그렇게 잡아들였으니."

처음에는 노예로 파는 게 생각보다 짭짤한가 보다 싶었는데, 어느 순간부터 위화감을 느끼는 중이다. 노예상인이 본거지로 방문하는 것도 아닌데, 잡아온 자들이 하나둘씩 사라져갔다.

"이상해…."

"고민이라도 있으십니까? 선장님."

부하의 물음에 한 번 의문을 털어놔 볼까 싶었지만 이내 고개를 저었다.

"됐다."

경험상 주둥이를 함부로 놀려봐야 좋을 게 없다는 걸 알기 때문이다. 아이토스는 최근에야 선장으로 올라섰다. 본거지에는 그와 같은 해적 선장이 총 일곱이니 규모가 상당히 큰 해적단이다. 두목은 총 셋으로, 공평하게 업무를 나눠 삼두정을 펼치고 있었다. 의외로 셋이 칼부림 없이 사이가 좋아 그들의 권력은 확고했다. 그래서인지 해적단의 이름도 삼두 해적단이다. 하지만 몇 년 사이 두목들의 성격이 좀 달라진 거 같기도 했다.

"거참…."

고개를 갸웃거리자 성격이 활발한 부하가 다시 묻는다.

"뭐가 그렇게 이상하십니까?"

"거 말이지… 요즘 두목들이 몸이 좀 굽는 것 같지 않아? 인상도 몇 년 전이랑 달라지고… 어째 눈도 좀 커진 것 같고…."

"아, 요즘 그런 얘기가 있더군요. 두목들 생김새가 변한 것 같다고 말이죠."

"그래?"

"네, 불길하다 하는 놈도 있고, 바다의 축복을 받았다고 하는 놈도 있고…. 저는 잘 모르겠습니다요."

"허허… 그것 참."

하지만 아이토스는 곧 양손으로 마른세수를 하며 정신을 차리려 했다. 그 두목들에게 받은 할당량을 못 채우면 목숨이 위태로웠기 때문이다. 바다의 악당들 위에 군림하는 우두머리들인지라 피도 눈물도 없었다.

"좀 더 먼 바다로 나가보자. 평소에 가지 않던 곳까지 가봐야겠다."

어차피 이대로 빈손으로 돌아가 봐야 칼만 맞는다. 아이토스는 작정하고 멀리 나갔다. 중간에 풍랑이 몰아쳐 무인도에 정박해 피해야 했지만 그의 의욕은 조금도 꺾이지 않았다.

"선장님! 선장님!"

지성이면 감천이라 했던가. 슬슬 싣고 온 식량도 간당간당하던 그때 모처럼 그럴 듯한 사냥감을 발견했다. 부하 놈이 기쁜 듯 와서 보고한다.

"상선입니다. 상선! 며칠 전의 폭풍우로 떠내려 온 모양입니다."

멀리서 보니 뱃전에 사람들이 바글바글했다. 아이토스는 재물보다 노예로 잡을 이가 많다는데 반색했다.

"저 정도면 할당량을 채우고도 남는다! 어서 배를 붙여라!"

해적들은 노잡이 노예들에게 신나게 채찍질을 해댔다. 어차피 난파선이라 도망도 못 가고 있었다. 곧 갈고리가 던져지더니 해적들은 의기양양하게 상선에 올라갔다.

"이놈들! 크하하하! 아주 자알 걸렸다! 감히 우리 삼두 해적단의 바다를 침범하다니 이 어르신이 본때를 보여줘야겠구나!"

"아이구, 어르신들. 제발 봐주십시오. 가진 건 모두 내놓겠습니다!"

상선의 선장으로 보이는 이가 애걸복걸했다. 하지만 아이토스는 전혀 봐줄 생각이 없었다.

"이놈들을 모두 포박해라! 응?"

한참 기세 좋게 외치던 그는 한 소녀를 발견하고 멈칫했다. 시커먼 사내놈들 사이에 눈부시게 아름다운 소녀가 뜬금없이 서있었기 때문이다. 놀란 건 그의 부하들도 마찬가지였다. 탐욕스럽게 사람들을 포박하려던 해적들이 주춤거렸다.

"허…"

누군가 소녀의 미모에 감탄했다는 듯 탄성을 흘렸다. 하지만 지금은 다들 음심보다는 경계심이 고개를 든 상황이었다. 여자 좋아하기로는 어디 가서 빠지지 않는 해적들이지만 상대가 마치 여신처럼 보였기 때문이다. 잘못 건드렸다가는 무슨 꼴을 겪을지 모른다.

"바다의 님프?"

여신이 아니라도 다른 고귀한 존재라면 골치 아파진다.

"크흠…"

칼을 뽑아들고 경계하던 아이토스는 곧 공연한 걱정이란 생각이 들었다. 소녀는 해맑게 헤실헤실 웃고 있었던 것이다.

'머리가 좀 모자란 아이인가?'

미모에 사로잡혀 바로 보지 못했는데, 옷이 풍랑을 겪은 탓인지 꼬질꼬질했다. 만약 바다의 님프라면 저런 모습은 아닐 터. 얼굴에 때가 낀 게 나름 인간적이었다.

'너무 아름다워서 착각을 했구나. 저 아이는 그냥 인간이다. 이거 대박인데?'

그제야 놀란 가슴이 진정되고 음욕이 슬금슬금 피어올랐다.

"흐흐흐! 고년 참 먹음직스럽구나."

아이토스가 음흉한 모습을 보이자 그제야 다른 해적 졸개들도 안심하고 웃어댔다.

"선장님, 제 차례도 왔으면 좋겠군요."

"아닙니다. 저 녀석보다 제가 우선이죠. 선장님을 모신 지 올해로 오 년이 넘었습니다."

상선에 있던 자들이 소녀의 운명을 눈치채고 슬픈 얼굴이 됐다. 하지만 소녀는 어째서인지 여전히 방긋 가벼운 발걸음으로 아이토스에게 다가오는 것이었다.

"오!"

이것이야 말로 사냥감이 품에 뛰어드는 격이었다. 아이토스는 본능적으로 아름다운 소녀를 껴안고자 손을 앞으로 뻗었다.

퍼억!

"큭!"

눈앞에 별이 반짝였다. 대체 무슨 일이 일어난 건지 알 수가 없었다. 정신을 차리자 자기가 바닥에 쓰러져 있고 그의 부하들이 비명을 지르며 허공으로 날아가고 있었다.

"으아아악!"

"선장님! 살려주십시오!"

분기탱천해서 다시 일어나려 하는데 그 순간 소녀의 표정을 보고 말았다. 그 아름다운 소녀는 화사하게 웃으며 해적들을 두들겨 패고 있었던 것이다. 주먹에 피를 잔뜩 묻힌 채로.

'그냥 계속 기절해 있어야겠다…'

아이토스는 질끈 눈을 감았다. 정말 먹고 살기 힘들다는 생각만 들었다.

아탈란테가 그간의 울분을 토해내며 마구 날뛰는 걸 보며 나는 배 한쪽 구석으로 다가갔다. 해적이 아니라 어쩐지 산적처럼 생긴 털북숭이 녀석이 슬쩍 눈치를 보며 자빠져 있었다. 이게 아주 팔자가 좋구먼.

"야, 야. 일어나. 네가 선장이냐?"

"……."

"어쭈? 지금 사람 무시하냐? 바로 안 일어나면 다리부터 자르겠다."

역시 이런 해적 놈들은 강자에겐 약하고 약자에겐 강한 표본 같은 존재들이다. 칼을 들고 윽박지르자 바로 일어나 슬슬 긴다.

"귀인께선 누구시오?"

퍼억!

앞차기부터 먹여줬다. 해적의 앞 이빨이 부러져 하늘로 날아오른다. 이쪽 세계에는 임플란트도 없는지라 이제 평생 발음이 새겠군.

"시오?"

이게 어디 건방지게 스파르타의 고관인 이 몸에게 시오, 라고 지랄이지. 해적 주제에 안하무인도 정도가 있다. 선장 놈의 발목을 잡아 뱃전 밖으로 내밀었다.

"으아아아! 살려주시오! 아, 아니! 살려주십시오! 죄송합니다!"

비명이 이어지자 그제야 나는 다시 놈을 안에 집어던졌다.

"어이쿠!"

"아픈 척 그만하고 이리와."

나는 나무 상자를 하나 가져다 앉고는 손가락을 까딱거렸다. 그러자 놈은 서둘러 기어와서는 부복했다. 한손으로 성인 남자를 훌쩍 드는 내 힘에 기가 질린 표정이었다.

"으아아악! 내 이빨!"

"아악! 뼈가! 뼈가!"

뒤에는 아탈란테가 시원하게 연타석 홈런을 날리는 중이다. 뼈가 부러진 자는 그나마 운이 좋다. 아탈란테의 발차기에 맞아저 멀리 바다로 풍덩 빠진 이들의 운명은 포세이돈만이 아실 터.

"이름이 뭐야?"

"아이토스입니다. 나리."

"소속은?"

"삼두 해적단입니다."

"뭐가 이름이 그래?"

내 말에 아이토스는 서둘러 해적단이 왜 그런 이름인지 설명했다. 우두머리가 셋이라서 그런단다.

"하여간 무식한 새끼들, 이름을 지어도 하여간. 쯧!"

"죄송합니다. 나리."

"본거지는 어디에 있는데?"

"여기서 닷새 정도 항해하면 나옵니다요."

"좋아. 거기로 가자."

"네?"

아이토스는 더없이 황당한 소리를 들었다는 듯 반문한다.

"저… 나리. 저희 본거지에는 해적만 300명인데."

"그게 무슨 상관인데. 어차피 조무래기들이잖아."

"물론 나리께서 고강하신 건 알겠습니다만 두목님들께선 인간을 초월하신 분들입니다."

"하하, 해적 녀석들 허풍은. 저 여자는 인간 같아 보이냐?"

아탈란테 쪽을 가리키자 아이토스는 고개를 설레설레 젓는다. 그 많은 해적들이 잠깐 사이에 반병신들이 돼서 바닥에 굴러다니고 있었다. 바다로 떠내려간 자는 몇인지 알 수도 없었다.

"역시 님프인가요?"

"님프는 얼어 죽을. 저렇게 때가 꼬질꼬질한 님프 봤냐?"

"펠레우스!"

아탈란테가 듣고는 소리를 빽 지른다.

"귀는 밝아가지고. 그만 패. 해적들을 모조리 노잡이로 쓸 테니까."

내가 진짜로 본거지로 쳐들어가겠다고 하자 아이토스는 비지땀을 흘리기 시작했다.

"나리, 정말로 가시렵니까?"

"가야지. 물론 너도 간다."

"아이고! 가면 죽습니다. 저나 나리나."

"안 가면 여기서 나한테 죽는데, 어떻게 할래?

"…하늘도 무심하시지."

"하늘은 너 같은 새끼들 안 돌봐. 정신 차려."

일단 아이토스에게 명령해서 부하들을 수습하게 했다.

"아이토스. 상선의 인원들은 가다가 내려주려고 하는데 적당한 곳이 있나?"

"네, 물이 충분한 무인도가 있습니다. 근처에서 항해하는 배가 식수 보급을 위해 들리곤 하는 섬입니다. 거기 있으면 금세 구조될 겁니다."

나는 아이토스의 말을 상선의 인원들에게 전했다. 해적 본거지로 간다고 해서 식겁하던 그들은 무인도에 내려주겠다고 하자 반색했다.

"선장. 해적들에게 식량을 나눠주라 할 테니 걱정하지 마시오."

"감사합니다. 감사합니다. 나리."

하루를 항해하자 아이토스가 말한 무인도가 나와 상선의 인원들을 모두 하선시켰다. 그리고 다시 나흘을 항해하자 해적의 본거지가 있을 만한 곳에 도착했다.

"여기가 어디야?"

"키클라데스 제도의 남쪽입니다. 작은 섬들이 빼곡히 있는 곳이죠. 저희 같은 놈들이 숨을 만한 곳 천지입니다."

아닌 게 아니라 주변에 인간의 손길이 닿지 않는 섬들이 가득했다. 이곳에는 일부만 아는 비밀스러운 물길이 있다고 했고, 그곳을 따라 가면 별천지가 펼쳐진다고.

"이런 말씀 드리기 뭐하지만 저희 본거지를 습격하겠다는 분은 나리께서 처음입니다. 아테네 해군이 한 번 몰려왔었는데 본거지를 찾질 못해서 배나 몇 척 불태우고 돌아갔었죠."

"이야, 그런 금지를 나한테 나불나불 불었으니 너는 이제 돌아가면 죽은 목숨이겠다?"

"하아……."

아이토스가 깊은 한숨을 내쉬었다. 하지만 감히 반항할 엄두도 내지 못하고 있었다. 지난 닷새간의 항해에서 나와 아탈란테가 얼마나 강한지 절절히 느꼈기 때문이다. 사실 사흘 전 새벽에 이놈들이 잠든 우리를 습격했었는데 결과는 아주 비참했다. 해적 일곱이 죽었고 다섯은 넘실대는 시커먼 바다 속으로 사라졌다. 그 뒤로는 감히 덤빌 생각을 못하고 있었다.

"나는 말이야. 사실 해적이란 놈들이 맘에 들어."

"네?"

"매사 파이팅이 넘치잖아? 죽을 걸 알면서도 덤비다니 얼마나 사내다워. 심심하면 또 습격해도 좋아. 이번에는 열 명 정도 바다에 던질 테니까."

별 일 아니라는 듯한 내 말투에 근처에 있던 해적들이 사색이 된다. 다들 악마를 보는 듯한 시선이었다.

"어찌 저희가 감히 그러겠습니까? 저기 작은 섬 사이의 물길로 들어가면 본거지로 갈 수 있습니다. 원형의 섬 가운데 숨겨진 지역이지요."

"좋아. 진입해. 너는 우리를 잡아서 대장에게 데려가는 거야. 알겠지?"

"네, 나리."

옆에 있던 아탈란테가 우리 얘기를 듣고 물어온다.

"머리를 제압하겠다는 건가? 나머지 300명이 쉽게 굴복할까?"

"걱정 마. 졸개들에 대해서도 대책을 세워놨으니까. 우리는 우두머리만 죽이면 돼."

아탈란테는 더 묻지 않고 알겠다고 고개를 끄덕였다. 아무래도 상관없는 모양이었다. 항해와 풍랑에 지친 그녀는 가옥이 있는 곳에서 쉬고 싶다고 했다.

"나도 마찬가지야. 기왕 하는 거 해적 기지를 점령하자고."

"고귀한 지위에 오른 자가 이런 섬에서 해적 대장을 하려는 건가?"

"해적 무리를 손에 넣으면 여러 가지로 쓸모가 있을 거 같거든."

아탈란테와 얘기하는 사이에 배는 해적의 본거지로 들어갔다.

"와!"

나직하게 감탄사가 나왔다. 하얀 백사장 위쪽으로 작은 해안가 마을이 존재했던 것이다. 생각보다 규모가 컸다. 배들도 여러 척이고 인구도 300명이 넘어 보였다. 하긴 해적들의 가족이나 잡혀온 노예들을 더하면 훨씬 많겠지.

"정말 별세계로군."

"나리, 이런 곳을 진정 점령하실 작정입니까?"

강제로 나와 한 배를 타게 된 아이토스는 아까부터 덜덜 떠는 중이었다. 역적질을 하고 있으니 그와 선원들은 내가 진다면 살 아남기 어려울 터.

"시끄럽고. 시킨 대로나 잘 해."

"넵."

선착장에 배가 닿자 해적들이 우르르 내렸다. 다들 긴장된 표정에 동작이 뻣뻣했지만 딱히 이상을 눈치채는 자들은 없었다. 이번에 돌아온 건 그들만이 아니었는지 여기저기 재물을 정리하거나 잡아온 인간들을 밧줄로 묶는 게 보였다.

"꺄아앗. 제발 놔주세요!"

여자들도 꽤 보였다. 어부로는 부족했는지 해안가의 작은 마을이라도 습격했던 모양이다. 욕망에 찬 사내들이 가여운 여자들의 몸을 마구 주무르며 더러운 웃음을 흘리고 있었다.

"크헤헤헤, 고년 엉덩이가 실한 것 좀 보게."

"이 년들아. 앞으로 내가 니들 서방님이다. 크하하하!"

별천지란 말이 딱이었다. 그야말로 도덕이 뭔지 모르는 악인들의 세계였다.

"오! 아이토스! 돌아왔는가!"

해변에 있던 다른 해적들이 반가워하며 아는 척을 한다. 뭘 가져왔는지 궁금했던 모양이다. 그러다 묶여 있는 아탈란테를 보고 눈이 휘둥그레진다.

"아, 아니! 바다의 여신을 잡아왔는가!"

"와아아아아아!"

순식간에 난리가 났다. 아탈란테의 미모 때문에 해변에 있던 사내들이 떼로 몰려들어 구경하겠다고 한바탕 소란이 일었다. 현재 나와 아탈란테는 손이 묶인 척하고 아이토스의 일행을 따라가는 중이었다.

"이놈들! 안 꺼져!"

아이토스는 고래고래 소리를 지르며 사람들을 밀어냈다.

"두목님들께 바칠 여자다! 네놈들 손모가지 날아가고 싶어!"

몰려왔던 해적들은 다들 찔끔해서 물러난다. 혹시라도 아탈란테를 건드릴까 싶어 서둘러 물러나는 게 그 두목이란 존재를 엄청나게 두려워하는 기색이었다.

"그, 그래? 진작 말하지 그랬나."

"하긴 저런 미소녀면 두목님이 먼저지. 실례했네."

각 배의 선장으로 보이는 자들도 오해하지 말라는 듯 변명해댔다. 그러니 일반 선원들이야 말할 것도 없다. 이쪽으로 몇 번이고 시선을 돌리면서도 자기 일로 서둘러 돌아갔다.

"아탈란테. 인기가 대단한데?"

"남자란 정말 징그럽군. 다 눈알을 파버리고 싶다."

"나도?"

"…음, 너는 예외로 하지. 펠레우스."

그렇게 아이토스 일행에게 둘러싸여 걸어가는데 문제의 삼두령들이 어슬렁거리며 모습을 드러냈다. 마을이 소란스럽자 무슨 일인가 싶어 나타난 모양이다.

"오! 저게 웬 미소녀지! 형님! 저것 좀 보십시오!"

"세상에! 어떤 미친놈이 여신을 잡아왔구나! 크하하하."

"인간인가? 여신인가? 헷갈리는군."

아탈란테를 보더니 저마다 의견이 분분했다. 그건 그렇고, 정말 특이하게 생겼군. 인간이 맞는 건가? 삼두령은 셋 다 덩치가 장대했다. 등이 굽어 몸을 구부리고 있었는데도 키가 2미터가 넘는 것 같았다. 또한 눈알이 크게 튀어나와 있는 게 과연 사람이 맞나 싶다. 말할 때 보니까 이빨이 송곳처럼 날카로웠다. 확실히 뭔가 이상하긴 하군.

"아이토스가 잡아온 건가! 제법이구나. 이번에도 빈손이면 네놈 목을 뜯어버리려고 했는데 명줄이 긴 놈이로다."

"두목님!"

아이토스는 황송하다는 듯 고개를 숙였다.

"이 남녀는 누구냐? 설명해 보라."

"저… 그것이……."

"왜 머뭇거리는 게야? 정말 여신이라도 잡아온 거냐? 크하하하!"

삼두령들이 재밌다는 듯 웃어댈 때 내가 가짜로 묶여 있는 밧줄을 풀고 앞으로 나섰다.

"안녕들 하신가."

"음? 뭐지?"

갑자기 밧줄을 풀고 나설 줄 몰랐던지 삼두령들은 의아해한다.

"본인이 한 가지 바다에 나와 깨달은 게 있다. 그건 해적을 상대할 때 먼저 이야기를 하는 것보다 늘씬하게 두들겨 패는 게 우선이란 것이지. 굳이 대화를 하고 싶다면 상대를 반병신으로 만든 뒤에 해도 충분하더라고."

내 말에 삼두령들은 재밌다는 듯 껄껄댔다.

"크하하하! 고놈 참 맹랑하구나. 아이토스, 이게 대체 무엇이냐? 허? 저 계집년도 줄을 푸는군?"

처음부터 우리 둘이 묶여 있지 않다는 걸 안 삼두령들은 인상을 찌푸리며 아이토스를 노려본다. 아이토스는 이미 공포에 질려서 대답도 못하고 다리만 덜덜 떨고 있었다. 슬쩍 보니 가랑이 사이가 축축해진 상태다.

"삼두령들이여. 그대들에게 내 훌륭한 친구를 소개하지."

나는 그리 말한 후 비밀의 서에게 부탁했다.

―식인거인 테마토스를 꺼내줘.

―알겠다.

쩌어억!

비밀의 서의 주둥이가 갑자기 찢어지듯 벌어지며 삼나무처럼 두꺼운 거인의 팔이 푹 튀어나왔다. 그러더니 곧 흉흉하게 생긴 얼굴이 잔인한 미소를 지으며 나타난다. 악몽에서 기어 올라온 것 같은 생김새다.

"크호호호, 펠레우스여. 잔칫상을 준비해 놨나?"

식인거인 테마토스의 물음에 나는 주변을 가리켰다.

"오늘은 뷔페야."

# 8. 오염된 해적의 본거지

식인거인 테마토스가 모습을 드러내자 해적들은 경악을 금치 못했다. 비밀의 서가 삼켰던 걸 토해놓자, 저들 입장에선 허공에서 5미터짜리 거인이 뚝 떨어진 걸로 보일 수밖에.

"크흐흐흐… 만찬이로다. 진수성찬이로다."

게다가 테마토스가 오죽 흉악하게 생겼나. 반갑다는 듯 웃자 사방에 널려있던 음식들은 그야말로 기절초풍한다.

"으아아아악! 괴물이다!"

"신이시여!"

한데 테마토스는 그런 반응에 오히려 흡족해 했다.

"먹이가 아주 신선해. 흐흐흐, 파닥파닥 움직이는 새우 같구나!"

테마토스는 더 볼 것도 없다는 듯 바로 근처에서 공포로 꼼짝도 못하는 해적 하나를 붙잡았다. 그리고 손가락으로 딱밤을 때리는 것처럼 머리통을 날려버린다.

퐁!

어쩐지 경쾌한 소리와 함께 사람 머리가 저 멀리 골프공처럼 날아갔다.

콸콸콸.

테마토스는 머리 잃은 몸에서 쏟아져 내리는 피를 꿀꺽꿀꺽 마시며 즐거워했다.

"오랜만에 목을 좀 축이는군. 크흐흐흐!"

갑작스러운 강자의 출현에 여유만만하던 해적 삼두령들은 긴장한 기색이 역력했다. 왼쪽에 있던 두령은 이미 허리춤 검집에 손이 가 있었고, 오른쪽의 두령은 한 발 물러났고, 가운데 있는 두령은 고개를 절레절레 흔들며 한숨을 내쉬고 있었다. 테마토스는 그런 그들에게 관심을 보였다.

"펠레우스! 이놈들을 처리하랴? 쿵쿵! 냄새를 맡아보니 인간이 아닌 거 같은데. 어째서인지 생선 비린내가 난다."

"아니, 너는 마을 쪽을 제압해. 여기 아이토스와 졸개들은 내버려두고. 노예로 잡혀온 무고한 자들도 마찬가지다."

"알겠다! 나야 좋지! 배가 고파 죽을 지경이니까!"

그는 아무래도 상관 없다는 듯 몸을 돌려 해적 마을을 습격했다. 사방에서 비명이 터진다.

둥! 둥! 둥!

테마토스가 뛸 때마다 땅이 울리는 게 누군가 북을 치는 것 같다. 또한 녀석이 한 번 발걸음을 딛을 때마다 거대한 뱃살이 출렁이는 게 무척이나 기괴했다.

찌익!

신이 난 놈은 사람을 양손으로 부욱 찢어서 마치 닭고기라도 먹는 것처럼 게걸스럽게 살점을 뜯었다. 아니면 사람을 양손으로 수수깡처럼 분질러서 쏟아지는 피를 마셨다.

콰직.

거인이 손아귀의 힘을 주자 손에 들린 해적의 몸에서 피가 촬촬 쏟아졌다. 마치 오렌지 과즙을 짜는 것 같았는데, 테마토스의 얼굴이 피로 번들번들하니 공포도 이런 공포가 없었다. 실로 지옥에서 올라온 악마 그 자체라, 사람 목숨을 파리처럼 여기는 해적들조차 공포로 똥오줌을 지리고 있었다.

"끄아아아아! 살려줘! 살려줘!"

"막아! 막으라고!"

거인 하나 때문에 나름 평화롭던 해적마을이 엉망이 됐다. 그건 꽤나 대단한 구경거리였기에 삼두령과 나는 바로 싸울 생각도 못하고 그걸 지켜봤다. 특히 삼두령은 속이 터지는지 부하들에게 소리를 고래고래 질러댔다.

"멍청한 놈들! 합공으로 쓰러뜨려라! 이대로 물러난다면 우리 손에 죽을 줄 알아!"

"어차피 죽을 거라면 칼이라도 한 번 휘둘러라! 이 쓰레기들아!"

그들의 서슬 퍼런 외침에 사방으로 흩어지던 해적들이 퍼뜩 정신을 차렸다. 일부 강자들을 중심으로 반격을 시도했는데 결과는 허망했다. 테마토스는 나랑 싸울 때도 그랬지만 상당히 교활하다. 반격의 중심이 되는 지휘자들을 먼저 붙잡아 마구잡이로 집어던지기 시작한 것이다.

"으아아아!"

"아아악!"

비명과 함께 하늘 높이 올라갔던 해적들이 요란한 소리를 내며 마을의 나무지붕을 박살내며 처박혔다. 그리고 테마토스가 줄

줄이 세워져 있던 노를 잡아들자 상황은 더욱 악화일로로 들어섰다. 마을에는 노선에 쓰는 기다란 노를 건조 중이었는데 테마토스는 그걸 잡더니 봉처럼 휘둘러댔다.

우지끈!

무식한 힘으로 휘둘러대니 노가 견디지 못하고 박살나며 사방에 나무 파편이 뿌렸다. 하지만 여분의 노는 엄청 많았다. 테마토스는 노를 휘두르는 걸로도 부족해 사방에 투창처럼 집어던져댔다.

슈웅! 콰앙!

거인이 지면에 내리꽂듯 던지는 노는 그야말로 무서웠다. 몰려든 해적 수십 명을 단번에 파리 떼처럼 흩어버린다. 이따금 나무 건물에 그대로 박혀 긴 노가 출렁거리기도 했다. 테마토스는 그런 폭거를 저지르면서도 부지런히 해적을 잡아먹고 있었다. 마치 걸신들린 듯한 모습이다.

"왜 저리 식인에 집착하는 걸까?"

내 혼잣말에 대답해주는 이는 없었다. 분명 테마토스는 배가 고픈 것 이상으로 먹어 치우고 있었다. 어느새 배가 두꺼비처럼 튀어나와 있음에도 계속 입 안으로 사람을 구겨서 집어넣는다. 마치 푸드 파이터처럼 식인을 하고 있는 중이다. 입가에서는 케첩처럼 끈적끈적한 피를 뚝뚝 흘리면서.

"내 친구가 이래저래 실례가 많네. 식탐이 강한 친구라서 말이지. 구경 다 했으면 우리도 슬슬 이제 일 볼까?"

내 너스레에 삼두령의 얼굴이 딱딱하게 굳는다.

"인간 주제에!"

"하하하, 원래 좋은 친구가 있으면 어깨에 힘이 들어가는 법이지."

삼두령 중 가운데 있던 자가 일그러진 얼굴로 나선다.

"네놈 때문에 오래 공들인 이 둥지가 망가졌다. 이곳은 본디 수신을 위해 온 마음으로 노력해야할 곳. 감히 대업을 망치다니."

"수신이라고? 요즘 바다에서 그놈이 문제 좀 일으키고 다닌다는데, 네놈들이랑 관련있는 거냐?"

내 말에 그가 흉신악살 같은 얼굴로 소리쳤다.

"무례한 놈! 인간 따위가 그 분을 망령되게 부르다니! 어차피 다 망가진 것 이제 이 몸 또한 참지 않겠다!"

그리 외친 그의 몸이 갑자기 부풀기 시작했다. 인간의 피육이 찢겨지며 안에서 비늘이 돋은 몸이 드러난다. 그리고 삽시간에 키가 5미터는 되는 장대한 물고기 인간으로 부풀어 오르듯 탈바꿈했다.

"허…."

그간 신기한 건 많이 봐왔지만 이건 꽤나 놀라웠다.

"해저인?"

이게 말로만 듣던 반인반어(半人半漁) 해저인이란 말인가? 전체적으로 녹색에 양서류 피부를 가진 근육질의 인간형이다. 다만 얼굴은 흉측한 이빨로 가득한 물고기로 전신에 끈적끈적한 체액이 번들거렸다. 인간일 때도 그는 생선 비린내를 풍겼는데, 이제는 아주 생선 썩은 내가 났다. 생각지도 못한 그 모습에 눈이 휘둥그레졌다. 하지만 나보다 더 놀란 이들이 많았다. 바로 삼두령을 따르던 해적 수하들이었다.

"두목이 괴물로 변했다!"

"이게 무슨! 허어!"

비명을 지르지도 못하고 털썩 주저앉는 자들까지 보였다.

콰지직! 콰직!

옆에 있던 다른 두목들도 피육을 찢고 해저인으로 변했다. 가운데 해저인은 거인처럼 덩치가 큰 데 반해 나머지 둘은 2미터 정도였다. 왼쪽 놈은 복어 같은 느낌에 배가 불룩 나왔고, 오른쪽 놈은 마른 체형에 날치처럼 등에 날개 같은 지느러미가 돋아 있었다.

"해저인이다! 두목들이 괴물이었어!"

사실 이건 시작에 불과했다. 이 해적 마을에서 모습을 감추고 있던 해저인은 삼두령만이 아니었던 것이다. 여기저기서 해저인들이 진짜 모습을 드러내니 멀쩡한 인간들은 귀신이라도 본 것처럼 소스라치고 있었다. 그들의 일상에 이토록 미지의 존재들이 깊게 잠입해 있었던 거다. 마을을 돌아다니며 평범하게 마주쳤던 자들이 인간과 다른 존재였다는 사실에 심한 공포를 느끼는 듯했다. 다들 정신을 못 차리기에 나는 해적선장인 아이토스에게 소리쳤다.

"아이토스! 사람들을 규합해서 해저인들과 싸워라! 이제 네놈들이 살아남으려면 해저인을 다 죽이는 수밖에 없다!"

그때 머리 위에 그림자가 드리워진다. 고개를 들 틈도 없이 즉각 양손을 위로 올려 방어했다.

쿠우웅!

거대한 바위가 머리 위로 떨어지는 것만 같았다. 거인형 해저인이 주먹을 내리찍은 것이다. 하지만 방어력 하나만큼은 미쳤다는 소리를 듣는 나다. 충격에 한쪽 무릎을 꿇을 뻔했지만 용케 버텨냈다.

"이런 황당한! 그르르르!"

거인형 해저인은 당황하더니 이번에는 나를 손바닥으로 내리누르려고 했다. 하지만 양손으로 마치 무너지는 천장을 받치듯 버텼다.

"어림없다!"

괴력을 이끌어내며 힘 싸움에 들어갔다.

"크아압!"

기합성을 지르며 날 쥐포처럼 내리 찍어버리려는 압력에 버텼다. 그런데 생각보다 할 만하단 느낌이었다. 내가 저 5미터짜리 해저인과 비등비등하다니. 잠깐 정도는 한 손으로도 가능하겠다 싶어 왼손만 써 버텼다. 그리고 빈 오른손으로 검을 뽑아 재빠르게 해저인의 거대한 손바닥을 찔렀다.

푸욱!

"쿠아아아아!"

비명이 터지며 거인형 해저인이 손바닥을 부여잡고 뒤로 물러난다. 그건 그렇고, 적이 너무 커서 상대하기가 쉽지가 않았다. 고민하던 나는 그때 문득 거인은 거인으로 상대하는 게 좋겠단 생각이 들었다.

"아탈란테! 버틸 수 있나!"

현재 아탈란테는 다른 두 두령이었던 복어형 해저인, 날치형 해저인을 동시에 상대 중이었다. 해저인들이 강해 쉽지 않은 싸움으로 보였지만 그래도 용케 밀리지 않고 있다.

"괜찮다."

그래, 그렇게 나와야 후일 대영웅이 되는 아탈란테답지. 두 해
저인은 그녀에게 맡기고 나는 거인형 해저인에게 집중하기로
했다.

"활."

짧게 부탁하자 근처에 떠있던 비밀의 서가 활과 전통(箭筒)을
뽑아냈다. 나는 즉각 활시위를 먹여 발사했다.

쌔액!

날카로운 소리를 내며 날아간 화살은 거인형 해저인의 몸에
박히지 못하고 튕겨났다. 하지만 화살촉이 놈의 피부를 긁으며
생채기를 만들어냈다. 신경을 긁는 도발로는 최고군. 아니나 다
를까, 내가 그대로 몸을 돌려 달아나자 거인형 해저인이 포효하
며 쫓아온다.

"크르르르르!"

무슨 일이 있어도 나만은 꼭 잡아 죽이겠다는 강한 의지가 느
껴졌다. 도망치는데 노려보는 시선 때문에 뒤통수가 화끈화끈거
릴 정도였다.

"비겁한 놈! 작고 빠른 게 실로 멸치 같구나!"

음…. 해저인이라 비유가 바다 생물이로군. 보통은 쥐새끼 같
다고 할 텐데. 그런데 놈은 뭍에선 둔한 해저인이라 그런지 날 따
라잡지 못하고 크게 뒤처졌다.

"전략상 후퇴다. 어이, 테마토스! 이리 와봐!"

한참 앞서 나간 나는 식인거인 테마토스를 불렀다. 녀석은 해

저인이 나타난 상황에도 아랑곳하지 않고 주변을 돌아다니며 해적들을 주워 먹는 중이었다. 저런 멍청한 녀석. 해저인들이 나타난 이상 해적과 일시적으로 손을 잡아야 하는 데도 이러다니. 아니, 저 교활한 놈은 대번에 그걸 알았을 테지만 신경 쓰지 않은 거겠지.

"테마토스!"

다시 불러도 모른 척하면서 하나라도 해적을 더 잡아먹기 위해 손을 열심히 놀리고 있었다. 저 건방진 놈이 요즘 좀 잘 대해줬더니 금세 머리 위로 기어오르는구나.

"아아악!

비명과 함께 도망치던 해적 하나가 붙들려 허공에서 마른 오징어처럼 부욱, 찢어졌다. 그러자 내장이 마치 빨랫줄처럼 길게 늘어졌는데 테마토스 녀석은 좋다고 그걸 쪽쪽 빨아먹었다.

"테마토스!"

다시 불러도 안 들리는 척한다. 저런 빌어먹을 놈을 보겠나. 감히 내 부름을 모른 척해? 괘씸해서 긴고아를 조여서 혼을 내줄까 하다가 더 잔인한 수가 떠올랐다. 좋다, 테마토스. 네놈을 절대로 후회하게 해주지.

다다다다!

있는 힘껏 달려간 나는 테마토스의 등판을 밟고 뛰어올랐다.

"크르릉!"

놀란 테마토스가 서둘러 날 떼어내려 했지만 이미 어깨까지 올라간 상황이다.

"이 자식아! 부르면 바로 대답 안 해?"

"잠시 바빴다. 그것보다 어서 내려와라!"

나는 대답 대신 양손으로 테마토스의 귀밑머리 부분을 강하게 움켜쥐었다. 대머리인 테마토스지만 밑동 부분에는 아직 머리칼이 간신히 남아 있었다. 귀밑머리와 뒤통수 정도였는데 테마토스는 내색은 안 하지만 이걸 매우 소중히 생각한다. 탈모인의 마지막 남은 자존심과도 같은 것이랄까. 한데 내가 올라타서는 그 가난한 남은 머리칼을 움켜쥐었으니 대경할 수밖에.

"무슨 짓이냐! 어서 손을 떼라!"

노예가 된 상황에서도 늘 여유를 잃지 않던 우리 티탄의 후손께서 크게 동요했다. 심지어 목소리까지 떨리고 있었다.

"그걸 잡아 뜯기라도 하겠다는 것이냐!"

"뜯지 못할 것도 없지!"

나는 오른손에 잡은 머리칼을 잡아당겼다. 그러자 테마토스가 비명을 지르며 머리를 오른쪽으로 기울였다. 뜯기지 않으려면 당기는 방향으로 움직일 수밖에. 나는 그렇게 반 바퀴 정도 테마토스를 오른쪽으로 회전시켰다. 그러자 막 도착한 거인형 해저인과 마주하게 되었다.

"테마토스. 순순히 명령을 듣지 않으면 너는 완벽한 대머리가 되는 것이다."

"크으윽!"

"트루 대머리와 밑동이 남은 대머리는 그야말로 천지차이. 이는 빈민과 거부만큼이나 차이가 난다. 테마토스! 시키는 대로 해라! 진정 나락으로 떨어지고 싶은 것이냐!"

"이런 잔혹한 놈이!"

"닥쳐라! 트루 대머리가 되면 진정 돌아올 수 있는 길이 없어진다. 잔말 말고 움직여라!"

"티탄의 후예인 이 몸이 굴복할 것 같은가!"

자존심을 내세우며 뻗대던 놈은 이어진 내 말에 결국 굴복하고 말았다.

"모든 것을 잃을 것인가?"

테마토스는 하늘을 우러러 보며 길게 탄식했다.

"허허…!"

하지만 이런 악당 놈의 신세한탄을 들어줄 생각은 없었다. 나는 조금도 봐주지 않고 모발을 잡은 오른손을 전방으로 뻗었다. 마치 로봇 조종사가 조종간의 레버를 앞으로 미는 것처럼.

"주먹!"

내 외침과 함께 테마토스의 오른손이 반사적으로 앞으로 뻗어졌다.

퍼어억!

흡사 거대한 북이 터지는 듯한 소리와 함께 테마토스의 철권이 막 달려들던 거인형 해저인의 얼굴에 꽂혔다.

"크르르!"

거인형 해저인은 피를 쏟으며 뒤로 성대하게 쓰러진다. 그래서 나는 모발을 잡은 양손을 위로 당겼다. 테마토스는 눈치가 빨라 내가 뭘 원하는지 알고 바로 반응한다. 내리찍기 공격을 하려는 듯 두 주먹을 위로 들어올린다.

"기다려."

하지만 바로 내려치지 않고 거인형 해저인이 반쯤 몸을 일으키던 순간을 노렸다. 잡고 있던 모발을 아래쪽으로 당기자 테마토스가 거대한 두 주먹을 아래로 찍는다.

퍼어억!

둔탁한 소리와 함께 거인형 해저인은 피범벅이 돼 다시 쓰러진다. 엄청난 거구가 마치 아름드리나무처럼 무너지며 근처의 가옥을 와르르 무너뜨린다.

"크하하하하!"

나는 이 박진감 넘치는 상황에 절로 웃음이 터졌다. 거인을 조종해 거인과 맞서다니. 아무리 생각해도 나는 천재 그 자체임이 틀림없다. 하지만 옆에서 이 모든 상황을 지켜보던 비밀의 서는 비난을 퍼부었다.

-잔인한 놈! 가난한 사람의 마지막 희망을 가지고 협박하다니.

-크하하하! 원래 은화도 마지막 한 닢을 빼앗는 게 가장 재밌는 법이지.

-펠레우스! 이 피도 눈물도 없는 놈!

피도 눈물도 없다고? 테마토스가 순순히 내 말만 들었어도 이러지 않는다. 명령불복종은 엄벌만이 있을 뿐이다. 나는 테마토스의 빈궁한 모발을 더욱 거칠게 붙잡고는 외쳤다.

"자! 전진하라! 테마토스! 비록 네놈 머리카락은 점점 뒤로 후퇴하고 있지만, 이 싸움은 오로지 전진뿐이다!"

그러자 테마토스는 분노에 차 소리쳤다.

"네놈 조상 중에도 분명 대머리가 있었을 것이다! 네놈 후손 중에도 분명 대머리가 나올 것이다! 거인이나 인간이나 머리가 벗겨지는 일은 피할 수 없는 숙명인데, 어찌 그리 잔인무도하게 입을 놀린단 말인가! 크흐윽!"

그의 목소리에서 살짝 물기가 묻어났기에 나는 그만 마음이 약해지고 말았다.

"저 덩치 큰 해저인을 쓰러뜨려. 손을 놓을 테니까."

"알겠다."

테마토스는 고분고분해진 상태였다. 긴고아를 쓴 상태에서도 매사 반항적이던 그가 얼마 남지 않은 모발로 협박하니 굴복하고 만 것이다. 아마도 그건 그에게 마지막 잎새 같은 것이겠지.

"이 물고기 새끼야! 죽어!"

종로에서 뺨 맞고 한강 가서 눈 흘긴다고 하지 않나. 테마토스가 엄한 데 화풀이를 시작하자 거인형 해저인만 불쌍하게 됐다. 그는 분명 강력한 존재이긴 했지만 신화시대와 핏줄이 닿아있는 테마토스에겐 상대가 안 됐다. 테마토스는 격분해서 상대를 그야말로 다진 어묵으로 만드는 중이었다.

쿠우웅! 쿵! 쿵!

테마토스가 압승을 거두는 사이 그의 몸에서 뛰어내린 나는 아탈란테를 도우러 갔다. 그녀는 선전하고 있었지만 점점 밀리는 기색이 역력했다. 아직 어린 데다가 무위가 완성되지 않은 아탈란테다. 최근 아르테미스의 눈 밖에 나 신력도 끌어 쓰지 못하니 저 정도 싸운 것만 해도 용하다.

퉁!

가볍게 뛰면서 화살을 빠르게 한 발 날렸다. 위력적이라곤 못해도 상대를 귀찮게 하긴 충분했다. 아탈란테를 공격하려던 복어형 해저인이 주춤하며 무기를 거둔다. 녀석은 소의 목이라도 한 방에 베어버릴 것만 같은 커다란 칼을 갖고 있었다. 칼날도 제대로 서 있는 것 같지 않지만 그냥 내리치기만 해도 위력적일 것 같았다. 하지만 그거야 다른 이들에게나 통하는 얘기다.

"뻐끔이 새끼가 왜 뭍에서 나대!"

버럭 소리를 지르고 성큼성큼 다가가자 복어형 해저인이 당황한 기색이다. 그도 그럴 게, 아무런 방비도 없이 걸어오고 있으니 그럴 수밖에.

부웅!

녀석은 곧장 커다란 칼을 수직으로 강맹하게 휘둘렀다. 인간의 몇 배나 되는 힘을 가진 해저인의 일격이라 단 번에 뭐든 반으로 쪼갤 기세였다. 하지만 나는 그걸 머리로 튕겨냈다. 마치 축구에서 헤딩을 하는 것처럼 좌측으로 쳐냈다.

퍼억!

둔탁한 소리와 함께 머리칼이 잘려 흩날리긴 했지만 내 머리는 완전히 멀쩡했다. 정말 경이적인 방어력이 아니라 할 수 없다. 내심 나조차도 놀랄 정도니 공격자의 입장에선 어떻겠는가. 본래라면 수박처럼 터져나가야 할 머리로 칼을 튕겨냈으니 말문이 막힐 수밖에. 복어형 해저인은 뭐라 이상한 소리를 내며 아가미만 껌뻑 껌뻑거렸다. 하지만 이내 다시 한 번 발작하듯 검을 사선으로 휘두른다.

틱!

이번에는 떨어지는 칼을 왼손으로 붙잡았다. 손아귀에 힘을 주자 캉! 소리와 함께 칼날 일부가 깨져나갔다.

"간단하군."

그동안 정신 나간 괴물들만 상대하다 보니 해저인은 솔직히 할 만했다. 나는 그대로 달려들어 복어형 해저인을 쓰러뜨린 뒤에 양 팔을 붙잡고 발로 얼굴을 마구 내리찍었다.

퍽! 퍽! 퍽!

놈의 얼굴이 엉망으로 터져나갔다. 그걸로 그치지 않고 복어형 해저인의 팔을 뽑아버렸다.

뚜둑! 푸욱!

줄 끊어지는 소리가 나더니 팔이 그대로 끊어졌다.

"키에에엑!"

복어형 해저인이 어떻게든 일어나려고 발버둥을 쳤으나 다시 넘어뜨렸다. 그리고는 이번에는 머리를 뽑으려고 했다. 한데 그때 한 가지 생각이 들었다.

ㅡ비밀의 서. 이 녀석들을 공양할 수 있을까?

ㅡ가능은 하다. 하지만 큰 비밀은 듣지 못할 것 같다. 나름대로 해저인 중에선 강자인 것 같지만 테마토스 같은 놈에 비하면 피라미다. 봐라.

비밀의 서가 옆을 가리켰다. 고개를 돌려보니 식인거인 테마토스가 거인형 해저인을 상대로 완승을 거두고 고릴라처럼 포효하고 있었다. 나는 급히 소리쳤다.

"죽이지 마! 먹지도 말고!"

"안 먹는다! 이 새끼야!"

그때 활줄이 튕기는 소리가 나서 보니 아탈란테가 막 상대하던 날치형 해저인의 머리에 화살을 박아 넣고 있었다. 아르테미스의 힘을 끌어오지 못하는 상황에서도 기어코 빼어난 궁술로 승리를 이끈 모양이다. 하지만 죽으면 곤란한데.

"죽었나?"

아탈란테는 고개를 젓는다.

"아직 숨이 붙어 있다. 해저인은 정말 놀랍군. 이마가 꿰뚫렸는데도 살아있다니."

다행이었다. 인신공양을 할 제물이 죽으면 가치가 확 떨어지니까. 그래도 이대로 숨이 넘어가면 곤란하니 서둘러 비밀의 서에게 녀석을 삼키게 했다. 이렇게 삼두령과의 전투는 어려움 없이 끝이 났다. 하지만 해적마을은 여전히 난리였다.

"사달이 났구나."

사방에서 인간과 해저인의 싸움으로 난장판이었다. 처음에는 해저인들에게 일방적으로 도륙 당하고 있었는데 아이토스를 보낸 뒤에 달라졌다. 생각보다 유능하달까. 해적들을 규합해서 해저인과 치열한 접전을 벌이고 있었다.

"아탈란테. 해적들을 돕자."

"저런 쓰레기들을 구해주자고?"

"마을이 해저인에게 점령되는 것보단 낫지. 아무리 쓰레기라도 같은 인간이니까."

아탈란테와 내가 가세하자 해저인들은 빠르게 정리됐다. 대부분 쓰러뜨렸으나 일부는 바다로 도망쳤다. 승리했지만 누구도 기뻐하는 이가 없었다. 해적들은 망연자실한 표정이었다. 지금까지의 삶이 그야말로 무너져 내렸기 때문이다.

"이럴 수가…."

해적 하나가 넋이 나간 듯 털썩 주저 앉는다. 하지만 그렇다고 해적을 봐줄 생각은 없었다. 이들이 악인이라는 건 변함이 없는 사실이니까.

나는 일단 잡혀온 노예를 모두 해방한 뒤, 해적들을 모두 공터에 모았다. 수많은 눈망울이 두려움 섞인 눈빛으로 날 쳐다본다. 다들 내가 해저인을 때려죽일 정도로 강하다는 걸 똑똑히 보았다. 강자에게 복종하는 해적의 생리상 꼼짝 못하고 있는 거다. 게다가 보기만 해도 오금이 저리는 식인거인 테마토스를 옆에 세워 놓았으니 어찌 반항할 수 있겠는가.

"모두 듣도록."

내가 입을 열자 무슨 말을 할지 다들 긴장한 얼굴이었다.

"나는 너희를 용서할 수가 없다."

간단하고도 단호한 말이다.

웅성웅성.

주변이 시끄러워졌다. 잠시 듣던 나는 손을 들어 소란을 잠재웠다.

"닥쳐라. 지금부터 한 번만 더 입을 여는 놈은 식인거인의 먹이로 줄 테니까."

내 말에 테마토스가 씩 웃으며 입가의 침을 닦는다.

"요, 요 쥐새끼 같은 놈들. 입만 벙긋해봐라. 크흐흐! 이 어르신의 간식이 되는 거야. 그래도 너무 무서워하진 말거라. 하루만 지나면 똥덩이가 돼서 세상으로 다시 나올 수 있으니까. 어떠냐?"

테마토스가 고개를 숙이고 커다란 눈동자로 해적들을 훑어보자, 다들 사시나무처럼 몸을 떨었다. 오줌을 지리는 자들도 여럿이었다.

"다시 한 번 말한다. 나는 너희를 용서할 수 없다. 왜냐하면 너희가 다른 이들의 돈을 빼앗았기 때문이다."

내 말에 몇몇은 공포도 잊고 의아한 얼굴이 됐다. 돈을 빼앗는 건 이들에게 너무나 당연한 일이었기 때문이다. 오히려 돈만 가져가고 목숨을 살려주면 자비로운 편에 속한다. 하지만 내 생각은 달랐다.

"돈은 소중하다. 세상에서 제일 소중한 것 가운데 하나지. 너희 불한당들은 모르겠지만 평범하고 성실한 사람들은 돈 때문에 이른 아침부터 늦은 밤까지 일한다. 노동은 힘들고 고단하지. 심지어 함께하는 동료는 짜증나고 꼴 보기 싫은 녀석이 가득하다. 직장 상사는 윗선에 아첨만 하고 아랫놈들을 어떻게든 부려먹으려 애를 쓴다. 자기 일을 떠넘기고 그 위에 무거운 돌을 얹듯 다시 일을 더한다. 그들은 부하가 얼마나 갈려나가던지 전혀 신경 쓰지 않는다."

내 목소리는 점점 뜨거워졌다. 생각할수록 해적이란 무리가 고약하단 생각이 들었기 때문이다.

"힘들고 더러워서 때려치우고 싶은 생각만 든다. 하지만 부양할 가족이 있으니 그럴 수도 없다. 오늘 하루가 겨우 끝났다 싶으면 벌써 내일 일이 걱정이다. 보통의 성실한 사람들은 그렇게 무수한 하루를 보낸다. 즉, 돈을 얻기 위해, 소중한 인생의 대부분을 남의 일을 해주며 소모해 버린다는 말이다."

이 얼마나 비참한가.

돈을 갖기 위해 삶을 지불해야 하는 현실이란.

"돈이란 것을 위해 인생의 8할, 9할을 사용해 버린다. 이것을 보면 결론은 간단하다. 즉, 돈은 인생이다."

나는 모여있는 해적들에게 손가락질을 하며 비난했다.

"너희는 그런 한 사람의 인생을 강탈하고 빼앗고 훔친 것이다. 한 사람이 돈을 벌기 위해 참고, 견디고, 삶을 소모해 간신히 만든 작은 은화 몇 개를 가차 없이 훔쳤단 말이다. 이런 도적 소굴에서 술이나 퍼 마시고, 잡아온 여자를 능욕하고, 패싸움이나 벌이는 네놈들이 말이다. 생각해 봐라. 너희는 돈을 빼앗았기 때문에 그 사람들의 인생도 빼앗은 셈이다. 그 사람들이 인생을 대가로 번 돈을 너희 쾌락을 위해 사용했다. 아무런 가치도 없는 그런 수음 같은 일에 말이다."

이 얼마나 쓰레기 같은 짓인가.

각자의 돈에는 수많은 사연이 녹아 있다. 아프신 어머니를 위한 치료비일 수도 있고, 겨우겨우 모은 자식의 학비일 수도 있다. 오래간 함께해준 아내의 선물을 살 돈일 수도 있고, 먼저 간 자식의 장례비일 수도 있다.

서민의 삶은 언제나 빡빡하다. 그렇기에 의미 없는 돈이란 없다. 하지만 남의 것을 뻔뻔스럽게 빼앗는 자들은 그런 것을 신경 쓰지 않는다. 무자비한 폭력으로 자기 욕망만을 채울 뿐이다.

"돈은 소중하다. 왜냐하면 그건 한 사람의 인생이기 때문이다.

그래서 나는 네놈들을 절대 용서할 수 없다."

해적들은 두려움을 느꼈는지 손을 빌며 비굴하게 살려달라고
했다.

"자비를 베풀어 주십시오!"

"저희가 잘못했습니다. 개과천선하겠습니다!"

"나으리! 살려주신다면 다시는 해적질을 하지 않겠습니다."

저들의 말에 그저 헛웃음이 터질 뿐이었다.

"하하하핫! 닥쳐라! 개과천선이란 말을 함부로 쓰지 마라! 네
놈들은 그런 말을 할 자격도 없으니까! 자비를 베풀어 달라고?
네놈들이 가엾고 성실한 사람들이 울며 빌 때 과연 자비를 베풀
었느냐?"

이 질문에 다들 꿀 먹은 벙어리가 됐다. 자기가 했던 짓이 생각
났기 때문이겠지.

"어디 자비를 베푼 이가 있으면 앞으로 나와 봐라. 특별히 용
서해줄 테니."

하지만 한 명도 나오지 않았다. 이 바다에서 가장 잔인한 자들
이 그럴 리가 없었으니까. 나는 아이토스에게 명령했다.

"아이토스! 네놈이 할 일이 있다."

"명령만 해주십시오."

나를 이 해적 본거지에 안내해준 공으로 그는 여태 목숨을 부
지하고 있었다. 하지만 자기 위치가 얼마나 위태로운지 알고는
어떻게든 잘 보이려고 노력 중이었다.

"교수대를 만들어라. 잔뜩."

술렁임이 퍼져갔다. 그중 인상이 드세 보이는 몇이 악에 받쳐

서는 항의해 왔다.

"교수대라니!"

"다 죽이겠다는 건가!"

"아니, 저희를 매달기라도 하시겠다는 겁니까!"

대답 대신 식인거인 테마토스를 불렀다.

"방금 입을 연 자들을 먹어 치워라!"

"그것 참 마음에 드는 명령이로군!"

테마토스는 소리를 지르던 자들을 쥐고는 산 채로 잡아먹기 시작했다.

뚜둑!

가볍게 반으로 뜯어서는 흐르는 내장을 혀로 맛있게 핥는다. 사방에서 비명이 터진다. 놀라서 털썩 주저앉는 자들도 여럿이었다.

"너희가 용서를 몰랐듯 너희를 사로잡은 나 역시 용서를 알지 못한다. 오직 뿌린 대로 거둘 것이다! 이 도적놈의 새끼들아!"

섬에 있는 수백 명의 해적들을 다 쓸 생각은 없었다. 죄질이 나쁜 이들은 모조리 교수대에 매달 작정이다. 그리고 그나마 봐줄 만한 자들만 노예로 만들어 부릴 생각이었다.

"아탈란테."

"응."

"살려주기로 한 자들은 이마에 노예 낙인을 찍어. 불로 지지란 말이야."

"좋아. 맡겨라."

아탈란테는 선한 사람들을 위해선 자기 목숨을 걸 정도로 협객이지만, 악인에겐 용서가 없었다. 나는 그녀의 단호함에 만족해 고개를 끄덕인 뒤, 이 해적마을로 잡혀왔던 이들에게 소리쳤다.

"이제 자유를 얻은 성실한 자들이여! 납치돼 지금껏 유린된 가여운 이들이여!"

내 외침에 이곳에서 수많은 학대를 당하며 해저인의 먹잇감으로 전락했던 사람들이 침통한 얼굴을 감추지 못했다. 서러움에 눈물을 흘리는 자도 여럿이었다. 나는 그들에게 병장기를 쥐어주고 해적들을 포위하게 해놓은 상태였다.

"저 해적들을 준엄하게 심판하는 건 이 몸보다 그대들에게 자격이 있다고 생각한다. 본인에겐 50인의 노예만이 필요하다. 살아남을 자 50인을 그대들이 뽑아다오. 나머지는 모조리 교수대에 매달아, 비명에 희생된 죄 없고 성실한 이들의 영혼을 위로할 것이다! 그대들이여, 추호의 자비심도 보이지 마라!"

물론 남은 50인에게도 지옥을 보여줄 작정이었다. 해적에게 인권 따위는 존재할 필요가 없다.

"살려주십시오! 흐흐흑!"

"저희가 어리석었습니다. 어흐흑!"

"제발! 인간이라면 같은 인간에게 이러시면 안 됩니다!"

그제야 자신들이 어떤 처지에 놓인 건지 안 해적들은 목 놓아 울음을 터뜨리기 시작했다. 불쌍한 사람들이 저렇게 울 때는 한껏 비웃으며 칼을 휘둘렀을 놈들이라 조금도 동정심이 들지 않았다. 그저 복수의 자격이 있는 노예들에게 일을 맡길 뿐이다. 노예 중 연장자라 자연스럽게 지도자가 된 이가 대표로 외쳤다.

"위대한 영웅이시여, 우리가 당신의 뜻대로 하겠습니다! 가여운 노예들을 구하고 복수할 기회까지 주시니 부디 신들의 축복이 영웅께 함께하시길 간절히 원합니다!"

그는 잡혀오기 전에는 큰 상단의 행수였다고 한다. 오래 함께한 동료들이 모조리 칼을 맞아 죽고, 마지막까지 아버지를 지키려 했던 아들은 해적들이 토막을 내 상어 밥으로 줬다고 한다. 그러니 그 아비의 피맺힌 심경이 어떻겠는가. 노예들은 해적들을 분류하며 누구를 죽이고 살릴지 분주하게 토론하기 시작했다.

"살려주게. 그동안 정말 미안했네."

"본의가 아니었어. 위에서 시켜서 어쩔 수 없었다고."

"자네들은 착한 이들이잖나? 제발 자비를 베풀어 주게. 응?"

해적들은 마지막까지 변명하고 반성하지 않았다. 그저 어떻게든 눈앞의 위기를 넘기기 위해 허리를 숙이고 눈물을 흘릴 뿐이었다. 애초에 저런 자들이었다. 개과천선이라니, 어림없는 소리지.

"한 번 쓰레기는… 영원한 쓰레기일 뿐이지."

그때 한 해적이 비명을 터뜨렸다. 목에 밧줄이 묶인 채로 교수대로 끌려가기 시작한 것이다.

"놔! 놓으라고! 으아아아!"

그렇게 많이 죽였으면서 본인은 죽기 싫어 악을 쓰고 있었다. 하지만 노예들은 그의 온몸을 붙잡고는 금세 교수대에 대롱대롱 매달았다.

그때 한 신이 이 광경에 주목했다.

〈복수의 여신 네메시스가 당신을 쳐다보기 시작합니다. 그녀

의 주의를 끌었습니다.〉

이럴 수가. 네메시스라니. 그 이름이 갖는 무게 때문에 나는 살짝 입술을 깨물고 말았다.

〈복수의 여신 네메시스가 정의로운 복수에 만족해합니다. 그녀가 당신에게 호의를 보입니다.〉

반응을 보니 네메시스는 내가 마음에 든 모양이었다. 그녀는 정의롭거나 정당한 복수에 기뻐한다고 한다. 하지만 솔직히 기뻐하기만 할 수는 없었다.

-네메시스라⋯.

-뭔가 걸리는 게 있냐? 펠레우스.

-네메시스는 복수의 여신이기도 하지만, 인간에게 분수를 가르치는 존재이기도 하니까.

예로부터 호사다마라 했다. 좋은 일에는 탈이 많다는 뜻인데, 이 신화의 세계에선 네메시스 때문에 더욱 그랬다. 그녀는 인간이 분수를 지키고 오만함을 버리길 원한다. 하여 지나친 복을 얻으면 벌을 내린다고 했다.

-이런 얘기를 본 적이 있지. 어떤 노인이 110살까지 장수했는데, 나이를 묻는 사람에겐 늘 귓속말로 대답해줬다는 거야.

-왜?

-노인은 두려운 표정으로 말했다더군. 네메시스께서 들을까 무섭구려. 즉, 지나치게 장수했기에 복수의 여신이 벌을 내릴까 저어한 거지.

그렇기 때문에 늘 복을 누리는 사람들은 네메시스를 근심해야 했다.

—어쩌면 모든 영웅들이 비참한 최후를 맞이한 건 네메시스 때문일지도 몰라.

이건 가설에 불과하지만, 행복한 결말을 맞는가 싶었던 영웅들은 거의 다 파멸했다. 마치 그런 마무리가 허락되지 않는다는 것처럼.

—정말인가?

—추측일 뿐이지. 하지만 내가 보기에 그녀는 인간과 신의 사이를 가로막는 장벽이다. 인간이 오만하지 못하게 징치하며 주제를 파악하게 가르친다. 더 위대한 존재, 더 격이 높은 존재가 되지 못하게 막아서는 존재지.

이곳은 신화의 세계다. 인간도 신이 될 수 있는 세계이나 자력으로 그런 위치에 올라간 이는 극히 드물다. 대체 왜 그럴까 의문이었는데, 만약 그걸 방해하는 거대한 의지가 있다면 이해가 된다.

—당장 네메시스의 호의는 도움이 되겠지. 하지만 그녀는 언젠가 터질 시한폭탄과도 같은 위협이다. 아직은 지켜보겠지만 내가 분수를 모르고 오만해졌다고 느끼면 반드시 검을 들고 찾아올 테지.

—언젠가 네메시스와의 결전을 피할 수 없단 말이군.

—그래, 하지만 그게 오늘은 아닐 거야.

내일 일은 내일 걱정하라. 다시없을 명언이 아닐까 싶다. 네메시스의 문제는 미래의 나에게 맡기기로 했다.

노예가 될 50명의 해적을 제외하고는 모두 교수대에 매달렸다. 악인인 그들을 위해 장례를 치러 줄 이는 없었기에 그대로 교수대에 매달려 바닷바람에 메말라갔다. 어쩐지 건어물 같은 그 모습에 인간이란 존재도 죽고 나면 별 볼일 없단 생각이 들었다.

"하데스의 나라에서 즐거운 시간 보내고 있길 바라네."

나는 포도주 잔을 죽은 자들에게 들어보였다.

끼익. 끼이익.

대답은 들려오지 않았고, 밧줄이 교수대의 나무와 마찰하는 소리만 날 뿐이었다.

"바실레우스 각하."

그때 아이토스가 허리를 굽실거리며 다가왔다. 원래 내 이름과 직위는 비밀로 하려 했으나 복수의 여신에게 주목 받는 걸 계기로 생각을 바꿨다. 아무리 보안을 유지한다고 해도 신들의 눈길이 있는 한 완벽하지 못하니까. 그냥 당당히 나가기로 했다.

"일은 다 처리했나?"

"네, 노예들이 마을의 모든 재물을 광장에 쌓아놨습니다."

"가보지."

교수대에 매달지 않은 해적들은 모두 이마에 인두로 낙인을 찍고 노예로 삼았다. 그들을 시켜 그간 약탈한 보물을 모두 한 가운데 모아놓게 했다.

"이야, 너희들 많이도 약탈했구나."

광장으로 가보니 각종 동전과 금은, 장식품, 도자기, 산호, 약재, 몰약, 유황, 상아 등이 산더미처럼 쌓여있었다. 대체 이 정도 재물을 모으기 위해서 얼마나 많은 이들을 수장시켰을까.

"자유를 얻은 자들이여. 내 그대들과 이것을 나눌까 하오. 부디 고향으로 떠나는 길의 여비라도 됐으면 하는 바람이외다."

나는 잡혀왔던 이들과 재물을 나눴다. 지난 고생과 슬픔에 대한 보상으론 턱없이 부족하겠지만, 부디 작은 위로라도 되길 바랐다.

"감사합니다. 펠레우스 님."

"살아서 여길 빠져나갈 수 있으리라 생각도 못했습니다."

"평생 구해주신 은혜를 잊지 않겠습니다."

사람들은 연신 허리를 굽혔다. 눈물을 흘리는 자들도 여럿이었다. 펠레우스란 이름을 잊지 않겠다는 듯 되뇌는 이도 많았다. 노예들 중에는 선원이었던 자들이 많아 배만 있으면 언제든 돌아갈 수 있었다.

"준비가 되면 떠나시오."

나는 한 명, 한 명 손을 잡고 위로해줬다. 눈앞에서 가족이 해적의 칼에 의해 죽는 걸 보고 여기까지 노예로 잡혀왔으니 그 심경이 어땠을까.

"부디 고향에 돌아가서는 좋은 날이 있길 빌겠소."

풀려난 노예들과 인사를 끝마친 나는 내 몫으로 쌓여있던 재물을 살펴봤다. 그러다 특이한 걸 하나 발견했다. 영롱한 빛이 도는 커다란 진주였다. 거의 자두만큼이나 컸다.

"어? 이건?"

언제가 금서에서 본 적이 있는 모습의 진주다. 요리조리 살펴봐도 틀림없었다. 세상에 이걸 만나다니. 천운이 따랐구나.

"제가 따로 빼두라고 했습니다."

아이토스가 얼른 끼어들어 설명해줬다. 재물 중에 특별히 진귀하고 귀해 보이는 건 내 몫으로 따로 정리해 놨다는 것.

"이 녀석."

혹시라도 불호령을 내릴까 싶은지 아이토스는 자라처럼 목을 움츠렸다.

"죄, 죄송합니다. 소인이 공연한 짓을…."

"죄송은 무슨. 아주 잘했다."

이 녀석, 일처리가 쓸만한 걸. 그래, 가장 좋은 것들은 내가 가져야 도리에 맞지. 그 고생을 했는데 말이다. 다만 그걸 내 입으로 말하기 좀 애매한 감이 있었는데 알아서 잘 챙겨놓다니, 아이토스에 대한 평가가 조금 올라갔다.

"네놈, 좀 쓸모 있군."

"기뻐하시니 다행입니다요."

아이토스는 두 손을 싹싹 비비며 연신 허리를 숙였다. 교활한 미소가 어쩐지 좀 얄미웠지만 잘 한 건 잘 한 거니 넘어가기로 했다.

"계속 그렇게만 해. 그러나 혹시라도 건방지게 굴면 네놈도 저 해풍에 건조되는 건어물이 되는 거야. 알겠어?"

"여부가 있겠습니까? 무릎 뼈가 다 닳도록 뛰어다니겠습니다요."

알겠다는 듯 고개를 끄덕이고는 진주를 살폈다. 자세히 봐도 내 짐작이 틀림없단 생각이 들었다.

-펠레우스, 그게 뭐냐?

-이건 트리톤의 진주다.

-트리톤이라면 포세이돈의 아들인 바다의 신 아니냐?

-맞아. 이 진주는 트리톤이 갖고 있던 신물에 붙어 있던 장식 중 하나다. 고대의 전투에서 신물이 반파돼, 장식으로 붙어 있던 진주들도 뜯어져 바다로 흩어졌다고 하지.

-총 몇 개인데?

-몰라. 거기까진. 하지만 한 가지 확실한 건 트리톤이 이 진주를 찾고 있다는 점이지. 진주를 다 모으면 신물이 본래 지녔던 힘을 되찾을 수 있으니까.

하여 이 진주를 트리톤에게 공양하면 보답을 해준다고. 진주는 전투 후에 여러 바다로 흩어져 전혀 예상하지 못한 장소에서 발견되곤 했다. 바다에서 가장 무서운 괴물이 지키거나, 그냥 어느 날 해변에 떠내려 와 아이가 줍기도 한다. 때로는 이처럼 해적의 재물 속에 섞여 있기도 했다. 해적들은 이 진주가 뭔지 전혀 몰랐을 것이다.

-공양 의식을 해야겠군. 트리톤에게 호의를 살 수 있을 거야.

종말의 집행자라고 해서 신과 다투기만 해서는 안 된다. 무지개 신 이리스처럼 좋은 관계를 구축한 신이 많을수록 앞날에 도움이 될 터.

-좋은 생각이다. 펠레우스. 하지만 신이란 양날의 검이니 조심해야 한다.

-물론이지. 하지만 네메시스 때문에라도 어떻게든 트리톤을

만나볼 생각이다. 그녀의 검이 언젠가 내게 향할 때 편을 들어줄 신이 많으면 많을수록 좋으니까. 게다가 한 가지 이유가 더 있지.

-그게 뭔데?

-해저인을 여럿 죽였으니 수신이 나를 주시할지도 모른다. 미리 트리톤에게 방패막이가 돼달라고 하려고. 트리톤은 수신이라면 이를 갈 정도로 싫어하니 응해줄 확률이 높다.

사실 후환을 방지하기 위한 게 제일 크다.

-좋은 생각이다. 그나저나 트리톤을 부르는 방법은 알고 있나?

-물론이다. 트리톤 뿐 아니라 대부분의 신을 부를 줄 안다고 보면 돼. 금서의 지식 덕분이지.

다른 신들도 그렇지만, 트리톤 역시 불러내는 게 쉬운 일은 아니다. 충분한 공양물과 그럴 듯한 제단이 있어야 한다. 부르는 법을 알아도 여건이 안 되니 소용이 없었는데 이번 기회에 해보면 될 것 같았다.

-공양물은 잡은 해저인들이면 기본은 되겠지. 삼두령과 졸개들을 붙잡아 뒀으니까.

-제단은 어떻게 하는 건가? 돌을 쌓으면 되나?

-아니, 트리톤의 제단은 좀 특이해. 배 하나를 통째로 써야 해. 배는 크면 클수록 좋고.

배의 선체가 제단이 되는 거다. 공양할 제물도 배에 묶어 놓으면 된다. 배 하나를 통째로 트리톤에게 바치는 개념이다. 나는 해적들을 시켜 의식의 준비를 시작했다. 먼저 배를 깨끗하게 닦게 하고는 해저인들을 쇠사슬로 배 이곳저곳에 묶었다.

"쉽지 않은 작업이라 시간이 걸리는군…."

나는 일하는 해적들을 보며 중얼거렸다. 약간 답답했다. 그렇다고 딱히 탓하는 건 아니었는데 옆에 있던 아이토스가 흠칫 놀란다.

"히익! 당장 바로 잡겠습니다!"

얼굴이 사색이 된 그는 채찍을 쥐고는 선체 위로 날래게 뛰어올랐다. 그리고는 사정없이 채찍질을 시작했다.

"이놈들아! 서두르지 못하겠느냐! 손이 보이는구나!"

찰싹! 찰싹!

"너희들은 근본부터 글러 먹었다! 이 세상에 할 게 없어서 해적질을 해!"

찰싹! 찰싹!

"그 대걸레로 이제부터 과거를 닦아내는 거다! 부끄러운 마음이 있다면 걸레를 쥔 손에 힘이 들어가지 않을 리가 없다! 닦아라! 네놈들의 죄악을!"

아이토스의 난입 덕에 작업이 훨씬 빨라졌다. 시키지도 않았는데 알아서 하다니, 제법이잖아. 그나저나 지도 해적이면서 저렇게 뻔뻔하게 태세전환을 하다니… 정말 보통이 아닌 걸.

"아주 유능한 친구야. 마음에 들어."

지켜보며 고개를 끄덕였다. 원래는 저 아이토스 놈도 악인이라 적당히 쓰다가 교수대에 매달아 버리려고 했다. 한데 아직은 좀 더 살려둬도 괜찮겠단 생각이 들었다. 그렇게 하루가 지나자 트리톤에게 공양의식을 드릴 작업이 완료됐다.

"아이토스, 해적들을 모두 불러라. 공양의식을 위해 녀석들이

기도문을 외워야 한다."

"알겠습니다."

트리톤을 부를 때 기도문을 외울 자가 많으면 많을수록 좋다. 그래야 신의 귀에 더 잘 들리기 때문이다. 나는 홀로 해변에 세워진 배 위에 올라갔다. 이제 이곳은 제단이고 의식의 주관자인 나만이 오를 자격이 있었다.

"이 정도면 신께 공양의식을 수행하기 충분하다."

배를 살펴본 나는 고개를 끄덕였다. 이미 해적들이 기도문을 외우기 시작한 상황. 바로 공양의식을 시작해도 되겠다 싶어 단검을 뽑아들었다. 칼날이 서늘한 예광을 뿜어낸다. 묶여있는 해저인들의 눈이 공포로 물들어갔다. 그들은 이족의 언어로 뭐라, 뭐라 저주를 퍼부어댔지만 신경 쓰지 않았다. 어차피 도축될 돼지에 불과하니까.

"소라 고동을 불어라."

배 아래쪽에 소리쳤다. 소라 고동은 트리톤의 상징이니 이 의식의 시작을 알리는 용도로 적합하다.

부우우우웅—!

낮고 웅장한 소리가 사방으로 퍼져나갔다. 어째서인지 평범한 소라 고동의 소리가 천지사방을 울리는 것만 같았다. 나는 곧장 한 해저인의 목을 따며 소리쳤다.

"바다의 신 트리톤이시여. 여기 수신의 졸개들을 도륙해 위대한 당신께 공양하고자 합니다! 부족하오나 너그럽게 받아주시옵소서! 이들의 피가 부디 당신께 작은 즐거움이라도 되길 원하나이다!"

철철철.

동맥이 끊어지며 안에서 비릿한 피가 마치 수도관이 터진 것처럼 마구 쏟아져 나오기 시작했다. 끈적끈적한 피가 배를 시커멓게 적시기 시작했다.

쏴아아아아.

그때 바닷바람의 느낌이 갑자기 달라진 듯한 기분이 들었다. 이상한 기분이 든 건 나만이 아닌 듯 기도문을 외우던 해적들이 동요하기 시작했다.

"모두 고개를 숙이고 기도문에만 집중해! 너희가 신을 바라본다면 죽음을 면치 못한다."

내 경고에 다들 땅에 바짝 엎드려 끊임없이 기도문만을 외우기 시작했다.

꿀꺽.

나 역시 긴장감에 이마에 땀이 송골송골 맺히고 있었다. 갑자기 바다 안개가 자욱하게 끼기 시작하는 걸 보며 어떤 거대한 존재가 나타나려 함을 깨달았다. 천지사방이 해무로 차단되고, 이 세계가 통째로 비현실의 세계로 빨려 들어가는 듯한 기분을 느꼈다. 그리고 그 순간 자욱한 바다 안개 한 가운데서 거대한 거인이 나타났다.

"허⋯."

보자마자 저게 신이란 걸 알 수 있었다. 바닷물이 무릎에서 겨우 찰랑 거릴 정도로 엄청난 크기의 거인이었다. 머리에는 산호 왕관을 쓰고 손에는 포세이돈처럼 삼지창을 들고 있었다. 하지만 자세한 모습은 인식할 수 없었다. 그 모든 게 검은 실루엣처럼만 보였다. 시커먼 어둠의 거인이었다. 잠시 그 존재는 물끄러미 날 바라본다. 천지사방이 침묵에 빠진 듯 조용했다. 슬쩍 뒤를 돌아보니 기도문을 외우던 해적들은 모두 엎드린 자세 그대로 기절해 있었다.

[그대가 나를 부른 것인가?]

다행히 그가 먼저 입을 열어줬다. 공양의식이 마음에 안 들었으면 즉각 모든 걸 파괴하고 내 영혼을 잡아갔을 터. 하지만 일단 관심을 보이고 있으니 실로 다행이었다.

"그렇습니다. 고고한 바다의 주인 트리톤이시여."

[인간이 날 직접 부르는 건 오랜만이군. 이제는 그 의식을 아는 자가 거의 없을 텐데 희한하구나.]

트리톤은 이런 공양의식은 오랜만인 듯 다소 흥미를 보이고 있었다.

"여기 공양물을 준비했습니다."

[더러운 수신의 졸개들이로군.]

"부디 마음에 드셨으면 합니다."

[나쁘진 않지만 소소하구나. 겨우 이 정도의 이유로 나를 부른 것이냐?]

잠깐 관심을 보이던 트리톤은 심드렁한 기색이었다.

[공양은 받도록 하겠다. 하지만 가벼운 것으로 바다의 신을 불러냈으니 이 또한 무례다. 결국 공과 과가 서로 상쇄하니 네놈에겐 더 이상 볼 일이 없다. 잘 있도록.]

더는 귀찮은지 트리톤은 훌쩍 떠나려고 했다. 그래서 나는 비장의 카드를 꺼냈다.

"진주를 얼마나 모으셨습니까?"

트리톤은 갑자기 급격한 관심을 보이기 시작했다.

[뭐라?]

"제가 한 알 보텔 수 있을 것 같은데 말입니다."

물론 공짜로 주겠다는 건 아니지만.

트리톤은 크게 관심이 동한 듯 거대한 머리를 가까이 해온다. 갑자기 하늘이 시커멓게 변하는 기분이었는데, 그렇다고 해도 그와 나의 거리는 족히 백 미터는 넘었다.

[뭐라? 진주?]

"그렇습니다. 트리톤 님께서 흩어진 진주를 찾고 계시다 들었습니다."

[흥! 교활한 혓바닥을 놀리는군. 아무리 봐도 네놈은 진주를 갖고 있지 않다. 감히 신을 기만하려는 것이냐?]

신들은 거짓을 말하는 인간을 용서하지 않는다. 지들은 인간에게 수도 없이 거짓말을 하면서 말이다.

[비록 공양을 한 점이 갸륵하긴 하나 감히 신에게 거짓을 놀리려 한 죄악은 무겁다. 이 자리에서 그 죄를 물으마.]

트리톤의 거대한 삼지창 끝에서 시커먼 어둠의 기운이 일렁이기 시작했다. 그야말로 경천동지할 거력이라고 할까. 저기서 쏘아낸 신력은 산을 뒤집고 호수를 증발시킬 정도겠지. 새삼 신의 위력이 얼마나 대단한지 다시 한 번 깨닫게 됐다. 언젠가 저런 녀석들과 과연 싸울 수 있을까? 하지만 그건 훗날의 일이다. 지금은 꼭 무력으로 겨룰 필요는 없다.

"자, 여기 있지 않습니까?"

나는 트리톤의 진주를 손가락으로 쥐고 올려 보였다. 그러자 트리톤이 살짝 놀라더니 삼지창 끝에 서리던 힘을 흩어버린다.

쿠아앙!

모이던 힘을 흩어버린 것만으로도 충격파가 일어나 강풍이 몰아친다. 제단으로 만들어진 배가 한동안 거세게 흔들렸을 정도다.

[희한하군. 방금까지는 없었는데?]

신의 눈길로 진주의 소지 여부는 바로 알 수 있겠지. 그래서 거짓말이라고 여긴 모양이다.

–솔직히 대단하군. 비밀의 서. 신을 면전에 두고도 물건을 숨길 수 있다니.

사실 진주는 비밀의 서 안에 있었다.

–이제야 이 몸의 위대함을 알겠냐.

비밀의 서가 진주를 뱉어서 건네자 트리톤의 눈에는 그게 갑자기 나타난 걸로 보인 거다.

"어찌 거짓을 말씀드리겠습니까."

[제법 재주가 있는 놈이로구나.]

트리톤에게서 감탄한 기색이 느껴졌다. 그러더니 뻔뻔스럽게 손을 내민다.

[자, 어서 진주를 다오.]

"물론 이것을 정당한 주인께 바칠 것입니다만, 그전에 이 미천한 자의 소원 하나만 들어주실 수 있겠습니까?"

[이놈! 감히 신을 상대로 거래를 하려는 것이냐!]

뭐, 그러는 너는 날강도 같이 그냥 가져가려는 거냐. 어이가 없네.

"소인이 어찌 위대하신 분을 상대로 무례를 범하겠습니까. 다만 이 진주를 얻는 과정에서 해저인을 여럿 쓰러뜨려야 했습니다. 하여 수신의 미움을 받게 되었으니 앞으로 편히 바다를 바라볼 수 없게 됐다 할 수 있습니다."

[흐음….]

내 얘기가 일리 있다고 여긴 건지 트리톤은 노기를 누그러뜨린다.

"그런 까닭에 트리톤 님께 자비를 구합니다. 본디 이 바다가 누구의 것입니까? 포세이돈 님과 그분의 적장자 트리톤 님의 소유임을 세 살 먹은 아이라도 알 것입니다. 한데 어찌된 일인지 근자에 수신이 방자하게 날뛰니 미천한 저희 인간들도 하루도 한숨을 내쉬지 않을 날이 없습니다."

[…….]

"부족한 재주를 가졌지만 이에 분한 마음을 감출 수 없었습니다. 하여 이렇게 해저인을 참살하고 트리톤 님의 진주를 찾아 기쁜 마음에 공양 의식을 하게 되었습니다. 한데 어찌 트리톤 님께선 당신께 충실한 자에게 이리 엄하십니까?"

나는 쇠사슬에 묶여 있는 해저인들을 가리키며 섭섭하단 말투로 힐난했다.

"이런 저급하고 더러운 무리가 바다를 활개 치는 걸 관망만 하셨으면서 말입니다."

내 말에 트리톤은 잠시 입을 다물고 있다가 곧 장탄식을 터뜨렸다.

[하아…… 실로 그대의 말이 옳다.]

갑자기 '놈'에서 '그대'로 호칭이 격상됐다. 트리톤은 거대한 머리를 흔들더니 한숨을 내쉰다.

[그대의 신랄한 지적은 신조차 부끄럽게 하는구나.]

더욱 화를 낼까 싶었는데 의외로 담백하게 자기 잘못을 인정하는구나.

"주제 넘는 말씀 올려 송구할 따름입니다."

[아니다. 그대의 말에 틀림이 없었다. 최근 신경이 곤두서 있어 마음의 여유를 잃었다. 여유를 잃으니 조급함만 남아 졸렬하게 굴었다. 본디 진주를 찾아준 이에게 답례를 함은 당연한 일이다. 금수도 자기를 구해준 이에겐 보답하는데 신이 은혜를 외면함은 있을 수 없는 일이다. 그대여. 원하는 바를 말하라. 바다의 신인 트리톤이 힘 써 도울 것이다.]

의외의 모습이었다. 처음에 무도하게 굴기에 역시나 올림포스 신답게 기대를 저버리지 않는다고 내심 혀를 찼다. 하지만 신의 위치에 있으면서 하찮은 인간에게 잘못을 인정하다니, 이는 매우 드문 일이라 할 수 있겠다. 신의 자존심은 천 인, 만 인의 목숨보다도 귀한 법이다. 나는 결국 마음이 조금 풀어졌다.

"이 펠레우스, 트리톤 님의 바다 같이 깊은 배려에 몸 둘 바를 모르겠습니다. 그저 감읍할 따름입니다."

가식이 아닌 진심으로 고개를 숙여보였는데 트리톤은 갑자기 감탄사를 터뜨렸다.

[뭐라? 펠레우스? 그대의 이름이 펠레우스인가! 아르테미스가 아끼던 칼리돈의 멧돼지를 잡은 그 용사.]

"소인이 칼리돈의 멧돼지를 처리한 자가 맞습니다. 어찌 저 같은 범부의 이름을 아십니까?"

내 말에 트리톤은 호방한 웃음을 터뜨렸다.

[하하하하! 스스로를 필요 이상으로 낮추지 마라! 이미 많은 신들이 그대의 이름을 알고 있느니라. 최근에 이리스 신과 사이가 부쩍 가깝다는 것도 들었다.]

"그저 허명에 불과합니다."

설마 트리톤이 날 알아볼 줄은 생각도 못해서 내심 당황스러웠다. 그는 누가 뭐라고 해도 이 바다의 정당한 후계자이자 포세이돈 다음 가는 이인자이다. 비록 12주신은 아니나 신위는 그에 맞먹는다고 할 수 있었다. 한데 그런 이가 날 알아봐주다니, 그간 행한 일이 꽤나 요란했나 보다.

[이 몸은 허명을 가진 자에게 감탄하지 않는다. 혹은 네메시스가 두려운 것이냐? 하하하. 걱정하지 마라. 오늘 우리의 대화는 누구도 들을 수 없을 테니.]

그러고 보니 해무가 짙어진 이후로 마치 다른 세계로 온 듯한 느낌을 받았었지. 뒤를 다시 슬쩍 보니 기절한 해적들은 일어날 줄을 몰랐다. 이 공간 안에는 오로지 나와 트리톤만이 있었다.

[그대 정도 되는 용사에게 대접이 소홀했구나. 이 트리톤에게 무엇을 바라느냐?]

"제가 원하는 건 간단합니다. 언젠가 제가 위기에 처하게 될 때 트리톤 님께서 도와주십시오. 당신의 조력을 원합니다."

[조력이라… 간단하지만 어려운 부탁이군.]

앞으로 예상 가능한 위기 상황은 여러 가지다. 아르테미스가 무슨 짓을 벌일지 알 수 없고, 언제 네메시스가 검을 빼들지도 미지수다. 해적 본거지를 초토화시켜 해저인들의 음모를 막은 탓에 수신에게도 눈 밖에 나게 될 터. 이래저래 급살 맞을 운명이니 날 지켜줄 신도 하나쯤은 있어야하지 않겠는가.

"그저 한 번의 도움이라도 족합니다. 제가 바치는 진주의 가치만큼만 절 돌봐주십시오."

[크흐흐흐, 교활하구나. 말이야 간단하지만 세상의 은원은 그리 단순하지 않다. 진주만큼 도와줬다가 이 몸까지 통째로 휘말릴 수 있을 터. 하지만, 어쩐지 그대가 얄밉기는 하지만 싫지는 않구나. 좋다. 후일 위기에 처했을 때 나를 부르라.]

됐다. 공양으로 원하는 것을 얻어냈어. 위급할 때 트리톤을 부를 수 있다면 그야말로 천군만마일 터.

"미거한 몸에게 내려주신 은혜 깊이 감사드립니다."

이걸로 공양의식은 잘 끝났다. 트리톤은 흡족하게 진주와 해저인들을 받았다.

우드득. 우득!

시커먼 검은 거인인 트리톤은 해저인들을 산 채로 씹어 먹기 시작했다. 그의 거대한 입 속으로 해저인들이 비명을 지르며 단번에 사라진다. 나는 단순히 육체뿐만 아니라 그들의 영혼까지 신에게 포식되는 걸 볼 수 있었다.

"키이이이에엑!"

안개가 낀 바다로 해저인들의 영혼이 귀곡성을 터뜨렸다. 하지만 그건 신의 식욕을 돋을 뿐이었다. 트리톤은 금세 해저인들을 모두 먹어 치우고는 즐거워했다.

[괜찮은 공양이었다. 신과 인간이 모두 만족했으니 드문 일이라 하겠다.]

트리톤은 이제 떠나려는 것 같았다. 이대로 보내도 되겠지만 나는 아직 용건이 남아있었다. 최근 포세이돈이 바다를 통제하지 않아 수신 같은 악당이 날뛰는 중이다. 필히 까닭이 있을 텐데 인간인 내가 알 도리가 없는 게 문제다. 종말의 집행자로서 신들의 동향을 파악하는 건 중요한 임무다. 기회가 왔을 때 알아보는 게 좋았다. 하지만 대놓고 묻는다면 노여움을 살 수 있으니 자연스럽게 얘기가 이어지게 할 필요가 있었다.

"위대한 트리톤이시여. 한 가지 말씀드릴게 있습니다. 수신에 관한 일입니다."

[뭐? 그 천하고 잡스러운 것에 관해서라?]

수신의 일이라 하니 트리톤은 대번에 관심을 보였다.

"이미 알고 계신지 모르겠습니다만, 제가 수신의 이름을 들었습니다."

[그게 정말인가!]

트리톤은 보기 드물게 흥분한 모습을 보였다. 한 번 소리 지른 것만으로도 그의 주위에 있던 바닷물이 일제히 하늘 위로 치솟는다. 그리고 일대에 소나기처럼 쏟아져 내렸다.

촤아아아아!

선상에 있던 나는 순식간에 물에 빠진 생쥐 꼴이 되고 말았다. 뭐야, 이거. 미역인가? 나는 이마에 붙은 미역을 떼어내며 헛웃음 지었다. 신이란 존재는 너무나 거대해서 잠깐 감정을 드러내는 것만으로도 이런 황당한 일이 일어나는군.

"어느 안전이라 거짓을 고하겠습니까? 제가 수신의 이름을 알고 있습니다."

내가 확언하자 트리톤은 헛웃음을 터뜨렸다.

[허허허…, 놀랍군. 수많은 해저인을 고문하고 영혼째 포식해도 알 수 없었던 게 수신의 이름이거늘. 정녕 들었단 말이냐?]

"그렇습니다."

수신의 이름은 전혀 알려지지 않았다. 그저 모두 수신(水神)이라고만 부른다.

[신의 이름이 알려지지 않은 건 이전부터 이상한 일이라 여겼다. 해저인들은 모두 수신의 이름을 모르고 있었지. 어찌 자기가 섬기는 신의 이름도 모른단 말인가? 그러고도 신앙이 성립된단 말인가?]

"당연히 의아하실 겁니다. 하지만 해저인에 대해 이해하게 된다면 자연히 알 수 있는 문제입니다. 아무래도 트리톤 님께서 보시기에 워낙 잡스럽고 열등한 존재라 관심을 기울이지 않으셨겠지요."

트리톤이 보살피는 인어족에 비하면 해저인은 추악하고 난잡하게만 보일 터. 아마 그는 진지하게 해저인에 대해 이해하려 하지 않았을 거다. 그저 파괴하고 탐식했을 뿐이지.

[크… 그대의 말이 맞다. 내가 해저인과 수신을 우습게 여긴 것도 사실이다. 본디 그들은 이 바다에 나타난지 200년 밖에 안 된 존재들이 아닌가. 관심을 기울일 것도 없는 열등종자들이라 여겼건만 아버님께서 자리를 비우셨을 때 이리 방자하게 날뛸 줄은 몰랐다.]

포세이돈이 자리를 비워? 그게 무슨 소리일까? 중요한 정보를 들은 것 같았다.

"해저인들은 본래 수신이 창조한 종족입니다. 종족 전체가 수신을 아버지로 여기지요."

[신이 아니라 아버지라 생각하니 애초에 신앙의 대상이 아니라는 건가?]

"영명하십니다. 그들을 저희 인간과 올림포스 신들의 관계로 바라봐서는 안 됩니다."

올림포스 신들은 필멸자와 불멸자를 섬기는 자와 섬김 받는 자로 나눠 구별한다. 그리고 필멸자와 불멸자의 관계를 신앙이라 부른다. 그건 고정관념에 가깝게 신들의 머리에 박혀 있다. 하여 신앙이란 관계 외에 다른 형태에 대해선 유연한 사고를 발휘하는 게 무척이나 어렵다.

[즉, 저들은 모두 한 가족이란 것인가?]

"맞습니다. 굳이 이름으로 존재를 특정하고 신앙을 바칠 필요가 없다는 거지요."

본래 이름을 밝혀야 신앙의 대상이 될 수 있다. 만일 아버지에게 기도한다고 하면 이 세상에 아버지가 어디 한 둘인가. 신들의 아버지면 제우스고, 죽은 자들의 아버지면 하데스다. 아버지란 단어로는 신앙을 특정할 수 없다. 그렇기에 제우스나 하데스란 이름을 써야 하는 것이다.

[특이하구나. 역시 추잡하고 삿된 것들이로다. 어찌 신과 필멸자가 한 가족으로 뭉친단 말인가?]

트리톤은 납득하기 어렵다는 말투였다. 필멸자가 불멸자를 따르고, 불멸자가 필멸자를 돌보는 것에 신앙 외에 다른 형태가 있다는 것에 불쾌감을 보이고 있었다. 나는 일단 그의 심경에 동조하는 척했다.

"어인의 탈을 뒤집어 쓴 야만족이라 그렇습니다."

[옳다. 그대의 말이 옳아.]

"또한 수신은 본디 근본 없는 자가 아닙니까? 출신도 알 수 없고 이 바다에 나타난 것도 얼마 되지 않았습니다. 하니 수신이 어찌 법도와 예절을 알겠습니까? 어미가 수많은 새끼를 낳아 몰려다니며 바다를 더럽히니 그 행태가 실로 짐승 같다 하겠습니다."

내 말에 트리톤은 크게 웃으며 동조했다.

[크하하하하! 말 한 번 잘했구나. 이 몸 역시 그리 생각한다. 그대는 참으로 영민하고 지식이 풍부하구나. 이날까지 수신에 대해 알 수 없어 답답했건만 그대가 속 시원하게 해답을 내놓았음이다. 나의 칭찬을 받으라.]

트리톤에게 지혜가 없다기 보단 고정관념이 문제였다. 수신의 정체는 분명 다른 세계에서 온 존재일 터. 이리스의 별장에서 본 코끼리 신처럼 말이다. 하니 필멸자와 불멸자의 관계도 이곳과 다를 수 있다. 개인적으로는 불멸자와 필멸자가 한 가족인 그들의 관계가 나빠 보이진 않았다.

하지만 일부러 그런 점을 언급하지 않았다. 지금은 트리톤의 비위를 맞추며 살살 구워삶아야 할 때다. 포세이돈이 왜 자리를 비웠는지 꼭 알아낼 필요가 있었다. 분명 이는 작은 문제가 아닐 터.

"과분하신 말씀입니다."

[아니다. 그대가 내 곁에 둔 바다의 현자보다 지혜롭구나. 어서

이 몸에게 들려다오. 수신의 이름을.]

수신의 이름을 안다고 당장 트리톤이 어쩔 수 있는 건 아니다. 수신의 이름이 무슨 은행의 비밀번호 같은 것도 아니니 말이다. 하지만 이름을 앎으로써 그간 애매모호하던 수신의 실체가 드러나게 된다.

지난 200년 간 수신은 정체를 감추고 몸을 사린 채 활동해 왔다. 아마 포세이돈과 트리톤은 그를 얕잡아 보고 자세히 알아보려 하지도 않았고, 오늘날 사달이 난 걸 보면 어렵지 않게 짐작할 수 있다.

－이름을 알게 됨으로써 상대의 정체를 파악할 수 있는 건가?

비밀의 서가 슬쩍 물어왔다.

－물론이지. 신들의 서고에나 있는, 다른 차원의 불멸자에 대한 목록을 뒤져볼지도 모르잖아. 어쩌면 직접 다른 차원에 있는 신에게 연락을 넣어 물어볼 수도 있고,

요컨대, 지구에서 메일이나 휴대폰 번호로 포털에서 검색해보는 것과 마찬가지의 일이다. 메일 주소로 찾다보면 그 사람이 게시판에 쓴 글이 나오고, 그러다 자주 쓰는 아이디를 찾고, 이걸로 SNS주소가 밝혀진다. 결국 최초에는 메일 주소 밖에 몰랐지만 나중에는 그 사람이 SNS에 쓴 오만가지 정보나 사진을 보게 된다.

신의 이름을 알게 된다는 것도 그런 일이나 마찬가지다. 그러니 수신의 이름은 매우 귀중한 정보이다.

－하포크라테스 님 만세.

이제는 고인이 된 비밀의 신께 감사의 인사를 올렸다. 수신의

이름을 금서에서 봤기 때문이다.

"당연히 수신의 이름을 알려드리겠습니다. 하지만 그전에 어리석은 제 궁금증을 하나 풀어주실 수 있으실는지요. 위대하신 포세이돈 님께선 어째서 자리를 비우신 겁니까?"

민감한 문제일 수도 있다. 하지만 나는 트리톤이 수신의 이름을 궁금해 할 것이란 걸 확신했기에 물어보았다. 당연한 얘기지만 수신의 이름 같이 귀중한 정보를 공짜로 넘길 수 없다. 마땅히 토해내는 게 있어야 하는 법. 나는 작금의 바다가 왜 엉망인지 알기 전에는 수신의 이름을 알려줄 생각이 없었다.

[크흐음······.]

트리톤은 쉽게 대답하기가 어려운 듯 신음성을 흘린다. 하지만 나는 계속 그를 압박했다.

"해저인을 관망하고만 있으셨던 게, 포세이돈 님의 일과 관련이 있습니까?"

결국 트리톤은 긴 한숨을 내쉰다.

[그대는 정말 신들에게 관심이 많구나. 하지만 한 가지 알아둬라, 그대. 만약 이 몸에게 바다의 일을 들으면, 결국 그대도 해저의 어둠에 한 발을 담그게 되는 것이다.]

트리톤의 말은 묵직했다.

[그대는 저 바다 밑에 있는 공포를 감당할 자신이 있는가?]

그때 문득 한 가지 기억이 떠올랐다. 퓌톤의 동굴에서 저주 받은 자가 내게 그랬었지.

나는 미지의 공포에게 사랑받는다고.

"바다 밑의 공포라···."

트리톤은 진중한 어조로 경고해 왔다.

[그대는 신중히 결정해야 한다. 지식이 늘 이로운 것만은 아니다. 인식하게 됨으로써 말려드는 것도 있는 법이지. 그대가 바다 밑의 공포를 알게 되면, 바다 밑의 공포도 그대를 알게 될 것이다. 이는 단순히 호기심으로 감당할 일이 아니다.]

결코 흘려들을 말이 아니었다. 하지만 감당해야 할 부분이란 생각도 들었다. 저주 받은 자의 말이 사실이라면 언젠가 나는 저런 미지의 공포와 마주하게 될 테니까. 어차피 시간 문제였다.

"트리톤 신이시여. 결과를 온전히 감내하겠습니다. 부디 바다 밑의 일을 알려주십시오."

[그대의 뜻이 확고하니 알겠다. 하지만 이 일을 발설해서는 안 된다. 약속할 수 있겠느냐? 신의 면전에서 한 약속을 어기면 저주를 받게 될 것이다.]

"약속하겠습니다. 이 일을 발설하지 않겠습니다."

확언을 했지만 트리톤은 입을 열길 망설이는 듯했다. 그러다 결심한 듯 긴 한숨을 내쉰다.

[후우…. 수신의 이름은 가벼운 대가가 아니니 그대의 희망을 들어주마. 하지만 이 몸은 무게를 재는 저울만큼이나 공평하게 말해줄 것이다. 무슨 말인지 알겠느냐?]

"네, 수신의 이름이 갖는 무게만큼 진실을 들려주시겠다는 거지요."

[옳다. 현재 위대한 삼주신이자 바다의 통치자 포세이돈께선 깊은 어둠이 잠든 심해에 가있으시다.]

"심해라고요?"

이 부분은 나도 전혀 모르는 내용이었다. 금서에서도 본 적이 없다.

[그렇다. 이 바다는 깊고 깊은 세계지. 신인 나조차 모든 걸 알지 못할 정도다. 하지만 바다 속 제일 끔찍한 곳이 어딘지는 명확히 알고 있다. 바로 가장 어둡고 차가운 곳에 위치한 돌로 만들어진 궁전이다.]

"거기 뭐가 있습니까?"

[그곳에 바다 밑의 공포가 눈을 감고 있다.]

트리톤은 두렵다는 표정으로 예언에 가까운 말을 했다.

**[돌로 만든 궁전에서 꿈꾸며 잠든 존재들이 깨어날 것이다. 별들이 제자리를 찾기 시작할 때.]**

"네? 그게 무슨 소리십니까?"

좀 풀어서 설명해줘야 알아먹을 것 같았는데 트리톤은 고개를 저었다.

[필요한 만큼은 알려줬다. 이것만 해도 인간에게 허락되지 않은 지식일 터. 더 알아보고 싶다면 오롯이 그대의 역량에 달렸다.]

"흠……."

자세히 듣고 싶었지만 트리톤의 태도는 단호했다. 심해에 잠든 존재들에 대해서 작은 것이라도 더 말해주지 않겠다는 듯 보였다. 하지만 포세이돈이 심해로 내려간 까닭은 설명해줬다.

[포세이돈께선 정기적으로 잠든 그들의 상태를 살펴보신다. 그리고 필요한 조치를 취하시지.]

"필요한 조치란 무엇입니까?"

[가령 누군가 억지로 잠든 그들을 자극하지 못하게 막는다든가, 여러 가지다.]

"최근 무슨 문제가 있었던 모양이군요. 장기간 자리를 비우신 걸 보니."

[……]

내 말에 트리톤은 대답하지 않겠다는 듯 입을 다물었다. 그래도 상당히 귀중한 정보를 들었다. 저 바다 밑 깊은 곳에 무언가 공포의 존재들이 있으며, 포세이돈은 정기적으로 그들을 살피는 모양이었다.

―이건 중요해. 만약 포세이돈과 대적하게 된다면 성동격서로 써먹을 수 있겠어.

―어떤 식으로냐?

비밀의 서의 물음에 다양한 방법이 떠올랐다. 하지만 가장 맘에 드는 걸로 대답해줬다.

―가령 포세이돈의 궁전을 공격할 일이 있다고 해봐. 그렇다면 먼저 돌로 만든 궁전에서 소란을 피워 포세이돈이 자리를 비우게 하는 거지.

―그리고 나서 포세이돈의 궁전을 습격한다?

―맞아. 그가 돌아왔을 때는 이미 본진이 털린 뒤일 거야.

―펠레우스. 좀 더불어 살아가고 서로 돕는 쪽에 두뇌를 쓰지 않겠나?

―하하하, 내가 영 부끄러움이 많아서 그런 건 좀 약하거든.

어쨌든 새로운 사실을 알게 됐으니 일단 만족이다. 무리해서 더 묻는다면 트리톤의 화를 사게 될 것도 같고.

"위대한 트리톤이시여. 이제 수신의 이름을 알려드리겠습니다."

[좋다. 말하라.]

"수신의 이름은 다곤입니다."

트리톤은 잠시 생각에 잠긴 듯 그 이름을 중얼거렸다.

[수신(水神) 다곤이라…….]

그는 잠시 생각에 잠겨 있었다. 그러다 곧 나직하게 웃음을 터뜨렸다.

[크하하하핫!]

단지 웃을 뿐인데 보이지 않는 기파가 일어나 주변이 출렁거린다. 가만히 있던 나도 갑자기 속이 메스꺼워 잠시 휘청일 정도였다.

[알았구나. 알겠다. 그놈의 정체를.]

나는 놀라움을 감출 수 없었다. 벌써?

"수신의 정체를 파악하신 겁니까?"

[그렇다. 바다의 도서관에는 수많은 차원의 다양한 바다신을 기록한 기록이 있지. 잠시 그것을 읽었다. 32개의 차원을 돌아다니면서 큰 사건만 215번이나 일으킨 악당이로군. 모든 사건에 관한 자세한 기록을 읽었다. 놈이 소동을 벌이는 방법을 이제 알만하구나. 크흐흐흐. 이 바다 어디에 숨어있는지도 능히 짐작할 수 있겠다.]

속으로 침음성이 흘렀다. 역시 신은 신이구나. 잠깐 딴생각하는 듯하더니 상대의 정체를 파악하고 수많은 사건의 기록까지 다

읽다니. 가장 뛰어난 인간의 마법사도 흉내낼 수 없는 경지가 아닌가.

[이 몸은 이만 가보겠다. 수신이 눈치채기 전에 놈을 처리해야 할 터. 인연이 닿는다면 다시 보자꾸나.]

그 말만 남기고 트리톤은 사라졌다. 마치 거대한 빌딩처럼 우뚝 서있던 대존재가 흔적도 없이 연기처럼 흩어져버린 것이다.

"귀신에 홀린 기분이군."

주변을 가득 채웠던 해무 역시 사라지고 햇빛이 다시 나타났다. 이제야 나는 원래의 세계로 돌아왔음을 실감했다.

일주일 뒤.

"활활 잘 타는구나. 역시 고생스럽게 만든 걸 태우는 건 재밌지. 안 그래? 아이토스."

내가 환하게 웃으며 불바다가 된 해적 본거지를 보며 묻자, 아이토스는 어떤 반응을 보여야할지 모르겠다는 얼굴이었다. 노예로 잡혀왔던 민간인들이 모두 떠나자, 나는 해적 본거지에 불을 지르게 했다. 처음에는 해적단을 굴려 볼까도 싶었지만, 수신의 보복이 두렵기도 해서 해적놀이는 이쯤이면 됐다 싶었다.

"거, 화끈하게 타오르는구나."

바다 위에서 보니까 불타는 해적 본거지가 더욱 볼만 했다. 나는 노예로 삼은 50인의 해적을 데리고 이단노선에 올라탄 상태다. 아테네에서 쓰는 삼단노선의 위용에 비할 바는 아니지만 노가 양쪽으로 60개나 있는 제법 큰 배다. 하지만 해적의 수가 부족해 노가 남을 수밖에 없었다.

"아이토스."

"네, 각하."

"본인이 들은 바로는 바다 사나이들은 그 기개가 대단하다고 알고 있네."

"아, 예."

아이토스의 얼굴을 보니 내가 또 무슨 소리를 하려나 싶어 움찔하는 기색이다.

"하면 우리 배에 노잡이가 부족하다고는 해도 속도가 떨어져서는 결코 안 될 걸세. 해적이란 보통 사람들보다 훨씬 힘이 세고 드세지 않나?"

"하오나, 그러면 다들 빨리 지쳐서⋯."

"힘이 세서 금품을 갈취하고, 강간하고, 살인한 거 아닌가?

나는 아이토스를 살며시 노려봤다.

"안 그런가?"

"죄, 죄송합니다."

"죄송할 것 없네. 그저 자네들의 기량을 인정하고 있을 뿐이야. 일반인이라면 결코 이런 기대는 하지 않았을 거야. 하지만 그 대단한 해적 나리들 아닌가? 사람 머리도 단번에 쪼갤 정도로 힘이 세신 양반들이니 인원이 부족해도 속도가 떨어지지 않겠지. 안 그래? 호호탕탕한 바다 사나이들이니까."

"⋯⋯."

입을 다문 아이토스의 멱살을 잡아당긴 뒤 그의 귓가에 속삭였다.

"내 자네에게만 솔직히 말함세. 너희 사회악 인간쓰레기들이 바다에게 탈진해 죽든 말든 나는 별로 상관없단 말이다. 낙소스 섬까지 속도가 떨어지면 각오하는 게 좋을 거다. 네놈 먼저 팔다리를 잘라서 바다에 던질 테니까. 익숙하겠지? 네놈이 사로잡았던 선량한 사람들에게 무수히 했던 짓일 테니까. 평소 팔다리가 잘리면 어떤 느낌일지 궁금했다면 한 번 해보도록."

"아, 아닙니다…."

"하면 가서 너랑 똑 닮은 인간쓰레기들을 매우 치란 말이다. 섬에 도착할 때까지."

나는 허리춤에 있던 채찍을 끌러서 아이토스에게 넘겨줬다.

"내가 잔인한 요구를 하는 건가?"

"……."

"아니란 걸 자네도 알 거야. 지금껏 해적질을 하면서 해왔던 짓과 조금도 다른 게 없잖은가? 자신보다 약한 자를 잔혹하게 괴롭히고 이득을 얻는 행동 말이야. 이전에는 그런 식으로 재물을 얻었겠지만, 이번엔 자네 목숨일세. 아이토스."

"여, 열심히 하겠습니다."

"그래. 본디 쓰레기 같은 짓은 자네 전문이 아닌가."

아이토스의 뺨을 툭툭 친 뒤에 밀어냈다. 그러자 그는 서둘러 갑판을 내려갔는데 곧 채찍이 사방을 치는 소리가 요란했다. 그리고 고함과 비명이 계속 터져 나왔다.

"살아있는 걸 후회했으면 좋겠군."

그리고 사흘이 흘렀다.

내 요구 때문이었는지는 몰라도 낙소스 섬까지는 의외로 금방 도착했다. 벌써 섬이 보이고 있었다.

"아이토스. 힘내 주었다."

지난 사흘 간 아이토스는 최대의 지혜를 짜내 해적들을 굴려 댔다. 정말 죽지 않을 정도로만 쉬게 하고 나머지 시간에는 노를 젓게 했다. 갑판 아래쪽에서 사내들의 땀과 눈물로 끊임없이 수증기가 올라올 정도였다.

"황송할 뿐입니다."

그는 간사한 얼굴로 양 손바닥을 비비며 연신 허리를 숙여댔다. 뭐랄까, 이건… 어디서 봤더라? 맞아. 탐관오리인 고을 수령 밑에서 연신 아첨하는 이방을 보는 느낌인데. 게다가 능력도 좋고. 낙소스 섬에 도착하면 처분할까 싶었지만 일단 좀 더 살려 둘까?

'살았다. 살았어.'

순간 아이토스의 머리에는 그 생각 밖에 없었다. 저 펠레우스 라고 부르는 잔인한 놈이 자신을 볼 때마다 연신 허리춤의 검을 쓰다듬는다는 걸 눈치 빠른 그는 진작 알아채고 있었다. 솔직히 몇 번이고 오줌을 지릴 뻔했다. 수년간 무서워했던 해적 삼두령 은 이제 보니 저 인간에 비하면 약과였다.

'저건 분명 사람의 자식이 아니다.'

꼭 칼을 쓰다듬는 것이 아니라도 자신을 보는 시선이 마치 맹수와도 같았다. 이걸 언제 잡아먹을까. 싶은 것 같았다. 하지만 낙소스 섬까지 제 시간에 무사히 도착한 덕인지 눈가에 살기가 풀어졌다. 아이토스는 펠레우스가 자신을 조금 더 살려두기로 결정했다는 걸 알아챘다.

주르륵.

안도한 탓일까. 마흔이 넘었는데 갑자기 서러워서 눈물이 한 줄기 흘렀다. 지난 사흘간 피를 말린 까닭이다. 살아남기 위해서 어제의 동료들을 향해 죽도록 채찍을 휘둘렀다. 물론 양심의 가책을 느끼진 않았다. 너무 팔을 써서 어깨가 뻐근한 게 힘들 뿐이다.

'그래, 산 사람은 살아야지.'

이미 자기 빼고 나머지는 모두 죽은 사람 취급하는 아이토스였다. 그는 괜히 앞을 살피겠다고 뱃머리 쪽으로 가면서 안도의 한숨을 쉬었다. 하지만 아직 자신의 목숨은 시한부에 불과하다. 대체 어떻게 해야 할까?

'자비심이라곤 없는 놈이다. 찔러도 피 한 방울 안 나올 자야.'

자비를 구할 수 없다면 방법은 하나였다. 계속 쓸모가 있음을 증명하는 수밖에.

'기왕 이렇게 된 거 내 끝까지 살아남아서 저 악마가 죽는 꼴을 보리라.'

저 펠레우스란 이름의 악마는 하는 짓을 보니 좌충우돌이라 얼마 못 가 객사할 운명 같아 보였다. 아이토스는 얼마간만 참으면 반드시 해방될 수 있다고 희망을 가졌다. 그가 그렇게 혼자 굳은 다짐을 하던 중 전방에서 무언가를 발견했다.

"음?"

아이토스는 저 멀리서 움직이는 작은 점이 배라는 걸 확신했다. 눈이 좋은 거 하나만큼은 자신이 있었으니까.

"각하! 각하! 배입니다!"

이 발견을 서둘러 알리기 위해 얼른 그는 펠레우스에게 뛰어갔다. 살기 위해선 이런 작은 거 하나, 하나를 어필할 필요가 있었으니까.

"배?"

아이토스가 뛰어오며 외치자 나는 뱃머리 쪽으로 나아갔다. 과연 반짝이는 물결 너머로 작은 점이 움직이는 게 보였다.

"그냥 어선 아니야?"

"아닙니다. 이 거리인데 저 정도로 보이는 거면 참말로 큰 배입니다. 게다가 요즘 이 근방에서 어선이 안 보인지 꽤 됐습니다."

"왜?"

"그거야…."

뭔가 말하려던 아이토스가 헙, 하고 헛숨을 삼킨다. 왜 저러는지 뻔했다. 수신과 해적들이 쌍으로 활개를 치니 어부들이 몸 사리느라 바다로 나오질 않게 된 거다. 바다로 나올 정도로 용감한 어부는 이미 모두 죽거나 잡혀갔고.

"쯔쯧."

혀를 찬 나는 일단 계속 전진하라 했다. 저 배의 정체가 신경 쓰이긴 했지만 낙소스를 앞에 둔 상황이니 물러날 수도 없었다. 그런데 저쪽 배가 가까워지면 가까워질수록 우리 쪽 표정이 이상 해졌다. 갑판 위에 병사들이 가득했는데 자세히 보니 전원 여자 였기 때문이다. 병사들만이 아니었다. 배에 탄 이 중 남자는 찾아 볼 수가 없었다. 그렇다면 답은 하나였다.

"잠깐. 설마… 아마조네스들인가?"

대체 저 강력한 전사 집단이 왜? 의문을 떠올리던 나는 재빨리 한 가지 사실을 추리할 수 있었다.

아마조네스들은 달의 여신 아르테미스에게 충성한다. 내 입장 에선 여신의 사냥개들이나 다름없는 존재들이다. 갑자기 의심이 피어오른다. 왜 하필 낙소스 섬에 저들이 있는 건가.

－비밀의 서. 저들이 엔디미온의 위치를 찾은 건지도 모르겠 는데.

－성급하게 판단하지 마라. 아직 알 수 없다. 다만 아르테미스 교단이 엔디미온을 탐색한 건 벌써 오래됐으니 소기의 성과가 있 다고 해도 이상한 일은 아니지.

물론 우연일 수도 있다. 아니면 낙소스 섬에 다른 용건이 있던 걸지도 모른다. 하지만 공교롭다는 생각이 들었다.

"영 반갑지 않은데…."

"나도 마찬가지다."

아탈란테도 그런 모양이다. 하긴 아르테미스 여신의 곁을 반쯤 이탈한 그녀에게 아마조네스는 껄끄러운 대상이겠지.

"아탈란테. 갑판 아래로 내려가는 게 좋겠군."

일단 그녀를 피하게 한 후 현재 상황을 점검했다. 우리는 상선으로 위장하고 있다. 상대의 주의를 끌만한 건 최대한 제거한 상태다. 예를 들면 제우스의 보검 같은 것도 비밀의 서의 주둥이 안에 넣어 놨다.

"아이토스, 어떻게 하는 게 좋겠나?"

"음… 아마조네스들은 모두 뛰어난 전사들이니 가급적 충돌하지 않는 게 좋을 것 같습니다. 저희가 상인으로 보일 테니 아마 금품을 요구하겠지요."

아마조네스들의 생업은 약탈이다. 다만 해적들과 다르게 어느 정도 상대의 사정을 봐주는 편이랄까. 육지나 바다의 요지에 자리를 잡고는 통행세를 요구하는데 이렇게 우연히 마주칠 때도 마찬가지다. 일단 돈이나 물건만 내놓으면 죽이진 않는다.

"흐음…."

내가 조금 고민에 빠져 있자 아이토스가 열심히 설득해 온다.

"물론 각하의 무력이 하늘에 닿았으니, 저들을 물리치는 건 손바닥을 뒤집듯 간단한 일일 것입니다요. 하지만 상인으로 위장하기 위해 저희 배에는 잡다한 화물이 좀 있습니다. 어차피 필요도 없으니 넘겨주고 안전을 사는 게 현명할 듯합니다."

"뭐가 있나?"

"도자기와 은접시, 약초 따위 입니다. 본토와 다르게 섬사람들에게 하나 같이 진귀한 것들입니다. 낙소스 섬으로 가는 상인 행세하기 적합한 것들로 꾸렸습니다."

제법인 걸. 아이토스 놈, 의외로 디테일에 신경 썼구나.

"좋다. 그렇다면 물건을 주고 넘어가는 걸로 하지. 협상은 네놈이 해라."

"맡겨만 주십시오. 이런 일에는 잔뼈가 굵습니다. 실망시키지 않겠습니다."

아이토스는 갈수록 자신의 능력을 맹렬히 어필하고 있었다. 이 녀석도 나름 필사적인 느낌인 걸.

쏴하아아아ー.

배가 물살을 가르고 낙소스 섬에 접근하자, 아니나 다를까 아마조네스들이 탄 선박이 우리 쪽으로 다가왔다. 딱 봐도 만만해 보이니 한탕 털어먹을 생각이구나. 대체 왜 이 새끼들이나 저 새끼들이나 남의 것을 빼앗을 생각만 가득한 건지. 마음 같아서는 박살을 내주고 싶었지만 중요한 목적이 있어 섬으로 온 만큼 조용히 넘어가기로 했다.

"멈춰라!"

저쪽의 외침에 갑판에 있던 해적들은 얼굴이 벌써 핼쑥해졌다. 누군가가 근심 어린 말투로 중얼거린다.

"포로로 잡히면 끝장인데…."

보통 아마조네스들은 돈을 받고 상대를 보내주지만 가끔 포로를 잡을 때가 있다. 이런 경우는 무조건 죽었다고 봐도 된다. 다른 이유가 아니라, 남자의 씨를 받기 위해 잡아가는 것이기 때문이다. 그렇게 잡혀간 사내는 여러 아마조네스들과 동침한 뒤에 돼지처럼 도축된다. 짧은 쾌락 후에 비참한 최후가 기다리고 있는 셈이다.

"노를 수평으로!"

아이토스의 명령이 떨어졌다. 사선으로 바닷물에 잠겨 있던 노들이 배 안으로 당겨져 수평으로 눕혀진다. 도망갈 뜻이 없다는 표시이기도 했다. 곧 아마조네스의 배가 근처까지 오더니 갈고리가 달린 밧줄이 던져진다.

획. 획.

상당히 거리가 먼 데도 정확히 던져 밧줄을 거는 솜씨가 인상적이었다. 경무장을 한 아마조네스들이 그 위태로운 외줄 위를 빠르게 달려서 넘어왔다.

"오!"

그 모습이 마치 바다제비 같아서 감탄하고 말았다. 아마조네스들은 어릴 때부터 무예를 익혀 일당백이라고 하더니 틀린 말이 아니었다.

"이놈들! 어서 무릎 꿇지 못하겠느냐!"

넘어온 아마조네스들의 호통에 갑판 위의 해적들은 서둘러 무릎을 꿇었다. 그건 그렇고, 아마조네스들은 하나 같이 미인이구나. 체형도 탄탄하고. 마치 지구에서 봤던 체대생들을 떠오르게 했다. 듣자니 미남이 아니면 잡아가지 않는다고 하니, 태어난 딸들도 미녀뿐인 듯했다.

"여기 선장이 누군가?"

아마조네스 중 대장인 듯 보이는 자가 묻자 나는 옆에 있던 아이토스를 팔꿈치로 톡톡 쳤다. 그러자 그는 내키지 않는다는 표정으로 자리에서 일어났다.

"명예로운 여전사들이자 아르테미스 여신의 총애를 받는 분들이시여. 제가 이 배의 선장인 아이토스입니다."

"아마조네스에게 표해야할 성의에 대해 알고 있느냐?"

"물론입니다. 바다나 땅의 여러 괴물을 사냥하시는 분들이니 마땅히 경의를 표해야 할 것입니다."

아마조네스가 돈을 뜯어내는 명분은 여러 괴물을 처리해주는 수고비. 실제로 그들은 무술을 단련할 겸 단체로 가끔 괴물 사냥을 하긴 한다. 물론 그래봤자 가끔이고 대체로 이런 돈 뜯기에 열심이지만.

"제법 예의를 아는 놈이로구나. 몇 인이 배에 타고 있느냐?"

"총 53인입니다."

"하면 1인당 아테네의 올빼미 은화 3개를 지불해야 한다. 비슷한 가치의 물건으로 대체해도 좋다."

"응당 그리할 것입니다. 이름 높으신 아마존의 영웅들에게 도움을 드릴 수 있다니 그저 기쁠 따름입니다."

"호호호."

유창하게 아부를 떠는 아이토스가 재밌는지 아마조네스들은 웃음을 터뜨렸다. 곧 해적들이 갑판 위에 도자기나 은접시 같은 훌륭한 물건을 꺼내놓자 그들의 눈이 탐욕으로 물들었다. 이런저런 명분을 내세워도 역시 이들이 도적떼란 건 변함없는 사실이었다.

"제법 훌륭한 물건을 갖고 있군. 낙소스 섬으로 무역을 하러 가는 중이었느냐?"

"예. 그렇습죠."

"하면 그만 두는 게 좋다."

물건이 마음에 들었는지 아마조네스의 대장은 넉넉한 얼굴로 조언까지 해준다.

"어찌 그렇습니까요? 소인이 아둔해서 잘 모르겠습니다만."

"낙소스에는 우리 여왕께서 군사를 이끌고 머물고 계신다. 중요한 일로 행차하셨으니 공연히 심기를 거스르지 말라."

엎드려서 그 얘기를 듣던 나는 깜짝 놀라고 말았다. 뭐라? 낙소스에 아마존의 여왕이 와 있다고? 어째서 여왕까지 낙소스 섬에 온 거지. 설마하니 정말 엔디미온의 위치에 대해 특정한 걸까.

"말씀 감사합니다요. 소인이 유념하겠습니다."

아이토스는 연실 굽실대며 자기 임무를 잘 수행 중이었다. 곧 보트들이 도착했고, 아마조네스들은 약탈한 물건을 그쪽으로 내려서 실었다. 이대로 별 충돌 없이 잘 끝날 것 같았다. 게다가 중요한 정보까지 얻었으니 나쁘지 않다. 그깟 도자기나 은접시 따위야 아무래도 좋다. 해적 본거지의 알짜배기 보물은 이미 비밀의 서 안에 챙겨둔 뒤니까. 그때 금덩이만 해도 엄청 나왔다.

"살펴 가시지요."

아마조네스가 떠날 듯하자 아이토스는 허리를 더욱 구부렸다. 하지만 세상일이란 게 꼬일 때가 있는 법이다. 갑자기 아마조네스들의 배 쪽에서 짧은 외침이 들려왔다.

"잠깐!"

맑고 용맹한 목소리였다. 곧 붉은 머리칼을 가진 여전사가 갑자기 허공으로 치솟는다.

"뭐, 뭐야?"

나도 모르게 그 광경에 입이 열렸다. 배와 배 사이의 거리가 상당한데 저 여전사는 단번에 뛰어넘으려는 듯했다. 설마 가능한 건가 싶었는데 포물선을 그린 그녀의 몸은 정확히 이쪽 배 위로 떨어졌다. 그리고 갑판에 닿기 직전 허공에 멈추더니 곧 살포시 바닥을 딛는다.

"헉."

숨죽여 감탄할 수밖에 없었다. 저게 대체 무슨 경지인지 짐작도 안 갔기 때문이었다. 저렇게 먼 거리를 점프하는 것도 그렇고, 떨어지기 직전에 허공에 멈췄다가 사뿐히 내려앉는 것도 그렇다. 내 입장에선 흉내도 내지 못할 고절한 수법이 아닌가.

－보통 인물이 아닌 것 같아.

단번에 경계심이 들었다. 몸을 숙인 채로 재빨리 그녀를 관찰했다. 내 옆에 있던 비밀의 서가 먼저 그녀에 대해 평을 해왔다.

－펠레우스, 인간의 미모에 대해 아직 잘 모르지만 저 여자는 대단한 미녀가 아니냐? 저 여자가 등장하니 다른 아마조네스가 해산물처럼 보이기 시작했다.

인간을 이해하지 못하는 비밀의 서지만 극상의 아름다움만큼은 알아본다. 참고로 비밀의 서에게 인정받은 미인이 여태 둘인데 하나는 아탈란테고 다른 하나는 헬레네다. 즉, 여신도 부럽지 않을 미색이어야 비밀의 서가 미녀라 평가한다 그거다. 한데 지금 나타난 붉은 머리칼의 미녀도 그런 경지였다.

－확실히 그렇군. 저 여자가 피닉스라면 근처의 아마조네스들은 암탉 정도 돼 보인다.

저 정도의 빼어난 능력과 미모라면 필시 보통 인물은 아닐 터.

분명히 〈그리스로마 신화〉에 등장하는 이름 높은 영웅일 것 같았다. 아무튼 그녀가 등장하자 비교적 여유롭던 아마조네스들의 분위기가 바짝 굳는다. 아이토스와 대화하던 대장도 긴장한 얼굴로 묻는다.

"히폴리테 님. 배에 계시지 어찌 이런 천한 사내놈들이 가득한 곳까지 직접 오셨습니까?"

뭐? 히폴리테라고! 귀를 쫑긋 세우고 있던 덕에 상대의 정체에 대해 들을 수 있었다. 히폴리테라면 현 아마존의 여왕인 펜테실레이아의 여동생이다. 아마존의 왕족으로 본래 역사에선 헤라클레스와 맺어지는 여전사다. 물론 비극으로 끝나긴 했지만.

"이 몸이 구중궁궐의 공주님이라도 된단 말이냐? 나 역시 아마존의 여전사. 남자란 언제든 취하고 범할 수 있는 무력한 존재인데 오지 못할 이유라도 있더냐?"

"그렇긴 합니다만…."

"올해 내 나이가 24살이다. 전사로서 살아오느라 여태 시집도 가지 못했다. 슬슬 아이를 갖고 싶기도 하고. 마침 사내놈들이 가득한 것 같으니 한 번 신랑을 골라보는 것도 좋지 않겠느냐?"

보통 여자가 아니라 아마조네스가 저런 말을 하니 살벌하기 그지없다. 시집이라고 해봐야 남자와 동침하는 것일 뿐이고, 곧 그 남자는 죽은 목숨이란 얘기니까.

"히폴리테 님의 뜻은 알겠습니다. 반대할 생각도 없고요. 하지만 존귀하신 분이잖습니까? 이딴 무지렁이들이 가득한 곳에 마음에 찰 사내가 있을 리가 없습니다."

"가끔 진흙 속에 진주가 있는 법이잖느냐. 없으면 그만이고 있으면 좋은 것이다. 배에 있는 놈들을 모두 일렬로 세워라. 한 번 골라보겠다."

"만사 뜻대로 하십시오."

나름대로 이쪽 사정을 봐주던 아마조네스의 대장은 히폴리테의 등장에 매우 사납게 우리를 대했다.

"똑바로 서라! 서둘러! 한 명도 빠짐없이 늘어서라!"

마치 훈련소 교관 같은 느낌이 아닌가. 나는 모두와 함께 늘어서면서도 아탈란테가 걱정스러웠다. 하지만 잘 숨은 듯 갑판 아래로 내려갔던 아마조네스들이 그녀를 발견하진 못했다.

"이게 다인가?"

"네, 히폴리테 님."

"흐음…. 전사로만 살았더니 남녀 간의 방사에 대해서도 꽤 호기심이 생긴단 말이야. 여기 오늘밤 내 서방이 돼줄 사내가 있으려나?"

히폴리테는 거만하기 짝이 없는 태도로 우리들의 앞을 걸었다. 그리고 마치 품평이라도 하는 것처럼 중얼거렸다.

"이런, 안타깝군. 마치 다들 썩은 생선 같이 생겼구나."

그녀의 말에 아마조네스들이 깔깔거리며 분위기가 풀어졌다. 오로지 아마조네스들의 대장만 여전히 딱딱한 얼굴이다. 아마 그건 히폴리테의 본성을 알기 때문에 그런 게 아닐까. 히폴리테는 마치 사열을 하는 장군처럼 걸으며 말했다.

"듣거라. 이 몸이 시집을 가고자 한다. 처녀의 몸인 데다가 이 미모 또한 누구에게도 꿀리지 않으니, 날 품는다면 일생의 영광으로 생각해도 좋을 것이다."

자기 여자들이 길거리를 함부로 나다니지도 못하게 하는 아테네 인들이 이 꼴을 봤다면 눈이 휘둥그레졌을 것 같다.

"너희 같이 변변찮은 놈들이 언제 나 같이 아름다운 여자를 품어 보겠나. 내 배 위에서 헐떡대는 동안만큼은 정복자의 기분을 맛보게 해줄 테니, 용기가 있으면 속히 지원하라."

제 정신이면 누가 아마조네스에게 장가 들려고 할까. 하지만 세상에는 정신 나간 놈이 있기 마련이다. 히폴리테의 대단한 아름다움에 넋이 나가버린 걸까, 벌떡 손을 들며 앞으로 나선 이가 있었다.

"제가 지원하겠습니다!"

노잡이로 온 해적 중 하나였다. 근처에 있던 아이토스가 절레절레 고개를 흔드는 게 보인다. 젊은 혈기에 미녀를 향해 불나방처럼 달려든 것일까, 아니면 어차피 노예가 됐으니 과감한 돌파구를 마련해 보려는 것일까. 저 녀석의 뜻이야 알 수 없었지만 결과는 간단했다.

서걱!

히폴리테가 지원자의 목을 단번에 쳐 날렸다.

퐁!

바다로 날아간 머리가 경쾌한 소리와 함께 빠졌다. 목이 잘린 남자는 손을 든 채로 그대로 서 있었다.

촤아아아!

잘린 목에서 피 분수만을 뿜어낼 뿐이었다. 히폴리테는 혹여나 피가 묻을까 인상을 찌푸리며 물러난다.

"어디 주제도 모르고 감히."

세상에, 사람이 죽은 것보다 놀란 건 그녀가 검을 뽑는 게 보이지도 않았단 사실이다. 저 여자는 내 생각 이상으로 대단한 강자임에 틀림없었다. 상당히 껄끄럽군. 가급적 부딪치지 않는 게 현명하겠다. 혼자 그런 생각을 하는데 하필 재수가 없게 그녀와 내 눈이 마주쳤다.

"흐음?"

순간 히폴리테가 씨익 웃어 보였다. 방금 살인을 한 사람이라고 믿을 수 없을 정도로 아름다운 미소였다. 전쟁의 여신이 있다면 그녀와 같은 모습이 아닐까.

"호호호, 이것 봐라. 내 말했잖느냐. 진흙 속에 진주가 있기 마련이라고."

히폴리테는 나긋나긋한 발걸음으로 내 앞으로 다가와 묻는다. 내심 일이 꼬였다는 생각이 들었다.

"이름이 무엇이냐?"

"하찮은 상인의 이름은 알아 무엇하시렵니까?"

"오늘 밤 날 품어줄 서방의 이름 정도는 알아야하지 않겠느냐?"

"허……."

이런 재수 똥 밟은….

히폴리테는 요염하게 웃으며 내 앞머리를 손으로 쓸어 올렸다.

"네놈만 이마에 낙인이 없구나. 하면 네가 이놈들의 주인이란 소리일 터. 호호호, 천것은 아닌 거 같으니 마음에 드는구나. 얼굴도 이 정도면 잘났고."

머릿속으로 수많은 갈등이 떠올랐다. 이대로 히폴리테에게 끌려가면 죽음뿐이다. 결국 검을 뽑는 수밖에 없는데, 상대의 무력이 만만치 않아 보인다. 게다가 아마조네스의 숫자도 상당하고. 어떻게 처리해야 가장 좋을까. 찰나 동안 오만가지 고민을 하던 그때 갑판에서 은빛 머리칼이 쑥 올라오더니 소리친다.

"안 돼!"

목소리의 주인은 아탈란테였다. 놀라서 눈이 커질 수밖에 없었다. 잘 숨어 있는 것 같더니 왜 나온 거야! 뭐라 따지려는데 아탈란테가 지체 없이 활로 히폴리테를 겨눴다.

"그 남자에게 손대지 마!"

어째서인지 아탈란테는 극대노한 얼굴이었다.

늘 침착한 아탈란테치고는 의외라 할 수 있었다. 당장이라도 화살을 쏴버릴 것 같은 기세였다. 갑작스러운 그녀의 등장에 히폴리테도 상당히 놀란 듯했다. 여태 기세등등했는데 눈이 휘둥그레져 있었다. 하지만 자신을 겨눈 화살 때문이 아니라 아탈란테를 알아봐서 그런 것 같았다.

"아탈란테?"

히폴리테의 물음에 아탈란테는 대답하지 않고 입술을 깨물 뿐이었다. 대신 자신이 겨눈 화살처럼 날카롭게 상대를 쏘아본다.

"정말 아탈란테가 맞군! 하하하!"

놀란 것도 가신 듯 히폴리테는 재밌다는 듯 웃음을 터뜨린다. 한참 웃던 그녀는 곧 한쪽 입 꼬리를 올리며 히죽 웃는다. 누가 봐도 명확한 조소였다.

"그 아탈란테가 맞군, 맞아."

"닥쳐!"

"왜 그러나? 네 이름을 말했을 뿐이데. 하긴, 그렇겠지. 머저리처럼 도둑질이나 하다 실패했다고 들었다."

히폴리테의 지적에 아탈란테의 얼굴이 형편없이 구겨진다. 그건 그렇고, 그날 일에 대해 함구하고 있었는데 비밀이 샌 건가? 아무래도 아르테미스가 떠든 모양이다.

"아니, 도둑질만이 아니지. 미케네에선 대역죄를 진 왕자를 빼돌려서 도망쳤다지? 까하하하하! 아주 가관이군, 그래?"

아탈란테가 더 참지 않고 화살을 날렸다.

슈융!

그녀의 화살은 실로 훌륭한 솜씨로 나아갔으나, 그저 자신의 힘으로 당긴 것에 불과했다.

캉!

히폴리테는 가볍게 갑옷으로 가려진 손등을 써 화살을 쳐냈다.

"역시 아르테미스 님의 총애를 잃었군! 예전에 네 화살은 멧돼지 세 마리를 관통할 정도라고 소문이 자자했지. 하지만 지금은 그저 잘 겨눈 화살에 불과하구나. 평범한 인간의 솜씨로군."

"그저 여신님의 뜻대로 따를 뿐이다."

"흥! 아르테미스 님을 향한 네 마음이 식은 걸 모르지 않는다. 아직도 그분의 충실한 종 행세를 할 작정이냐? 여신께서도 네 신앙이 경건하지 못함을 아시니 총애를 거둔 거겠지."

히폴리테가 주위를 보며 안 그러냐고 묻자 아마조네스들이 왁자지껄하게 웃음을 터뜨린다. 이런, 아탈란테와 히폴리테는 상당히 사이가 안 좋은가 보구나.

"한때 아르테미스 님의 총애를 받는 전사니 뭐니 하고 떠들고 다니던 게 마음에 안 들었다. 그분을 모시는 전사 중에선 단연코 우리 아마조네스들이 우선인 것을. 결국 쭉정이 같은 것들은 걸러지는 법이다."

연달아 이어진 모욕에 아탈란테는 표정이 창백해졌다. 듣다보니 무슨 사정인지 짐작이 됐다. 요컨대, 잘나가던 애를 그간 열렬히 질투했다는 거 아닌가. 아탈란테가 어린 나이에도 불구하고 아르테미스에게 관심을 받으며 두각을 드러내자 눈꼴 시려웠겠지. 그러던 중 아탈란테가 총애를 잃어버리고 평범한 인간이 되니 깨소금 맛이라 그거다.

"내 지난 실수들에 대해 변명할 생각은 없다. 힘을 거둬 가신 것도 여신의 뜻이니 받아들일 뿐이다."

"오호? 우리 아탈란테 님께선 꽤나 겸허하네. 이젠 다 포기한 건가?"

"맘대로 생각해라. 어차피 너 따위는 예전부터 신경도 쓰지 않았으니까."

"큭, 뭐야?"

순간 히폴리테의 얼굴이 일그러진다. 미녀는 뭘 해도 그림이 된다는데 지금만큼은 절대 아니었다. 남을 깔보며 비웃고, 이번에는 미간을 찡그리니 보기 흉했다. 여신처럼 예쁘다고 해도 역시 마음씀씀이가 중요하구나.

"못 들었나? 신경 쓰지 않았다고 했다."

아탈란테의 당당한 목소리에 히폴리테의 얼굴이 더욱 찌그러진다.

"설마 네년, 내 이름도 모르는 건 아니겠지."

"모른다. 애초에 관심 밖이었다."

이런, 일이 재밌게 돌아간다. 히폴리테는 아탈란테를 꽤 신경 썼던 모양인데, 아탈란테 쪽은 전혀 아니었군.

"푸훗."

나도 모르게 웃음이 터졌다. 그러자 선상의 모두가 일제히 날 쳐다본다. 어이없어 하는 이도 있었고, 질책하는 표정인 이도 있었다. 하지만 제일 볼만한 건 히폴리테였다. 거만하기 짝이 없던 그녀가 수치스러운 듯 볼을 살짝 붉히고 있었다.

"아, 죄송. 좀 웃겨서 말이죠."

히폴리테의 얼굴이 결국 일그러진다. 그러더니 검을 뽑으며 버럭 소리를 지른다.

"죽고 싶은 것이냐! 감히 사내놈 주제에!"

아무래도 남자를 길가의 개똥 정도로 생각하는 아마조네스인 지라 더 열 받은 것 같았다. 그녀는 다짜고짜 검을 휘둘렀다. 하지 만 아탈란테가 끼어들었다.

캉!

쇠가 부딪치는 소음과 함께 히폴리테의 검이 밀려났다. 아탈 란테가 절묘한 타이밍에 화살을 쏴서 내리치는 히폴리테의 검을 맞춘 것이다. 실로 귀신같은 솜씨를 발휘하고도 아탈란테는 담담 히 말한다.

"네 칼을 막는 건 평범한 인간의 솜씨로도 충분하군."

멋지다. 아탈란테. 실력으로 자신이 받은 모욕을 그대로 되돌려주다니. 저렇게 근사하면 조금 반할 거 같은데 말이지. 특히 아름다움을 갖고도 추한 행동을 하는 히폴리테랑 더욱 비교됐다.

"감히! 주제도 모르고 이것들이!"

히폴리테는 결국 노기를 참기 못하고 소리를 질러댔다. 아탈란테가 다시 화살을 날렸지만 이번에는 소용없었다. 히폴리테를 중심으로 돌풍이 일어나 화살을 날려버린 것이다. 바람이 어찌나 강한지 배 위에 있던 모두가 와르르 넘어질 정도였다.

"으아아아!"

"꺄옥!"

해적들뿐 아니라 일당백이라 불리는 아마조네스들까지 넘어지고 난리다. 그 정도로 갑자기 일어난 돌풍은 사나웠다. 나야 버틸 만했지만 일부러 허우적거리며 바닥에 엎드렸다.

─사내놈이 당당히 서 있을 거지, 꼴 사납게 그게 뭐냐?

비밀의 서의 핀잔에도 나는 내 혼신의 연기를 후회하지 않았다.

─시끄러워. 히폴리테가 날 별 것 아닌 걸로 알아야 유리하지.

─남의 뒤통수를 칠 생각이 가득하구나.

─기습이야 말로 가장 완벽한 전투의 예술이다.

─전투가 아니라, 인성의 예술이겠지. 쯧쯧.

정말 시끄럽군. 정정당당한 것보다 뒤통수를 치면 훨씬 쉽게 이길 수 있다. 당연히 그게 더 좋은 건데 왜 말이 많은 거야.

"아탈란테!"

히폴리테가 바람을 일으켜 덮치자 아탈란테는 단검을 꺼내 갑판에 박으면서 버틴다. 옷의 일부가 찢어지고 머리칼을 묶은 끈

이 풀어져 그녀의 아름다운 은발이 바람에 화려하게 흩날렸다.

끼이익.

결국 단검이 갑판을 긁으며 밀린다. 이대로라면 아탈란테가 바다에 빠질 것만 같았는데, 놀랍게도 그녀는 단검을 놔버린다.

"앗."

허공에 뜬 그녀는 뱃전 너머로 날아가 버렸다. 설마 정말 떨어진 건가 싶었는데 물에 빠지는 소리는 안 들렸다.

통. 통. 통.

대신 뭔가 경쾌한 소리가 이어졌다.

-아. 배 밖으로 삐져나온 노를 밟고 움직이는 중이군.

그런 생각이 든 순간 아탈란테는 뱃머리 근처에서 나타나더니, 근처에 있던 아마조네스 둘의 머리칼을 붙잡으며 올라온다.

"꺅!"

짧은 비명과 함께 머리칼을 잡혔던 아마조네스 둘이 뒤로 넘어지며 바다로 빠졌다.

풍덩!

아무래도 아탈란테처럼 좁은 노 위에 서는 재주를 부리진 못했나 보다.

"이년이!"

성이 난 히폴리테가 다시 바람을 마구 쏴댔다. 마치 바람의 탄환 같다고 해야 할까. 가늘고 긴 돌개바람이 앞으로 쏘아진다. 하지만 아탈란테는 다람쥐처럼 움직이며 그것을 피해냈다. 그리고 아마조네스들 사이를 연신 헤집고 다녔다.

"꺄아악!"

"아악!"

그 때문에 피해를 보는 건 히폴리테의 부하들이었다. 아탈란테 대신 풍탄을 얻어맞은 그들은 연달아 허공으로 날아가 바다로 떨어졌다.

"이익!"

히폴리테는 목표는 맞추지 못하고 애꿎은 부하들만 계속 날려버려서 약이 바짝 오른 듯했다. 결국 그녀는 위험한 수를 쓰기로 작정한 듯 표독스러운 표정을 짓는다. 히폴리테는 곧 허공에서 반짝이는 무언가를 꺼낸다. 뭔가 싶어서 보니 그건 화살이었다. 은빛으로 빛나는 저 화살은 이전에도 본 적이 있는 거다.

―아르테미스의 화살이군!

지켜보던 비밀의 서가 탄성을 터뜨렸다. 이거 큰일이 났다. 설마 히폴리테가 아르테미스의 화살을 갖고 있을 줄이야. 저것은 신력이 깃든 것으로 산지기 퓌톤을 죽음의 위기로 몰고 가기까지 했다. 생각 이상으로 히폴리테가 아르테미스의 총애를 받고 있었던 모양이다.

이대로는 위험해서 안 되겠는 걸. 아탈란테의 자존심을 배려해서 끼어들지 않았지만 더는 보고만 있을 수 없다. 이미 히폴리테가 활시위에 아르테미스의 화살을 건 상황이다. 저게 발사되면 아무리 아탈란테라도 피하기 어렵다. 나는 서둘러 주변을 둘러보다 바닥에서 투창을 하나 발견했다. 아마조네스의 물건인데 히폴리테가 바람으로 난장판을 만들 때 떨어뜨린 것 같았다. 나는 즉각 그걸 히폴리테에게 집어던졌다. 괴력을 가진 나이기에 투창은 실로 무서운 기세로 쏘아진다.

쌔액!

마침 활시위를 놓던 히폴리테에게 투창이 적중했다. 하지만 무슨 힘으로 보호를 받는지 히폴리테의 갑옷이 창을 튕겨냈다. 그래도 그녀의 조준을 흔들기는 충분했다.

투웅!

마치 예광탄처럼 빛을 뿌리며 아르테미스의 화살이 쏘아진다.

"꺄!"

짧은 비명과 함께 아탈란테의 몸이 허공으로 솟구친다. 그녀의 활이 부서져 나무 파편이 산산이 튄다. 아탈란테는 갑판에 떨어져서도 뒤로 데굴데굴 굴러가다 뱃전에 부딪치고야 멈췄다.

"아탈란테!"

깜짝 놀라서 앞으로 달렸다. 그녀가 비틀거리면서 일어났다. 살짝 날 보며 괜찮다는 듯 고개를 끄덕인다. 보니까 활이 터진 것만 아니라 칼까지 부러져 있었다. 진로가 틀어진 화살을 순간적으로 활과 칼을 겹쳐 막아냈던 모양이다. 정말 오늘 여러 번 놀라게 하네. 여신의 총애를 잃었지만 전투의 기술만큼은 16세 소녀라고 믿기 어려울 정도로 대단하다.

"헛!"

한데 문제는 그걸로 끝이 아니었다. 분명 저 멀리로 날아갔던 아르테미스의 화살이 방향을 틀더니 이쪽으로 다시 돌아오고 있었다. 무슨 이기어검도 아니고 화살이 공중에서 자유자재로 움직여? 아무래도 저 화살은 내 생각 이상으로 기능이 많은 것 같다. 하지만 다행스러운 건, 재빨리 튀어나간 덕에 화살이 돌아오기 전에 아탈란테를 내 뒤로 끌어당기는데 성공했다는 것.

하지만 워낙 다급한 상황이라 전신에 신성으로 방어력을 강화할 여유도 없었다. 급한 대로 양손에 신성을 불어넣었다. 과거 이미 아르테미스의 화살을 견뎌본 전례가 있다. 이번에도 충분히 가능할 터. 양팔을 교차해서 내리꽂히는 아르테미스의 화살을 막아낸다.

카아앙!

귀청을 울리는 소리와 함께 새하얀 신성의 불꽃이 튀어 올랐다. 양 팔이 얼얼하긴 했지만 아르테미스의 화살은 허공으로 팅겨나갔다.

"막았어?"

히폴리테가 얼빠진 듯한 목소리로 중얼거리는 게 들렸다. 돌아보니 그녀의 눈이 휘둥그레져 있었다.

"인간이 아르테미스 님의 화살을 막았다고?"

히폴리테는 도저히 믿을 수 없다는 듯 입을 멍하니 벌린 채다.

"뭘 그렇게 놀라고 그러시나."

"⋯네놈, 보통 인물이 아니었군. 참으로 교활하구나. 그런 힘을 가졌으면서 의뭉을 떨고 있었다니."

"원래 주인공은 힘을 숨기는 법이다."

"뭐라? 어이가 없는 소리를 하는군. 어쨌든 아탈란테가 널 보호하고자 했던 이유는 확실히 알았다."

"음? 그게 무슨 소리냐?"

"얼굴도 괜찮은 놈이 그런 비범한 능력을 가졌으니 딱 마음에 들었던 거겠지. 자기 남자다 싶으니까 내게 암사자처럼 으르렁댄 게 아니냐!"

그것 참, 히폴리테는 심각한 어조로 저렇게 부끄러운 소리를 하다니. 옆을 슬쩍 보니까 아탈란테가 이런 상황에도 불구하고 얼굴이 홍시처럼 붉어져 있었다. 날 보는 눈동자가 사정없이 흔들린다.

"페, 펠레우스. 아, 아니 그게….'

뭐라 변명하려고 하는데 당황했는지 말만 계속 더듬고 있다. 그 꼴이 히폴리테를 더욱 화나게 만들었다.

"흥! 아탈란테, 왜 그렇게 건방진가 했더니 이제야 이유를 알겠다. 어디서 괜찮은 남자 하나 잡으니까 세상이 아주 다 자기 것 같고 그런 것이냐!"

히폴리테의 노골적인 비난에 아탈란테는 이제 얼굴이 터질 것 같이 변했다.

"아, 아니! 펠레우스가 멋진 건 맞지만… 아앗! 내가 무슨 소리를! 펠레우스, 방금 건 잊어다오!"

아탈란테가 이런 순진한 부끄러움을 표출할수록 히폴리테는 화가 더해졌다.

"아주 저년이 가관이구나! 옆에 맘에 드는 사내가 있다고 혼자 사랑스러운 척해! 잘난 미모만 믿고 하는 짓마다 아주 요망하군! 전투 중이다! 감히 이 히폴리테와 겨루면서 남자에게 꼬리까지 치다니 간이 배 밖으로 나왔구나. 도저히 용서할 수 없어!"

히폴리테는 이를 아드득 간다. 오해인 것 같지만 설명해도 듣지 않겠지. 그녀는 공중에 둥둥 떠 있던 아르테미스의 화살을 다시 조작했다. 그리고는 아탈란테를 보호하고 있는 내게 쏘아져왔다. 화살이 이전보다 훨씬 밝은 빛을 발하는 걸 보니 이번 공격은

매우 강력할 듯했다.

카아앙!

째지는 듯한 소리와 아르테미스의 화살이 흉부에 정확히 박혔다. 가공할 충격으로 인해 흉갑이 마치 포탄에라도 맞은 것처럼 찢겨져 나가며 커다란 구멍이 뚫렸다. 하지만 아르테미스의 화살은 내 가슴팍을 파고들지 못했다. 화살이 뚫은 건 흉갑뿐이었다. 스파르타에서 선물 받은 두꺼운 흉갑을 갈기갈기 찢어버렸지만 신성으로 보호 받는 내 몸은 멀쩡했다.

"이게 무슨……."

이쯤 되니 히폴리테는 아연실색해서 말문이 막히는 모양이었다. 아르테미스의 화살이 겨우 인간의 피륙을 뚫지 못하다니, 현 상황을 이해할 수 없겠지.

덥썩.

나는 허공에 떠있는 아르테미스의 화살을 붙잡았다. 순간 거센 신력이 내 전신을 헤집었지만 역시 이번에도 버텨냈다. 내 몸 안에 있는 신성이 이 화살에 담긴 것보다 훨씬 많고 강하기 때문이다. 나는 양손으로 화살을 붙잡고는 물었다.

"이봐, 히폴리테. 내가 힘을 주면 이게 부러질까? 부러지지 않을까?"

"뭐? 농담도 정도껏 해라. 그런 일이 일어날 리가……."

두두둑! 뚜둑!

나는 괴력을 발휘해 아르테미스의 화살을 꺾기 시작했다. 아무래도 저 잘난 아마조네스에게 좌절이 뭔지 가르쳐줄 필요가 있단 생각이 들었다.

"크아아압!"

화살을 꺾어버리기 위해 이를 악물고 괴력을 끌어냈다. 내 안에 있는 신성이 아르테미스의 화살 안에 깃든 여신의 힘을 능가하기에 충분히 가능할 터. 하지만 히폴리테는 이내 비웃음을 머금었다.

"실로 황당무계한 짓거리를 하는군. 이 몸을 당혹감에 빠뜨리는 게 목적이면 훌륭히 성공……."

채 히폴리테가 말을 끝내기도 전이었다.

파지직! 파직!

화살이 휘면서 하얀 스파크가 튀었다. 지켜보던 히폴리테의 눈이 휘둥그레졌다.

"이 무슨! 말도 안 된다!"

하긴 저런 반응은 당연하다. 여신이 내려준 물건을 부러뜨릴 자가 있다고 생각이나 했겠는가. 하지만 세상에는 별별 일이 다 있기 마련이다.

"크아아아!"

기합을 내지르며 모든 힘을 끌어냈다.

"이런 미친놈아! 그만두지 못할까!"

결국 히폴리테는 검을 뽑아들고 달려왔다. 하지만 이미 늦었다. 그녀가 달려오던 그때 화살이 요란한 소리를 내며 꺾였다.

우지끈!

동시에 신력이 터져 나오며 폭발이 일어났다.

콰아아아앙!

그야말로 강력한 폭발이었다. 거대한 이단노선이 대파되어 반

이상 박살나고, 선상 위에 있던 해적과 아마조네스들은 모조리 허공으로 날아갔다.

촤아아아!

침수가 시작됐는지 갑판 밑에서 물이 들어오는 소리가 요란했다. 지금 이곳에 온전히 서 있는 건 나와 아탈란테, 히폴리테뿐이었다.

"펠레우스, 괜찮나?"

아탈란테는 내 뒤에 서서 폭발의 충격을 피했다.

"걱정 마. 그것보다 보트 하나만 잡아줘. 대강 챙겨서 합류할 테니까."

"알겠다."

아직 히폴리테가 남았지만 어떻게 할 거냐는 건지 묻지도 않는다. 현재 히폴리테는 넋이 나가 있었다. 큰 충격을 받았는지 눈동자가 흐리멍덩했다.

"화살이… 이건 말이 안 된다. 어찌 여신의 화살이……."

도저히 믿을 수가 없는 모양이었다. 나는 이때를 놓치지 않고 달려들었다. 뒤늦게 히폴리테가 정신을 차리고 반격을 시도했지만 양손으로 그녀를 붙잡은 뒤다.

"이놈!"

히폴리테는 뛰어난 레슬링 솜씨를 발휘해 나를 쓰러뜨리려 했다. 하지만 이미 내겐 이런 일에 경험이 있다. 과거 아탈란테를 괴력만으로 제압하려다 호되게 당했었지. 하지만 이제는 다르다.

"당할 것 같은가!"

히폴리테가 기술적인 측면에선 더 나았지만, 내 괴력을 당해낼 정도는 아니었다. 엎치락뒤치락하다가 결국 그녀를 제압해 땅바닥에 쓰러뜨렸다. 엎어진 히폴리테의 등 뒤에 올라탄 나는 단번에 백초크로 목을 조르기 시작했다.

"끄으윽! 끅!"

저주 받은 자에게 백초크를 배워두길 잘했다. 이쪽 세계에서 이 기술의 이름은 '사슴을 제압하는 구렁이'라 불렸는데, 그냥 백초크란 명칭이 편했다. 내 팔꿈치를 히폴리테의 턱 중앙에 오도록 깊게 손을 넣고, 반대편 손은 그녀의 뒤통수를 받친다. 그리고 힘껏 경동맥을 압박했다. 그러자 히폴리테가 점점 힘이 빠지기 시작했다.

–역시 아는 게 힘이야.

–가녀린 여자의 목을 조르면서 할 말이냐? 그게.

–가녀리긴 누가 가녀려?

칼로 사람 목을 단번에 쳐 날리는 년이구먼.

"끄! 끄으으!"

정신이 흐려졌을 텐데 히폴리테는 정말 악독하게 버텼다. 손톱으로 할퀴기까지 하는 듯 요악스럽게 굴었지만 결국 소용없었다. 백초크가 걸린 상황에서 이미 상황은 끝난 셈이었다.

털썩.

끝까지 바닥을 긁던 히폴리테의 손이 힘없이 늘어진다. 나는 즉시 그녀를 어깨에 들쳐 메고는 아탈란테에게로 향했다. 제때 아탈란테가 보트를 구해 놨다. 아마조네스들이 약탈품을 옮기기 위해 가져왔던 것이다.

"받아. 인질로 쓸 거야."

기절한 히폴리테를 짐짝처럼 던지자 아탈란테가 보트 한 구석에 대충 놔둔다. 이어서 나까지 보트에 타자 아탈란테가 노를 젓기 시작했다.

"이대로 섬까지 가자고."

"해적들은? 저기 사방에 떠다니고 있는데."

아탈란테의 물음에 잠시 생각하던 나는 고개를 가로저었다.

"신들께서 돌보시겠지. 알아서 잘할 거야. 거친 바다 사나이들이잖아."

바다에서 해적들처럼 끈질긴 목숨도 없으니 꼭 다시 볼 수 있을 거라고 생각한다. 이미 반파된 배를 불길이 집어삼키고 있었다. 섬 쪽으로 노를 저어가자 아마조네스들의 배에서 소리를 질러댔다. 모두 우리 쪽 배로 넘어온 게 아니었기에 남은 병력이 상당하다.

"펠레우스, 저들이 이 여자를 잡아가도록 허락하지 않을 거야."

"그렇기야 하겠지. 왕족이니까. 벌써 배를 이쪽으로 돌리고 있네."

아마조네스들의 커다란 배가 한쪽만 노를 저으며 선체를 회전하고 있었다.

"이 여자가 있으니 그럴 리는 없겠지만, 만약 들이받기라도 하면 큰일이야. 곤란하게 됐는걸."

아탈란테의 말에 나는 고개를 저었다.

"곤란한 건 아무것도 없어."

"뭐? 저건 삼단노선이다. 우리가 지금 뭘 타고 있는지 잊었나?"

"설령 우리가 탄 게 보트가 아니라 풀잎이라고 해도 걱정할 건 없어."

나는 비밀의 서를 향해 손을 내밀었다. 이심전심이랄까, 비밀의 서는 알아서 제우스의 보검을 뱉어냈다. 아탈란테는 허공에서 보검이 나타나자 놀란 기색이다.

"너는 정말 특이한 재주가 많군. 펠레우스."

"그걸 보통 유능함이라고 부른다."

아탈란테는 대답 대신 작은 한숨을 내쉬더니 노를 부지런히 저을 뿐이다. 아마조네스들의 삼단노선에서 온갖 욕설과 협박이 날아왔지만 나는 신경 쓰지 않고 천천히 제우스의 보검을 들어올렸다.

파지직! 파직!

검신을 따라 하얀 스파크가 튀기 시작했다. 내 안에 있는 신성과 반응해 그 힘은 점점 커져갔다. 급기야 폭음이 터지는 것 같은 소리가 나자 선상의 아마조네스들은 어쩔 바를 몰라 했다. 여기저기 소리를 지르며 뭐라도 하려고 했으나 내가 훨씬 빨랐다.

콰아아아앙!

마른하늘에 날벼락이 작렬했다. 굉음과 함께 선수의 대부분이 폭발하듯 터져나갔다. 그리고 전격으로 시커멓게 그을린 목재에 불이 붙어 활활 타올랐다.

"한방이네."

저 거대한 삼단노선이 신의 힘을 빌리자 장난감같이 느껴졌다. 막강한 전투병기가 단순한 불쏘시개로 전락해 버렸다. 사실 신성을 끌어 쓰면서도 혹여나 제우스가 주목할까 완급을 조절했었다. 한참 여력을 남겨놓고 썼는데 삼단노선이 날아가다니… 새삼, 이 힘이 얼마나 강한 것인지 실감하게 된다.

"과연 대단하군. 예전에 저런 걸 나한테 쐈던 건가?"

지켜보던 아탈란테는 크게 감탄하면서도 새삼 불만이라는 듯한 표정이다. 쳐다보는 눈빛이 좀 싸늘하다. 생각해 보니 저 여자에게 사정없이 쏴버린 일이 있었지.

"흠!"

나는 괜히 미안해져 아탈란테가 쥔 노를 빼앗았다.

"섬까지 내가 젓지."

보트를 섬에 댄 우리는 히폴리테를 들쳐 업고 낙소스 섬의 산지로 숨어들었다. 아마존의 여왕이 섬을 방문 중이라고 하니 마을로 가봐야 좋을 게 없었기 때문이다.

"이제 어쩌지?"

아탈란테의 물음에 나는 기절해 있는 히폴리테를 가리켰다.

"이 여자가 실마리를 쥐고 있다고 봐."

"심문이라도 할 건가? 입을 열 거 같지는 않은데…."

"일단 뒤져보기라도 하자고. 필요하면 싹 벗겨서라도 샅샅이 살펴봐."

아무리 적이라도 묘령의 처자이니 직접 하긴 뭐 하다. 마침 같은 여자인 아탈란테가 있으니 거리낄 게 없었다.

"이 녀석은 왕족이자 지휘관이니 뭔가 도움이 될 만한 게 있을

지 몰라."

"알겠다."

"참, 이 녀석의 허리띠도 좀 가져다 줘."

아탈란테가 곧장 갑옷이고 옷가지고 막 벗기기 시작해서 서둘러 자리를 피해야 했다. 평소 앙금이 있던 사이라 그런가 손길에 사정이 없었다. 슬쩍 보니까 어느새 반라로 변한 히폴리페가 땅바닥을 굴러다니고 있었다.

–아무래도 아탈란테한테 좀 잘해줘야겠군. 혹시 내가 저 여자를 섭섭하게 한 적이 있을까?

내가 근심스럽게 묻자 비밀의 서가 어이없어 했다.

–그걸 말이라고 해? 잘해주는 걸로 인심을 얻는 건 이미 틀렸으니 저 여자보다 약해지지 않는 걸 목표로 해라. 그게 훨씬 합리적일 거다.

드물게 현명한 의견이라 고개를 끄덕일 수밖에 없었다. 혼자 덩그러니 바위에 앉아 기다리고 있으니 한참 뒤 아탈란테가 이것저것 챙겨서 다가온다. 히폴리테의 소지품과 무기였다.

"그 녀석은?"

"일단 나무에 묶어 뒀어. 그나저나 허리띠는 왜?"

"쓸 곳이 있어서."

히폴리테의 허리띠는 후일 유명한 물건이 된다. 왜냐하면 헤라클레스의 12가지 과업 중 9번째가 아마존 여왕의 허리띠를 가져오기니까. 그 시점에서 아마존의 여왕은 히폴리테다. 즉, 헤라클레스가 가져올 허리띠는 지금 내 손에 있는 이 물건이란 소리. 이렇게 미리 챙겨놓으면 헤라클레스에게 선심성으로 선물해주고 대가를 얻을지도 모른다.

"그런가?"

아탈란테는 별로 중요하지 않다고 여기는 듯 어깨를 으쓱하더니 지도 한 장을 내민다. 그것은 낙소스 섬의 지도였다.

"뭔가 여기저기 표시가 돼 있네? 이상한 문자군. 어지간한 글씨는 다 읽을 수 있는데 읽질 못하겠어."

신전의 서기 시절 최고 사제의 축복 덕에 별 괴상한 것까지 독해가 가능한 나다. 하지만 이 지도에 써진 문자는 아무리 봐도 모르겠다. 내가 계속 고개를 갸우뚱거리자 아탈란테가 설명해줬다.

"그럴 수밖에 없다. 이건 아마조네스의 문자다. 아르테미스 여신이 선물한 것이라 신비한 힘을 갖고 있지. 그래서 남자는 이 글자를 영원히 읽을 수 없다고 한다."

"호, 이게 그건가?"

실물로 보는 건 처음이다. 아마조네스의 문자에 대해 설명했던 책의 저자도 남자라 베껴 쓸 수 없었으니까.

"무슨 내용이야?"

"이건 엔디미온이 있을 법한 위치를 표시한 지도다. 총 다섯 곳이군."

지도를 보니 낙소스 섬의 동굴이나 연못, 절벽, 골짜기, 산중턱에 표시가 있었다. 아마조네스들이 여러 가지로 조사해 엔디미온이 있을 법한 장소를 좁혀 놓은 것 같았다.

"이거 잘하면 날로 먹겠는데? 서둘러 뒤지면 우리가 먼저 엔디미온을 빼낼 수 있을지도 몰라."

기왕 정보가 들어온 거 지체할 틈이 없었다. 즉각 히폴리테를 깨워서 밧줄로 묶었다. 죽일 수도 없으니 포로로 끌고 다닐 셈이다. 테마토스처럼 비밀의 서 안에 넣어 두면 좋겠지만 인간은 그 속에서 오래 버티지 못하니 어쩔 수 없었다.

"이 무도한 놈들! 감히 아마존 여왕의 동생인 내게 이 무슨 무례냐!"

히폴리테는 깨어나자마자 성질을 부리며 날뛰었다. 하지만 곧 아탈란테에게 늘씬하게 얻어터지더니 침묵의 미덕을 배우게 됐다.

퍽!

아탈란테는 때린 곳을 계속 다시 때렸다.

–손속이 잔인한 여자다.

내가 내심 혀를 내두르자 비밀의 서가 당연하다는 듯 대꾸한다.

–일전에 미케네의 왕궁에 잠입했을 때 시녀들을 손날치기로 족족 기절시키던 게 기억 안 나나?

–아, 맞다. 그랬지.

그때 하도 단호해서 시녀들이 죽은 줄 알고 식겁했던 기억이 난다. 히폴리테는 묶인 상태로 여러 대 얻어맞더니 결국 입을 다물었다.

"이제야 좀 낫군. 걸어라."

아탈란테의 차가운 목소리에 히폴리테는 이를 갈 뿐 어쩔 도리가 없었다.

"여왕께서 가만있지 않을 것이다."

"아직 덜 맞았냐?"

"……."

우리는 밧줄로 묶은 히폴리테를 데리고 지도상 첫 번째 목표인 동굴로 향했다. 동굴 하니까 갑자기 기억나는 게 있었다.

"음…. 일전에 어떤 책에서 본 건데, 낙소스 섬의 오래된 동굴에 괴물이 살고 있다고 했지. 설마 여기는 아니겠지?"

몇 시간 뒤, 나는 설마가 사람 잡는다는 말을 절감하게 됐다. 섬의 지형을 헤치고 동굴에 도착해 보니 아직 아마조네스들이 보이지 않았다. 쾌재를 부르고 탐색을 하려 안에 들어가자 거대한 용이 두 눈을 빛내고 우리를 맞아줬다. 덩치가 얼마나 큰지 머리 크기만 해도 어지간한 마차만 했다.

"콰르르르르!"

용은 머리가 크고 온 몸에 가시 같은 비늘이 잔뜩 돋아난 모습이었다. 몸을 부풀리고 고개를 뻣뻣하게 든 게 갑작스러운 방문자 때문에 화가 난 듯했다. 원래 용은 영토 의식이 강해서 침입자에게 적대적이라고 한다. 단순히 이지가 없는 괴물인가 했더니 곧 사람의 언어로 외쳐왔다.

"너희는 어찌 이 카타플락투스의 영토를 침입하느냐? 섬을 다스리는 인간과 경계를 긋고 서로 넘어가지 않기로 한 지 오래되었음을!"

아, 낙소스에 이런 거대한 용이 있음에도 별다른 피해가 없었던 건 그런 이유에서구나. 누가 한 협정인지 모르겠지만 아주 현명한 처사였다. 일단 사과부터 했다.

"참으로 실례가 많았습니다. 저희가 이 섬에 처음이라 무례를 범하고 말았습니다."

"무지로 죄가 용서받을 수 있다고 여기면 오산이다. 너희가 약속을 어겼으니 마땅히 대가를 치러야 한다."

"하면 어떤 대가를 요구하십니까?"

일단 비위를 맞춰주며 물으니 카타플락투스는 커다란 앞발로 바닥을 내리치며 말했다.

쿠우웅!

"고래(古來)로부터 성난 용을 달래기 위해 너희 인간은 순결하고 아름다운 처녀를 바쳐왔다. 이 몸 역시 고사를 따라 그리 요구하겠다."

꽤나 말하는 게 고풍스러운 용이로군. 그건 그렇고 제물이라. 그 순간 아탈란테와 내가 약속한 것처럼 서로를 마주 봤다. 말하지 않아도 상대방의 뜻을 알 수 있었다. 우리는 마치 약속이나 한 것처럼 동시에 뒤로 한 발자국 물러났다. 그러자 제자리에 서 있던 히폴리테가 가장 앞에 나서게 됐다. 그녀는 깜짝 놀라서 우리 쪽을 돌아본다.

"뭐, 뭐야? 너희들! 지금! 이 몸을 제물로 바치겠다는 거냐!"

히폴리테는 두 눈이 휘둥그레져 있었다. 나는 미안하다는 표정으로 살짝 손을 들어 사과했다.

"살 사람은 살아야지. 짧은 만남이지만 즐거웠어."

히폴리테가 경악을 감추지 못하겠다는 듯한 눈을 크게 뜬다.

"이 몸은 아마존의 왕족이다. 또한 전사 중의 전사며, 미녀 중의 미녀다. 어찌 용의 먹잇감으로 주겠다는 것이야!"

"아직 정신을 못 차렸구먼. 대체 그게 무슨 상관인가? 히폴리테여. 그대가 얼마나 대단한 신분이든 간에 지금은 내 포로에 불과한 것을."

나는 오히려 잘됐다는 듯, 성난 용 카타플락투스에게 고했다.

"이 여자는 왕족의 신분입니다. 인간 중 귀하다 하겠으니 제물로 삼기 적합합니다."

"크르르, 그런가?"

카타플락투스는 마음에 드는 모양이었다. 이대로라면 얘기가 잘될 터. 히폴리테를 바친 뒤에 엔디미온에 대해 물어볼 수도 있을지도 모르겠다. 이 섬에서 터줏대감격인 카타플락투스라면 뭔가 알고 있을 수도 있으니까.

"좋다. 이 여자를 제물로 취하고 너희의 무례를 용서해주지."

"감사합니다."

그때 히폴리테가 날 힐끔 보더니 갑자기 눈이 커진다. 뭐지? 마치 유레카, 라고 외치는 듯한 표정이었기 때문이다. 히폴리테는 내가 제지하기도 전에 외쳤다.

"카타플락투스여, 저는 순결한 처녀가 아닙니다."

"뭐라?"

용은 제물에 문제가 있다는 말에 대번에 인상을 구겼다. 기분 나빠하는 기색이 역력했다. 사실 용의 입장에서 제물이 순결한 처녀든 아니든 별 상관없다. 어차피 잡아먹을 음식이니까. 그저 전례에 따른 것뿐이다. 카타플락투스는 그런 점을 밝혔다.

"순결한 처녀란 건 그저 옛일대로 행하고자 함이다. 하지만 제물에 문제가 있다면 가히 기분 좋은 일은 아닐 터. 인간이여, 어찌 네놈은 거짓을 말해 본인을 기망하려는 건가?"

대번에 날 보는 시선이 사나워졌다. 세로로 길게 째진 동공에 흉흉한 기세가 가득하다. 절로 침이 꿀꺽 삼켜졌다.

"아닙니다. 저 여자는 아마조네스. 이날까지 전사로만 살아와 남자를 알지 못합니다."

"나는 너희 인간의 관습과 문화에 대해 모른다. 지금 제물이 스스로 살아남기 위해 순결하지 않다고 주장한다는 말인가?"

"그렇습니다. 이 여자는 우리의 포로로, 앙심을 품고 저를 궁지에 몰고자 거짓을 말하고 있습니다."

"크르릉⋯."

카타플락투스는 내 말이 그럴싸하다고 여겼는지 노기가 좀 누그러졌다. 하지만 아직 히폴리테의 반격이 남아있었다.

"제가 순결한 제물이 아니란 증거가 있습니다."

"뭐라? 스스로의 말을 증명할 수 있단 말이냐?"

"물론입니다."

아니, 이 여자가 무슨 소리를 하려고. 히폴리테는 득의양양하게 웃으며 날 가리켰다.

"저자가 손에 쥐고 있는 허리띠를 보십시오. 본디 저것은 제물건입니다."

마침 히폴리테의 허리띠를 밧줄에 연결해서 쓰고 있었다. 밧줄의 길이가 좀 부족했던 탓이다.

"그게 어쨌다는 것이냐? 제물이 될 인간이여."

"저는 아마조네스입니다. 아마조네스에게 허리띠는 정절의 상징. 허리띠를 풀어 준다는 건 정조를 내주겠다는 소리와 같습니다. 지금 제 허리띠를 누가 가지고 있는지 보십시오. 이미 저는 순결한 처녀가 아닙니다. 저자가 절 정복했지요. 그런데도 거짓을 고해 당신을 기만하고 있습니다."

와, 세상에 이런 식으로 나올 줄이야. 히폴리테의 재치에 나직한 신음이 흘렀다.

"크으…. 아마조네스가 거짓을 말하고 있습니다. 카타플락투스여."

"아닙니다. 이 사내가 당신을 속이고 있습니다. 카타플락투스여."

우리가 서로 상반된 얘기를 하자 용은 손가락으로 턱을 쓰다듬으며 곤혹스러워했다.

"실로 판단을 내리기 어렵구나. 하면 방법은 간단하다. 그냥 너희 모두를 잡아먹겠다. 떠드는 입이 사라진다면 이 동굴도 다시 고요함을 되찾겠지."

카타플락투스의 선언에 히폴리테가 비웃음을 크게 터뜨렸다.

"꺄하하핫! 잘됐구나. 날 제물로 바치려다 결국 다 죽게 되지 않았느냐!"

역시 성깔이 보통인 여자가 아니다.

"갈수록 무덤을 파는군, 히폴리테."

내가 카타플락투스를 상대하지 못할 거라고 여기면 큰 오산이다. 그저 용과 싸우는 일이 만만치 않으니 피하려는 것뿐이다. 신성을 크게 끌어 쓸수록 신들의 주의를 끌기 십상이기도 하고. 아마 제우스는 지금 내가 낙소스 섬에 있단 사실을 모를 거다. 내 일거수일투족에 관심을 기울이지는 않으니 말이다.

ㅡ비서야. 아마 용을 죽이기 위해선 아마조네스들의 삼단노선을 박살낸 것보다 많은 신성을 끌어내야 하겠지?

-당연하다. 그렇게 되면 제우스가 무슨 일인지 싶어 들여다 볼 확률이 높아진다. 아니, 그것보다 비서라고 부르지 말라니까!

-좋지 않은데. 만약 제우스가 엔디미온에 대해 눈치챈다면 모든 게 꼬일 거야.

결국 카타플락투스와 안 싸우는 게 가장 현명하다. 하지만 저 얄미운 히폴리테가 같이 죽자고 회심의 한 수를 뒀으니 조치가 필요했다. 나는 빠르게 생각을 정리해 입을 열었다.

"카타플락투스여, 여기 셋을 다 잡아 먹는다고 해도 당신의 동굴은 결코 고요함을 찾지 못할 것입니다."

"그건 왜 그런가? 떠드는 입이 사라진다면 침묵이 찾아오는 법이다."

"당신의 조용한 사색을 방해할 방문자들이 계속 이어질 테니까요."

"크르릉? 무슨 말인지 설명해 보라."

다행히 용이 관심을 보였다. 그래서 나는 섬에 아마존의 여왕이 군대를 이끌고 왔으며 보물을 찾고 있다고 설명했다.

"이 지도를 봐주십시오. 이 지도는 이 여자에게서 압수한 물건입니다. 아마존 여왕의 동생이니 확실한 정보라 할 수 있겠습니다."

나는 다섯 곳의 장소가 체크돼 있는 낙소스 섬의 지도를 내밀었다.

"크르릉!"

카타플락투스는 커다란 머리를 가까이 하더니 작은 지도를 열심히 살펴본다.

"인간의 지도는 작아서 보기 짜증나는군. 크르르, 보자…. 설마 이 동굴이 내가 사는 곳인가?"

"정확합니다. 즉, 당신의 동굴은 아마조네스들이 조사하고자 하는 장소 가운데 하나란 사실입니다. 곧 이곳을 탐사하러 여왕의 병사들이 들이닥칠 것입니다."

"이런 고얀!"

카타플락투스는 노한 기색이 역력했다. 곧 성질을 못 이기고 포효하자 동굴 전체가 쩌렁쩌렁 울렸다.

"대체 무슨 짓을 하려는 거야!"

히폴리테는 불안한 표정으로 날 보며 외친다.

"글쎄. 일단 지켜보라고. 너도 할 일이 있으니까."

꽤나 건방지게 굴어주던데 아무래도 분수를 가르쳐 줄 필요가 있겠다. 허리띠로 반격을 한 건 평가해 줄 만하지만 내겐 아직 멀었지.

"카타플락투스여. 귀찮은 일이긴 하지만 피할 수도 없는 노릇입니다. 하지만 미리 대비한다면 모든 일이 수월하게 끝날 것입니다."

"미리 대비한다?"

"그렇습니다. 아마조네스들이 올 걸 알고 있으니 함정을 파놓고 기다리면 그만입니다. 모조리 사로잡아 감히 용의 동굴을 침입한 죄를 물으면 될 것입니다."

"안 돼!"

히폴리테가 하얗게 질려서는 빽 소리쳤다.

"하하, 뭘 이 정도 가지고 놀라시나."

나는 히폴리테를 가리키며 용에게 설명을 덧붙였다.

"이 여자는 아마조네스 중 귀한 신분이니 인질이나 함정으로 쓸 수 있을 겁니다. 동굴에 침입한 아마조네스들이 이 여자가 묶여있는 걸 발견하면 분명히 당황하겠지요. 서둘러 구하려 할지도 모릅니다."

"그때를 노려 습격한다는 것이냐?"

"네, 그렇습니다."

"마음에 드는 제안이로군."

히폴리테가 소리를 지르며 우리를 비난하기 시작했다.

"이런 비열한 놈들! 용이나 인간이나 똑같은 놈들끼리 붙어먹었구나."

바보 같군. 흥분해서 악수를 뒀다. 저런 태도 때문에 카타플락투스의 마음을 돌릴 기회를 영영 잃어버리고 말았다는 걸 알지 못하는 건가.

"아탈란테. 좀 조용히 만들어줘."

"알겠다."

손이 매서운 아탈란테가 두들기기 시작하자 히폴리테는 다시 조용해졌다. 아탈란테는 정말 무섭게 때리기 때문에 죽기 싫으면 입을 닫는 수밖에 없다.

"인간이여, 그대의 이름은 무엇인가? 적어도 이 여자보단 얘기가 통하는군."

"펠레우스라고 합니다."

"좋다. 펠레우스. 네가 알려준 정보와 해결책이 마음에 든다."

"다행입니다. 허락해 주신다면 당신을 도와 아마조네스들을 처리하는 데 일조하고 싶습니다."

"하지만 너 역시 이 동굴에 무언가 원하는 바가 있어 들어온 게 아닌가? 내 어찌 함부로 수상한 자와 손을 잡을 수 있겠느냐?"

"지당하신 말씀입니다."

"하면 펠레우스여, 무엇을 원하는가? 네놈이 원하는 바에 따라 우리 사이가 결정될 터. 혹시 이 몸이 지키고 있는 황금을 탐내는 것이냐?"

황금을 원한다고 하면 용은 결코 날 용서하지 않을 거다. 하지만 다행히도 나는 그가 가진 금에 관심이 없었다.

"제가 찾는 건 잠든 인간입니다."

"잠든 인간이라? 그것은… 크릉."

카타플락투스는 뭔가 아는 눈치였다.

"혹시 잠든 인간에 대해 아시는 겁니까? 낙소스 섬 어딘가에 있다고 들었습니다."

"그것은 신이 개입한 비사(祕史)다. 어찌 인간이 그걸 찾는가?"

"제겐 더없이 중요한 일입니다. 혹시 이 지도에 표시된 곳 중에 잠든 인간이 있는지요?"

"호의로 알려주자면 그곳에는 없다. 이 몸의 이름을 걸고 진실임을 보증하겠다."

용은 자기 이름을 걸고 거짓을 말하지 않는다고 한다. 하면 믿어도 좋을 터.

"그럼 어디에 있습니까?"

"이것은 함부로 말할 수 없다. 충분한 대가가 필요하다. 만약 펠레우스 그대가 아마조네스들을 모두 제압해 준다면 알려주도록 하지."

잠시 머릿속으로 손익 계산에 들어갔다. 아마조네스들을 처리하는 게 나을까, 아니면 이 자리에서 카타플락투스를 제압하는 게 나을까? 내 이런 고민을 알아챈 듯 비밀의 서가 조언해 왔다.

-용은 고집이 세다. 억지로 제압하려 한다면 실패할 확률이 높아. 그냥 이름을 걸고 약속하라고 해라. 아마조네스들을 처리하는 게 더 편할 거다.

-이래저래 아마존의 여왕과의 접전을 피할 수 없을 것 같군.

나는 비밀의 서의 조언대로 일이 끝나면 반드시 잠든 인간에 대해 말해달라고 약조를 받았다. 카타플락투스는 기꺼이 그러겠다고 하고 몸을 돌렸다.

"남은 일은 맡기겠다. 펠레우스."

카타플락투스는 묵직한 발걸음 소리를 울리며 동굴 안쪽으로 사라졌다. 나는 주변을 둘러보며 어떤 함정이 좋을까 궁리하기 시작했다.

"좋아. 이제 손님 맞을 준비를 해볼까."

아마존의 여왕 펜테실레이아는 그간 수집한 정보를 바탕으로 낙소스 섬에서 엔디미온이 있을 만한 장소를 다섯 곳으로 특정했다. 그리고 자신이 총애하는 다섯 명의 전사장에게 각각 한 곳씩 탐사를 맡겼다. 전사장 에우레아는 그중 동굴을 담당하게 된 자였다.

"모두 무기를 점검하라."

에우레아는 냉정한 성품에 무예까지 출중한 아마조네스다. 그 때문에 그녀를 따르는 여전사들은 하나같이 기강이 살아있었다.

"이상 없습니다."

필요한 장비가 완벽한 걸 확인한 후에야 에우레아는 출발 명령을 내렸다. 동굴로 향하는 여전사는 그녀를 포함해 총 31인. 모두 일당백이라 일컬음 받는 아마조네스임을 감안할 때 상당한 전력이었다. 하지만 이런 이들도 불안감을 감추지 못했다.

"전사장님, 히폴리테 님께서 무사하실까요?"

여전사 하나가 근심 어린 목소리로 묻는다. 이미 모두 소식을 들은 후다. 낙소스 섬의 해안가를 탐사 중이던 히폴리테가 당한 변고를 말이다. 하늘에서 벼락이 내리쳐 삼단노선을 박살냈으며, 히폴리테가 납치됐다고 한다. 현재 아마존의 여왕 펜테실레이아가 섬 곳곳에 수색 부대를 보내 놓은 상황이었다.

"동료를 믿고 우리가 할 일만 하면 된다."

"네…"

인기 높은 히폴리테였기에 그녀가 웬 괴한에게 납치됐단 소식은 아마조네스들의 사기를 떨어뜨리기 충분했다. 겉으로 티는 안 내고 있었지만 에우레아 역시 마음이 좋지 않았다. 그녀는 히폴리테가 어릴 적 무기술을 가르친 스승들 중 하나였기 때문이다. 아무래도 남다른 애착이 있을 수밖에 없었다.

'안 돼. 사사로운 감정에 얽매이지 말고 임무에 집중하자.'

혼자 다짐을 하는 사이 일행은 동굴에 도착했다.

"진입하겠다."

에우레아는 가장 앞에서 일행을 이끌었다. 축축한 동굴은 어쩐지 음산하고 기분 나쁜 기운으로 가득했다. 그리고 얼마간 들어갔을 때 믿기 힘든 광경을 만나고 말았다. 냉철한 에우레아조차 크게 당황할 정도였다.

"히폴리테 님!"

아마조네스들의 눈이 휘둥그레졌다. 웬 대머리 거인 하나가 반쯤 꺼진 모닥불 옆에서 요리를 준비하고 있었는데, 옆에는 속옷만 간신히 입은 반라의 히폴리테가 나무봉에 묶여서는 구이가 될 준비가 끝난 상태였기 때문이다.

물론 진짜 구이로 하려면 내장을 꺼내고 나무봉으로 몸을 꿰었겠지만, 에우레아와 여전사들은 그것까지 생각할 여력이 없었다. 그 정도로 상황이 놀랍고 다급했기 때문이다. 특히 매우 흉악하게 생긴 대머리 거인이 히폴리테를 보고 입맛을 다시고 있었기에 에우레아는 앞뒤 가리지 않고 명령했다.

"돌격! 히폴리테 님을 구하라!"

하지만 그건 함정이었다. 대머리 거인 테마토스는 아마조네스들이 달려오는 그때, 반쯤 꺼진 모닥불을 있는 힘껏 불었다.

"후우우!"

재와 잔불만이 남아있던 모닥불은 거인의 강력한 숨결이 닿자 갑자기 불길이 일어나고 무수한 불티가 앞으로 흩날렸다.

"꺄아아악!"

아무리 아마조네스들이라도 뜨거운 잿가루와 불티를 한꺼번에 뒤집어쓰자 정신을 차릴 수 없었다. 그리고 그 순간, 숨어있던 젊은 남녀 두 명이 등장하더니 아마조네스들을 무차별로 두들겨 패기 시작했다.

퍼억! 퍽! 퍽!

"뒤다! 뒤쪽에서 기습이다!"

에우레아는 서둘러 외쳤지만 앞뒤로 공격을 받아 이미 혼란의 도가니였다. 특히 습격자 중 은발의 여성은 매우 사나워 손날치기를 한 방 먹일 때마다 아마조네스들이 죽은 것처럼 게거품을 물고 쓰러질 정도였다. 누가 봐도 식겁할 정도로 무자비했다.

"아탈란테, 진짜 죽인 건 아니지?"

"물론."

"믿을 수가 있어야지."

고개를 절레절레 저은 젊은 사내는 펠레우스였다. 그는 주변을 둘러보다가 대번에 아마조네스들의 대장이 누군지 파악하고는 달려들었다.

"좋아! 나의 승리다!"

펠레우스는 아마조네스의 전사장인 에우레아를 그야말로 표범처럼 덮쳤다.

제우스의 보검으로 힘껏 에우레아를 후려쳤다. 에우레아는 제때 방패를 들어 올려 막아냈으나 커다란 폭음이 터졌다.

콰아아앙!

마치 우레와도 같은 소리가 나며 에우레아의 두꺼운 황동 방패가 산산조각으로 깨져나갔다. 그리고 충격에 그녀가 뒤로 좍 밀려났다.

"오!"

그 와중에도 용케 넘어지지 않고 균형을 잡다니 상당한 실력 자로군. 에우레아는 손잡이만 남은 방패를 내게 던지더니 쏟아지 듯 달려 들어왔다.

─찌르기다!

어느새 인간의 무술에 대해 안목이 생긴 비밀의 서가 외쳤다. 나 역시 배움이 늘어 상대의 공격을 바로 알아봤다. 그건 단순한 찌르기가 아니라 속임수를 가미한 휘감아 찌르기였다. 저런 찌르 기를 정직하게 막다가는 가슴에 구멍이 난다.

캉!

검끼리 부딪치며 금속음이 울렸다. 에우레아가 한 번 속임수 를 발동했지만 나는 날카로운 찌르기를 정확히 막아냈다. 하지만 아직 그녀에겐 한 번 더 노림수가 있었다. 검을 막은 그 순간, 에 우레아는 내 허벅지를 딛고 뛰어 올라 어깨 위로 올라탔다. 그리 고 양다리 사이에 내 팔을 꼈다. 지구에서 보던 종합격투기에서 공중 암바라고 불리던 기술이었다. 온몸의 무게를 실어 떨어지 며 암바를 거니 그야말로 꼼짝없이 당할 수밖에 없다. 하지만 이 번만큼은 상황이 달랐다. 나는 한손으로 에우레아를 들고 그대로 서서 버틴 것이다. 그야말로 괴력이라 할 수 있었다.

"무슨!"

허공에서 내 팔에 양다리를 꼬고 매달려 있던 에우레아는 놀라서 눈동자가 커졌다. 흔히 기술은 힘을 이긴다고 한다. 하지만 압도적인 힘은 기술조차 무력화시키는 법이다.

"크아압!"

나는 기합성과 함께 에우레아를 그대로 땅에 내리꽂았다.

"킥!"

그녀가 짧은 비명을 터뜨리며 입을 크게 벌린다. 나는 그대로 에우레아의 복부를 걷어차서 10미터 이상 날려버렸다.

퍼억!

동굴 벽에 세게 날아가 부딪친 에우레아는 격통에 몸을 말고 끙끙거렸다.

"거기서 네 부하들이 무슨 꼴을 겪는지 봐라!"

적에겐 인정사정없는 게 내 모토다. 나는 동굴에 있던 바위를 향해 성큼성큼 걸어갔다. 그것은 송아지만큼이나 큰 크기였지만 단번에 들어올렸다.

"크아아악!"

바위의 무게 때문에 온몸의 근육이 터질 것처럼 팽팽해졌다. 나는 그걸 아탈란테와 싸우고 있던 아마조네스들에게 힘껏 던져 버렸다.

콰아앙! 쾅! 쾅!

커다란 바위가 날아가 바닥을 구르며 요란한 소리를 냈다. 바위에 맞거나 깔린 아마조네스들은 그야말로 비참한 처지가 됐다.

"아아악!"

"꺄으윽! 악!"

동굴 안에 끔찍한 비명이 가득 울려 퍼진다. 아마조네스들은 머리가 뭉개지고, 팔이 짓이겨지고, 다리가 바스러졌다. 그야말로 압도적인 위력. 아무리 아마조네스들이 일당백이라고 해도 사람의 살과 뼈를 가진 이상 바위에 깔리자 완전히 다진 고깃덩어리가 돼버렸다.

"아직도 계속할 건가!"

내 외침에 아마조네스들은 두려움에 움찔한다. 무기술의 달인이라도 이런 초인적인 힘은 두려울 터. 내가 쓰러져 있는 에우레아의 머리채를 잡고 끌고 가 들어 올리자 다들 전의를 상실한 얼굴이 된다.

"쿨럭. 쿨럭!"

에우레아는 입에서 계속 피를 쏟아내고 있었다.

"부하들을 살리고 싶으면 항복하라고 해라. 계속 싸우면 무슨 꼴이 날지 알겠지?"

다행히 에우레아는 고집만 센 멍청이는 아니었다.

"쿨럭… 모두… 그만 항복……. 하도록."

"전사장 님!"

"의미가 없는 싸움이다……. 개죽음은 피해야 한다….."

현격한 힘의 차이 때문인지 결국 아마조네스들은 무기를 버리고 항복했다. 잠깐 사이에 대장을 포함해 십여 명이 죽은 데다가 아직 식인거인 테마토스는 끼어들지도 않은 상황이다. 도저히 싸울 전력이 안 된다고 여긴 듯했다. 나는 포로를 테마토스에게 감시하도록 했다. 그러자 녀석이 반색한다.

"도시락을 선물로 주는 건가?"

"잡아먹지 마라. 혼난다."

아마존의 여왕과 아직 어떤 식으로 결론이 날지 모르는 상황이다. 싸우다가 죽은 거야 어쩔 수 없다고 해도 항복한 포로를 식인거인의 먹이로 썼다가는 무슨 원망을 들을지 모른다. 테마토스에게 곶감처럼 빼먹지 말라고 엄명을 내렸다.

"일단 다친 자들을 치료하도록. 그리고 너."

아마조네스 중에 나이가 가장 어려 보이는 자를 불러서 심문하기 시작했다. 도저히 이 집단에 어울리지 않아 보이는 녀석이었다.

"사, 살려주세요."

다른 아마조네스처럼 눈동자가 강건하지 못한 애송이 녀석이었다. 이거 완전 꼬맹이잖아.

"몇 살이야?"

"14살입니다."

"하…."

그나마 얘를 바위로 안 찍길 잘했다는 생각이 들었다. 적에겐 무관용의 원칙을 가진 나지만 이런 어린애를 상대로는 역시 마음이 약해진다.

"안 죽일 테니까 대답이나 잘해."

"네…."

잔뜩 주눅 든 얼굴로 날 올려다보는 꼴을 보니 아마조네스 중에도 이런 애가 있구나 싶었다. 다들 잘 벼려진 칼날 같은 여전사들이었는데 얘는 혼자 어수룩한 느낌이다.

"소피티아! 함부로 비밀을 말하면 엄벌을 받을 것이다!"

그때 아마조네스 중 하나가 내 앞에 있는 꼬맹이에게 으름장을 놨다. 이 어수룩한 꼬마 아마조네스의 이름이 소피티아였군.

나는 테마토스에게 방금 소리친 놈 좀 어떻게 하라고 손짓했다.

"먹으라고?"

"아니, 좀….."

"쩝. 알겠다."

테마토스가 딱밤을 한 대 때리자 소리쳤던 아마조네스가 피를 뿌리며 쓰러진다.

"꺅!"

주변에 있던 모든 이들이 그 모습에 얼어붙어 입을 닫았다. 사실 저것도 많이 봐준 거다. 전에 테마토스가 딱밤으로 사람 머리를 따버리는 것도 봤으니까. 하지만 그럼에도 소피티아를 보는 아마조네스의 시선이 곱지 않다. 죽일 듯 노려보는 이가 여럿이다.

"자, 소피티아. 내가 좀 물어볼 게 있단다."

"네, 아저씨……."

아저씨란 말에 듣고 있던 테마토스가 껄껄거리며 웃어댔다.

"크하하하, 아저씨라는군. 아저씨! 펠레우스, 결국 네놈도 나처럼 대머리가 될 거다. 아저씨라고 하지 않나!"

20대 초반인데 아저씨라니…. 하긴 14살짜리가 보면 아저씨일지도 모르겠구나.

"흐음…. 그래, 이 아저씨가 좀 물어볼 게 있다. 솔직히 대답하도록."

나는 다양한 정보를 소피티아를 통해 수집했다. 여왕이 어디에 머물고 있는지, 섬에 상륙한 인원은 얼마나 되는지, 전사장은 몇인지 등등, 꽤 중요한 정보가 줄줄 나왔다. 아마조네스들은 소피티아를 노려보면서도 제지하지 못했다. 아까부터 테마토스의 배에서 계속 꼬르르르, 하는 소리가 났기 때문이다.

"펠레우스, 여기 아마조네스의 대장의 눈이 흐릿해지고 있다. 그냥 먹어치우면 안 되겠나? 너희 인간도 고등어 눈깔이 흐려지면 싫어하지 않으냐?"

"아무리 그래도 그렇지 인간을 고등어 취급하고 있어. 아, 좀 닥치고 있어봐. 편지도 써야 하니까."

"아마존의 여왕에게 연애 편지라도 보낼 셈이냐?"

"뭐, 비슷해."

아마존의 여왕인 펜테실레이아는 낙소스 섬에서 제일 큰 마을인 '낙소스'에 머물고 있다고 한다. 낙소스는 낙소스 섬의 서쪽 해변에 위치한 마을로 현재 그곳에 상륙한 아마조네스들은 물경 350명가량이라고 한다. 아마조네스가 350명이면 본토의 중무장한 보병 1,000명도 이길 수 있는 전력이니 낙소스 마을이 버티지 못한 건 당연할 일이겠지.

"소피티아. 현재 낙소스 마을은 어떤 상황이냐?"

"여왕님께서 현명하게 통치하고 계셔요. 마을의 주민 모두가 기쁘게 여왕님을 환영했구요."

"소피티아, 네가 어려서 이번 한 번만은 용서해 주마. 그런 입발린 소리 대신에 나는 진실을 원한다. 그 환영식 때 마을의 병사 몇이 죽었냐? 그리고 그 현명한 통치 중에서 또 몇이나 죽었고."

"……흐윽."

결국 소피티아는 울상을 짓는다. 근처에 다른 아마조네스들도 있는데 여왕에 대해 참담한 소리를 하기 어려운 까닭이다. 나는 그런 그녀를 보며 인생에 대해 좀 설명해 줄 필요를 느꼈다.

"소피티아."

"네, 아저씨."

"이미 너는 틀렸다."

"네? 네엣?"

소피티아의 물기를 잔뜩 머금은 눈동자가 동그랗게 커진다. 아직 정말 세상 물정 모르는 소녀였다.

"이미 틀렸단 말이다. 이 싸움이 아마조네스의 승리로 끝나도 네 평범한 일상은 진작 끝났단 말이다. 아저씨가 아마존의 여왕에게 죽으면 앞으로 무슨 일이 기다리고 있을까?"

"그건……."

"너는 아마 배신자로 참수될 거다. 그리고 네 자매들은 네 무덤에 침을 뱉겠지. 아니, 무덤도 만들어주지 않고 들개에게 먹게 버릴 터."

"아아!"

큰 충격을 받은 듯 소피티아의 얼굴은 사색이 된다. 그러다 결국 얼굴 근육이 씰룩이더니 대성통곡을 하기 시작했다.

"흐윽! 으아아앙!"

자기가 생각해 봐도 내 말이 맞다고 여기는 거겠지. 이미 이 가여운 녀석의 아마조네스로서의 커리어는 끝장이 났다. 남은 건 배신자로의 낙인뿐이다.

"모두 아저씨…, 아저씨 때문이잖아!"

소피티아의 원망에 나는 고개를 저었다.

"아니지. 아니야. 나 때문이 아니라 너 때문이고, 너희 모두 때문이다."

나는 소피티아와 아마조네스들을 가리켰다.

"너희가 내게 싸움을 걸고 졌기 때문에 일어난 것이다. 결국 패배했기 때문에 모든 게 이렇게 엉망이 된 거란다. 소피티아."

소피티아는 말문이 막힌 듯했다. 나는 그런 그의 머리를 쓰다듬어준 뒤 동료 아마조네스들을 보라며 어깨를 돌렸다.

"자, 저길 봐라. 한때 네 동료이며 자매였던 자들이다. 지금 널 보며 무슨 표정을 짓고 있느냐?"

"…저를 원망하고 있어요. 미워하고 있다고요."

"너는 여리긴 하지만 멍청하지는 않구나. 그래, 너같이 가엾고 힘없는 꼬맹이를 상대로 원망을 하고 있지. 자기 패배와 자기 잘못은 생각하지 않고 말이다. 이 모든 상황에 대해 원망할 상대로 널 택한 거란다."

아마조네스들 중 몇몇이 입술을 깨무는 게 보였다.

"생각해 봐라. 너는 열심히 싸웠다. 소피티아. 그리고 지금 심문에서 토설하게 된 것도 어쩔 수 없는 일이었지. 승자에게 모든 운명을 맡기게 된 패배의 위치에 있으니까. 흔히 말하는 불가항력이란 경우다. 하면 저들은 널 이해해 줘야 하지 않겠니?"

소피티아는 뭔가 멍한 표정이 됐다.

"부끄러움을 아는 자라면 오히려 널 감싸줘야 맞을 거다. 오히려 너를 이런 극한의 처지에 몰게 된 것을 미안해 해야겠지. 저들은 어른이니까. 이 싸움에 책임이 있는 자들이다. 한데 실상 어떤 분위기였느냐? 널 원망하고 윽박질렀지. 마치 이 일이 네 책임인 것처럼 말이다."

나는 소피티아를 가까이 끌어당겨서 귓가에 속삭였다.

"생각해 보렴. 만약 저들 중 누군가가 너와 같은 처지였다면 끝까지 입을 다물고 저항할 수 있었을까?"

"아니요…. 그렇진 않을 거 같아요."

"그래, 저들이라고 해도 다르지 않을 터. 모두 줄줄 입을 열었을 거다. 이 아저씨가 그렇게 만들 거니까. 설령 아저씨가 실패해도 괜찮아. 저기 있는 식인거인이 몇몇을 집어 삼킨 뒤 트림 몇 번만 해도 모든 비밀을 들을 수 있었을 거다."

"…저도 그렇게 생각해요."

순간 어린 아마조네스의 눈빛이 표독스러워졌다. 그제야 제 운명이 앞으로 어떻게 될지 깨달은 것 같았다.

"이제 네 아마조네스로의 삶은 끝이란다. 물론, 딱 한 가지 방법이 있긴 하지."

"그게 뭐죠? 아저씨."

"저들 모두를 죽이렴. 오늘 일에 대해 아는 자의 입을 모두 닫는 것이지. 할 수 있겠니?"

"아니요. 그렇게는 못 해요…. 비록 미운 언니들이지만, 그렇게 하긴 싫어요."

"평소에 별로 사이가 좋진 않았나 보구나?"

"네…. 제가 멍청해서… 자주 혼이 났어요."

소피티아는 잠시 생각에 잠겨 있다가 내게 물었다.

"아저씨, 전 죽고 싶지 않아요."

"누구나 그렇단다. 하지만 죽음은 노소를 가리지 않고 찾아오지."

"…아저씨, 제발요. 제가 어떻게 하면 살 수 있을까요?"

"음…."

잠시 고민하던 나는 이 미운 오리 새끼를 구해줘도 괜찮겠단 생각이 들었다. 옆에서 묵묵히 보던 아탈란테도 나섰다.

"이 아이는 내가 맡지."

"아탈란테, 너는 정이 많아서 탈이라니까."

"펠레우스, 말은 그렇게 해도 받아들일 생각이잖나?"

"…난 눈치 빠른 여자도 좀 별로야."

실패한 집단에서 희생양을 찾는 건 자주 볼 수 있는 일이다. 이번에는 이 꼬맹이가 당첨이었던 거고. 어쩔 수 없이 내가 데려갈 수밖에. 본토로 가면 스파르타에서 지내게 해도 괜찮을 것 같았다. 내 장원도 있으니까. 이 가여운 애는 꽤 험한 세월을 살아온 것 같았다. 그러니 앞으로는 그냥 평범한 여자아이로 성장하게 도와주는 것도 나쁘지 않을 듯했다.

"소피티아. 네가 살 수 있는 방법이 하나 있긴 하단다."

"…그게 뭔가요?"

"아저씨랑 거래를 하면 돼. 나를 위해 한 번 일해주렴. 그러면 이 섬을 떠날 때 널 데리고 가주마."

"어떤 일을 해야 하나요?"

"아마존의 여왕에게 내 편지를 전해주면 된다. 그리고 이후에 는……."

나는 다른 아마조네스들이 듣지 않는 곳으로 소피티아를 데려가 할 일을 알려줬다. 그리고 잠시 뒤 편지를 작성해서 그녀에게 건네줬다.

"낙소스 마을로 가서 아마존의 여왕에게 전해주면 된다. 그 뒤로 내가 시키는 대로 하면 너는 살 수 있을 거야. 실수하면 안 된다. 알겠지?"

"네, 아저씨."

소피티아는 결연한 표정으로 산을 내려간다. 나는 그녀의 작은 어깨를 물끄러미 바라봤다. 이제 저 아이의 운명은 자기 손에 달린 셈이다.

–저 꼬맹이가 배신하면 어쩌려고?

가만히 지켜보고 있던 비밀의 서가 물어왔다.

–그럼 소피티아를 구해줄 수 없을 테니 아쉽긴 할 듯. 하지만 계획에는 차질이 없어. 중요한 건 저 녀석에게 하나도 말해주지 않았으니까.

–그런가.

오히려 아무것도 모르는 게 저 꼬맹이에겐 안전하겠지.

(다음권에서 계속)

# 신화 속 무법자 2

초판 1쇄 발행   2019년 8월 30일

**저자** 박제후
**삽화** ICE

**디자인** 윤아빈
**주간**  홍성완
**마케팅** 정다움 김서희
**발행인** 원종우
**발행처** (주)이미지프레임

**주소** (13814) 경기도 과천시 뒷골1로 6, 3층
**영업부** 02-3667-2653   **편집부** 02-3667-2654   **팩스** 02-3667-2655
**메일** edit03@imageframe.kr   **웹** vnovel.co.kr

**ISBN** 979-11-6085-970-6 04810  (세트) 979-11-6085-892-1 04810